中央高校基本科研业务费专项资金资助
项目编号：2012221005

Supported by the Fundamental Research Funds for the Central Universities

张治 著

异域与新学

晚清海外旅行写作研究

北京大学出版社

图书在版编目(CIP)数据

异域与新学:晚清海外旅行写作研究/张治著.—北京:北京大学出版社,2014.1
(博雅文学论丛)
ISBN 978-7-301-23775-5

Ⅰ.①异… Ⅱ.①张… Ⅲ.①中国文学-古典文学研究-清后期 ②文史资料-中国-清后期 Ⅳ.①I206.2②K206

中国版本图书馆 CIP 数据核字(2014)第 013571 号

书　　　　名:	异域与新学——晚清海外旅行写作研究
著作责任者:	张　治　著
责 任 编 辑:	岳秀坤
标 准 书 号:	ISBN 978-7-301-23775-5/K·1012
出 版 发 行:	北京大学出版社
地　　　　址:	北京市海淀区成府路 205 号　100871
网　　　　址:	http://www.pup.cn　新浪官方微博:@北京大学出版社
电 子 信 箱:	pkuwsz@126.com
电　　　　话:	邮购部 62752015　发行部 62750672　出版部 62754962
	编辑部 62752025
印　　刷　者:	三河市北燕印装有限公司
经　　销　者:	新华书店
	650 毫米×980 毫米　16 开本　16.5 印张　214 千字
	2014 年 1 月第 1 版　2014 年 1 月第 1 次印刷
定　　　　价:	33.00 元

未经许可,不得以任何方式复制或抄袭本书之部分或全部内容。
版权所有,侵权必究
举报电话:010-62752024　电子信箱:fd@pup.pku.edu.cn

目　录

引　言 …………………………………………………………… 1
  一　"游记新学"的界定及其发生背景 ……………………… 1
  二　研究对象的分析：文本与作者 …………………………… 7
  三　结构和思路 ……………………………………………… 13

第一章　洋务运动前中国人的海外旅行与相关诗文
    ——航海文化的影响与近代报刊的推动 ………………… 18
  第一节　求法与朝觐之旅：宗教人士的海外旅行及其著述 …… 22
  第二节　两部"海客瀛谈"的写作背景 …………………………… 37
  第三节　早期近代报刊中的汉士海外诗文 …………………… 51

第二章　海外记游中的文人雅趣与市井俗调
    ——近代上海新文化群体的异域采风诗文 ……………… 63
  第一节　风流名士的"文明小史" ………………………………… 67
  第二节　启蒙大众与娱乐群俗的海外见闻 …………………… 77
  第三节　上海报人的"虚拟旅行"：《三洲游记》考实 ………… 89

第三章　学术考察记与人文日知录
    ——"江南学术共同体"的海外视野 ……………………… 102
  第一节　出国考察者的科技视野 ……………………………… 104

第二节　学术"预流":海外游记里的域外考史和访书 ……… 115
第三节　游记新学中的人文艺术交流…………………………… 132

第四章　星轺笔录中的人格与文章
　　——外交使臣对西方文明的反应………………………… 148
第一节　使臣抗节的人格陶铸:出身曾、李集团的驻外公使 … 152
第二节　桐城余响:重释游记中的文章之道 ………………… 167
第三节　晚清北京政局与出洋旗人们的言论与心态………… 181

第五章　在汗漫之游中构想文明新境
　　——思想启蒙者的海外阅历和世界蓝图………………… 197
第一节　康、梁海外行程中的政教考察 ……………………… 202
第二节　"诗界革命"与晚清海外纪游诗 ……………………… 215
第三节　康有为的大同幻梦与天游眇言……………………… 227

结　语………………………………………………………………… 238

参考文献……………………………………………………………… 242

后　记………………………………………………………………… 260

引 言

一 "游记新学"的界定及其发生背景

晚清中国人对世界的认知大概有两个途径:一是借助于西人著述和译介,一是中国人自己的旅行考察。对于后者而言,在鸦片战争尤其是洋务运动以后,随着海外游历人士的增多,才能逐渐形成一定规模,并且引起有识之士的充分重视。本书关注于晚清中国人的海外旅行写作,这些文本在当时的作用可谓是小则增广见闻,备述异国风情,大则察考制度,推动社会进步,甚至改造思想、知识,重绘传统世界之图景,培养人类感的塑造。① 因此,有必要专门将这些文本作为研究对象,以

---

① 论者在研究中屡屡感到,中国文学传统与作为审美活动(游观、游赏等)或是社会活动(播迁、征伐、游宦、游幕等)的"旅行"具有密切的关系。类似的相关重要研究有:龚鹏程《游的精神文化史论》(石家庄:河北教育出版社,2001年),回溯中国文学传统中"游"的旅行精神与美学蕴涵,从庄、屈的"逍遥""远游"一直论述到当代社会,并将之与中国社会生活的各个方面联系起来;郭少棠《旅行:跨文化想象》(北京:北京大学出版社,2005年),(转下页)

考察其中所体现的时代风气与个体心智。故而在此提出"游记新学"一名,来以统称这类文本。①

之所以称为"新学",是因为其异于原有之"旧学"所涵盖的知识视野、学术兴趣,这当然与西方近代文化输入中国有直接关系。换句话说,"新学"之中,所谓"西学"占有很大的比例;而晚清中国人对世界的认知,也主要是对西方(西欧各国及美国和维新后的日本)的认知。1896年,梁启超为方便他的学生阅读西学诸书,作《西学书目表》以示门径,下编特别开列了除算学之外的"中国人所著书",包括了"地志"24种、"交涉"12种、"游记"49种、"议论"24种、"杂录"11种,其中收录在"地志"类的《日本杂事诗》《印度箚记》,收录在"议论"类的《游历刍言》等,实际也应属于旅行写作的范围。梁启超所列述的书籍,远远不能涵盖当时相关著述的全部,但大体可如他所言:"中国人言西学之书,以游记为最多",而其余各种不易分类,遂姑且简单分成"游记类"、"非游记类"二门。②

但是晚清国人眼中的异域非止欧美日本,其旅行载录里关注的内

(接上页)从各民族文化通约性主题上切入思考,阐发旅行所建立的文化交流理论;李德辉《唐代交通与文学》(长沙:湖南人民出版社,2003年)谈的是唐代中国水陆交通与文人生活、文人心态及文学创作和传播的关系;巫仁恕《晚明的旅游风气与士大夫心态——以江南为讨论中心》(熊月之、熊秉真主编:《明清以来江南社会与文化论集》,上海:上海社会科学院出版社,2004年),以及赵园《制度·言论·心态》(《明清之际士大夫研究》续编,北京:北京大学出版社,2006年)的第三章"游走与播迁",对晚明旅行风气与文人生活进行研究,巫文关注常态的旅游(类如卜正民《纵乐的困惑》一书所涉及的范围),而赵文着眼在"易代之际"的特殊语境和士风、学风等话题。这些讨论对于本书的选题有很大的启发意义和示范作用。

① "游记新学"这一名称可对应于西方汉学史的"游记汉学"阶段。参看张西平为《欧美汉学研究的历史与现状》一书所作的编者序言,第4—5页,郑州:大象出版社,2005年。

② 梁启超:《西学书目表序例》,《饮冰室合集》文集之一,第125页,上海:中华书局,1936年。

容也非止器用、制度,甚至在文化态度上也并非一贯以中西二元为思路;"西学中源"、"中体西用"等话语的背后,时常会呈现出更为豁达通脱的主体意识。对于"新学"而言,异域输入的"西学"只是代表了其中一义,而在另一方面,它理应还包括了自身对"旧学"格局和面目的改变。梁启超所特别标举出的"游记"体现了他对海外旅行写作的重视,这自然是因为当时中国人一面亟欲获取新知,一面又碍于语言文化隔膜。虽然当时也有不少的西人著述、翻译,但未必合乎中国所需,更难以受到多数保守人士的注意。中国文士所记述的海外见闻,往往命意立说出于孔孟圣贤之道,辨析发明出于经史考据之学,吟咏讽议出于诗赋比兴之辞,而有关经世济民的新见解,也多能切近中国实际问题而发。当然,经由"游记"推助所发展出的新学新知,往往受限于旅行作者本人的视野、立场和旅行活动的单一时空而流于浮光掠影;不过今天重读这些文本的目的,并非还要借此了解世界,而在于考察当时人面对初次敞显在面前的外部世界,做出了怎样的反应,由言语、著述而及于触受、情感、心态、思想,从表达方式的取择、文章体例的讲求直到对于出洋同道们道德操守的品藻评议,都可显现出晚清士人间杂于新旧中西之间的种种真实面目。这些旅行写作原初所具有的炫奇趣味、经世功用殆已失去意义之后,旅程中一时一地的舟车行止、阴晴雨雪,连接着旅行作家个人自述的人生痕迹,反而显得更加生动具体。

从大处着眼,晚清这股"游记新学"的著述风气,在一定意义上解除了清代学术与文学被遮蔽了的视野。西学输入中国,当始于利马窦等耶稣会士来华,他们为了打动中土的儒生和皇帝,采取以西学掩饰传教的方式。《明史·外国传》说:"西洋人东来者,大都聪明特达之士,意专行教,不求禄利。其所著书,多华人所未道,故一时好异者咸同之,如徐光启辈是也。"不少晚明学人之所以相信西来传教士所言的世界,并非仅止于拜服其科学成就,他们对其"证道"书里所化用的西方古典文辞、义理也多有欣赏。这实则与当时的学术风气相关:陆王心学强调的是对于学理的认知验证要契合于心,所谓东海西海,若有圣人出,必然是心理皆同的,这种说法特别得到明季学者们的激赏。① 例如徐世溥列举万历年间海内学人时,利马窦可跻身于徐光启、董其昌、海瑞、汤显祖之间②;董其昌从西人华语中能够欣赏其哲理意趣,并以为和佛教思想相通③;明遗民李世熊更是以为当时西人的著述为"中国所未有,将来与经典并垂也"④;还有黄周星,他相信"西士之学"的"论天地之形与日月食之理",并且说"西士有遍历大地一周者",其发现虽"与吾士所见迥异",但这恰好证明了"宇宙之大",非"吾人耳目心思"所及。⑤

此上种种态度和热情,至于清代开始消退,乾嘉时期考据学的兴盛,导致中土学人对于西人所言的世界以至全部西学知识开始产生怀疑。用凡事必求证据的严谨学风,来针砭晚明学人的空疏和盲从,世界地理、西方典籍,无从亲见考察,只是闻于西人转述,则难以信服。纪昀主持编纂的《四库全书总目提要》,将西士艾儒略《职方外纪》、南怀仁《坤舆图说》俱列入史部地理类外纪之属,举东方朔《神异经》、周密《癸

---

① 陆九渊:《象山集》,卷二十二《杂说》:"四方上下曰宇,往古来今曰宙。宇宙便是吾心,吾心即是宇宙。千万世之前,有圣人出焉,同此心同此理也;千万世之后,有圣人出焉,同此心同此理也;东南西北海有圣人出焉,同此心同此理也。"明万历间人邹元标认为泰西天学(天主教义)"与吾国圣人语不异","中微有不同者,则习尚之不同耳"(见《愿学集》卷三,"答西国利马窦"),即属此类;而对于西人之学持有疑问态度的,也多如虞淳熙所言:"群生蠕蠕果核之内,不知有肤,安知有壳,况复肤壳外事。存而不论,是为一道"("答利西泰",见贺复徵编《文章辨体汇选》卷二四六),这与清代朴学家们彻底否定的态度也不相同。
② 徐世溥:《与友人》,见周在浚辑《尺牍新钞》,卷二,禁毁四库丛书,集部第 36 册。
③ 董其昌:《画禅室随笔》卷四,"禅说"部,记利马窦言年岁曰已无五十余年一条。
④ 李世熊:"与雷扶九",见《寒支二集》,卷四,禁毁四库丛书,集部第 89 册。按,徐世溥、李世熊这两条资料,初见于《钱锺书手稿集》,第 3 册,第 749 条补,钱有批注:"明季人于西教尚识其真远,远胜清季人之妄诞。"
⑤ 黄周星:《天地与日月食论》,见《九烟先生遗集》,卷一,续修四库全书,集部第 1399 册。

辛杂识》参证其说,遂谓"疑其东来以后,得见中国古书,因依仿而变幻其说,不必皆有实迹。然核以诸书所记,贾舶之所传闻,亦有历历不诬者,盖虽有所粉饰,而不尽虚构,存广异闻,固亦无不可也"①,虽然不全予否定,但将之比附于小说家言,认为其价值不过是补充见闻而已,这已含有轻视之意了。② 而阮元领幕僚编修《畴人传》,目的在于彰显中国自古以来的科学传统,以反抗主宰钦天监的西方天文学和数学地位,但其书凡例说:"西法实窃取于中国,前人论之已详。地球之说,本乎曾子;九重之论,见于《楚辞》。凡彼所谓至精极妙者,皆如借根方之本为东来法。特翻译算书时不肯质言之耳。"作为乾嘉学术先后两个博淹经史、贯通古今的领袖人物,独于西学认知上显示出蔽陋寡闻,这实在是时代局限所致。清末粤人胡礼垣批评这两位"文达公",说"向使二公能以谦虚之心,为戒慎之举,知地球之大……、人类之众……,由是访其风土,记其人情,察其舟车,考其武备,使我中国于此数十国有其利而无其害,怀以德而畏以威,则颓败之凶必不至酿成于今日"③,这无异乎是在苛求古人了,相对来说梁启超的评议就比较客观,他将乾嘉学人排斥西学的原因归结于当时并不具备平心接受西学的客观条件,即缺乏相关的可靠书籍。④ 所谓书籍的可靠,仅仅如晚明士人那样拿西人

---

① 《四库全书总目》,史部地理类外纪之属,南怀仁《坤舆图说》条。
② 日人稻叶君山《清朝全史》卷下批评纪昀将《职方外纪》、《坤舆图说》不入地理反入小说类,作为"卑视西学之证",他本意可能是想说西书实际被等同于稗官小说家言,而非文献分目的具体问题,但没有说明清楚,后来遭到余嘉锡"如盲人之道墨白"的讥嘲(《四库提要辨证》,第463页,北京:中华书局,1980年)。
③ 胡礼垣:"康说书后",《新政真诠:何启、胡礼垣集》,四编,第205—251页,沈阳:辽宁人民出版社,1994年。
④ 梁启超说:"昔纪文达之撰《提要》,谓《职方外纪》、《坤舆图说》等书,为依仿中国邹衍之说,夸饰变幻,不可究诘;阮文达之作《畴人传》,谓第谷天学,上下易位,动静倒置,离经叛道,不可为训。今夫五洲万国之名,太阳地球之位,西人五尺童子皆能知之,若两公固近今之通人也,而其智反出西人学童之下,何也? 则书之备与不备也。"(《西学书目表序例》,《饮冰室合集》文集之一,第122页)

之书验证于心性天理,是不够的,还要有中国可信之士的亲历实录。①出使俄罗斯的图理琛所著《异域录》一书受到四库馆臣的重视,理由正在于"其地为自古舆记所不载,亦自古使节所未经","见所未见,闻所未闻,纂述成编,以补亘古黄图所未悉"②。自嘉、道以后,实地考察开始在史地学术中得到恢复,受到普遍的重视。这先兴起于北方学者中,如山西人祁韵士、直隶人徐松,梁启超称他们二人率先倡导"记载往往得自亲历"之学风③,祁韵士写《万里行程记》,追摹的便是图理琛;徐松写《西域水道记》,更是上溯到《水经注》的传统中去。这些学术现象已经得到地理学史研究者的重视④;而祁韵士同时又写作《西陲竹枝词》,徐松也有《新疆赋》传世,或采风纪俗,或体国经野,则纯属于文学领域的胜长。

迄于19世纪,西人以蒸汽轮船代替帆橹,以蒸汽机车代替牛马,以电报电话代替邮驿,海外交通开始便捷,传统生活经验中时空的连续性和相对固定性被打破了。道咸以还,与外寇争战,不断丧师割地赔款,刺激中国士人读书的态度与方法发生改变:以前研究边疆史地已经算是经世实学,如今所谓朔漠苗方,无非是自家门阈之事;眼下之急务,是了解万国历史政治、风俗沿革以应对外交。于是朝野上下,纷纷出洋游历考察。晚清的海外旅行写作接续上述亲历考察的风气,也包含了学术与文学的两个维度。总体来说,这些海外记游的诗文,一方面符合当

---

① 至晚清时,传统旧学学者对于徐继畲《瀛环志略》的批评依然在于其"轻信夷书",见李慈铭:《越缦堂读书记》,第480页,北京:中华书局,2006年第2版。
② 《四库全书总目》,史部地理类外纪之属,图理琛《异域录》("兵部侍郎纪昀家藏本"条)。
③ 梁启超:《中国近三百年学术史》,第390页,北京:东方出版社,1996年。梁启超在《近代学风之地理的分布》中提到山西学术在清代一直不盛,祁韵士为西北地理专门之学的创始者,后继有张穆《蒙古游牧记》、《北魏地形志》,从此"晋士始为天下重"。见《饮冰室合集》文集之四十一,第57页。
④ 郭双林:《西潮激荡下的晚清地理学》,第95—98页,北京:北京大学出版社,2000年。

时对于认知世界的需要和学术发展的要求；另一方面，则作为一种个人性的文学书写，往往感触于时代的新旧变更，反映出近代中国文人思想者的精神群貌。

二　研究对象的分析：文本与作者

本书在描述研究对象的全体文类(literary genre)时使用"旅行写作"(travel writing)这一名称，它包含了所有的游记、行记(文中或将此两类统称为"旅行记")，也包括旅行者所写作的诗歌、书信等与旅行经历有直接关系的著述。一般说来，旅行写作的作者即现实生活中的旅行者本人，但不可避免地会掺杂着有意或无意的虚构成分。① 旅行经历固不仅限于自然及人文地理景观的游览，而还要包括旅行者的思想和情感。对于在异国旅行的人而言，这些思想、情感的因素也就因为个体意识中的疏离感而更为鲜明了。

"旅行写作"并不是一种文体，而是以多种文体记述旅行活动的文本总称。本书在处理晚清中国人的海外旅行写作时，将涉及行记、游记、纪游诗赋等体裁，因而有必要在此先对各种文体的渊源一一稍加考辨。

"行记"一体当源于西汉张骞。② 行记之题名，似始见于 5—6 世纪

---

① "旅行写作"宜与"旅行小说"(travel fiction)区分开来，后者并不涉及真实的旅行经验，原则上不属于本书的讨论范围。晚清时期的长篇海外旅行小说，以虚构的程度不同而可分成三类：如《五使瀛环略》、《捉拿康梁逆贼演义》、《宦海潮》等，直接引真实历史人物入小说；如《菲猎宾外史》、《文明小史》等，以虚构人物到外国去旅行；至《英雄国》、《狮子血》、《月球殖民地小说》等则甚至出现了虚构的海外地理世界。后文所考辨和分析的《三洲游记》，是本书的一个特例，它大致保存了原来旅行者(英人 Stanley)的真实经历，但更换了陈述者的身份(变为虚构的番禺文人丁廉)，点缀一些应景的诗文。
② 《隋书·经籍志》、《通志·艺文略》皆著录《张骞出关志》一卷，今惟存晋崔豹《中华古今注》"酒杯藤"一条。

时。《梁书》卷四十"许懋传",谓"撰述《行记》四卷",《隋书·艺文志》史部地理类有《江表行记》;及至《通志·艺文略》,其史部地理类"朝聘"、"行役"、"蛮夷"之属中,以"行记"命名其书的,有13种之多。虽然多已散佚,然而可据题目及作者事迹大略知道其所记多为长途之跋涉、异域之见闻,有导人游于陌生境地的功能,或有史料见证价值。以此标准审视他书,虽不题"行记"之名,然而实具备行记之性质和体式的,有智猛《游行外国传》(已亡佚)、法显《佛国记》(《法显传》)、玄奘《大唐西域记》、杜环《经行记》等。历代重要公私书志著录归类虽略有不同,但大致上把行记列入史部地理类。但也有少数作品分于他类。① 造成部分作品分类含混的原因,主要在于这些旅行者身份多为僧徒②、使臣,著作受其身份的影响,目录学家理解角度会有区别。至于清代,章学诚撰《史籍考总目》,从书籍的史学功用方面强调部次类例,在地理部下设立"外裔",很多异域行记被归入此类。《四库总目提要》也在历代目录学基础上将历代种种行记大致俱列入史部地理类中,并设立三级目录,将异域行记与国内诸省旅行著作分别开来,前者大体归于"外纪"之属,后者则据内容分别列入"山水"、"古迹"及"杂记"之属,以示内外远近详略之别。个别如《北狩见闻录》者,因其史事见证重于

---

① 《隋书·经籍志》中,《法显传》在史部杂传类;《新唐书·艺文志》中,《大唐西域记》在子部释氏类;《崇文总目》中,《西域记》转入地理类,亦将《法显传》列入释书类;《郡斋读书志》里,将《西域传》(即《大唐西域记》)、《云南行纪》、《乘轺录》列于"伪史类";《直斋书录解题》则把《大唐西域记》列入地理类,《乘轺录》、《奉使别录》、《刘氏西行录》列于史部传记类,而《靖康奉使录》等置于杂史类。《宋史·艺文志》以后大体维持此一分布格局。

② 向达在《唐代长安与西域文明》一书中有《汉唐间西域及海南诸国古地理书叙录》一文,罗列了六朝僧侣行记类著作近10种。汤用彤著《汉魏两晋南北朝佛教史》谓此类著作之所以名某某"传"、"行传"者,正因为是私人旅行活动的撰述,以别于正史地理志与外国传。朱东润遗作《八代传叙文学论述》(第123页,上海:复旦大学出版社,2006年)中认为,法显的《行传》不同于《大唐西域记》,前者可见法显的为人,一切叙述充满主观见地,后者不见人事,只有地志,亦可备为一说。

地理考据，另归于杂史类中。被列入"外纪"（含存目）的51部著作中，真正属于旅行写作而不是编辑二手资料的著述，只有《佛国记》、《大唐西域记》、《宣和奉使高丽图经》、《真腊风土记》、《岛夷志略》、《西洋番国志》、《瀛涯胜览》、《安南纪游》这数种而已。对于晚清众多驻外使臣而言，多少还受到传统奉使日记的影响，比如唐人韦弘机《西征记》、宋人徐兢《宣和奉使高丽图经》，前者相当于公使，后者类似游历使，故而后来张荫桓取法前者，傅云龙追武后者。

"游记"则不同于行记体例①，主要是用来描摹山水、抒写情志，且篇幅较短，更多属于集部。然而这种篇幅区别未必常为著作者所自觉、所自限，因此也会有如黄庭坚短篇小品式的《游泸州合江县安乐山行记》、《游中岩行记》；而四库总目在地理类下复立"游记"之属，首举《徐霞客游记》，"累牍连篇都为一集"，可谓是巨制大观了。宋代以后一直有日记体的旅行写作，因不同于《法显传》、《宋云行记》、《大唐西域记》等以道里行程为线索，旅行家将旅行见闻排日记述，或有文采斐然者，可作为短篇结集的游记文章来看待，这以范成大《吴船录》、陆游《入蜀记》等为最早。

晚清的目录著作中对于海外旅行写作不用行记一名，倒是屡屡用"游记"作为总称，比如前节提及的梁启超《西学书目表》就是这样②；1902年出版的《增版东西学书录》中有"游记"一类，包括了欧洲、日本、中国人的各种异域旅行写作③；以上两种新学书目都不再把游记当

---

① 参看李德辉：《唐代交通与文学》第9章第5节《论行记与游记的区别》，第435—440页，长沙：湖南人民出版社，2003年。
② 康有为在目录学上似乎倾向于使用"行记"一词（虽然他自己的作品都是以某国"游记"为题），《日本书目志》（1897年成书）卷四，"图史类"下，列"记行"子目，附叙说："记行之书盛于宋世，近者吾土游泰西之记载益夥矣，日人所记，亦有足助吾闻见者，记印度天竺事尤详也"，见《康有为全集》，第3集，第731页，上海：上海古籍出版社，1992年。
③ 民国时期顾燮光又撰《译书经眼录》，也是专门开列"游记"一类。

作历史地理学的附庸,反映此时的"游记"书籍内容丰富、数量众多,成为国内读者了解世界的重要途径。至清末民初成书的《涵芬楼新书分类总目》里,"游记类"(又分本国游记、外国游记)重新被放在历史地理部的下一级目录,但也是与东、西洋历史、地理分目并列的。

　　旅行写作中也包括诗歌,其中大概可以分作纪游诗、竹枝词这两类。纪游诗源于古典文学中的山水诗、宴游诗、游观怀古诗等,凡抒发旅行者见闻感触者,都可以算在此类别中。至于抒写长途跋涉经历的诗篇,或也使用"纪行诗"一名,比如王勃《入蜀纪行诗》、范成大《使金纪行诗》等。而晚清以前,涉及异域旅行体验而制作的纪游、纪行诗歌极为罕见,比如慧超在鹿野苑见四大灵骨塔作五言律诗述怀,见于《往五天竺国传》中;此后还有李志常《长春真人西游记》收录的邱处机沿途题诵之作,以及耶律楚材《湛然居士集》中咏西域山川风土的诗作。晚清人给海外旅行者的著作写序,特别喜欢引述以上这几个例子,不过晚清旅人所临的异域,比前人经历的要广阔许多,不仅有大海冰山的自然壮景,也有从未听闻的异域古迹,更多则是光怪陆离的近代欧美都市社会景象。对于前两者而言,使用传统士大夫的诗歌体裁尚可应付得来。而对于如何表现西人都市生活百态,在纪游诗范围里似乎就找不到合适的表达方式了,在梁启超等人倡导的"诗界革命"之前,要么像林鍼《西海纪游诗》以陈词旧典写得不伦不类,要么像斌椿《海国胜游草》干脆如同打油诗,都可见证当时中国士大夫的雅言文学面对近代生活捉襟见肘的窘迫感。这时,以模仿民歌而采风问俗的竹枝词、杂事诗就成为描摹旅人欧美见闻最为合适的方式,不仅因为此类诗体对诗人"言志"方面不作要求,而且也允许更自由地引入新造语词,这都有助于融入异域环境,展现给读者较为生动真实的西方形象。

　　以上大体可描述出本书所涉及的各类旅行写作的文体渊源,以文章而言,极罕见用骈体记录海外旅行经历的,而早期福建文人林鍼的《西海纪游自序》属于特例;以诗歌而言,也很少有以词来咏诵旅人海外生活的,连文廷式、桂念祖这样的词学名家都不曾以此体记其东瀛之旅,而广东名士潘飞声的《海山词》属于特例。①

　　需要强调的是,历代行记、游记被划分为学术文章与文学创作(而韵体写成的旅行写作文本则一律被归入后者)两类,各归属于史部和集部之中,这显示出公开的非个人形式与主观的私人话语的分别。不过这两者之间的界限并非是全然不可跨越的鸿沟。大体而言,中国人的旅行写作往往兼具历史传记和审美抒情双重性质的,旅行文人也通常是同时怀有史家和诗人的两种身份。②

　　晚清旅人在海外涉历千古未见之境域与事物,写作其经历时不免动用大批新造词语。其中包括音译词、意译词、音意合璧词(冯天瑜《新语探源》对"借词"[loanword]即广义外来语词汇的外延界定)。参考中外交通史,可知汉语传统中已多包含来自胡语、梵语、回语、波斯语的词汇,并对中国文化发生重要影响;此时发生新一轮新语输入的潮流,可谓至今未曾歇止。在20世纪初年,梁启超(《夏威夷游记》)、王国维(《论新学语之输入》)曾分别在文学与学术层面强调引入新语的意义。就此来说,晚清旅行写作可作为汉语言文学实践的一个重要部分,使得旅行者个人性的主体经验,被潜移默化地纳入中国文化中去,成为策动新文化、新文学、新知识的语言资源。

　　对于不同履历、背景的旅行作者,会有诸多因素影响其写作的文学面貌和语言风格,其中包括学术传承、出国身份、外语能力、知识基础等等。在此可大略由以下几个方面先作一番简单的描述:

　　其一,洋务运动前的海外旅行者,多为出海谋生的海客以及奉外来宗教的信徒。早期的外出谋生者主要出自粤、闽、浙三省,浙江往日本的中国商船只限于长崎一带活动,而缔造远航拓殖南洋之伟业的"海

---

① 这或许可以从一定意义上理解文学革命中这两种文体的缺席,见张宏生:《诗界革命:词体的"缺席"》,《南京大学学报》(哲学人文社科版),2006年第2期。

② Richard E. Strassberg(宣立敦), *Inscribed Landscapes: Travel Writing from Imperial China*, Berkeley, 1994, "Introduction", pp. 3-5.

客"仍是福建广东人士居多。而出国朝圣的宗教徒则并不局限在滨海地区,穆斯林的"哈只"之旅,历来就有西域和南海两路;而晚清时期的天主教徒出国的主要目的类似于留学,以意大利那不勒斯的中华学院来说,他们所招收的中国学生内地各省都有。这些人中有著作传世的极为少见。后来海路交通繁盛,随西人船只至欧美的,不仅有充役苦力的华工,也有像潘飞声这样在德国大学执教汉文的例子。①

其二,鸦片战争后,上海逐渐成为中西文明交流的中心。聚集在上海的江南文士,前后亦多有出国游历考察的机会,比如应雨耕、王韬、袁祖志等人。他们属于生活在清末上海中西文明夹缝间的第一批"双视野人",也成为最早前往泰西游历的文墨之士。

其三,1866 年,总理衙门上奏折,议派员游历之事,"即令其沿途留心,将该国一切山川形势、风土人情随时记载,带回中国,以资印证";1878 年,又规定"出使各国大臣应随时咨送日记"。自斌椿《乘槎笔记》、郭嵩焘《使西纪程》之后,各种外交使臣都极其重视纪行著述。晚清的旅外官员从性质上可细分为:(1)专使、特使,如斌椿、志刚、崇厚、那桐、载沣等,旗人占据绝大多数;(2)驻外使臣或公使②,1900 年前以曾国藩、李鸿章的幕僚为绝大多数,1900 年则起用留学生和同文馆毕

---

① 晚清时期在欧美国家传播汉语文学的还有几位比较著名的人物,如戈鲲化、丁敦龄以及陈季同等,但没有找到他们以中文所作的自述性文献,因此未入本文论列。

② 当时一般国际惯例把使臣分为四等:第一等是大使,代表国家元首交涉政务,可以出入宫廷,直接觐见君主;第二、三等是公使(派于君主)和驻使,都只代表国家交涉政务,通常只与外交部门接洽,无请求觐见之权;第三等是代办,仅代表本国外交部门派驻另一国而已。晚清朝廷起初一律将其所派遣的各类使臣主任者称作"钦差大臣",并且解释说即等同于西方的"全权大臣",实际真正奉有全权者只有光绪四年(1878)使俄的崇厚一人,其他使臣基本都属于公使(又往往有一人兼使数国的情形,则兼使的部分实际属于代办,徒有"公使"名义而已)。参看陈体强:《中国外交行政》,第 154—156 页,上海:商务印书馆,1945 年。

业生;(3)前两种使臣之下,有时又设副使,常备人员则还包括参赞、翻译和随使人员等,参赞、翻译及随员的性质基本等同于幕僚,强调其专业能力(包括外语、著述、科技等),翻译以同文馆毕业生最多,随使人员以江南文人学者最多;(4)此外还有并无外交使命的海外游历使和地方派遣的出国考察官员,人才择选多以精通夷务、勤于著述为第一标准,像1887年的12位海外游历使,就有一半以上出自江浙两省,1900年以后,各地均派遣官员出国考察,新学地域差异开始有所和缓。

其四,岭南士人处于近世触发外患的最前沿地带,于思想文化层面的变革感知最强烈,其乡有出国留学子弟也最早,因而晚清派驻美洲、南洋各国的公使、领事也多为粤籍人士,如张荫桓、郑藻如、黄遵宪等。戊戌变法失败后,康、梁等维新党人多有流亡海外的经历,这与他们此后的学术思想的发展或变化都有很大关系。

由上可见,晚清海外旅行有官方和民间两种类型,民间出洋多数属于商贸、宗教性质,纯粹以增广见闻为目的的个人行旅活动并不多见,因此基本可视作社会群体性的活动,各以其独特的文化语境、学术品格,使得晚清海外旅行写作的风格体裁、旅行者的知识视野表现出不同的面貌。

三 结构和思路

本书的各章内容框架大体如下所述:

第一章主要讨论洋务运动兴起前,到达欧美之人的诗文写作。这些文本来自中国的不同区域,其当地所受外来文化影响以及表现出的反应有很大差别。未成风气之前,鲜有以文字记载其行程见闻进而加以发表者,而岭南与上海地区随后兴起的近代报刊出版行业对此有所推动。

第二章处理的旅外作家群体是晚清上海的自由职业文人,主要讨论这些居住或时常出入租界的"海上狂生"诗文作品里的文人气和市井气,他们所发表的作品基本都直接发表在当时由中国文士主笔的报刊上,有意去迎合当时市民阶层的阅读口味和求知需要,对海外世界和西洋文明的描述掺杂了较多的浮想与虚构内容。

第三章专门探讨晚清江南学者(大多数为外交团队中的随使参赞人员)在海外旅行期间的学术著述,包括对西方的科学技术的考察,对西方汉学的了解,还涉及对日本流传汉籍的搜寻,并且有人开始留意于西方的人文艺术传统,并且致力于中外文学的交流和传播。这些努力有建立"范式"的意义,成为"游记新学"中最重要的一个内容。

第四章专门论述晚清外交官员的海外旅行写作。这部分内容代表了由传统士大夫观察或谓"想象"西方世界的方式,在驻外使臣正式职业化之前,可能比以引介西学为主的其他海外旅行写作文本影响更大。湖湘士人的强健人格和曾门弟子的经世文风,最可代表中兴一代士大夫阶层面对内忧外患时的作为;浮沉在近代外交历史中的满清旗人,其出洋言论与心态,虽然不太高明,但也能反映出晚清北京政局风云变化。

第五章以戊戌变法失败后康、梁流亡海外的文化主张为核心内容,联系其人在学术、文学、政治、教育等方面的变革方针,来分析他们对中外各国文化差异的比较,以展示近代思想启蒙者改造传统时的种种动机和心态。

由此,晚清"游记新学"的产生缘起与发展脉络,得以通过以上五章论述呈现出来。就这股写作风气而言,从最初对西洋妇人、外国饮食的品评,到对格致制器、学校军队的考察,再到对异域政治宗教、思想文化的理解,从如坠五里云雾之中的海客谈瀛,到图文详尽的万国通考,再到感通今古的优游吟咏,确然遵循着发展的时序与交流的规律。

另外,论者从章节划分到论文的具体展开中,一直注意到晚清士人"新学"的旨趣和取向有明显的分别,这自然与其人各自的身份经历有关,但同类取向的背后也有相对稳固的共同特征,即所谓地域文化背景因素。在研究近代中国与西学东渐潮流的学术史进程中,曾有两个"误区",一个是认为中国完全被动地接受西方文明的挑战,一个是仅将传统中国作为一个单一整体来对待。现在,对清代学术思想发展的"内在理路"研究,逐渐发掘出传统中国图强求变的文化自觉;而对近代历史的地域特征和中下阶层社会因素的考察,则构建出了丰富多元的政治及思想文化空间。这些研究揭示了宏大无当的历史叙述所遮蔽的一部分真相,对于深入理解历史对象来说意义重大。美国学者柯文(Paul A. Cohen)曾认为西方冲击造成中国"沿海"(littoral)和"腹地"(hinterland)的悬殊反差,沿海日益成为内地变革的促进因素,不断冲击内地的传统,而内地知识群体通过将外来思想文化加以中国化来使得这些冲击变得合法。① 这种分析太过僵化,相比之下,杨念群对近代儒学的地域分析较为深入和微观,他择取了近代的岭南、湖南、江南三个知识群体作为考察对象,认为儒学的地域化使处于不同文化群体中的知识分子思维范式相对凝固化,在近代则直接从深层文化心理结构上诱发了面对新学时务时的不同选择机制。② 大体来说,杨念群认为,岭南出政治理想、湖南出务实人格、江南出科学精神;其间存在互动关系:江南之新学新知多自岭南传来,而岭南的理想设计动摇了湖南学术的伦理根基,湖南复援借江南之科学精神反对岭南设想的空疏之处。虽然剖析极为明晰,但也因此而伤及论证细节上的缜密和完备,甚而由

---

① 柯文:《在传统与现代性之间——王韬与晚清改革》,第 217—218 页,雷颐、罗检秋译,南京:江苏人民出版社,1994 年。此后柯文自己也感到沿海、腹地的二分法还是过于粗疏,遂借用施坚雅(George William Skinner)的区域系统理论,把 19 世纪的中国分作 9 个区域:东北、华北、西北、长江上游、长江中游、长江下游、东南沿海、岭南、云贵,见柯文:《在中国发现历史——中国中心观在美国的兴起》,林同奇译,第 144 页,北京:中华书局,1989 年。
② 杨念群:《儒学地域化的近代形态——三大知识群体互动的比较研究》,第 117 页,北京:三联书店,1997 年。

理论预设偏差导致对历史有意无意的"误读"。①

　　以上研究不乏创发之见,对于本文有启发意义(主要指对区域影响的取择和对不同区域之间互动关系的强调),但在落实到具体论题上时,仍需要补充说明几点。首先,对"地域"因素的理解,未可固执于乡土籍贯。所谓地域文化传统,更多情形下是指人们主观意识上的地域归属,借由地域界限来表达的"自己"与"他者"之分别。② 本来就不必拘泥于方志、舆图,更何况考虑到近代中国社会的人口流动——包括调职、游幕、从商、求学、避乱等因素,从社会群体性活动的角度出发,晚清国人海外旅行写作的地域文化背景才可以得到更为恰当的理解。其次,虽说滨海、内陆地域在近代社会中的文化风气与社会生活之差别是显而易见的,但真正形成近代城市特征的地区不过广州、上海等几个通商口岸城市,浙、闽、粤三省基本上属于缓冲地带,往往兼具不同取向的区域认同。而内陆地区长期以来就有南北之分别,西学东渐虽则是由南而北进入中国,但北京作为满清帝国的政治中心,也不可避免地要面对西方世界的冲击做出种种反应。最后,以行政区域作为地域文化分别的标准,"理论上本极不适当"。③ 地域问题既然涉及社会文化的综合特征并且具有可比性,自然不能单纯以某时期的行政区划割裂原有的发展与流动所形成的某些联系,也不能由此而忽视其区域内部所存在的明显分别。④

　　王国维曾言清代学术凡三变:"国初之学大,乾嘉之学精,道咸以

---

① 程美宝:《区域研究取向的探索——评杨念群著〈儒学地域化的近代形态〉》,刊于《历史研究》,2001年第1期;沈登苗:《评〈儒学地域化的近代形态〉——兼论世纪之交的学风问题》,刊于《社会科学论坛》,2001年第11期。
② 程美宝:《地域文化与国家认同:晚清以来"广东文化"观的形成》,第315—317页,北京:三联书店,2006年。
③ 梁启超:《近代学风之地理的分布》,《饮冰室合集》文集之四十一,第48页。
④ 同一区域内部往往也会千差万别,如闽南闽北、岭南岭东、皖南皖北、浙东浙西、苏南苏北,都不可一概而论,本书会酌情加以辨析。

降之学新"①,晚清学术的趋新与时代背景下的世界视野和文明危机感的关系密不可分。然而细看"游记新学"中新知、新语的创生发明,实际上也包含了主体文化传统中的旧学问、旧文体,新、旧因素之间不断有相互影响作用的过程。中国科技史专家李约瑟曾设"大滴定"(Grand Titration)②一喻,以化学试验中的名词,来形容异质文化因素的渗入与交融,以揭示从点滴积累到骤然发生历史面貌、社会形态的翻覆变化。或如陈寅恪说,"自古世局之转移,往往起于前人一时学术趋向之细微。迨至后来,遂若惊雷破柱,怒涛振海之不可御遏"③。倘若真能见微知著、建立同情理解,就是本书结构谋划的用心所在了。

---

① 王国维:《沈乙庵先生七十寿序》,《观堂集林》"别集",《王国维遗书》,第4册,第26页,上海古籍出版社,1983年。晚清士风与学风的整体特点在此文中被表述为"其所陈夫古者,不必尽如古人之真;而其所以切今者,亦未必适中当世之弊。其言可以情感,而不能尽以理究"。
② Joseph Needham, *The Grand Titration: Science and Society in East and West*, London: Allen & Unwin, 1969, p. 12.
③ 陈寅恪:《朱延丰突厥通考序》,《寒柳堂集》,第163页,北京:三联书店,2001年。

第一章　洋务运动前中国人的
　　　　海外旅行与相关诗文
　　　　——航海文化的影响与近代报刊的推动

　　滨海地域素为文化交通之先地。近世治中外交通史之学者,往往揭西域、南海二名作为研究对象的泛称。其中西域之学以西北边疆史地考证为主业①,依托以欧亚腹地各古族之语言文字,孜孜以求的是汉唐以降丝绸之路上多民族文明交流的微光,以及宋元时期蒙古人征伐亚欧各族的历史痕迹。而南海之学,范围则主要在对南洋诸岛的史地考证。所谓南洋,元代以前称为南海或西南海,至明代改称东西洋,大致是以马来半岛与苏门答刺以西的印度洋为西洋,以东为东洋。② 由于资料缺乏、证据不足,南海之学明显落后于西域之学。然而这并不是说古代中国与外部世界的交通主要依靠陆路,而可以轻视海程。

---

① 中国古代对西方各地皆统称为"西域",包括印度、波斯、埃及、欧洲;清代以降兴起的西北史地研究,则以西域一名专指新疆天山南路。参阅羽田亨:《西域文明史概论》,第5页,耿世民译,北京:中华书局,2005年。
② 冯承钧:《中国南洋交通史》序例,第1页,上海:上海古籍出版社,2005年。

不过从历史观念上来看,中外关系研究的重点确在"西方"①,故多以"东西交通史"或"中西交通史"称其学科。而所谓南北关系,则一般都是用以指称汉域境内的思想文化之传播与影响。钱锺书言"东海西海,心理攸同;南学北学,道术未裂"②者,正是以东西分中外文化,以南北辨汉地学术。总体而言,汉代以后,明代之前,中国的思想文化传播乃是沿着由西而东(外来文明)、由北而南(本土文化)的路线。西北地区千余年来一直是策动历史变迁的源点,历代帝王创业,多经由此,而亡国则在东南。即如古人所言,"天道多在西北"③;"作事者必于东南,收功实者常在西北"④者,俱说明中国地理大势历来有西北胜于东南的规律。西北地区民族间频繁的交流与融合更是造成文明进步发展的生机,可追溯到希腊、罗马、印度、波斯、阿拉伯等文明源头的宗教、文学、艺术、科技、思想诸因素,通过属于不同欧亚古族的商贾、僧侣、工匠、艺人和军士,从西域绵绵输入中国。

自蒙元势力在欧亚大陆势微之后,中国西北疆域之生机渐渐消退。⑤ 刘师培谓:"古代之时,北方之地水利普兴,殷富之区多沿河水,故交通日启,文学易输。后世以降,北方水道淤为民田,而荆吴楚蜀之

---

① 如清代学者全祖望著《二西诗》咏史,所谓二西,已然并非地理概念而是文化概念,指的是明末清初中国接受的两次外来文化冲击,一是"乌斯藏",一是"欧罗巴",即藏传佛教和西洋天主教。参看蔡鸿生:《全祖望〈二西诗〉的历史眼界》,刊于《东方论坛》,2004 年第 6 期。至于中古世的佛教入华,以及大秦景教、波斯祆教、摩尼教、天方回教等流布中国,的确主要是通过西域传入,但也间或依靠海道进入中国。
② 钱锺书:《谈艺录》序,第 1 页,北京:中华书局,1984 年。
③ 《左传》,卷十六,襄公十八年,引董叔言。
④ 《史记·六国年表》。
⑤ 羽田亨言 15 世纪以后,中亚丧失了统一局面,陷于混乱不安的状态,故无人甘愿冒风险和困难选取欧亚腹地的这条东西交通道路了,参看氏著《西域文化史》,第 187—188 页,耿世民译,中华书局,2005 年。

间,得长江之灌输,人文蔚起,迄于南海不衰。"①地理形势之盛衰亦当系乎世变,尤其随着社会生产力的发展与科技手段、交通工具的进步,某些长期居于历史命运决定性地位的自然因素得以克服。思考中国历史地理的大势,可以在渐次变化的规律中,见到外来文明的地缘影响。随着航海技术的发展,五代以后,中外交通的重点渐渐转向海路。至15世纪,世界进入大航海时代。明代中国的海上交通空前发达。洪武朝的遣使南洋宣慰诸国,永乐、宣德年间的郑和七下西洋②,俱为此后百余年华人殖民海外事业③打下基础。此时中国航海技术尚居世界领先地位。宋元时代中国即已开辟了东南亚、阿拉伯直至东非沿海的广阔航线,至郑和下西洋时代则到达集大成的巅峰。然而明廷时常下令海禁,不准私人商贾泛海贸易,致使此一航海盛事随之湮没。

此后,欧洲人航海至于东方,其率先进入中国南海疆域的是刚刚廓清国内民族宗教局势、急望于海外建立威力的葡萄牙人和西班牙人(始于1520年代)。明代后期,中西势力在南洋形成相对峙的局面。④

---

① 刘师培:《南北学术不同论》,"总论",《刘申叔遗书》,上册,第549页,南京:江苏古籍出版社,1997年。"交通日启,文学易输"句下有作者原注,谓:"水道交通,有数益焉。输入外邦之文学,士之益也;本国物产,输入外邦,商之益也;船舶交通,朝发夕至,行旅之益也;膏腴之壤,资为灌溉,农之益也。故越南澜沧江,印度恒河、印度河,埃及尼罗河,美国米希失必河,皆为古今来商业发达之地。"
② 此西洋即上文"东西洋"之西洋。方豪在《中西交通史》中曾专设"与郑和同时之海外使节纲"一节,开列当时出使南洋的其他活动,"可知自明初至明代中叶,中国之所以能为阿拉伯以西陆世界之领导者,固非郑和一人之功",见是书,下册,第636页,长沙:岳麓书社,1987年。
③ 方豪:《中西交通史》下册,第642—649页。
④ 李长傅:《中国殖民史》,第四章"中西势力接触时代",第130—202页,商务印书馆,1998年影印本。其中第150—154页提到明万历年间,广东海盗林凤在吕宋与西班牙殖民者开衅。激起西人对华侨的仇视,导致万历三十一年(1603)菲律宾发生西班牙人大规模屠杀华人事件。随后除英、荷、西、葡诸国的相互争斗之外,早有开边之实的华人势力已经成为欧洲列强的眼中钉。1740年(乾隆朝)发生吧达维亚城的荷兰人屠华事件,激起一系列(转下页)

需要指出的是,此时中国海员的技术与设施仍不逊色于西方著名航海家们,最早在南海登陆中国土地的葡萄牙人,往往搭乘中国商人往返马六甲的"沙船"。①然而此时郑和下西洋的航海档案早已被焚毁②,中国政府中的决策者们对于海外世界的认知极度退化。加之中西海上势力的层层冲突,导致中国朝野上下对西人的一致仇视、恐惧与轻蔑。至利玛窦登陆广东肇庆进入中国,逐渐与中国的士人阶层发生接触,向他们介绍世界地理和泰西学术,中国的读书人才再次开始对外部世界进行探索和理解。葡萄牙的耶稣会士鄂本笃(Benedetto de Gois)希望经由欧亚内陆进入中国传教,却被旅途上的种种困厄与险诈耗尽了精力,最后在甘肃去世。临终时他致书已在北京的利玛窦,"力戒以后旅行,不可由彼所经之道,盖危险而无功也"。③这二人的不同命运,反映出中西交通海陆二路的彼消此长,也可由之窥探辨识出航海时代中的旅行观念。

时代精神虽然如此,却还不能立即影响大陆国家内部涉及知识体系、文化价值等层次的精神生活。清代初年继续奉行的海禁政策是迫于郑成功集团在东南沿海的对立局势;乾隆年间才开放广州一埠进行对外贸易。初步的文明接触,渐次会引发交通的方式及其重点的变化:由西北边疆转为东南沿海,由陆路跋涉转为海道往还,由中亚、西亚邻国诸族变为泰西各国——这一切又将引起稳定的、自闭的中国传统文

(接上页)争斗,直至 1742 年终止。当时福建、广东皆有奏折上报,西班牙人亦恐清廷兴师问罪,尝遣使奉书陈情。乾隆帝则斥海外华人为"天朝弃民,不惜背祖宗庐墓,出洋谋利",不予闻问(该书第 166—171 页)。

① 周景濂:《中葡外交史》,第 8 页,商务印书馆,1991 年影印本。
② 万历年间的笔记中记载:"(郑和出海)旧传册在兵部职方。成化中,中旨咨访下西洋故事,刘忠宣公大夏为郎中,取而焚之。……而《星槎胜览》纪纂寂寥,莫可考验。后世有爱奇如司马子长者,无复可纪。"见顾起元:《客座赘语》,卷一,"宝船厂",《四库全书存目丛书》,子部第 243 册。
③ 利玛窦:《鄂本笃访契丹记》,张星烺译文,见《中西交通史料汇编》,第 1 册,第 543 页,北京:中华书局,2003 年。

化与学术从面貌到根基上都产生动摇。

第一节　求法与朝觐之旅：宗教人士的海外旅行及其著述

在进入中国的外来宗教里,热衷于回溯其圣教起源,激励宗徒跨洋越海去求法和朝圣的,莫过于天主教和回教二者了。在这些宗教里面,旅行给予个人"超脱的直接经验,一个表现虔诚和寻求福佑的机会"①,这与宋元以来追求内心净土的三教合流思想相左,与中国传统旅行文化(比如禅宗的行脚、游方)的特点相比也有很大差别。早期宗教徒在海外的旅行观感,必然不同于其他身份的中国旅行者,因为在前者的思想中存在着想象中的圣迹版图、历史掌故,与其称他们进入"异国",毋宁说他们是回归精神故土。而途中凶险的自然环境,则被看作是真理之路上的种种考验和磨炼。

最早进入欧洲的中国人都是基督教徒。在天主教传布中国之前,曾有兴起于拜占庭帝国的聂斯脱利教派传入中国,被称作"景教"。元世祖至元二十四年(1278),两位畏吾儿景教徒 Rabban Bar Sauma 和 Marco Yaballaha,从大都(北京)出发,前往耶路撒冷朝圣。他们在马拉加城(今 Tabriz,成吉思汗之孙旭烈兀汗创立伊儿汗国,建都于此)遇见景教教长 Mar Denha,得到进入西亚各地参观游历的许可证。Denha 逝世时(1280年)他们也在巴格达,考虑到帝国使者的声威,Marco Yabal-

---

① 郭少棠译述韩书瑞(Suoan Naguin)、于君方(Chunfang Yu)语,见氏著《旅行:跨文化想象》,第37页,北京大学出版社,2005年。是书第136页说:中世纪时的欧洲基督徒比较重视朝圣旅行,近世渐渐淡化,终于在理性主义思潮中被搁置,而更加强调的是追求知识学问的教育意义。论者认为,新教传教士对旅行意义的界定似乎更多着眼于经济实务方面的考虑,郭实腊等人所鼓励的是华人壮年男子去美洲作工,而理雅各等人则劝勉有学识的中国文人到欧洲帮助他们译介汉籍。

laha 被推举为新的景教教长。1287 年,Bar Sauma 受伊儿汗新王阿鲁浑的任命,出使欧洲与基督教诸国结交,他先后经君士坦丁堡、罗马、巴黎数城,其间他在法国时曾与英王爱德华一世会面。Bar Sauma 将其旅行见闻,写入回忆录中,不过是以叙利亚文写作的,在中文世界一直无甚影响。①

明末天主教入华后,获得众多皇室显贵中的信徒。1650 年,在广西梧州岌岌可危的南明永历小朝廷,天主教徒王太后和司礼太监庞天寿,曾暗遣波兰耶稣会士卜弥格(Michel-Pierre Boym)往罗马与教皇请援,随行之人有一位中国信徒,官阶为游击,名陈安德(Andreas Hien?),他们历尽艰苦,方到达欧洲,虽然得以觐见新任教皇亚历山大七世,但未能获得足够支持。② 与卜弥格之使命相对抗的意大利教士

---

① 参阅 Henry Yule & Henri Codier, *Cathay and the Way Thither*, Vol. I, London, 1915, p. 119。*An Eastern Embassy to Europe in the Years 1287-8*, by Norman McLean,刊于 *The English Historical Review*, Vol. 14, No. 54(Apr., 1899), pp. 299-318;德礼贤(D'Elia, Paschal M.):《中国天主教传教史》,第 31—33 页,北京:商务印书馆,1940 年;穆尔(Moule, A. C.):《一五五〇年前的中国基督教史》,第 132—141 页,郝镇华译,北京:中华书局,1984 年。Bar Sauma 的回忆录有两种英译本:一是 James Alan Montgomery 所译的 *The History of Yaballaha III, Nestorian Patriarch: And of His Vicar, Bar Sauma, Mongol Ambassador to the Frankish Courts at the End of the Thirteenth Century*, New York, 1927;一是 Sir E. A. Wallis Budge 所译的 *The Monks of Kûblâi Khân, Emperor of China: or, The History of the Life and Travels of Rabban Sauwa, Envoy and Plenipotentiary of the Mongol Khâns to the Kings of Europe, and Markôs Who as Mâr Yahbh-Allâhâ III Became Patriarch of the Nestorian Church in Asia*, London: Religious Tract Society, 1928。其中 Budge 本是全译本。另外可参考的研究著作是 *Voyager From Xanadu: Rabban Sauma and the First Journey From China to the West*, by Morris Rossabi, Tokio, New York and London, 1992。

② 相关研究见沙不烈《卜弥格传》、伯希和《卜弥格传补正》,收入冯承钧编译:《西域南海史地考证译丛》,第三卷,中华书局,1999 年;以及黄一农:《两头蛇——明末清初的第一代天主教徒》,第十章,第 348—386 页,上海古籍出版社,2006 年。陈安德之姓是黄一农推断出来的,见其著第 358 页。

卫匡国(Martin Martini),则肩负北京的清人政府所托①,于 1653 年到达欧洲,来反对支持南明。卫匡国也携一名澳门教徒来罗马,此人叫郑玛诺(Emmanuel de Sequeira),他在罗马修习哲学神学课程,1671 年返华。② 康熙朝以后,直到 1773 年耶稣会遭解散,此期间还有多次华人教徒随耶稣会士至欧洲,可列述如次③:

  1681 年,法国教士柏应理(Philippe Couplet)携南京教徒沈福宗,先后游历意大利和法国,1687 年到达英国,曾在牛津大学的 Bodleian 图书馆编修中国书目④;

---

① 有关卫匡国此次返欧的主要任务,一般为学界更多注意的,是向罗马教廷解释和申辩中国祭祖祭孔的礼仪问题。见顾卫民:《中国与罗马教廷关系史略》,第 55—56 页,北京:东方出版社,2000 年。
② 事迹见费赖之:《在华耶稣会士列传及书目》,第 380 页,冯承钧译,中华书局,1995 年。
③ 主要参考费赖之《在华耶稣会士列传及书目》,以及方豪《同治前欧洲留学史略》一文(载于《中外文化交通史论丛》,第 120—133 页,上海:独立出版社,1944 年)。据方豪的研究,1800 年以前往欧洲留学的中国人共计 63 人,其中 53 人为马国贤那不勒斯中国学院所招的中国学生;另外有 5 人为方豪未能计入者(则在此时期至少有 68 人随耶稣会士至欧洲)。考虑到这所谓的"留学"实际是修习神学,且其他游欧华人教徒还有别的旅行身份(随侍、校书、出使),因此本文不另立"早期留学"的题目,而一律归入天主教徒的海外旅行之列。此外还参阅荣振华(J. Dehergne), *Voyageurs Chinois Venus à Paris au temps de la Marine à Voiles et L'Influence de la Chine sur la Littérature Française du XVIIIe Siècle*,刊于《华裔学志》(*Monumenta Serica*),xxiii(1964 年),第 372—397 页。
④ 相关研究见 Theodore Nicholas Foss 撰 *The European Sojourn of Philippe Couplet and Michael Shen Fuzong, 1683-1692*,收入 Jerome Heyndrickx 编,*Philippe Couplet, S. J. (1623-1693): The Man Who Brought China to Europe*, pp. 121-141, Nettetal: Steyler-Verlag,1990 年。柏应理曾邀请过著名的遗民诗人、画家,也是著名的天主教徒吴历(渔山,1632—1718)同行,吴自叹垂老,至澳门而止,其《三余集》中有诗云:"试观罗玛景,横读辣丁文",向慕之心可见一二;又作画跋云:"忆五十年看云尘世,较此物外观潮,未觉今是昨非,亦不知海与世孰险孰危。"参阅陈垣《吴渔山生平》、《吴渔山年谱》二文,载于《陈垣学术论文集》第 2 集,第 244—247、298—299 页,中华书局,1982 年。

1702年,福建莆田信徒黄嘉略(Arcade Hoang)随教士梁弘仁(de Laballuère)往欧洲,撰《罗马日记》,与其同行的中国信徒还有一位李若望(Jean Ly)①;

1708年,山西教徒樊守义(Louis Fan)奉康熙旨意,随法人艾若瑟(即艾逊爵,Joseph-Antoine Provana)往使罗马教廷,1719年返华,著《身见录》②;

1722年,广州耶稣会士住院的看门人,信徒胡若望(Juan Hu),随教士傅圣泽(Jean-François Foucquet)至法国,后精神失常,于1726年返国③;

1724年,意人马国贤(Matteo Ripa)带五名中国学生回意大利,在那不勒斯创办中国学院(Collegio dei Cinesi)④,之后160多

---

① 许明龙:《黄嘉略与早期法国汉学》,第1—21页,中华书局,2004年。黄嘉略受聘于法兰西皇家文库,管理汉文书籍,并准备帮助法国学者编写汉语语法书和词典,惜英年早逝(1716)。
② 费赖之:《在华耶稣会士列传及书目》,第680—683页。
③ 魏若望:《耶稣会士傅圣泽神甫传》,第235、243页,吴莉苇译,郑州:大象出版社,2006年。史景迁根据傅圣泽日记以及相关档案文献,写成一书,中译本作《胡若望的困惑之旅——18世纪中国天主教徒法国蒙难记》,吕玉新译,上海远东出版社,2006年。
④ 马国贤:《清廷十三年》,李天纲译,上海古籍出版社,2004年,第116—140页。此后中国学院不断招收远渡而来的华人(1724—1887年),兹不一一列出,详见方豪《同治前欧洲留学史略》中的"留学生略历表",其中那不勒斯中国学生凡91人,一般留学时间都在10年以上。直到1888年,该学院实际培养了108名中国神甫,见D. E. Mungello, *The Great Encounter of China and the West, 1500-1800*, p.48, New York,1999。1792年英使马嘎尔尼访华时,曾往那不勒斯聘请了两位擅长拉丁语(不通英文)的中国学生作翻译,有一名在澳门失踪,另一名留在使团中直到任务结束,见斯当东(George Thomas Staunton)著,《英使谒见乾隆纪实》,叶笃义译,第20页及509页,上海:上海书店,2005年。据J. L. Granmer-Byng的研究(转见于 *The Journal of Asian Studies*, Vol. 23, No. 1,1963, p.125),一名Jacobus Li,一名Paolo Cho,即方豪"留学生略历表"中李自标、柯宗孝二人(见[意]白佐良、马西尼:《意大利与中国》,萧晓玲等译,第119页,北京:商务印书馆,2002年)。

年里此学院共招收了上百名天主教中国学生;

1740年,法国教士吴君(P. Pierre Foureau)领刘汉良(保禄)、蓝方济、曹貌禄、康斐理等五名中国青年至法国巴黎,送他们入路易大王学校(Lycée Louis-le-Grand),五人中以康斐理(Philippe-Stanislas Kang)法文与拉丁文造诣最深,写作拉丁文诗歌二百首①;

1751年,两名中国教徒杨德望(Etienne Yang)和高类思(Aloys Kao)从北京被蒋友仁派往法国求学,先后学习了法文、拉丁文、古典学和神学,1764年毕业,这时法国耶稣会已被废除,两人继而在法国科学院修理化、博物等科目,学习铜板雕刻,历访里昂等地的工厂,1765年归国②;

1767年,刚刚脱离囹圄之灾的杭州修士兴福(Symphorien Duart)从澳门赴欧,客居意大利终老③。

黄嘉略的日记④记述了他在罗马各处所见的圣物、圣迹以及其他古代文物,并记录了部分相关掌故,他后来搬到巴黎后也记了一部分日记,则是以日常生活琐事为主⑤;胡若望曾打算著作一部游记,后来

---

① 费赖之:《在华耶稣会士列传及书目》,第759—760、906—907页。
② 费赖之:《在华耶稣会士列传及书目》,第970—978页。据荣振华意见,高类思当名作高仁,见氏著《在华耶稣会士列传及书目补编》,第328页,耿昇译,中华书局,1995年。高、杨曾接受法国科学院的调查提纲,其答卷后来简接影响到亚当·斯密写《国富论》一书,见戴密微:《法国汉学研究史》,《法国当代中国学》,[法]戴仁(Jean-Pierre Drège)主编,耿昇译,第21—22页,中国社会科学出版社,1998年。
③ 费赖之:《在华耶稣会士列传及书目》,第872—873页。
④ 中文原件藏于巴黎国立图书馆,整理文字见许明龙:《黄嘉略与早期法国汉学》附录1,第314—330页。
⑤ 史景迁提及黄嘉略在日记自我称呼的变化:从第三人称的"黄先生"或"H"变成了"圣黄公爵阁下"等等,这显示了黄嘉略在努力使自己变成一位法国绅士。当时24岁的孟德斯鸠曾数度拜访黄嘉略,几年后,孟写《波斯人信札》,从亚洲人的视角来看法国社会,其实便是以黄嘉略为原型。参阅史景迁:《中国纵横——一个汉学家的学术探索之旅》,夏俊霞等译,第1—19页,上海远东出版社,2005年。

被送入精神病院,此计划未能完成;康斐理曾写过一些记游的诗歌,藏于教士钱德明处;此外可能还有其他中国教徒的旅行著述,尚待探求和稽考。相对而言,惟有樊守义的《身见录》算是一部完整的中文旅行记(1840年之前),然而一直湮没无闻,到1940年代才首度发表。

樊守义字利和,1682年生于山西绛州(隶属平阳府)。1708年初,奉清廷之命,随耶稣会士艾若瑟出使罗马教廷。这次出使与当时的"礼仪之争"有关,纷争起于教会内部关于天主译名和祭祖祭孔的不同看法意见,后来渐为清廷所闻知,康熙帝曾向耶稣会士作出祭祀是爱敬先人和先师并非宗教迷信的批示。1707年,罗马教廷驻华特使多罗(Carlo Tommaso Maillard de Tournon)在南京发表禁约,强行禁止教徒保持中国礼仪,激怒康熙。艾若瑟先前曾在山西传教,可能因此而结识樊守义,之后他又在北京居停五年。康熙很信任他,为了澄清是非,故有聘使西行之举。① 艾、樊一行由澳门出发,过印度洋,绕好望角(途次美洲圣萨尔瓦多补充淡水),1708年秋到葡萄牙,1709年初抵罗马。此后艾若瑟被罗马教皇疑为假造文书,且身患重病,故滞留甚久,直到1719年始东还,1720年经好望角时艾若瑟殁,樊守义独自回到北京复命,觐见康熙,答复有关欧洲见闻,并于次年写作《身见录》。②

---

① 顾卫民:《中国与罗马教廷关系史略》,第52—73页;《在华耶稣会士列传及书目》,第484—485页,第680—683页。方豪:《中国天主教史人物传》下册,第28—30页,中华书局,1988年影印本。
② 樊守义:《身见录·自序》,载于《传教士与法国早期汉学》,第228页,郑州:大象出版社,2003年。《身见录》原本藏于罗马国立图书馆,附于残抄本《名理探》书中。1937年经由学者王重民发现,交阎宗临整理,1941年桂林《扫荡报》之《文史地》副刊52—53期发表其《校注》,后收入《山西地方史研究》(山西人民出版社,1960年)、《阎宗临史学文集》(山西古籍出版社,1998年)及《传教士与法国早期汉学》(大象出版社,2003年)。方豪称此文为中国人第一部欧洲游记,复将全文抄录于《中西交通史》,第855—862页,岳麓书社,1987年。

《身见录》记述罗马、那不勒斯等城市的古迹名园，颇多夸饰不实之辞，如称完石空塔（图拉真纪功柱）内可容千人，加蒲亚府教堂中的圣人之血历千年而汩汩如新，等等；而对于伯多禄圣人堂（圣彼得教堂）、罗马引水高梁（高架引水渠）、比萨斜塔等景观的描述确可补充《职方外纪》所未够详尽的记载。樊守义所见并非泰西近代文明所创造的新奇迹，而是基督教笼罩下的中世纪之余光。他带着宗教徒的虔信去赞美意大利的古代遗迹，其用意或许在于激发北京皇室贵胄们的向慕之心。数十年前，传教士南怀仁在《坤舆图说》中曾介绍过流传西方甚久的"世界七大奇迹"，附有"七奇图"，分别以中国画的写意法描绘了巴比伦城空中花园、罗德斯铜人巨像、埃及金字塔等。① 在"古时七奇"之后，也是《坤舆图说》的最后一图，南怀仁展现的是古罗马斗兽场，题作"公乐场"，这合乎西人中古以来的一贯看法，将古罗马及其后所发展出的欧洲基督教文明看作是古代世界所有奇迹的唯一继承人。樊守义于各处教堂细数圣像人名之余，对意大利诸名城中以流水为主脉的园林建筑一样赞不绝口，这是文艺复兴以后典型的意大利台地园风格。中国第一座西洋水法工程，筹划并建成于乾隆时期的圆明园扩建中，由传教士蒋友仁设计，这工程起因于乾隆皇帝观看了一本法国凡尔赛建筑画册所受的启发。② 乾隆不似康熙热衷于格致与算学，倒是

---

① 所谓"世界七大奇迹"，是西元前 2 世纪希腊化世界旅行家选出的七处名胜，被认为是古代地中海世界最伟大的人文景观，这份名单代表着希腊、埃及、巴比伦等古文明在艺术、科技、宗教、经济等领域上取得的成就。但到中世纪时，这些奇迹多已毁灭无存，惟留下了埃及金字塔。南怀仁书中各图，虽然采取了中国画的写意手法，却显然模仿了荷兰画家 Marten Jacobszoon Heemskerk van Veen(1498—1574)凭据想象而绘出的形象，尤其以罗德斯铜人巨像表现得最为明显。
② 见[法]伯德莱(Michel Beurdeley)：《清宫洋画家》，耿昇译，第 81 页，济南：山东画报出版社，2002 年。

对园囿、艺术以及奇花异草更感兴趣①。樊守义生不逢时,其海外述奇之文未能引起当朝天子的重视,其著述之用心终也隐晦不显了。

樊守义东归后不久,康熙驾崩(1722年)。雍正朝发起禁教运动,使得天主教在中国的传布障碍重重②,天主教徒的活动转入地下秘密进行。1820年后,耶稣会重新恢复传教工作。教徒越洋入欧洲者络绎不绝,未能尽述,但此间罕见以文字记述行程者。1859年,湖北天主教徒郭连城,随同教士徐伯达(或徐类思,Ludovicus-Cel. Spelta)赴意大利,著有日记体的《西游笔略》,为19世纪天主教徒第一部海外旅行记。③

郭连城,名培声,以字行,教名伯多禄,1839年生于湖北潜江,曾就学于武昌的崇正书院。④ 他出国前途次上海、香港,曾先后访问过墨海书馆和英华书院,随行途中可能带有一些西学书刊,比如南怀仁《坤舆图说》、慕维廉《地理全志》及《博物新篇》、《遐迩贯珍》等。《西游笔略》中常见他抄录其中的文字,且附有多幅图版,多从他书剪裁,可能也有他自己所绘,以说明地球自转公转,火轮船、火轮车样式原理以及埃及金字塔等奇景。郭连城记道:"前未有火车、火船之便,中西往来者多绕阿非利加州之好望角,故有'杭海九万里,泛舟三年余'之苦。

---

① 张晋本录乾隆御制《知时草》五律六韵并序,序中言西洋有草名"僧息底斡","以手抚之则眠,逾刻而起"云云。"僧息底斡"之草即 Sensitive Plant,今之谓"含羞草"。见张晋本:《达观堂诗话》,卷四。
② 萧若瑟:《天主教传行中国考》,第347—424页,上海书店影印本,1990年。按,雍正最初发动的教难始于皇室内部,樊守义他曾多次慰问和捐助被谪的宗室,见《在华耶稣会士列传及书目》,第681页。
③ 有同治二年(1863)湖北刻本,晚近有周振鹤的标点整理本,上海书店,2003年出版。另有1921年武昌天主堂印书馆郭栋臣增注本,收入《近代中国史料丛刊》初编,第888号。增注本对书中涉及人物掌故地理多有说明。
④ 民国增注本中,郭栋臣谓郭连城就读于"崇正书院",周振鹤所见的同治二年刻本扉页标明"鄂省崇正书院藏板",《笔略》卷中有"吊田公七律"并序,言意大利修士田若瑟"于咸丰丙辰敷教楚省,讲格物穷理之学于崇正书室,余曾师事之"(第81页)。

目下由广东起程,只四十五日之久,可抵大西洋意大里亚之罗玛府。火之利用,诚大矣。"①樊守义感受的还是中世纪空气里的欧洲,而郭连城笔下则已经显出科学曙光的扫荡之势来了,他没能像克洛德神甫那样说出"此将胜彼"(Ceci tuera cela)的惊世之言,反倒是对技术文明和宗教圣迹都加以顶礼膜拜。只不过他没什么鉴识能力,遂将格致新说和中古传说的博物知识统统抄录下来。又以《周易》"七日来复"与基督教七日休息一天之说相契,谓"此可证天主教之古经有符合于中国上古者矣"②,当时欧洲的传教士汉学有索隐派,以法国耶稣会士为主,以发掘《易经》等汉籍中合乎基督教义的内容为能事,郭连城想必受此学派思想的影响。

为《西游笔略》作序的陆霞山③、后来增注该书的郭栋臣(字松柏,郭连城胞弟),先后都在历史悠久的那不勒斯中国学院修习。郭栋臣于咸丰十一年(1861)出国,居中国学院12年方卒业。1886年复回那不勒斯执教历十载。留学期间,他以拉丁语和意大利语翻译《三字经》(1869),又著《华学进境》(1872),教意大利人学习中文,二书俱在那不勒斯出版。④ 他还翻译了中世纪大旅行家鄂多立克(Odoric)的小传及

---

① 郭栋臣:《西游笔略》,第49页,上海书店出版社,2003年。当时的行程,是从广东出发,经新加坡,过印度洋入红海,由埃及苏伊士上岸,乘火车至亚历山大里亚,再登船过地中海至意大利。此时除却舟车之便外,亦仰赖于拿破仑远征埃及,使得欧洲人控制了这条东西交通枢纽(不必再绕行好望角)。1869年苏伊士运河凿通后,亚欧之航线不再需要埃及内陆的火车,此后晚清中国人的旅行记里也就很少再见有游览金字塔的了。
② 郭栋臣:《西游笔略》,第76页。
③ 陆霞山,名乐默,以字行,道光七年(1827)生,《西游笔略序》云:"道光三十年,余与二三同志航海而西,由缅甸、印度、阿非利加、法兰西、大吕宋等处,抵意大里亚之纳玻离府,而肄业于圣家修院,盖八年于外矣。""圣家修院"即马国贤所立中国学院,全称作 Chinese College and Condregation of the Holy Family。
④ 见方豪《同治前欧洲留学史略》,称郭栋臣为"传授华学于海外之前驱"。

其游记,题名为《真福和德理传》,是极为重要的中西交通史文献。①

以上简要地对天主教徒在欧洲的旅行与著述作了一番回顾。由樊守义、郭连城两个完整的文本可以展现出他们大概的旅行经历和观感。中国教徒并非单纯地接受西方宗教文化洗礼,他们(从沈福宗到郭栋臣)往往会参与到西方人研究中国的学术工作里来,但由于缺乏足够的文字表述,未能彰显其价值而已。

中西交通之西并不仅指"泰西"。西亚文明进入中国的历史同样悠久,影响甚至更为深远。近千年来,由于地处东西世界之间,阿拉伯人不仅通过兴旺的商贸活动促进文明交流,而且产生大批勤奋的学者,吸收了印度、波斯、中国、希腊、埃及各处的优秀文化遗产,并创造出自己灿烂的文明盛景。伊斯兰教的学者们有行游四海、寻求真知的传统:"语言学家跑到沙漠中游牧人居住的地方收集语言文学素材。圣经学家云游四方去收集圣训。文学家为了向各地文学家求教学艺,他们的足迹遍及伊斯兰国家。学哲学的人跑到君士坦丁堡等地寻求希腊书籍以便进行翻译。"②欧洲文艺复兴运动的兴起,从哲学、科学、文学艺术到文献整理和古学复兴,都在一定程度上仰赖于中世纪阿拉伯人学术文化的西传(通过十字军东征或是阿拉伯人在西班牙的兴盛)。唐初伊斯兰教进入中国,逐渐形成规模,成为一支人口众多、分布广阔的民族,其先进的天文学和药学知识在中国古代科学史上也占有重要一席。

此前虽有杜环《经行记》残篇述其"大食"见闻,但历代前往阿拉伯地区的中国人主要还是回教徒。依据阿拉伯语,穆斯林的旅行有几种不同的形式:haji 指去麦加朝圣,hijra 指移民到伊斯兰教区,rihla 指求

---

① 光绪十四年(1888)春译完,自序于那不勒斯文华学院。有湖北崇正书院刊本,张星烺《中西交通史料汇编》(第一册,第338页)曾参考此书,后来香港《公教报》重印,但仅存正文,删去了郭注。见何高济:《鄂多立克东游录·中译者前言》,第34页,中华书局,2002年。

② [埃及]艾哈迈德·爱敏:《阿拉伯—伊斯兰文化史》,第三册,第66页,向培科等译,商务印书馆,2001年。

学之类的旅行,ziyara 指寻访圣地,此外还有商贸行旅或军事征伐。①haji 者,中文作"阿吉",如清人王树枬主编的《新疆图志》中说,"其走谒摩罕默德墓者,谓之阿吉,道死为上,返者次之。故多以此倾产堕业,不稍顾惜"②,很多回教学者也正好借此机会得以四处访学求教。阿拉伯文献中就记载着 10 世纪前后,某位中国学者曾在巴格达居住了一年,他拜访阿拉伯的大医师拉齐(al-Rāzī,850—925),在其家以中文草书记录了古希腊名医盖伦卷帙繁多的著作。③

自元以来,很多回教徒迁入云南,他们赴麦加朝觐,可经由今缅甸或孟加拉泛海西行,于是形成一条固定的交通路线。④ 明初大航海家郑和(马三保),出身于云南的穆斯林家庭,其父名哈只,即出于阿拉伯语 haji(朝觐)。郑和随行人员中,马欢、郭崇礼等人也都是回教徒,《瀛涯胜览》有关麦加地方的见闻,其语气与费信的《星槎胜览》全然不同,正可视为教徒巡礼之作。清康熙二十三年(1684)以后,郑成功政权覆

---

① Dale Eickelman &. James Picatori 编,*Muslim Travels*: *Pilgrimage, Migration, and the Religious Imagination*,London: Routledge,1990,pp. 3-28. 转见于郭少棠:《旅行:跨文化想象》,第 27 页。
② 王树枬:《新疆图志》,卷四十八"礼俗"。又见傅恒等撰《钦定皇舆西域图志》,卷三十九"风俗·回部",谓"回部西有默克、默德纳,为回回祖国,回人凡终年必亲往礼拜一次,以答鸿麻。办装裹粮,往还期以三年"。朝觐为伊斯兰教"天命五功"之一,本为所有教徒必须履行的职责,但又规定说若出于"路塞、乏用、无亲命、废疾"等情况,可免。参看马德新:《朝觐途记》,第 18 页注释 3。
③ 费琅:《阿拉伯波斯突厥人东方文献辑注》,上册,第 152—153 页,耿昇、穆根来译,中华书局,1989 年。另参阅李约瑟:《中国科学技术史》,第一卷,第 489—493 页;宋岘:《古代波斯医学与中国》,第 126—154 页,经济日报出版社,2001 年。
④ 元汪大渊《岛夷志略·天堂》:"云南有路可通,一年之上可至其地。西洋亦有路通,名为天堂",西洋指印度洋。天堂或作天房、天方,原本指麦加的 Ka'aba 寺院(黑石殿),引申以称麦加。《明史·西域传》称:"水道自忽鲁谟斯四十日始至,自古里西南行,三月始至。"忽鲁谟斯约在伊朗近波斯湾处,古里在今天印度的卡利卡特。

灭,海禁放宽,中国回教徒往麦加朝圣者日益增多。据研究者称,清代初期伊斯兰教形成的苏菲派四大门宦,其创始人多为朝觐与求法归来的大学者。① 道光二十一年(1841)冬,穆斯林经学大师马德新自云南出发,开始了他长达八年之久的海外旅行,回国后以阿拉伯文著《朝觐途记》,由其弟子马安礼译成中文,这是第一部伊斯兰教徒记录朝圣之旅的完整著作。② 虽然文字十分简略,但依次提及沿途的宗教圣迹和朝觐者路上应注意的事宜,比如进入麦加前须入戒("对野赖澜戒关受戒"),这是由海路来的教徒必遵守的程序。

离开麦加后,马德新又拜谒了麦地那的穆罕默德圣陵,然后开始在西亚至埃及各地游历,先后到达开罗、亚历山大里亚、伊斯坦布尔、塞浦路斯、耶路撒冷、特拉维夫、亚丁、苏伊士等城市。所至之处,主要是进行学术访问与考察,包括参观开罗建校千年之久的艾资哈尔大学,亚里山大里亚的伊斯兰教群贤陵墓和希腊古迹,耶路撒冷的萨哈莱清真寺等。这部分篇幅相较前面朝觐部分更长一些,合乎马德新的学者身份,这些游历虽也没有详细展开叙述,却在日后对他回国后的学术活动具有很大的意义。可举一例说明:在亚历山大里亚期间,马德新凭吊过阿拉伯大诗人穆罕默德·蒲绥里(Muhammad al-Busiri,1211—1294)之墓,并提及其代表作品《改虽德·布尔德》,即《衮衣颂》。③ 待他回国

---

① 如马明心、马来迟等,见马通著:《中国伊斯兰教派与门宦制度史略》,第70—86页,银川:宁夏人民出版社,2000年。门宦即伊斯兰教苏菲派的中国名称。
② 马安礼译本有1861年昆明刻本,1980年云南大学西南亚研究所抽印,载入《云南史料丛刊》第二十二辑,1988年宁夏人民出版社有纳国昌注释本,列入"中国回族古籍丛书"中。马德新(1794—1874),字复初,云南大理人,回族。
③ *Qasidat al-Burda*,burda 是阿拉伯人的粗纺布单斗篷。大诗人克儿卜·伊本·助海尔向先知穆罕默德悔过自新,得先知肩上的 burda,此后成为圣物。传说蒲绥里得瘫痪,长年卧床,因作此诗以求奇迹。后来于梦中得先知赐 burda 覆体,醒来遂痊愈。此诗成为最著名的阿拉伯诗歌,其中有些诗篇甚至被认为有消灾、祛病的功效,参阅马坚《天方诗经》(人民文学出版社影印本,1957年)序言。

后,与门人将此诗译成汉文,题作《天方诗经》。1890 年在四川刊刻的定本,乃是弟子马安礼利用马德新专讲阿拉伯诗法的《诗海一峡》,参考《诗经》体例、韵律而完成的译本。这不仅是最早的阿拉伯诗的汉译本,也比《衮衣颂》最早的法文译本和意大利文译本都领先。因为译诗的人都是通晓阿拉伯语和阿拉伯典籍文献的学者,所以使得体例完备、句意精善、注释详尽,而且是双语对照本,便于后人学习。其中如"或风飘兮,科蕊墨方,或自迤冉,昏夜电光"等数句,涉及麦地那地理,对于曾身历其地之人而言,把握原文的境界气氛可能会更容易些。

以诗经的四言体译伊斯兰教的先知颂,这合乎明清以来中国穆斯林学者"学通四教"的翻译风格,即所谓"用儒文传西学","遵中国之理,引孔孟之章译出","义以穆为主,文以孔为用"等等。① 作为晚清著名的穆斯林阿訇,马德新具有宽容的文化观,他承认各种文化皆有可取之处,皆有合理而利于世道人心的一面。②《朝觐途记》中记述他在埃及见到那里的穆斯林君主锐意改革,引进法兰西的先进技术,他也深表赞许。

马德新晚年卷入云南杜文秀回民起义事件中,后遭云南巡抚岑毓英杀害(1874 年)。其中有若干待议的历史细节,俱不在本文论列之内。需要提及的是,当 1868 年英法探险队打算进入云南进行勘测考察之时,马德新曾自以为最了解法国人的"科学目的",便为他们写了阿拉伯文的介绍信,以其声望要求滇西人民勿加阻难。此为西方近代文明与中国西南内陆交通信息之始。1871 年,当清军逼近大理,回民起义力量岌岌可危之时,杜文秀义子刘道衡便提议联络英国人来对抗清军,于是有了 1871 年刘道衡使英一事。刘一行八人,于 1871 年年底进入缅甸,在仰光由英人安排,由海路去往伦敦,在那里未受英人重视,

---

① 参阅马祖毅:《中国翻译简史》,第 246—248 页,北京:中国对外翻译出版公司,1998 年。
② 杨桂萍:《马德新思想研究》,第 211—214 页,北京:宗教文化出版社,2004 年。

"归顺"不成,于是又由英人护送返回。至仰光,闻大理失陷,刘道衡遂留居缅甸。①

刘道衡使英经历,并未留下文字记述行程。但有一部背景模糊的海外旅行记,极有可能与此次回人的欧洲之旅有关,需要附议于此,这就是王芝所写的《海客日谭》。② 从时间、地点、路线上看,此书与刘道衡使英相关史料都基本吻合,只不过王芝在旅行记中自称是驻腾越的清军中人,与其同行的伯父月渔先生甚至还是位候选同知。《海客日谭》中多有沿途题咏酬唱之作,并言月渔先生还另外写作了一百二十首"欧罗巴竹枝词"。很难想象正在云南与回民作战的清军究竟为何会派出两位文人到英国旅行一遭。因此,论者认为王芝的真实身份是刘道衡的随行人员,他可能只是承担文书工作的一个小文人而已,他懂一点英语和缅甸话,在整个行程中并无重要作用。自然可想见的是,假如要将这次行旅见闻公之于众,必须要隐去真事才不致招来祸端,于是点缀几个人名,再随处对天朝盛德歌颂几声,便很容易就蒙混过去了。

《海客日谭》一书较少被人论述和研究。钱锺书曾在读书札记中说此书"夸诞不经,疑多虚构",但他找到一条证据,可说明王芝确有其人,也确有其旅行之举的,便是吴虞写于民初的一首"怀人绝句":"四海敖游倦眼空,相逢容吐气如虹。笑将千万家财散,名士终推庚子嵩",诗下自注"华阳王子石丈芝"。③ 这与《海客日谭》的作者题签相吻合。吴又陵氏一向自视颇高,他将王芝比作《世说新语》中的大名士

---

① 白寿彝:《中国回回民族史》,第610、617—619页,中华书局,2003年。
② 有光绪丙子年(1876)刻本。"近代中国史料丛刊"初编第318号据此本影印。序言说此书初名《渔瀛胪志》,今据许云樵《南洋文献叙录长编》(刊于《南洋研究》,1959年第1期),确知有此一种版本存在。
③ 《钱锺书手稿集》"容安馆札记"卷一,第123条。吴虞诗见于《秋水集》民国二年(1912)刻本,《怀人绝句》十二首之九。参看《钱锺书手稿集》"中文笔记"第一册,第374—377页,北京:商务印书馆,2011年。又见《吴虞日记》一九一五年三月十四、十六日,提及"王子石遗诗",可知王芝此时已去世。

庾敫,可见王芝果然因早年的海外壮游而身列川中的异士高人了。

就近代尚活跃于中国的外来宗教而言,犹太教、祆教信徒多是居住在沿海港口城市的外国人,多为避难求生或商业贸易而来,并无传道布教的举动。① 像周戈那样被强迫留在俄罗斯,加入东正教的经历,属于极其偶然的事件,他也没有文字记述经历。② 而佛教早已汉化为本土宗教,旅外的目的多为说法布道。康熙时(1696年前后)有粤僧大汕往南亚说法,著有《海外纪事》六卷,记大越国之风土以及大洋往来所见闻,民国时期则有太虚法师环游欧美,布道讲法(1928—1929年),也有游记传世③,在此二人之间则没有什么著作可寻。康有为等的印度佛国游记属于观光旅游,《乘槎笔记》的作者斌椿是佛教徒,但他的出国身份是使臣,因此都不干本节之论旨。就上文所述《身见录》、《西游笔略》、《朝觐途记》甚至《海客日谭》而言,这些文本都出自中国内地的作者。尤其对于天主教徒而言,沿海(闽粤江浙)本是得风气先,并且信徒繁多的地域,跨洋越海者更为多见,于是反而没有人刻意记述其事。中国第一位天主教旅行作家樊守义与第一位佛教旅行作家法显都是山西平阳人。必须承认的是,宗教活动中所包含的人类精神力量,恐怕是学理分析难以笼罩的。在当前争说"文明冲突"的敏感语境下,中国宗

---

① 清代多有混居在印度各地的波斯祆教商人来华贸易,被称作巴斯人(Parsee),他们比较早地接受欧洲文化熏染,初亦被称作西洋人。晚清的笔记、游记、诗文中多有记述巴斯人的情节,详见郭德焱:《清代广州的巴斯商人》,第36—47页,中华书局,2005年。

② 1733年,清廷派往俄国的使团成员周戈,被俄方疑作联络迁居伏尔加河畔之土尔扈特部的间谍而扣留,押解回莫斯科。1739年,周戈被迫入东正教,并娶俄妇为妻,同时在莫斯科教俄人汉满语言,其中有位学生列昂季耶夫,成为18世纪俄国著名汉学家。见阎国栋:《第一位在俄国教授满汉语的中国人》,刊于《中华读书报》,2001年4月4日。此外如洪勋《游历瑞典那威闻见录》(《小方壶斋舆地丛钞》再补编第十一帙)中就记载瑞典某博物院题名录中有福建的一位新教徒,于乾隆五十四年(1789)到此。

③ 满智、默禅编:《太虚大师环游记》,收入"近代中国史料丛刊",初编第919号。

教人士曾在文化交流和互助上所做的努力不可湮灭,此相较于西方传教士、十字军传统下的行旅目的则完全不同。

郭连城过红海时,所咏《红海怀古赋》、《红海月下怀古七律》二篇,"乃披圣传,乃具壶觞,怀伊人于千古,恨秋水之一方",感兴趣的是《圣经》摩西出埃及过红海的故事①;而马德新《朝觐途记》在记述他过红海时说"其地乃费勒傲与其党淹没之海滨也"②,则是引称《古兰经》的类似故事。《朝觐途记》中还记录过斯里兰卡山上的"元祖足迹",那里被当地佛教徒认作是佛陀现身说法的遗迹,而印度教徒则认为是大自在天的脚印。③ 假如各人相遇于途中,两方各述所信者,则恐怕会像蒲松龄笔下的"西游人"与"东渡者"那样,"相视失笑,两免跋涉"了吧。④ 西来之宗教固然激发起了中国信众的异域旅行热情,使他们不断汇入大航海时代向遥远国度进发的潮流中去,但是这些朝觐旅途中的宗教徒所怀抱的,仍然是裹挟在中古暗昧长夜里的心智。

第二节 两部"海客瀛谈"的写作背景

洋务运动之前的海外旅行,除了宗教人士之外,便以粤、闽两省的"海客"居多,不过这些以出海谋生者,很少见到有记其旅程的专门著述。⑤ 明代漳州人张燮的《东西洋考》,是通过采访乡里的海民舟子而

---

① 郭栋臣:《西游笔略》,第33—34页。
② 马德新:《朝觐途记》,第48页,费勒傲即埃及之法老。
③ 同上书,第22页及23页注释3。
④ 蒲松龄:《聊斋志异》,卷四,"西僧"则。
⑤ 最为难得的是18世纪已经出现中国非宗教人士在欧洲的旅行,相关研究可参阅史景迁学生陈国栋所撰写的《雪爪留痕——18世纪的访欧华人》,其中提到了11位曾在18世纪于欧洲留下旅行痕迹的华人(多数是闽、粤商人和南洋华侨),此文载于氏著《东亚海域一千年:历史上的海洋中国与对外贸易》,第159—187页,济南:山东画报出版社,2006年。

辑录成篇的,消泯了原来旅行者的个人经历痕迹,不能算是旅行写作的文本。

《海录》①也是成书于采访录,但与《东西洋考》的情形大为不同。在晚清中国士人了解西方世界的读物中,此书可谓居于特别重要的地位。其著述体例不同于《海语》、《东西洋考》、《八纮译史》、《海国闻见录》等"摭拾传闻"之作,其记叙范围也远远超出了此前《星槎胜览》、《瀛涯胜览》、《真腊风土记》、《安南纪游》、《中山传信录》、《吧游纪略》等书。《海录》为他人笔录一位广东海客口述其在18世纪末的海外旅行见闻。此人名叫谢清高,早年漂流海外,周游世界数载②,后来回到故乡,由于生活落拓辗转到澳门,靠经营铺户和作翻译为生。当他向人完整地口述其经历的时候,双目已盲,且距他海外归来也有20年以上的时间。③ 若说他仅仅凭靠记忆,叙述了90多个国家、地区的地理、航程、风物、习俗等,实在有些不足据信。因此应当认为,此书虽然有许多突破以往载记海外地理之书籍的特别之处,但是并非戛然独造,而是与当时当地的航海传统和社会风气直接相关。也就是说,谢清高《海录》所包含的个人旅行记忆背后,有一个隐约的文化传统存在。

---

① 有关《海录》一书的版本研究,可见安京:《〈海录〉作者版本内容新论》,《中国边疆史地研究》第3卷第1期,2003年,以及安京在《海录校释》(北京:商务印书馆,2002年)前的《绪论》。需要补充的是《海外番夷录》出版时间是道光二十四年(1844),王朝宗辑刊,分上下卷,上卷是《海录》(前有图),下卷为其他数种当时广东流行的外国志著作。

② 有关谢清高生平的文献资料留存甚少。根据李兆洛《海国纪闻序》(《养一斋文集》卷二),知谢之生年在乾隆三十年(1765),18岁时航海遇难,为葡人番舶救起,之后随船游历东西各洋,"朝夕舶上者十有四年"(此说与杨炳南序也相符合),则其航海时间应在乾隆四十七年(1782)到乾隆六十年(1795)。而安京在研究葡萄牙东波塔档案馆《清代澳门中文档案汇编》后,撰文称谢清高移居澳门的时间应推前至1787年,如此则其人海外游历的时间便应是四年而非十四年了(《〈海录〉作者版本内容新论》)。

③ 据杨炳南序,他在嘉庆二十五年(1820)春天,于澳门见到谢清高,记其口述,整理成书。

首先,《海录》成书之前必有所本,这与滨海地域出海谋生者世代因袭的隐秘经验传统有密切关系。清人谓:"舟子各洋皆有秘本,云系明王三保所遗,……名曰洋更。"①以数代航海之经验,积累作"更路簿"或"针经"一类手册,这成为古代中国海员或"舟师"的传家秘宝,这些书册会详细记述海上航线沿途的水文、地文和天气特征,极为实用;但是往往文字粗劣,或以方言俗语写成,难为外人所看懂。据传言,粤海地方海员的"更路簿"是郑和下西洋流传下来的②,航海大时代存留下来的信息遂未必是可以被全然湮没的。乾隆朝时,因中西礼仪之争端,清政府实行闭关锁国政策,关闭了江浙闽三地的通商口岸,惟保留广州继续对外通商。谢清高是广东嘉应(今梅州)人,幼年便随商船出海。他对这些海上导航的民间书籍和著述体式应该是不陌生的。《海录》一书的吕调阳注释本,便在上卷之后附录张燮《东西洋考》的"西洋针路"③,以资研究者对照,可谓深明其所原本。虽然《海录》中并无周密详尽的道里计数,但是每到一地,必先叙述方位和海程,再记录所见的地貌特征、人物风俗等。而当谢清高所乘坐的"番舶"驶出中国海员们熟悉的南海,绕过好望角,进入西方世界后,以同样的套路记录相同的重点,在他来说便是很容易的事情。至于笔录者采访谢清高之时,他已经目盲多年,假若没有当年所留存的文字记录,假若没有可以因袭的陈述框架,昔日颠簸流离近大半个地球的汗漫之旅,又如何得以如此简洁确切地呈现出来呢。

---

① 黄叔璥:《台海使槎录》卷一,第 13 页,丛书集成初编影印本,中华书局,1985 年。
② 郭永芳:《中国古代的地文导航》,"更路簿和针经"一节,章巽:《中国航海科技史》,第 240 页,北京:海洋出版社,1991 年。在第 242—244 页里,该作者对照了明代初期开始出现的航海手册《顺风相送》和明季漳州文人张燮所著的《东西洋考》以及郑成功治下的一部海道针经《指南正法》,认为各书载记相同地域的内容往往是大同小异的。
③ 此处"西洋",即是吕调阳本的"东南洋",指的是马来半岛与苏门答剌以西的印度洋。参看本章前注(第 32 页注 4)。

其次,《海录》一书所记述的大西洋诸国种种见闻,理应与谢清高人生经历和所处环境有直接关系。比如单鹰国、双鹰国之名(前者指普鲁士,后者指奥地利),便是出于广东人以其市舶旗所画呼其国名的习惯("番舶来广东,用白旗画一鹰者是";"番舶来广东,有白旗上画一鸟双头者即此国也")。① 《海录》所述西洋诸国有详有略,其中以葡萄牙、荷兰、英国、美国四国占据篇幅较大,又以葡萄牙为记述最详细者。称葡萄牙作"大西洋国",这也是本自粤海之俗。② 杨炳南序中曾说谢清高游历海外时曾学习西洋语,目盲后在澳门作通译为生③,因此——"所述国名,悉操西洋土音,或有音无字,止取近似者名之……"

所谓"西洋土音"者,就是指当时兴起于广东商人群落里面的洋泾浜外语了。自1557年葡萄牙人入澳门,以租借为名,获得居住权,宣布开埠,遂开始了对澳门400多年的殖民史。葡萄牙语成为最早与华人广泛接触的欧人语言,并由此而产生了混合葡萄牙语、英语(稍晚)、马来语、印度语和粤语的杂交语言,名为"广东葡语"、"澳门葡语"或"洋泾浜葡语",也被称作"澳译"。乾隆初年出版的《澳门记略》一书,编者言称"西洋语虽侏离,然居中国久,华人与之习,多有能言其言者,故可以华语释之",便仿照薛俊《日本考略·日本寄语》之体,作《澳译》一篇附之,以粤语方言的汉字拼写方法记录葡语常用词。④ 研究者指出,谢清高的《海

---

① 《海国图志》,魏源注:"广东人以其市舶旗所画呼之,非其本名也。"
② 吕调阳注云:葡萄牙"自明以来久居香山澳,华人遂以大西洋国称之"。
③ 安京在前揭《〈海录〉作者版本内容新论》一文中认为谢清高在澳门打官司时尚需要聘用通事,故证明"为通译以自给"之说为妄。但是,专门的诉讼案件早已超出谢清高的外语能力,且因他此时已经目盲,所以另聘通事是必要的,却不足证明他不通外语甚或以此来做一些简单的中介工作。
④ 印光任、张汝霖:《澳门纪略》卷二附录,《续修四库全书》,史部第676册。参阅周毅:《论近代中国最早的洋泾浜语——广东葡语的历史渊源和影响》,刊于《四川师范大学学报》(社会科学版),第32卷第1期,2005年;刘月莲:《澳门历史语言文化论稿》,澳门文化研究会出版,2003年;胡慧明:《〈澳门纪略〉反映的澳门土生葡语面貌》,刘月莲:《〈澳门纪略〉附录〈澳译〉初深》,均刊于《文化杂志》中文版,第52期。

录》中有许多译名也是使用葡语的汉字注音①,而全书特以"大西洋国"(葡萄牙)条所记译名最多,包括了葡萄牙的各省首府地名、各级官爵名四五十种②,可大大补充《澳门记略》缺乏的专名之拼读。这种多以"口"字偏旁标示其人地之名的习惯,常被后世学者视作为中华人士对外族的蔑视,然而更直接地是与以土音注外语的"澳译"传统有关。

此外,研究《海录》之成书,除了谢清高本人的身世生平,也需要把笔录者的身份和在其中扮演的角色尽可能清晰完整地考虑进来。关于《海录》一书的笔录可能有两种版本,一是杨炳南笔录本,一是吴兰修笔录本。杨炳南本为后世所流传,而吴兰修本则佚失,惟李兆洛《养一斋文集》中存留一篇《海国纪闻序》,说:

> 游广州识吴广文石华,言其乡有谢清高者,……(石华)受其所言,为《海录》一卷。予取而览阅之,……属石华招之来,将补缀而核正焉。而石华书去,而清高遂死。……复约其所言,列图于首,题曰《海国纪闻》云耳。③

据李兆洛生平,知其游粤时间在1820年。吴兰修,字石华,嘉庆戊辰(1808)举人;杨炳南,字秋衡,道光己亥(1839)举人。④ 两人都是谢清高的嘉应同乡。吴兰修乃是晚清岭南的著名学者,阮元督抚两广地方

---

① 章文钦:《澳门历史文化》,第101页,北京:中华书局,1999年。
② 冯承钧注本对此有详细的解说,并说"足证清高尝附葡国船舶,足迹曾履葡国也"。
③ 李兆洛:《海国纪闻序》,《养一斋文集》卷二,光绪四年(1878)重刊本。按,《海国纪闻》一书目前未能看到,但在1841年成书的汪文泰辑《红毛番英吉利考略》(《海外番夷录》卷下)中摘录了此书若干条目,其中谈火船、火器的两条不见于今本《海录》,地理译名也多有出入。参看王重民:《介绍早期记录外国历史的著作》,原载《图书馆学通讯》,1979年第1期,转见于《冷庐文薮》,第137—144页,上海古籍出版社,1992年;龚缨晏:《鸦片的传播与对华鸦片贸易》,第116页,北京:东方出版社,1999年。
④ 冯承钧:《海录注》(中华书局1955年本),附吴、杨二人小传(转载《嘉应州志》)。

时,于嘉庆二十五年(1820)在粤秀山创建学海堂,将羊城、越华、端溪、粤秀四大书院学生汇集于此,吴跻身第一批八大学长之列。当时的学海堂,一扫之前岭南学人空谈心性的虚浮习气,转向考据、训诂、金石、史地之学,最终造就清代后期岭南学术的繁荣之象。其中吴兰修在历史、地理、金石、算学上都有造诣,名列罗士琳《续补畴人传》中。杨炳南论学问、资历、名望,都不及吴兰修,他曾参加过吴兰修等学海堂同人组织的文学社团——希古堂①,但并不是主要人物。

这两位整理《海录》的广东学人,其心怀有相似之处,都具有1820年代初期岭南学术发生转变时的开阔眼界。阮元叙及学海堂之名称的由来,言"惟此山堂,吞吐潮汐,近取于海,乃见主名"②,联系他发扬汉学之优长(《皇清经解》)、表彰中国科学之传统(《畴人传》)的功绩,可看作是从居山临海的地理位势中昭显了时代精神和学问境界的新内涵。道光六年(1826),一批学海堂的学长吴兰修、曾钊、林伯桐、张维屏等在广州成立希古堂,树立文章的宗旨:

> 以经史为主,子史辅之,熟于先王典章,古今得失,天下利病,而后发为文。③

研究者称,自希古堂之成立始,以提倡经世致用之学为特色的岭南学派正式形成。④ 吴兰修整理本虽然不传,但从李兆洛的序中可以看出其

---

① 光绪《广州府志》(1879年)中有组建希古堂的十八人名录,见卷一六二,杂录三。又,杨炳南序中提及的"秋田李君",可能是李光昭,据容肇祖《学海堂考》"学海堂初集选取人名考"中(见《岭南学报》,第3卷第4期,第103页,1934年),谓"(李)光昭字秋田,嘉应州人"。
② 阮元:《学海堂集序》,收入赵所生、薛正兴主编:《中国历代书院志》,第13册,《学海堂初集》,南京:江苏教育出版社,1995年。
③ 曾钊:《希古堂文课序》,《广东文征》,第5册,卷23,第440页,香港中文大学出版社,1987年。
④ 王世理:《试论岭南学派的形成特点和作用》,刊于《岭南文史》,1995年第4期。

中包含对海上西方势力的隐忧("于红毛荷兰诸国吞并滨海小邦,要隘处辄留兵戍守,皆一一能详,尤深得要领者也"),此与杨炳南本中的精神大体相同。《海录》记"咩哩干国"(即美国,当时刚刚独立)事,提及国内出入多用"火船"(即蒸汽机船),便发生"时代错谬":因为蒸汽机应用于轮船的试验发生在 1803 年,1819 年才有蒸汽机船横渡大西洋的新闻。这一内容可能是谢清高流寓澳门时听说的新闻(冯承钧),但更有可能是笔录者随手补充进去的夷情信息(安京)。无论如何,陈述者似乎隐约意识到技术文明的威胁,但仍一概斥为"奇技淫巧"。

日后吴兰修针对鸦片贸易在南部中国引起的弊害与矛盾,写作了一篇影响很大的名文《弭害篇》①,成为所谓弛禁论(主张鸦片贸易合法化,允许民间吸食,放任国内种植罂粟,从而解决外贸逆差的局面)的先声。② 此文的夹注中曾征引杨炳南本《海录》"明呀喇"条末有关鸦片品级的叙述,且标明出处。我们由此相信吴、杨两本有很大的区别,并且至少杨本增添了许多自己的见解和说明。如《海录》"唧肚国条"一条中,杨炳南将记叙的口述内容与《海国见闻》即《海国闻见录》进行比对,便指出两者的异同,并说"余止录所闻于谢清高者,以俟博雅之考核,不敢妄为附会也"。

《海国闻见录》的作者陈伦炯,是清初熟悉海国夷情的著名学者,他的著作长期被视作重要的万国地理读物③,然而对于海外地理的认知尚有很多谬误,远远不及《海录》。杨炳南的学识有限,对于二书内

---

① 光绪《广州府志》卷一六三,"杂录四"。
② 井上裕正,"Wu Lanxiu and Society in Guangzhou on the Eve of the Opium War", Trans. by J. A. Fogel,刊于 *Morden China*,第 12 卷第 1 期,1986 年。
③ 姚莹:《中外四海地图说》,谓"《海国闻见录》,图海外诸国,辨其远近方位,是为中国民间有图之始。……嘉庆中,海洋多盗,讲修防者,乃争购其书",见《康輶纪行》,卷十六;鸦片战争前西人的中国旅行记中,也有提到厦门的中国海员极为推崇此书,见[法]老尼克:《开放的中华——一个番鬼在大清国》(*La Chine Ouverte, Aventures d'un Fan-Kouei dans le pays de Tsin*, Old Nick, Paris, H. Fournier, 1845),第 88—89 页,钱林森、蔡宏宁译,山东画报出版社,2004 年。

容不能作出更进一步的辨析,故对《海录》一书价值、意义的阐发,尚有待于后来者。1839年夏天,在虎门销烟的林则徐上奏折给道光帝,推荐阅读《海录》一书。需要指出的是,这篇奏折的核心内容,乃是为了澄清自明季严从简《殊域周咨录》①以来流行甚广的西洋番鬼烹食小儿的荒谬传言。林则徐以谢清高的旅行见闻作为证据,他读《海录》"英吉利"一条,见英国娼妓生子亦能受到人道关护,遂证明"无知赤子被夷人以左道戕生"的传言纯属虚构。② 及后来魏源受林则徐委托,以"师夷长技以制夷"③为宗旨,编纂《海国图志》(1842年五十卷本,1847年六十卷本,1852年一百卷本)。以其所引用的文献资料来看,除了《海录》属于第一手材料,其他如《海国闻见录》、《英吉利记》、《英吉利国夷情纪略》都是间接转录,俱不符合嘉道以降的中国学人对于地理研究追求实地考察的要求。据研究,《海国图志》几乎将《海录》一书全部抄录,并加以注释④,足见此书的重要,亦足见当时此类海外旅行文献的匮乏。除此之外,《海录》一书中的海外景观在道光时期也引起了诗家的注意,李明农就根据其描述加以吟咏,写成了一百首《海国纪闻诗》。⑤

然而正如李兆洛所说:"古来著书者,大抵得之于传闻,未必如清高之身历。而清高不知书,同乎古者,不能证也,异乎古者不能辨也。"⑥由于旅行者的身份仍不属于中国社会的知识阶层,其年深日久的海外见闻遂只能留存一个浮泛的印记,虽已大大推动了中国读书人

---

① 严从简:《殊域周咨录》,卷九,"佛郎机"条:"古有狼徐鬼国,分为二洲,皆能食人。爪哇之先鬼啖人肉,佛郎机国与相对,其人好食小儿。"
② 《林则徐集·奏稿》,中册,第680页,北京:中华书局,1965年。
③ 魏源:《海国图志叙》,收入《魏源集》,第207页,北京:中华书局,1976年。
④ 安京:《〈海录〉作者版本内容新论》。
⑤ 《海国纪闻诗》,道光二十四(1844)年刻本;复收入同年刻本《诒卿诗抄》卷二。李明农(1796—?),字诒卿,北平人,原籍广西苍梧。
⑥ 李兆洛:《海国集览序》。

对世界的认知,然而未能进入学术传承的系统中去,许多地域见闻,因为"澳译"造名的不规范,即使今天的研究者殚思竭虑也不能解读其确指,更何况当时之人。

假如说《海录》一书因包含亲历者的地理描述而备受关心西学人士的重视,那么林鍼的《西海纪游草》一书则更多表达了旅行者个人的情感触受。事隔多年,又是经由他人整理,从《海录》一书中看不到什么主观色彩的话语,可认为其接近于地理"外纪"一类的行记文体,而《西海纪游草》一书的诗文,更具有文学价值,属于游记文学的范畴。

关于林鍼的生平已不可考,只能从书中了解其大概:林鍼,字景周,号留轩,生于1824年,福建厦门人。1847年春,"受外国花旗聘舌耕海外",转由潮州经四个月海程至美国,一年多后,于1849年春回国。《西海纪游草》一书①记述了他的旅行见闻,包括一首《西海纪游诗》及自序,以及一篇《救回被诱潮人记》。

龚自珍《己亥杂诗》中有云:"本朝闽学自有派,文字醰醰多古情"②,说的是清代福建之学问与文章的面貌特色。因为朱熹生养之地俱在福建,所以朱子之学历来被称作"闽学"。从学术文化风气上看,虽有明代心学、清代朴学的冲击,福建的理学传统却经久不衰,在清代出了不少理学名臣,如李光地、蔡新等。嘉、道之前,省内士子墨守朱子理学,故而在乾嘉江南汉学全盛时期,闽省学术实际仍处于边缘地位。19世纪初期,陈寿祺③出任号称"全闽育才之奥区"的鳌峰书院,力矫闽乡士林习风,通过改革书院的招生方针与课规,使经世之学、经史考

---

① 写作时间在1849年回国之后。根据最初发现此书的厦门大学杨国桢教授所言,先有稿本在厦门、福州一带流传,大约在同治六年(1867)刊刻。见氏著《林鍼与〈西海纪游草〉》,《闽在海中:追寻福建海洋发展史》,第208页,南昌:江西高校出版社,1998年。
② 龚自珍:《己亥杂诗》第三十一首,《别陈颂南户部庆镛》。
③ 陈寿祺(1771—1834),字恭甫,号左海,福建闽县人。

证之学及诗赋古文之学俱得振兴。因此有研究者称,嘉道时期的鳌峰书院之于福建学界的作用,正有如学海堂之于广东。① 林鍼舍弃八股科艺之学而自修"番语译文",从而出国经营通商事务,同此时福建士人渐已宽松和开拓了的术业取向是密切相关的。

《西海纪游诗》前的《自序》是一篇独立的游记,以骈体写成,这令人联想到清代江南汉学教育的传统,因为骈文乃是"枕经就史"的文体,熟练运用需要倚仗的是书本学问。以"序"体纪游,由来已久,可追溯至西晋石崇《金谷诗序》、东晋王羲之《兰亭集序》、慧远《庐山诸道人游石门诗序》、陶渊明《游斜川序》等等,明代尚有屠隆写作《青溪集序》。② 清代作骈文游记的大家很多,以袁枚为发轫,由洪亮吉扬其波,成为晚清文士竞相追摹的对象。被瞿兑之议为清代骈文正宗的纪昀,曾作《平定两金川露布》,描摹边疆征伐战事,表现边塞异族风光效果甚佳。③ 骈体文上接辞赋之文学传统,本长于"铺采摛文,体物写志";而魏晋出现登临咏怀为主题的"游览"类小赋,晋宋之际则又有山水文学抬头:记述行旅的文人骚客,从"怀古"、"望归"的时空幽思中,冀图以描述自然风景来解脱人事、历史的牵扯。有研究者分析所谓"行旅赋"中的空间意识与书写方式,说:

> 原本属于自然地理的名目概念,成为某种策略性的知识传述,而涉及了人我往来、今昔对应、虚实相生等等的生活问题与生命意义的反思,进而在论述文字中成为意在言外的"空间隐

---

① 陈忠纯:《鳌峰书院与近代前夜的闽省学风——嘉道间福建鳌峰书院学风转变及其影响初探》,刊于《湖南大学学报》,2006年第1期。
② 梅新林、俞樟华主编:《中国游记文学史》,第48—52页,上海:学林出版社,2004年。
③ 瞿兑之:《中国骈文概论》,第51页,上海:世界书局,1934年。

喻"(spatial metaphor)。①

林鍼的《西海纪游自序》虽声称要"谱海市蜃楼,表新奇之佳话;借镜花水月,发壮丽之大观",却实在难以呈现出"述行序志,体国经野"的恢宏。陈词套语的铺排,只能说是流于纤弱,随处可见的是"梦里还家,欢然故里;醒仍作客,触目红毛",以及"客楼危坐,树头空盼尽寒鸦;沟水长流,叶上只一通锦字"之类的句子。用以描摹自然风景,抒发望归思乡之情,并无什么破绽;然而林鍼所游历之地乃是近代工业发达的美国,他对泰西世界的认识还很不足,面对陌生的城市社会景象,以骈文记述行旅便显得捉襟见肘了。尽管如此,《自序》中还是竭力描绘出了美国当时的社会万象的一些片断,但假如仅看正文,我们并不太能明白"舻舳出洋入口,引水掀轮"说的就是汽轮船,"暗用廿六文字,隔省俄通"是指电报,而"沿开百里河源,四民资益"则完全不能表述供水系统的进步之处了。因此林鍼在行文间不断添加夹注,以说明他所见到的西洋现代城市"技术景观"的具体实用之价值意义。

《西海纪游诗》以五言古诗体写成,共计五十韵。乃是《自序》内容进一步的缩略,对炼字、押韵、用典的讲求使得所记内容更加曲折不详了。比如前面提到的汽船、电报等事物,在此继而变成了"激波掀火舶,载货运牲骑","巧驿传千里,公私刻共知",不仅语焉不详,诗艺也不高明,仅就其个人经验的特殊性而言,可说是多少开发了一点古雅文学的新境界。

骈体文与五言诗的自身特点,在当时的知识环境下注定无法凸现海外旅行记所包含的时代信息与精神,此即章太炎所谓"华言积而不

---

① 参阅郑毓瑜:《归反的回音——汉晋行旅赋的地理论述》一文,收入衣若芬、刘苑如主编:《世变与创化——汉唐、唐宋转换期之文艺现象》,第135—192页,台北:"中研院"文哲所筹备处,2000年。

足以昭事理"①、钱锺书所谓"事诚匪易,诗故难工"②者。晚清骈文家屠寄写《火轮船赋》③,仅以"塞明顿、富拉顿继踵并作,规剟远制,衍希罗之摹,广瓦德之意,推纺机之巧"来看,句句都需要详细的自注,方能令别人读懂,这不过还是状写一物而已,用以纪游异域,始末多方,头绪万端,则更是要费尽作者心思了。不过,细观《自序》的文章命意,作者似乎有意淡化他壮游海外奇观的见闻经历,而特意强调的是游子对家乡父母的怀念之情。这倒是与汉晋时旅行赋中的"意在言外的空间隐喻"是相通的。

地理视野大开放的时代感召,势必引起传统道德伦理陷入困境。"父母在,不远游,游必有方",所谓"游必有方",就是可使父母常常知道自己的音讯消息④,以免双亲急切有故,召之不得,古来交通不便,音讯难通,故多不远游。林鍼从西学新知中了解"大地旋转不息,中国昼即西洋之夜",于是连传统文学中"长安一片月"、"天涯共此时"的羁旅兴寄都失去意义。缺乏了人我往来(不能共时)、今古对应(中西古来空间隔绝,所以难生追思)的兴发之基础,则抒情言志的典雅文辞也很难准确传递出旅行者的心境了。⑤

《西海纪游草》中收有闽地官场士林名流的序跋题词十五篇,有十二篇都不忘赞扬林鍼的孝义之道。尤其表彰他出于家境困厄考虑,远走海外,"以博菽水资,而为二老欢也";以及在美国时营救被诱拐的二

---

① 章太炎:《訄书·学变》。
② 钱锺书:《谈艺录》,第348页,中华书局,1984年。
③ 屠寄:《结一宧骈体文》,卷一,光绪十六年(1890)广州刻本。
④ 皇侃《义疏》:"方,常也。《曲礼》云为人子之礼:'出必告,反必面,所游必有常,所习必有业',是'必有方'也。若行游无常,则贻累父母之忧也。"
⑤ 以上有关《西海纪游草》诗文体裁问题的论述得启发于台湾大学尤静娴,见氏著《越界与游移——晚清旅美游记的域外想象与书写策略》,2005年第三届国际青年学者汉学会议论文。该文以为,林鍼《自序》是承接汉大赋的夸饰文风,"将出游美国视为大清帝国的扩张,在想象文学的版图里夸耀帝国的荣光";《西海纪游诗》则回归到古诗十九首的"游子他乡"之主题中去。

十六名潮州华工。并且屡屡将他与晚明时的大旅行家徐霞客相提并论。徐霞客在明清之际最为士林所讥的话题,乃是"母在而远游",事迹如钱谦益《徐霞客传》中所云,"每岁三时出游,秋冬觐省以为常"。吴国华为徐作《圹志铭》①,力主将孝道操守的具体细节化解,进而延伸与升华:以中华疆域尽为父母之邦,故不能视其为"远游",可谓是煞费苦心的辩词。迫于相同的道德舆论压力,林鍼的远涉重洋,积年不归,更需要有一番说辞为之辩解和维护。这十五篇题记、序跋的作者中,以王广业②的观点最值得注意。他在序言中感叹说《西海纪游草》合乎"大易中孚之旨"③,意谓以诚信之道出洋渡海必然顺利,其中包含"格物致知"("以我之有知通物之知,即通天地之知")的道理。他由此继而批判旧道德体系中的封闭保守意识,说:

> 夫人踽踽于一室之中,老死于户牖之下,几不知天地之大,九州之外更有何物。一二儒生矫其失,则又搜奇吊异,张皇幽渺,诧为耳目之殊观,不知天地玄黄,一诚之积也。诚之所至,异类可通,况在含形负气之伦有异性哉?圣人知其然也,矢一念之诚,可以格于家,可以格于天下,可以格于穷发赤裸燋齿枭瞷之域。矧大川利涉,身亲其地,启其衷,发其家,诱以民彝物则,有不贴然感者乎?(原整理本文字有讹误,引者加以改正,不另具体说明。)

如此,则以传统儒家思想升华了海外旅行者的人生境界,他们所亲身

---

① "如游东白玄三岳,斋戒为母祈年,至九鲤湖求梦,为母卜算,每得仙芝异结,必献为母寿。母以八十余大归,始放志戴远游冠,而过名山福地,必涕泣博颡,为父母求冥福。即今日从海外归父母之邦,犹曰以身还父母也,可以远游目之耶?"
② 王广业,江苏泰州人,原名佐业,字子勤。清道光二十四至二十六年间任福建汀州知府。
③ 《易·中孚》:"中孚,豚鱼,吉,利涉大川,利贞。"

耳闻目见者,固可以提供学术发展所需要的新知,而更为重要的是,儒者们可以通过这样的经历,施布传播诚信孝义的圣人之道。将美国比作"穷发赤裸燋齿枭瞷之域",虽反映出作序者的帝国心态,但在经历鸦片战争的边患外侮之后,不失尊严地提出应向西方人施以道德教化的建议,这或可看作是近世中国面临海外强权威胁下所抱持的道德理想,也正是滨海地域儒家人士在海洋文明的前景下构思出的外交品格。

我们从序跋中得知,林鍼的老师是某位"伊洛林先生",从名称上看,应该是位理学先生。朱熹强调"理"为先验绝对之律令法则,个体需要借助"格物"来认知它。"格物"一词,可解释作"探究物理",也可引申为"感通异类"。① 王广业正是从解说后一含义中,期望能以仁义道德感染蛮夷之外邦,从而建立王道于天下。②

欣赏林鍼《西海纪游草》一书的人,在惊叹其"西游之远且壮"之外,更看重的是其中孝义诚信的人格精神,而不是意图从中了解外面的世界究竟如何。或许也正是这个原因,此书渐渐无人顾及。而为此书作题词的福建巡抚徐继畬,自 1848 年他的《瀛环志略》在福州出版初刻本以来,一直少人问津,直到 1866 年洋务运动兴起后,才暴得大名,成为 19 世纪后 50 年中国人的世界地理读物、晚清驻外使臣的"出国指南"。③

林鍼写作海外旅行记的骈文序体彻底成为绝响;以诗纪游者虽不乏其人,但多承继尤侗《海外竹枝词》的"采风问俗"形式。只有到黄遵宪、康有为等人带有雄浑风格的海外纪游诗,才算是将林鍼所经营的诗歌事业带入一个新境界。

---

① 陈明:《王道的重建:"格物致知"义解·其二》一文,收入氏著《儒者之维》,北京大学出版社,2004 年。
② 《西海纪游草》书后所附万鹏题诗,也说"但凭方寸一诚通,化外何曾性不同","化外"一词令人想及佛教入中国时出现的《老子化胡经》。
③ 田一平:《〈瀛环志略〉点校说明》,《瀛环志略》,第 2 页,上海书店,2001 年。

第三节　早期近代报刊中的汉士海外诗文

宗教徒借助信仰热情远渡重洋,滨海之民为谋生计而跋涉奔波,他们所以能有记载的文字传世,多少是偶然的机缘所促成的。传统的书籍出版行业,从手稿的获取、校理至制版、印刷,再到发行流布,需要很多人力与经费。从上节对于《海录》、《西海纪游草》的考察中可以看出,二书俱在当地士林中广受关注,才得以发行流传下来。在真正形成风气之前,更多琐细短篇的同类文字恐怕都难以借助原有的出版方式为世人所知。而通过对于早期近代新闻业和报刊出版的研究,可发掘出一些海外记游诗文,由此证明新兴媒介对于晚清"游记新学"的产生和发展具有很重要的作用。

近代中国早期的报纸刊物都是外来传教士主办的。17 世纪末 18 世纪初,因中西礼仪问题,西学传播被打断,耶稣会士在中国被禁止,在欧洲遭解散。及 19 世纪初新一轮西学东传开始以后,此一使命转到新教徒身上。最早几位人物,多立足于南洋,以马六甲—新加坡—吧达维亚为主要活动场所,后来逐渐进入澳门、广州、香港等地,其代表如马礼逊、麦都思、米怜、郭实腊等人。其间在南洋以英华书院为中心,创办《察世俗每月统记传》、《特选撮要每月统纪传》、《天下新闻》等中文杂志,而《东西洋考每月统记传》为第一种在中国境内所办的中文刊物。鸦片战争之后,英华书院由马六甲迁往香港,来华教士显著增多,报刊出版所需的印刷条件也渐完备,出现了《遐迩贯珍》、《六合丛谈》、《中外新报》等报刊。

本节考察 1860 年代之前报刊中零落出现的几种海外旅行书写文本,包括《东西洋考每月统记传》上发表的几篇书信和诗歌,以及《遐迩贯珍》上发表的几部游记。

《东西洋考每月统记传》于 1833 年 8 月 1 日在广州创刊,创办人为郭实腊(Karl Friedrich August Gützlaff,1803—1851)。次年迁往新加坡出版。1837年转交中华益智会(The Society for the Diffusion of Useful Knowledge in China)负责,马儒翰、麦都思、裨治文等可能都参与其中。1838年9月停刊。此间1834、1835年两度中断,1836年停刊一年。郭实腊在1830年尝改穿福建水手服装、冠汉人姓名,沿中国临海地区考察,甚感西人难以立足。广州虽然有十三行街可供西人居住,但是只允许经济贸易上的活动。传教都在暗中展开。他办的这份刊物,有不少篇幅是在介绍世界各文明的历史、地理知识①,同时也宣传西方的科学技术之进步。其发刊宗旨包括:宣传宗教;报道贸易信息;并且"使中国人获知我们的技艺、科学准则","使中国人相信,他们仍有许多东西要学"。② 作为此时期西学东渐的主角,新教士往往热衷于世俗事务与学术,或以"灵性奋兴"名之。有论者以为该志减少了宗教内容,表明其在东方的传教意图让位于夸耀西方文明③,亦有论者认为办刊者的传教观念实际隐藏在其对各种文化知识的介绍中④。如载于道光戊戌年三月号的《合丁突人略说》,即描述非洲南部的Hottentot原始部落族性与生活⑤,说他们"污而不洁,不知浴身。常时怠慢,只好游玩逸乐度日。不知农务,而喂畜为生。不足糊口,将皮带紧缚肚,束手待命","虽然如是,此蛮婉容悦色,忽心忘怀,且乐今日,不顾明日,但论目前

---

① 后来王锡祺编《小方壶斋舆地丛钞》,其再补编的第十二帙中有一种《每月统记传》(作者署"阙名"),即是该志相关外国史地内容的辑录。
② 见郭实腊1833年6月为该刊写的《创刊计划书》,黄时鉴译自《中国丛报》(*Chinese Repository*,August,1833,p.186)。中译全文见于中华书局1997年影印版《东西洋考每月统记传》前黄时鉴的《导言》,第12页。
③ 卓南生:《中国近代报业发展史》,第47—51页,北京:中国社会科学出版社,2002年。
④ 黄时鉴:《导言》,第13页。黄时鉴印证方汉奇之观点后认为《统记传》可属于牧师编纂的世俗刊物。
⑤ 今多译作霍屯督人,为非洲南部之科伊人(Khoikhoi),Hottentot是早期荷兰殖民者对之的蔑称,以其语言多内爆破音故。1820年代,该族妇女还被当作人种学最低梯级的活标本全身赤裸地在欧洲各城市剧院中展出,时人冠以"霍屯督的维纳斯"名号。

而已矣";后来经过西洋教士的感召训诫,使得该族幡然更新,"筑屋,耕田,及做百工;沐浴,穿衣,安居向化"。由此可知,《东西洋考每月统记传》正是要向中国人宣传:圣经文明的感召,不仅使非洲土蛮可以欣然向化,而且"几乎在地球各处取得迅速进步并超越无知与谬误"。①

基于这种论调与目的,《东西洋考每月统记传》发表了数篇海外汉人记述行止见闻的私人信件,其中《子外寄父》一篇(道光甲午四月号,1834年)是随西人船只到达南美"丽玛"(即今秘鲁首都利马)的中国水手写给他父亲的,《侄外奉姑书》(道光丁酉二月号,1837年)是一位在伦敦居住已九年的中国人写给他姑母的家信,《儒外寄朋友书》(道光丁酉四月号,1837年)是一位在"阿理曼国"(Alemanni,指德国)"务心文艺"的儒生写给国内朋友的信,《侄外奉叔书》(道光丁酉六月号,1837年)是一位在美国的华人青年写给他叔父的,这对叔侄在此后还有几通书信往复,议论西方世界的刑罚问题,则不在论列之中。②

以上各篇在刊物中的发表位置毫无例外地都在开篇首页上,证明办刊者对它们的重视程度。从信中的语气来看,写信人差不多都是基督徒。他们向亲友抱怨过旅途的辛劳和羁旅他乡的苦闷之后,便开始赞美西方的文明世界了。其中《侄外奉姑书》详细描述了英国社会女子的平等、自由、独立之地位,特别与中国妇女界的缠足、失学、婚姻不自主、社会舆论压迫严重等不幸命运进行对照。《儒外寄朋友书》则记叙了德国学院的学术与教育体制,将之分为五类,神学、法学、医学之

---

① 郭实腊:《创刊计划书》。
② 不过这种文体颇接近于欧洲启蒙运动中的书信体著作,17世纪后期就有意大利旅法作家Marana假托西突厥旅行者写作描述欧洲社会的信札,之后风行一时,例如孟德斯鸠的《波斯人信札》(1721)、英国首相之子沃尔波尔的《叔和通信》(1757)、哥尔斯密的《中国人信札》(1760,1762年结集时更名为《世界公民》)等,尤其后二者都是假托旅居伦敦的中国人写给他"东方朋友"的书信。参阅范存忠:《中国文化在启蒙时期的英国》,第161—165页,上海外语教育出版社,1991年。

外,第四类为"传国政之事"学,包括了农业、水利、江防以及各种技术制造工业,第五类为"杂学",包括"古者所传经书、天文、地理、算学、树草花之总理、禽兽鱼虫之学、金石之论、万物性情之学";而历史与几门外语则是各科都必修的。《侄外奉叔书》的第一篇,简要追溯了美国脱离英国而独立,又向西开边拓殖的历史,并渲染其日新月异的发展局面:"三年之前皆兽穴荒林,今则建大城矣,乃水陆衢会,舟车之所辐辏,商旅之所聚集。若看蒸舟、蒸车各项机关,格外殊异。"这比《海录》中的描述已经清晰生动了不少。

这些书信的行文格式和句法有些不伦不类之处,恐未必是出自汉人手笔,也许是郭实腊等人所编造出来的。《子外寄父》的主人公目睹西方文明之真面目后,自言对于昔日称西人为"夷"甚感羞愧,这属于主编《每月统记传》者一向耿耿于怀的心事。此前,马礼逊等人将中文称呼他们的"夷"字,纷纷译作"stranger(陌生人)"、"foreigner(外国人)"而已,至郭实腊才开始力主将"夷"译作近代英语中开始带有轻蔑色彩的"barbarian(野蛮人)"。而1830年代中英两国公文的翻译,均由郭实腊等人经手,这种译语的选用足令英国朝野群伦哗然而怒,进而在一定程度上促成鸦片战争的爆发。①

《东西洋考每月统记传》还刊载过一组海外纪游诗,题名为《兰敦十咏》(道光癸巳十二月号,1834年初),言"诗是汉士住大英国京都兰敦所写"。除第一首为总叙,并提及英法之争战("独恨佛啷嘶,干戈不暂停")外,其余九首都是描述伦敦社会日常生活的,选录二首如下:

    九月兰敦里,人情乐远游。移家入村郭,探友落乡陬。车马声

---

① 参阅刘禾:《欧洲路灯光影以外的世界》,刊于《读书》,2000年第5期;又参看刘禾(Lydia H. Liu),"Legislating the Universal: The Circulation of International Law in the Nineteenth Century", in *Tokens of Exchange*, Durham & London: Duke Univ. Press, 1999, pp. 132-134.

寥日,鱼虾价贱秋。楼房多寂寞,破坏及时修。(其八)

地冷难栽稻,由来不阻饥。浓茶调酪润,烘面裹脂肥。美馔盛银盒,佳醪酌玉卮。土风尊饮食,入席预更衣。(其十)

从内容与形式上看,《兰敦十咏》短小灵巧、活泼生动,详于描述地方风情,这与前叙林鍼《西海纪游草》的拟古长篇不同,应归于竹枝词、杂事诗、杂咏一类的风土诗。① 唐人刘禹锡入四川,受到当地"夷歌"的启发,作《竹枝词》九首,歌咏三峡风光;更早时候还有杜甫作《夔州歌》,亦带有"泛吟风土"的特色。此后,"竹枝词"形式被历代文人所采用,成为进入雅文学殿堂之民间"俚艺"中规模最大的一种体裁。② 此后,"久居其地、挚爱故土的人,有'竹枝词'之作;乍履他乡、观感一新的人,也有'竹枝词'之吟"。③ 明人宋濂曾作《日东曲》,展现日本风情,清初有屈大均作《广州竹枝词》,对广州初兴起的十三洋行加以描写,福建人沙起云作《日本杂咏》,描绘日本长崎一带的风物。尤侗在编纂《明史·外国传》之后,创作《外国竹枝词》一百一十首,算是最早以竹枝词大规模吟咏海外风土的作品。同时期还有林麟焻、徐振写作的《琉球竹枝词》、《朝鲜竹枝词》,属于出使之作,比尤侗仅凭书本想象其景要细致生动许多。晚清七十年中更是出现了大量的海外旅行之文士所写的竹枝词作品(详见后文),由此看来,《兰敦十咏》可成为承前启后的中间代表。

《兰敦十咏》的作者已不可考,王韬的笔记里说:"道光壬寅年间有

---

① 此类体裁,还包括柳枝词(竹枝词泛咏风土,而柳枝词中必提及柳枝)、棹歌(内河旅行咏风土)、百咏(专咏一地之名胜)、十景诗(列举一地之名胜)等等,参阅丘良任:《论风土诗》,刊于《暨南学报》(哲学社会科学版),17卷1号,1995年1月。
② 任半塘谓:"自来民间俚艺,受文人重视如此者,史无二例"。见氏著《竹枝考》,载《成都竹枝词》卷首,成都:四川人民出版社,1986年。
③ 夏晓虹:《社会百象存真影——说近代竹枝词》,《读书》,1989年第10期。

浙人吴樵珊,从美魏茶往,居年余而返。作有《伦敦竹枝词》数十首,描摹颇肖。"①虽然题名、时间俱不相合,而且吴樵珊其人的生平著作也都失考,但是大略可推想出,《兰敦十咏》作者也是随在华教士去英国旅行的;再与前叙《儒外寄朋友书》相引证,大体可认为道光年间已经有相当一批中国文士(非宗教徒)去往欧洲了,而且居停有年,有意识地以"采风"诗体记录一些见闻。王韬笔记中的美魏茶,即 William Charles Milne 之汉名,他是著名教士米怜之子,1839 年随理雅各来到中国,1843 年开始与麦都思、慕维廉、艾约瑟等在上海创建墨海书馆,他显然与王韬等活跃在上海的洋场文人都很熟悉。

墨海书馆前身即是马礼逊、米怜等人建于巴达维亚的印刷所,其英文名称作 London Missionary Society Press(伦敦传教会出版社)。该馆是 1860 年之前上海传播西学的重镇,翻译出版了大批科学著作,参与其事的,除了麦都思、伟烈亚力等西方教士之外,还有王韬、李善兰、管嗣复、张福僖等中国学人。② 1853 年 9 月,麦都思等在香港创办《遐迩贯珍》一刊,实际主持工作(中文撰稿、翻译及总务)的是黄胜和理雅各(1856 年以后)。近来研究表明,当时还在上海墨海书馆的王韬也参与了一部分稿件组织编辑工作③,其主要理由便是王韬个人与《遐迩贯珍》上发表的几篇海外游记有密切关系。

刊于 1854 年第六号的《琉球杂记述略》一文,前后并无作者信息,唯开篇说"癸丑之岁"(咸丰三年,1853)友人泛海琉球,居停两年,寄来杂记一帙,因"叙其风土民物甚详",所以缩略成一篇文章刊载出来。王韬《瓮牖余谈》卷三有一篇《琉球风土》,正与此文基本相同,且言这是"删录云间钱莲溪茂才《琉球实录》,莲溪于咸丰癸丑客于琉球者八

---

① 王韬:《瓮牖余谈》,卷三"星使往英",《近代中国史料丛刊》三编,第 606 号。
② 熊月之:《西学东渐与晚清社会》,第 186 页,上海人民出版社,1994 年。
③ 沈国威:《〈遐迩贯珍〉解题》,载《遐迩贯珍》合刊卷首,上海辞书出版社,2006 年影印本。

阅月"。钱莲溪是基督徒,可能也曾参与过墨海书稿的事务①,他与王韬以及伟烈亚力等中西人士都有交游。《琉球杂记述略》显然是王韬的删录本,查《小方壶斋舆地丛钞》初编第10帙收录一篇《琉球实录》,作者署名华亭钱某,经过查对,得知确系与钱莲溪的游记之作出于同一蓝本。②

另有一位常常出入墨海书馆的中国文人,应龙田(字雨耕),曾于1852年随英国领事威妥玛(Thomas Francis Wade)去往英国,王韬笔记中提及此事,说:

> 咸丰初年有燕人应雨耕,从今驻京威公使往,在其国中阅历殆遍。既归,述其经历,余为之作《瀛海笔记》,纪载颇详。③

并将应龙田与前面写《伦敦竹枝词》的吴樵珊相提并论,称"游英而有著述者,当以是二人为嚆矢"。此外,王韬在日记中也说:

> 七月初旬……是月中,应雨耕来,自言曾至英国览海外诸胜。余即书其所道,作《瀛海笔记》一册。④

---

① 夏俊霞:《清末民初知识分子对基督教的接纳与认同》,《世界宗教研究》,1999年第3期;陈镐汶:《翻旧报随笔》(一),《新闻记者》,1994年第8期。
② 云间、华亭,俱为松江之旧称。论者比勘两文,发现虽然文字上大有不同,但是所记叙的内容基本一致,唯《小方壶斋》本篇末记"同治甲子"之事,似与《遐迩贯珍》本所谓咸丰癸丑之年相背,但是两本都提及中山王年龄以及尚宏勋掌国等等,足证游历见闻的时间应相同。
③ 王韬:《瓮牖余谈》,卷三"星使往英"。
④ 王韬:《瀛壖日志》,咸丰三年七月中旬记。按,王韬这部日记未见刊刻,原本藏于台湾,引文转见于[美]柯文:《在传统与现代性之间——王韬与晚清改革》,第17页,南京:江苏人民出版社,1994年。另见《王韬日记》(中华书局,1987年),咸丰九年五月七日至十二日。

王韬所说的《瀛海笔记》,刊载于《遐迩贯珍》1854 年 7、8 两期上,题为《瀛海笔记》与《瀛海再笔》。这两篇都出自王韬的文笔,他人笔录自然不及旅行者本人的记叙来得生动可感;然王韬在上海租界与西洋教士应对交接,对西方世界此时虽未经目验,却也不算陌生。经由此二篇游记,读者可领略 19 世纪中叶伦敦城市社会生活的方方面面,包括以煤气灯照明的城市夜色、市廛之间的公共场地,以及由水晶宫("哥罗西雍")、博览会、大英博物馆、美术馆、图书馆所组成的建筑群体,这些现代大都会的人造景观,分明在宣告着技术文明改造人类生活的巨大力量,并且夸耀着大英帝国所刻意展现的殖民历史,而从王韬的序言中看,他们还只是将之视作一种海外"异闻"而已。

上文所提到的钱莲溪 1853 年的琉球之行,显然与当时美国海军第一次日本"远征"相关联。1853 年 5 月,为了向当时抵制西潮的日本炫耀军威,美国东印度海军中队长官佩里(M. C. Perry)组织舰队前往日本,途经琉球居停数月。此次航行中有当时在香港活动的美国传教士学者卫三畏(Samuel Wells Williams, 1812—1884),因为他通日语,被佩里请来作翻译。钱莲溪如何得以同行,以及他为何没有书写日本旅行见闻,今无从查知,但显然《遐迩贯珍》的中西同仁都十分关注这一事件。① 1854 年 1 月,佩里率舰队由香港出发,开始第二次琉球、日本之行,这次行程迫使遵行锁国政策的日本签订《神奈川条约》(即《日美亲善条约》),开放了下田、箱根两港。是年年底,《遐迩贯珍》即开始连载记叙这次行旅的《日本日记》②,作者是广东人罗森。③

此前《日本日记》的研究者已知罗森得卫三畏的推荐而成行。卫三畏的私人书信后来被家人公布,收入其子卫斐列(Frederick Wells

---

① 1854 年《遐迩贯珍》11 月号《日本日记》前的"编者按"。
② 1854 年 11、12 月号,1855 年 1 月号。
③ 罗森,生卒年不详,字向乔,广东南海人,通英语,先后为英、中两国政府办外交,后来迁居香港,暮年归广州。著述还有《治安策》、《南京纪事》等。

Williams)所编著的《卫三畏生平及书信》一书中,有一部分记叙了他两度琉球、日本之旅的始末。在写于第二次旅程中的家信中,我们得知罗森的身份是卫三畏的中文秘书,而并非佩里所聘的翻译人员。因为中日人士可以书写汉字进行"笔谈",才得以分担卫三畏的很多翻译工作。卫三畏在家信中向夫人盛赞罗森很有才华,并且热衷于这些外交事务。① 这些描述都和《日本日记》中的内容相符合。卫三畏读过罗森的《日本日记》,并且翻译成英文,在《香港纪录报》(*Hong Kong Register*)上发表。②

明季以后,少有华人游访日本,更无人写过日本游记,乾隆初年旅日画家汪鹏的《袖海篇》③、雍正年间童华《长崎纪闻》④以及沙起云《日本杂咏》都只限于长崎一隅。⑤ 以致魏源撰《海国图志》还得参考元初王恽的《泛海小录》。从活动范围、接触深度以及时代背景上看,《日本日记》的价值都是前人所不能比拟的。⑥ 罗森到日本后,到处与日本友人文墨唱和,为人题字,一月写了近千个扇面,可证明他的交游之广泛。他记述了不少日本特有的社会现象,比如男女同浴、女子拜寺等,尤其是见到"读书而称士者,皆佩双剑",这一现象日后将刺激中国的启蒙思想家去倡导"武士道精神"。

---

① 《卫三畏生平及书信》,第130、136页,顾钧、江莉译,广西师范大学出版社,2003年。
② 见卫斐列的按语,《卫三畏生平及书信》,第135页。
③ 收入《小方壶斋舆地丛钞》,初编第10帙。
④ 日本学者松浦章有《关于清代雍正时期童华的〈长崎纪闻〉》一文,刊于关西大学东西学术研究所《纪要》。转见于泷野正二郎《2000年日本史学界关于明清史的研究》,张玉林译,刊于《中国史研究动态》,2002年第10期。
⑤ 除此之外,松浦章还研究过咸丰元年(1852)至长崎的中国商人陈吉人撰写的《丰利船日记备查》,见氏著《中国商船的航海日志》,载杜文凯编:《清代西人见闻录》,第218—247页,北京:中国人民大学出版社,1985年。日记原文附于后,第247—268页。
⑥ 王晓秋:《近代中日文化交流史》,第102—103页,中华书局,2000年。

以日记体记叙旅行,于宋代文人那里开始盛行。如陆游《入蜀记》、范成大《吴船录》、《骖鸾录》等。这不同于从《法显传》、《大唐西域记》直到《海录》等以道里区域为线索的写作方式,旅行家所记述的当日旅行见闻,常常即可作为一节节的游记小品来看待。这有益于展开细节描述,更容易表现旅人的主体关照。因此,日记体的旅行记更善于体现"游",而不是"行"。记"行"便于说明地理方位、水陆行程,记"游"则更多关注一时一地的人情物理,有导人观览的文学功能。另一方面,日记体游记又比单篇成文的游记(比如钱莲溪的《琉球杂录》、应雨耕的《瀛海笔记》)涵盖的信息量大,有事则详,无事则略,不必太讲求文章的起承转合。

从内容上看,《日本日记》显然是刻意造文,这必然是应了《遐迩贯珍》编者的邀请,要写出一部旅行报道来。因而罗森才有意识地记下每日交往的人物、发生的事件、游历的地方,以及重要的谈话和诗词赠答。记叙东瀛风情以及文酒交会,似乎是在掩饰这次旅行的真实面目。罗森如此见证《神奈川条约》的缔结:

> 三月廿五,林大学头(引者按,大学头指幕府负责儒学的高级官员)相议条约之事已成,则允准箱根、下田二港以为亚国取给薪水、食料、石炭之处。由是两国和好,各释疑猜。过日,提督请林大学头于火船宴会。船上彩奏乐,日本官员数十于火船上大宴。有诗为证:
> 两国横滨会,驩虞一类同。解冠称礼义,佩剑羡英雄。
> 乐奏巴人调,肴陈太古风。几番和悦意,立约告成功。

在此,曾经"惊醒太平梦"的"四只蒸汽船"[①],黑漆被涂上了彩色;在美军武力胁迫下完成的条约签订,也变成了上下欢悦的外交通好。缔约

---

① 当时流行的狂歌歌词,转引自王晓秋:《近代中日文化交流史》,第90页。

之后,佩里赠与日人火轮车、浮浪艇、电理机(电报机)、日影机、耕农具,并立刻在横滨郊外修筑环路,试验火轮车。罗森亦戴着惊异的眼光对之一一加以描述。此前,《东西洋考每月统记传》中已有专门论述火轮车、火轮船的图文①,宣扬西人掌控空间的先进能力,深深地威胁着传统生活经验。《遐迩贯珍》继承了《统记传》的办刊宗旨②,继续在相同的主题上进行宣传。《日本日记》的书写与连载,包含了出版者、旅行记作者、旅行赞助者三方的共谋,也反映出近代报刊业以及新闻报道因素对海外旅行书写的初步渗入。

《遐迩贯珍》的中国编辑黄胜,与兄弟黄宽以及容闳三人幼年在郭实腊夫人和马礼逊在香港所办的学校中接受教育,1847年1月跟随布朗牧师(Samuel R. Brown)去美国留学。一年半后,黄胜因病回国,在香港从事报刊出版工作。同治元年秋(1862年10月),王韬避祸香港时,方与黄胜结识③,并在日后欧游归来一起创办中华印务总局和《循环日报》。他们两人虽然都供职于西人的出版机构,却属于面貌和性质都不相同的文人群体。黄胜、容闳、罗森等人都是从小接受西式教育者,香港—澳门—东南亚的特殊政治地缘环境,使得他们从情感上十分亲近西方文明,他们后来成为务实的专业人才。鸦片战争前夕林则徐所组建的翻译班子中,有曾在印度接受英文教育的亚孟、在槟榔屿天主教学校学习拉丁语的袁德辉、梁发的儿子梁进德,以及留学美国时间比容闳要早20年的林阿适。④ 1845年,理雅各回英国时曾带去四名中国青年(马六甲的华裔子弟),三名男子:吴文秀(Ng Mun-sow)、李金麟

---

① 癸巳年十月号"新闻"刊出"孟买用炊气船"专条,甲午年五月号"水蒸火气所感动之机器",己未年六月号及丁酉年三月号"火蒸车",后二文尝被魏源《海国图志》、梁廷枬《兰仑偶说》所征引。
② 蔡武:《谈谈〈东西洋考每月统记传〉》,转见熊月之:《西学东渐与晚清社会》,第114页。
③ 《王韬日记》,同治元年闰八月廿一日,北京:中华书局,1987年。
④ 邵雪萍等:《林则徐和他的翻译班子》,《上海科技翻译》,2002年第4期。

(Lee Kim-leen)、宋佛俭(Song Hoot-kiam),还有一位名为 Jane A-sha 的女子。他们随理雅各一家在英国居住、游历了两年时间,入教受洗,并谒见维多利亚女王。李金麟于1856年早逝,宋佛俭至新加坡教英文,吴文秀被开除教籍,后来他作了一些翻译工作;Jane A-sha 曾在1850年代参与香港女学的建设①。——他们都属于这类人物。除了容闳在若干年以后才用英文写了一部《西学东渐记》,这些人大多没有记录自己的欧美游历。

而钱莲溪、应雨耕等人,与王韬一样,是寓居上海洋场的文人名士,他们之所以能够参与西学传播,并非因为擅长外语,倚靠的是江南学术传统熏染而成的学问、识见和文辞。他们属于第一批清末上海的"双视野人"②,关于这一群体在1860年代以后的海外旅行书写,将会在下面的章节里继续进行讨论。

---

① 岳峰:《架设东西方的桥梁——英国汉学家理雅各研究》,第79—80、140—141页,福州:福建人民出版社,2004年;Carl Smith(施其乐),"A Sense of History (Part I)", *Journal of the Hong Kong Branch of the Royal Asiatic Society*, Vol. 26, 1986。
② 香港学者梁元生借用伽达默尔(Hans-Georg Gadamer)的"视域融合"(the fusion of horizon)理论,将近代上海出身于官吏、绅商、文人的三种知识分子和社会精英,称之为"双视野人",意谓他们从价值取向、精神意识上看到了两个不同的世界。王韬、应雨耕、李善兰等俱名列其中。见氏著《近代城市中的文化张力与"视野交融"——清末上海"双视野人"的分析》,刊于《史林》,1997年第1期。又,近来台湾学者黄一农的新著《两头蛇——明末清初的第一代天主教徒》(上海古籍出版社,2006年),题名"两头蛇"作为中心隐喻意象则取自更为传统的典故(见该书的自序,第 iv 页),同"双视野人"的含义也大体相合。

第二章 海外记游中的文人雅趣与市井俗调
——近代上海新文化群体的异域采风诗文

王韬对东西交流中的旅行者进行过几番比较。他起初在上海时，认为到中国来的西方人，多有"贵爵显秩、富商巨室、贤豪英俊"，"而中国之往诣其邦者，皆舵工佣竖、俗子鄙流，无文墨之士一往游历，探奇览胜，发诸篇章者"①，因此才特别表彰吴樵珊、应雨耕等人的诗文。1862年他流亡到香港，之后又有机会漫游欧洲与日本，在异域旅行的文章题咏上有了些心得和成绩，于是对当时他所认知的"中西文士"加以臧否之言：

> 中西文士各有所蔽……西士之蔽，则在详近而略远，通今而昧古，识小而遗大。其所著书，图逾径寸，地已千里，概无论列，初乏名称，是非尽穷荒未辟之区，沙漠无人之域，是以少名流之润色，缺

---

① 王韬：《瓮牖余谈》，卷三"星使往英"。

风雅之搜罗,遂致湮没弗彰耳。间有名山胜水,佳壁广邱,足供游展,可入诗筒,而为记述所不详,方舆之所未备,非身历其境不能周知,是则不好事之咎也。中士之蔽,则在甘坐因循,阒知远大,溺心章句,迂视经猷,第拘守于一隅,而不屑驰视乎域外。①

有趣的是王韬对西人旅行著述的看法,认为他们善于发现途径、凿空新地,却缺少中国读书人的历史意识和人文情怀。1860—1870年代的欧洲人,正热衷于每日从报纸上阅读那些探险家们的最新消息:有关彼尔克、斯图尔特穿越澳洲内陆,俄国探险队进入中亚沙漠地带,李文斯敦在南部非洲的失踪以及斯坦利如何找到他的经过,等等。法国人儒勒·凡尔纳利用从这些报道所获得的最新地理知识写作了一系列脍炙人口的小说,其意趣要到1900年以后,经前驻法外交官员陈季同的弟妇、福建女诗人薛绍徽的译介,才首度传入中国。② 而以中文发表的西人游记之中,如丁韪良的《西学考略》上卷、艾约瑟的《支那纪游》、《东游纪略》、潘慎文的《地球环游杂记》等等,都为晚清士林所熟知,而像法国人安邺的《柬埔寨以北探路记》,经由京师同文馆译出,也曾引起关心边事的有识之士的重视。王韬虽不是不谙时局的腐儒,却不如黎庶昌、洪钧、薛福成、郑观应等人那样,对于窥伺西北边疆的西方探险家们怀有警觉之心。他对于西人探地寻奇之事的反应态度,更像一位近

---

① 王韬:《代上丁中丞书》,《弢园尺牍》卷八,《近代中国史料丛刊》续编,第1000号。
② 1879年,郭嵩焘自法回国时,在船上已经见到凡尔纳的四种小说,包括《绕地球游记》(《环游地球八十天》,1873)、《新式炮弹》(《从地球到月球》,1865)、《新奇游记》(《地底旅行》,1864)和一种惟叙述了内容的作品(《海底两万里》,1870),想必当时有译员为之解说内容,郭斥为"语涉无稽",见《伦敦与巴黎日记》,第922页,岳麓书社,1984年。

代社会的普通读者,止于猎奇心理的满足和坐家中卧游险地的愉悦。①同时他又具有中国传统文人浪漫的趣味和心态,主张旅行者的笔墨更应该是以诗文风雅加以润饰的,人文相续,才显示出主体的关照和外在环境的生机。②

自从旅粤的江南文人缪艮在 19 世纪初期发愿"出使外邦,遍历异域"之后③,渐渐有一部分中国读书人对于外部世界开始产生兴趣。同治五年(1866),清廷首度遣使赴欧洲游历,使臣斌椿记述其旅行见闻的《乘槎笔记》,其单行本以及在《教会新报》上的连载,引起不少人的注意,例如李善兰即为其家刻本作序,其中就有感叹"中外限隔,例禁綦严"、"虽怀壮志,徒劳梦想"的话④;又如毛祥麟在笔记中抄录《乘槎笔记》十余则,并且说:"身非海客,而当酒阑茶话时,亦足资为谭柄云"⑤;还有以"无边巨海看鱼跃,不尽长天任鸟飞"为志的林昌彝,也

---

① William H. Sherman 曾论及这种阅读兴趣,他认为在 18 世纪以前的英国社会中就有这样的众多读者了,参见 Peter Hulme 和 Tim Youngs 主编的 *The Cambridge Companion to Travel Writing*, pp. 20-21, London, 2002。王韬也曾写《李文通探地记》、《续记李文通事》二文,热衷于介绍李文斯敦和斯坦利的非洲历险,见本章第三节中的论述。
② 又如钱穆在《师友杂忆》(第 10 章 14 节,北京:三联书店,1998 年)中所说:"山水胜景,必经前人描述歌咏,人文相续,乃益显其活处。若如西方人,仅以冒险探幽投迹人类未到处,有天地,无人物。即如踏上月球,亦不如一丘一壑,一溪一池,身履其地,而发思古之幽情者,所能同日语也。"
③ 缪艮:《四十二愿》,言"十一愿出使外邦,遍历异域,十二愿伟绩鸿勋,震詟中外"。见缪艮编纂的《文章游戏》(道光年间刻本)第一编卷四,篇后有"宁斋兄坤"讥笑他说:"穷措大作此妄想,如牡丹亭曲云'梦魂中紫阁丹墀,猛抬头破屋半间而已'。"缪艮字兼山,号莲仙,杭州仁和人,生于 1766 年,在广州时与学海堂的吴兰修等人有交往。
④ 同治八年(1867)作,见斌椿:《乘槎笔记》,第 87 页,岳麓书社,1985 年。李善兰在序里还说,斌椿是一位修习华严宗的佛教弟子,他的海外旅行记闻好比普贤行愿品,能"率天下人而共游之"。
⑤ 毛祥麟:《墨余录》,卷三,第 37 页,上海古籍出版社,1985 年。祥麟字端文,号对山,上海县人。

在诗话中连篇累牍地摘录斌椿《海国胜游》、《天外归帆》中的诗作。①

1843 年上海正式开埠后,不仅使得大批早已习惯与洋人做生意的闽粤商贾迁到这里②,也因为租界富庶安定又带有新奇色彩的生活环境,吸引了江浙人士前来居住与从业。上海租界区的面积之大,以及华洋混居、五方杂处的程度之深,是广州所远远不能企及的,因此更容易成为中西文化交融的中心。1850 年代以后,太平天国运动对于江南地区原有的经济形态和世族文化造成的破坏,更进一步造成了很多有举人秀才出身的读书人涌入上海租界区。起初,江南文人还多抱持着"严夷夏之大防"的心态,但渐渐为黄、歇二浦的西洋文明景观所吸引,开始与西人合作,译介西书,并且渐渐开始建设起来一个繁荣的近代出版业和报刊业,——这成为一种新的文人生活方式。咸丰年间,云集于上海的著名文人,除却海天三友(王韬、蒋剑人、李善兰)之外,还有龚自珍长子龚橙、魏源之侄魏彦,以及与李善兰同样通晓格致之学的张福僖、张文虎、舒高第、赵元益等人,长于文章或书画的蔡敦复、管嗣复(管同之子)、姚燮等人;此外还有几位思想进步的知识分子,如冯桂芬、郑观应、赵烈文、周弢甫等,当时也在上海生活。③他们渐渐形成一个新型的文化群体,恃才放旷,不遵礼法,冶游无度,并且与洋人共同出入于西餐馆和教堂,因而被研究者称作"海上狂士"。④

---

① 林昌彝:《海天琴思续录》,卷七,第 444—450 页,上海古籍出版社,1988 年。昌彝字蕙常,福建侯官人。
② 王韬:《瀛壖杂志》,卷一(近代中国史料丛刊,初编第 388 号),谓"沪地百货阗集,中外贸易惟凭通事一言,半皆粤人为之";"闽粤会馆六七所,类多宏敞壮丽,最盛者,闽为泉漳,粤为惠潮"。
③ 以上参阅陈伯海、袁进:《上海近代文学史》,第 38—40 页,上海人民出版社,1993 年。
④ 于醒民:《上海,1862 年》,第 404—410 页,上海人民出版社,1991 年。其中说"最出格的是狂到外洋去,狂到不同中国官家搭界,去当鬼子官方的雇员",便以应雨耕为先例,后有龚橙带领英法联军火烧圆明园,只为报杀父之仇(言龚自珍与皇室内眷有私情而被内廷刺客毒杀)的传言,更经过小说《孽海花》的敷演渲染而为世人所熟知。

当时有人把供职墨海书馆的李善兰比作唐人小说中无心仕宦的谪仙李泌①,可见其摆脱功业科举和道德戒律之束缚的这些文人是如何悠游自在了。②

本章将以王韬、袁祖志等人的海外旅行写作为主要研究对象,考察其旅行背景与写作心态,比照其诗文中的异域风俗景观,并留意于这些脱离庙堂之羁绊、山林之幽闭的近代都市文人,如何适应公众传媒的新风气来进行写作。最后专题讨论一部湮没在史料中的游记小说,其风格颇类似于凡尔纳的作品,也是利用真实的事迹、准确的知识来虚设人物和故事,它在报刊上的连载时日漫长以至于创作者的初衷被埋没,而被视作真实人物的旅行实录。

第一节　风流名士的"文明小史"

1862年,因为写给太平天国首领的禀帖被清军所截获,在西人的保护下,王韬仓惶逃至香港。在那里他襄助英华书院院长理雅各翻译中国典籍,同治六年(1867),理雅各返国,邀请王韬同行。是年冬天启程,次年初到达法国马赛,然后到英国,从此开始了王韬为时两年的欧洲漫游生活。他在《漫游随录》③中记述了自己的见闻游历,不过该书并非单纯记述海外旅行,而是从他早年在江南故里的冶游开始说起,这

---

① 黄韵珊:《海上蜃楼词》之一,《咏墨海馆》:"膀题墨海起高楼,供奉神仙李邺侯",引自王韬《瀛壖杂志》卷四。
② 参考叶凯蒂对晚清上海文人生活方式的研究,Yeh, Catherine Vance, "The Life-style of Four Wenren in Late Qing Shanghai," *Harvard Journal of Asiatic Studies* 57.2 (1997): 419-470。
③ 有光绪年间点石斋石印本,凡五十则,每则一幅插图,画工为张志瀛。然该书自序中说:"为图八十幅,记附其后";钟叔河主编走向世界丛书时,收入此书,所根据的是上海图书馆藏的稿本过录并标点的,稿本较点石斋本多出最后"屡开盛宴"一则,分卷次第也有不同。见湖南人民出版社1982年版《漫游随录·扶桑游记》编辑说明,第27页。

部分内容占去五分之一强的篇幅,在其中王韬对早年吞花卧酒、踏雪寻梅等风雅之事颇为自赏,也因此而耽搁了科举功业。从他早年的诗作看,王韬显示出一些反叛权威、性情乖张的特点,他最得意的诗作《雷约轩莲社图》中,表现出"魔祖即佛祖,远公岂真贤。净土本未有,焚修何其坚。拉杂龙华会,荒唐兜率天"这样的否定精神。

王韬继承了吴中"风流前辈"们放浪形骸、落拓不羁的名士气,假若早生数十年,顶多成为又一位唐伯虎、祝枝山式的"风流才子"。而晚清社会所独具的时代风貌,造成了诸多个人命运的巨大变化,王韬便是一个突出的例子。以往研究多有讨论王韬政论文章以及游记中的先进思想的,而较少注意的是他在"东学西渐"中所发挥的作用。① 除却帮助理雅各翻译汉籍外,王韬尤以文人儒者的形象和风度出现在欧洲人的城市中,并且通过结交友人、文墨赠答和汉语演讲向西人介绍中国文化。这些介绍并非全是浅近之理,更不至于像流亡文人丁敦龄那样随意捏造。在湛约翰(John Chalmers)家中,王韬向这位曾参与理雅各译汉籍、有兴趣研究春秋历日表的传教士介绍《春秋》朔闰问题,认为对日食的推算,应该以中西历法对勘一下,"务欲熔西人之巧算"入中国学术中去,得到湛约翰的赞同。② 日后王韬著《春秋朔闰至日考》一

---

① 例如最近段怀清氏著《〈中国评论〉与晚清中英文学交流》一书中,曾批评近代上海所谓"口岸知识分子"的"生存主导形式的文化交流",即以王韬为例,证明他"屈身"西馆只是为了衣食之计,相反,理雅各则被赞为"穷毕生之力翻译诠释中国经典","具有更能撼动心魄的精神力量",见该书第 24—28 页。这种论点纯属于偏见。段氏所举的王韬、管嗣复对翻译西书的抱怨之辞,原本是针对那些布教小册子而言,无干西学传播之事;而理雅各的翻译中国经典,在很大程度上是借重于王韬的佐助。譬如段著中十分欣赏的理雅各《诗经》翻译,根本是倚赖于王韬的 30 卷《毛诗集释》。近年对于西方汉学史的深入研究,迫使不少学者开始注意中国人在其中担任的角色和作用了,如王立群所撰《王韬与近代东学西渐》(刊于《北京科技大学学报》(社会科学版),2004年3月)一文,即在此论题上有所梳理。
② 王韬:《漫游随录》,湖南人民出版社,第 141 页,"游押巴颠"。押巴颠,即 Aberdeen,在苏格兰北部。

书,上卷末附录了他写给湛约翰的三封论学书信,其中既有对于西方传教士汉学家认知汉籍古学失误处的纠正,也有采纳西方科学方法改善经学研究之处。王韬的古史研究有其重要的地位,如后来傅斯年评价:"自汉宋以来考春秋日食者,无虑数十家,至王韬之书始最可信。何者? 彼以近代西洋进步之术,达春秋二百四十年春秋之大凡,而后断其合与不合也"①,也可谓是得风气之先了。

从王韬在游记中所记的几次演讲内容来看,可知他基本是在宣传孔孟之道和朗诵古诗词。听者甚众,经由理雅各的翻译,应该可以基本领会其意,不过更多可能是出于好奇而来参观的人——

> 理君邀余诣会堂,宣讲孔孟之道凡两夕,来听者男女毕集。将毕,诸女士欲听中国诗文,余为之吟白傅《琵琶行》并李华《吊古战场文》。音调抑扬宛转,高亢激昂,听者无不击节叹赏,谓几如金石和声,风云变色。此一役也,苏京仕女无不知有孔孟之大道者。黄霁亭太史于余将作欧洲之游,特书"吾道其西"四字为赠。虽不敢当,抑庶几焉。②

演说并不关涉学术研究,但可通过公众传达自己的理想与意见,造成社会效应,其意义反而更加重要了。由于缺乏所谓近代意义上的"公共场域",当时中国人对于西人的演讲传统与其意义可能还很陌生,王韬在游记中使用了"说法"、"论事"、"讲学"、"宣讲"几词来指称其事,可认为他大概是将演讲等同于书院讲学或者教堂布道了。

王韬只提起爱丁堡的女士们都知道有孔孟之道了,这一点最可体现其名士气。他非常喜好记录与西方女子的交往,不仅为之吟诵诗词,题赠文墨,还一起观光游宴。写惯了《海陬冶游录》一类的谈艳文字,

---

① 傅斯年:《殷历谱序》,刊于《中央研究院历史语言研究所专刊》,1945 年 4 月号。
② 王韬:《漫游随录》,第 159 页。

"才子佳人"的幻想不免也流毒于游记中;不过在他的笔下,西方女子虽然大方地与异性来往,却不是上海烟花巷陌里那种绮游的对象,也不同于出入于文酒雅集场所的日本女子。① 在《漫游随录》中,王韬注意到英法两国女子多受过良好的教育,那些"名媛幼妇","皆花妍其貌而玉洁其心,秉德怀贞,知书守礼,其谨严自好",并不因亲近陌生男客便一定是要发生什么败坏风俗的事情。②

在此之前,西人渡海来华者日益众多,渐有西方女子出现在中国沿海城市中,屡见于中国文人的诗词中,最早如韩鹄在康熙年间所作的《澳门番女歌》,"楼头一见已消魂,性本聪明态本娇。时嚼槟榔还默默,玲珑玉质透鲛绡"③,即是描述当时在澳门的葡萄牙少女,言辞多轻薄之意。之后如金采香所作《澳门夷妇拜庙诗》八首,也有"一双纤手嫩于莲"(其二),"颊泛红潮艳似花"(其四),"爱他衫子袈裟薄,持较龙绡分外凉"(其五)等句④,摹写其姿态颜色之美,透露出观看者发乎情却未止乎礼的心思。咸丰年间,浙江诗人高锡恩避难上海,见到欧美妇人,因作《夷闺词》数首,其中"寄语侬家赫士邦,明朝新马试骑来"(其三,自注:夷妇称夫曰赫士邦),"自云耶稣来赐福,暗中祈祷总因郎"(其五),"纤指标来手记新,度埋而立及时春"(其八,自注:夷人呼娶亲为度埋而立)⑤,已经留意到西人女子的言语和心理,人物形象生

---

① 光绪五年(1879),王韬有日本之游,著《扶桑游记》,其中不少对日本艺妓的描述,他还向日东人士辩说"鄙人之为人,狂而不失于正,乐而不失于淫。具《国风》好色之心,而有《离骚》美人之感"。湖南人民出版社,第 246 页。
② 王韬:《漫游随录》,第 111 页及 135 页。
③ 章文钦:《澳门诗词笺注》,"明清卷",第 96 页,珠海出版社,2002 年。
④ 同上书,"明清卷",第 324—326 页。
⑤ 高锡恩:《友石斋诗集》卷八,同治年间刻本。关于诗作时间,见钱锺书:《汉译第一首英语诗〈人生颂〉及有关二三事》,注 62,《七缀集》,第 165 页,上海古籍出版社,1985 年。赫士邦即 husband,度埋而立即 to marry。《澳门纪略》中录王轸《澳门竹枝词》,也如此描摹澳葡人女子:"心病恹恹倦扶,明朝又是独名姑。修斋欲祷龙松庙,夫趁哥斯得返无?"按,独名姑,即 domingo,礼拜日;龙松庙指澳门奥斯定教堂;哥斯即果阿 Goa。

动可感,算是比单纯窥想女人身体的那些诗作有些进步了。而被友人称作为"翩翩佳公子"的林鍼,在美国为被诱华工奔走时得到纽约"各国水手之会主"及其女儿的帮助。他在《西海纪游草》中言称自己"恒与洋女并肩把臂于月下花前,未尝及乱","不意平生知己,竟出于海外之女郎",虽不能知道其究竟,但此事显然使得他感到非常得意,也引起了家乡友人们的羡慕。① 1866 年斌椿游历欧洲,见识西洋女子颇多,诗集中不乏吟咏之作,以"弥思小字是安拿,明慧堪称解语花。呖呖莺声夸百啭,方言最爱学中华"最常被人所引。②

中国文学自古就有"西方美人"的形象。可追述到《诗经·邶风·简兮》中"云谁之思,西方美人;彼美人兮,西方之人兮"。不过这"美人"原本不是说美女,而是指西周的"盛王"或"贤人",所谓"西方",也是"叹其远而不得见之词"。③ 后来文人骚客,每以美人喻盛德之君,自屈原《离骚》、《九章》诸篇,直到苏轼《赤壁赋》中的"渺渺兮予怀,望美人兮天一方",都表达着帝国的放逐者在羁旅中的某种理想寄托。时至晚清,则可以在中西文化交流的语境中读出新意:由于出洋诸君以男士占绝大多数,笔下的西方女子逐渐成为一种带有文化异邦之象征意义的想象物。旅行者的主体精神似乎从对帝阙之故乡的愁怀中渐次挣脱出来,而把欲望投射在体现泰西文明魅力的异性身上。自乾隆帝征西班牙公主备职掖庭的传说④,直到清末驻法公使裕庚父子两代人先后娶西妇为室⑤,都激荡着晚清朝野上下对于"中西联姻"的好奇或热

---

① 林鍼:《西海纪游草》,第 39—40 页,第 33 页王道征序,第 59 页梁开桢序。
② 斌椿:《海国胜游草》,"包姓别墅"四首其二,岳麓书社版,第 168 页。
③ 朱熹:《诗集传》,卷二。朱熹以"西方美人"指"西周之盛王",而郑玄笺注《毛诗》则认为指"周室之贤者"。本文此处涉及后世文人心态,故沿袭朱熹之说。又可参阅钱锺书言:"不论其指臣皇皇欲得君,或君汲汲欲求贤,而词气则君子之求淑女",见《管锥编》,第 592 页,北京:中华书局,1986 年第二版。
④ 见董康:《书舶庸谭》卷四,第 132 页,沈阳:辽宁教育出版社,1998 年。
⑤ 见《中外日报》,1902 年 11 月 28 日报道。

情。这些想象与欲望,后来(1902年)变成了梁启超的殷殷期许:"二十世纪则两文明结婚之时代也,吾欲我同胞张灯置酒,迓轮俟门,三揖三让,以行亲迎之大典,彼西方美人,必能为我家育宁馨儿以亢我宗也。"①

不过在王韬旅欧的时代,大多国人对于西洋女子还是感到陌生神秘而且谣言重重的,仍旧常常冠之以"鬼妇"、"嫫母"、"罗刹女"等恶名。② ——比较看来,王韬在当时可算是见识比较高明的了。像他一样,久在上海洋场生活的大小文人们,经常接触西方人士,并且熟知欧美习俗。当时视出洋为畏途的大臣,或像钱德培③一样悲叹出洋之苦的随员不在少数,因而,很多使臣都愿意在上海聘请通晓夷务的读书人随行,王韬的好友袁祖志④便是如此得以出国旅行的。

---

① 梁启超:《论中国学术思想变迁之大势》,《饮冰室合集》文集之七,第4页。有关晚清文人的性别意识与国族关怀问题的深入研究,参看刘人鹏:《"西方美人"欲望中的"中国"与"二万万女子":晚清以迄五四的国族与妇女》,台湾《清华学报》,新30卷第1期,2000年3月。
② 黄呈兰《青玉案·澳门》:"鬼妇华褃偏妩媚",见《澳门诗词笺注》,"明清卷",第170页;平步青《樵隐昔寱》(光绪八年刻本)卷二十,转述《翼駉稗编》所记王碧卿娶荷兰妇事,议论说:"华人嗜痂者舍先施而好嫫母";俞樾《癸巳存稿》卷十三"天帝释夫人事"一条,引佛经"修罗生女端正,生男多丑",谓"多端正者,罗刹女也,今洋画西洋美人是也"。
③ 钱德培:《欧游随笔》,《小方壶斋舆地丛钞》,初编第11帙。
④ 袁祖志(1827—1898),字翔甫,号枚孙,别号苍山旧主、杨柳楼台主等,浙江杭州人。袁枚之孙。曾任上海官方报纸《新报》的主笔(1876—1882),光绪九年(1883),曾随轮船招商局总办唐廷枢游历西欧。归国后任《新闻报》总编辑,多有时政议论文章。其海外旅行记著作,都收入《谈瀛录》中,此书凡7卷,包括《瀛海采问纪实》、《涉洋管见》、《西俗杂志》、《出洋须知》、《海外吟》(2卷)、《海上吟》六种著作。有光绪十年(1884)上海同文书局石印本。另见《出洋须知》有单行本,为光绪十一年(1885)见斋书屋刻本。《瀛海采问纪实》、《涉洋管见》、《西俗杂志》、《出洋须知》四种复收录于《小方壶斋舆地丛钞》,初编第11帙,有所删略。《海外吟》、《海上吟》复见于《谈瀛阁诗稿》,光绪十三年(1887)刻本。

作为清代"性灵"诗人袁子才的文孙,袁祖志在文辞风流上步武其祖父,而所处时代的变化又令他的诗文显示出一些新的面貌。出国前,他已经在上海游寓二十多年①,身为洋场才子、报馆名流,曾筑"杨柳楼台"延揽四方文士前来吟咏唱和②,对于传统文人而言,只要无心仕途,这本已是不可奢求的安乐生活。然而眼界既开,袁祖志不免对于海外世界怀有非亲历目见方肯罢休的愿望。友人钱德培、陈鸿浩等出使海外,他都对其经历表示十分钦慕向往。③ 他比黄遵宪更早地提出诗歌创作要通过海外旅行而开拓出新的疆域来,即所谓"风骚第一攸关事,吟到中华以外天"。④

不过就其实际作品来看,袁祖志所开拓的文学新境有些好笑。钱锺书曾着实挖苦了他一番,小说《围城》第一章里,就驱使1930年代的"留洋博士"方鸿渐,从父亲藏书中读到《谈瀛录》(清人王之春也有一部《谈瀛录》,但此处应为袁祖志所著),见识了昔人关于中西文化比较的荒唐。这种荒唐,或又可遵从钟叔河的概括,说袁祖志认为中西风俗

---

① 袁祖志:《谈瀛阁诗稿·海上吟》,有光绪五年(1879)张崇鉴序,集中有《九月登丽水台漫兴》:"我来海上豁双眸,弹指于今二十秋"句,故可知其来上海在1860年以前。
② 袁祖志:《谈瀛阁诗稿·春柳吟》,杨伯润序;黄协埙:《淞南梦影录》,卷二,上海古籍出版社,1989年。
③ 袁祖志:《谈瀛阁诗稿·秋虫吟》,卷二,"饯钱琴斋二尹应聘出洋即席奉赠",其一:"不愧男儿志四方,今人更比古人强。地球当作弹丸看,笑煞庸奴恋故乡";同卷,"送陈曼寿明经之日本即用留别原韵",其一:"从古诗人好远游,兹游何幸壮怀酬"云云。
④ 袁祖志:"送陈曼寿明经之日本即用留别原韵"其三。按,陈曼寿去日本时在光绪六年(1880);黄遵宪:《人境庐诗草》,卷四,"奉命为美国三富兰西士果总领事留别日本诸君子",亦作"吟到中华以外天",此诗作于光绪八年(1882),可能是袭用袁祖志原句。此类似句意,又见于袁祖志《海外吟》"三月十二日自杨柳楼台登舟留别海上诸君子"其一:"此行磨就三升墨,细写中华界外天"。

大不相同,"差别最明显的便是女人"。① 他的《海外吟》里收入不少描摹西洋女子的诗作,言称"中土偶来名士少,西方果觉美人多",沾沾自喜于西人男女不避嫌,并且将此夸耀为"艳遇"。② 此外,如"每食蛾眉皆列坐,今朝有女更同车","团团列坐圆如月,中有嫦娥杂几行","西方有美胜嫦娥,雅爱弹琴又善歌","问年屈指正盈盈,花比娇娆玉比清"之类③,等于是在不断加大赞美的力度,以抒发他对西方美人的好慕之心。惟独有一首拟古《西人妇》,是袁祖志心目中西方女子形象的全面写照,则以截然相反的道学口吻写道:

> 西人妇,尊居右,曳长裙,揎短袖。言不从媒妁,命不遵父母。年逾二十一,婚姻自匹偶。男女杂坐无嫌疑,叔嫂未妨相授受。……客造深闺闼径排,夫归内闑扉烦扣。登筵先让美人身,入座亲牵上宾肘。……更惊凿凿其须髥,上上下下征面首。帷薄不修直等闲,中冓之言实可丑。……律以吾儒古昔时,曾子回车墨子走。我生不意侈豪游,蹈入秽区颜怩忸。问予重来意如何,掩耳疾趋曰否否。

这参照他在《涉洋管见》中所述:"女年二十有一,便纵其任意择夫,尽有屡择方配之人,不以先奸后娶为耻",其声调是相同的,且自己的形象也生动鲜明地得以表现出来。这大概属于正襟危坐时的自我表态,与他在意大利狎游,"泥他一种蹁跹态"时的放浪忘形是不可以并置一处的。

《海外吟》中有关风俗、景观的吟咏颇可观,比如五言古诗"潘比阿

---

① 钟叔河:《玉山和玉笋——袁祖志〈谈瀛录〉》,载《书前书后》,第158页,海口:海南出版社,1992年。
② 袁祖志:《谈瀛阁诗稿·海外吟》卷五,"西俗常餐男女同席,谈笑饮啖,不别嫌疑。初甚弗安,久亦习惯,喜此艳遇,漫成一律"。
③ 均见于袁祖志《海外吟》二卷中。

古城"(咏庞倍古城遗址)、"巴黎四咏"、"伦敦行"、"泛舟天士河"(即泰晤士河)等,"留别伦敦四绝句"描述19世纪后期工业巨都伦敦冬雾之景象,也是真实可感。而尤其值得一提的是,袁祖志还作有"洋餐八咏",逐一说明西餐各个环节步骤:传餐、序坐、先羹、次肴、佐甘、尝果、殿茶、散烟,针对陌生于此道的中国人,详细讲述其中的礼仪与禁忌,例如候餐会食前须听摇铃(导人持铎徇,饭候协钟鸣),序坐以右为尊,先女后男(尚右凤原古,如何让女先。整衣咸盥手,脱帽始登筵),以及整场筵席的上餐次序,对其中的味旨和养生道理也加以介绍(酥赖醒脾胃,甘能妥肺肠;淡将浓尽掩,清可浊全删),算得上一部西餐桌前的"文明小史"。在此之前,中国文士吟咏西方饮食风俗的诗文已有不少,如康熙年间福建诗人高兆,曾在长诗中描述登荷兰使者船饮西洋葡萄酒的经历;李徵熊作《海舶行》,也提到"玻璃瓶盛红毛酒,色艳琥珀酎大贝";还有像汝州马心城《红毛酒歌》,言"红毛之酒红于血,色香与味三奇绝"。① 咸、同年间,嘉兴吴仰贤在上海作《洋泾竹枝词》二十首,其第十七首:"团坐琼筵刀匕停,翠盘行炙罢膻腥。持杯索取葡萄酒,十样玻璃细口瓶"②,已经注意到了西餐的程序和食器;此外还有俞樾、樊增祥这样的大文人,都曾在诗文中提到自己饮啖冰激凌来消暑。③ 对于有机会游历欧美的中国人来说,虽然自张德彝、斌椿到薛福成、郭嵩焘等人都曾在旅行记中提到过西洋饮食,但是并无像"洋餐八咏"这么专门详细的文字,并且出洋诸使臣起初多不能适应这些"西人

---

① 以上三例均见于郭则沄纂《十朝诗乘》,卷七,福州:福建人民出版社,2000年。
② 吴仰贤:《小匏庵诗存》卷六,续修四库全书,集部第1548册。复见于雷梦水等主编:《中华竹枝词》,第832—835页,北京古籍出版社,1997年。
③ 俞樾:《茶香室续钞》(续修四库全书,子部第1198册)卷一,"造雪"条:"今西人饮馔喜用雪,能以药作雪供饮馔,余尝食之";《樊山续集》(近代中国史料丛刊,续编第610号)卷二十,"午窗即事限灯字韵":"欲买机轮师造化,郇厨多制唧令冰",自注:"西馔冰唧令,极甘美,暑中以机器为之"。

养生之具"①,"在时空转移中,饮食已经不只是一种生理上的需要,更是一种文化的重要的外在体现,对饮食的选择,常常是对不同文化表现的不同态度"。② 如张德彝早年所说,"英国饮馔与中国迥异,味非素嗜,食难下咽。甜辣苦酸,调合成馔。牛羊肉皆切大块,熟者黑而焦,生者腥而硬。鸡鸭不煮而烤,鱼虾味辣且酸,一嗅即吐"。③ 最著名的是1887年游历使之一孔昭乾,以孔门之后不食牛肉而拒食西餐,并由此闹出的种种笑话。④ 从以上种种好奇、享受、厌恶、恐惧的不同反应中,可阅读出餐桌上的中国人接受西洋文明的辛苦历程,由此才更可理解袁祖志以诗咏为教谕,其用心在于促成东西文化于口腹之欲上的沟通。而在《出洋须知》中,袁祖志又特别设立"食物须知"一节,强调东西地域有别,人种秉性也不同,因此出国之人须注意西洋食物是否合乎脾胃的习惯,并且开列了一个旅行的食单,这些内容教人联想到随园食单中的"须知单",袁枚曾说"学问之道,先知而后行,饮食亦然",如此说来在肠胃间展开的东西交通,也同样需要先在味旨上达到沟通和理解。

曾几何时,观看洋妇弹奏风琴,吃洋餐饮葡萄酒,乃是中国诗人笔下"通达夷务者"最典型的生活场景。⑤ 西方女子在社交场合的尊贵地位,挑战了中国传统伦理中男女授受不亲的道德律令,以展现形体之美为目的的服装修饰,激刺到隐讳甚至恐惧于人欲抒发的中华男士;而西餐中的生食冷食,有违"熟而荐之"、"水火既济"的先圣之道,每餐食牛肉,更与农耕社会的生养习惯有天壤之别。王韬、袁祖志是晚清上海洋场上的通达放旷之士,他们的海外旅行记对于考察西方政教制度或是

---

① 薛福成:《出使英法义比四国日记》,第255页,长沙:岳麓书社,1985年。
② 郭少棠:《旅行:跨文化想象》,第141页。
③ 张德彝:《航海述奇》,第450页,长沙:岳麓书社,1985年。
④ 张祖翼:《清代野记》,第97页,成都:巴蜀书社,1988年。
⑤ 叶廷枢:《澳门杂咏》,其六:"夜饮无妨玉漏沉,自鸣钟为报分阴。解醒共劝芦卑酒,百叠风琴奏梵音",芦卑,即 rubeo 音译,谓葡萄酒红。见《澳门诗词笺注》,第187页。

社会经济而言并无可取之处,其价值惟在于记录风俗。所谓"甘食悦色",正是百姓寻常日用的大道理,礼教人伦皆由此出。从王韬和袁祖志的观察来看,当相信他们必然认可东西文化虽有诸多表象上的差异,但在本质上有共通之处:西方女子也是"秉德怀贞、知书守礼"的居多,西人餐饮中也自有其合理的养生之法。值逢王韬在牛津大学讲演之时,有人请教他比较孔孟之道与泰西所传天道两者的异同,他回答说:

> 孔子之道,人道也。有人此有道,人类一日不灭,则其道一日不变。泰西人士论道必溯原于天,然传之者,必归本于人。非先尽乎人事,亦不能求天降福,是则仍系乎人而已。夫天道无私,终归乎一。由今日而观其分,则同而异;由他日而观其合,则异而同。前圣不云乎:东方有圣人焉,此心同,此理同也。西方有圣人焉,此心同,此理同也。请一言以决之曰:其道大同。①

于陌生辽远的"番夷之邦"洞悉其中的人情物理,由此而观王袁二人所经历的海外见闻,可算是一部从日常生活中"发现"西方的"文明小史"了。

第二节　启蒙大众与娱乐群俗的海外见闻

从书写的方式与内容上看,袁祖志的《出洋须知》迥异于蔡钧的《出使须知》②,尽管后者也得到了王韬的重视,由他亲自来手校

---

① 王韬:《漫游随录》,第 100 页。
② 蔡钧,字和甫,大兴人(《小方壶斋》本署),鄂籍(《翁同龢日记》光绪二十一年九月二十五日)。曾在上海任职江海关道。1881 年随郑藻如出使美日(日斯巴尼亚国,即西班牙)秘三国,1884 年初回国。著有《出洋琐记》(光绪十一年,即 1885 年,王氏弢园刻本,署名燕山蔡和甫,二册,第一册为正文,不分卷,第二册为附录奏疏条陈)、《出使须知》(光绪十年,即 1884 年,王氏弢园刻本,一册不分卷),二书均收入《小方壶斋舆地丛钞》,初编第 11 帙。

付梓。① 这是因为两人写作时候有不同的"预期读者":蔡钧在给朝廷所进呈的条陈中,说自己于西班牙、英国、法国游历一年有半,"于其国之国政、军情、民风、俗尚略有知,见闻所及,辄笔之书,曾著《出使须知》一卷,详陈利弊,用备采择",故而在著作中交待了使臣仪表、着装、应酬、礼貌等注意事项,也包括西人茶会酒筵中的社交惯例,以及使臣、领事、随使的不同责任,基本是延续明人张洪《使规》②一类的著作体例。而袁祖志的《出洋须知》,虽然被他上司称为"足备当局之采择"③,但细看其内容,仅与外出旅行的日常生活细节有关,包括地理气候、起居饮食、医药卫生,甚至还提到了购物通货的须知事项,这更类如一部旅行指南,所面向的读者范围更广,对于需要出国的普通学生、商人来说也有价值的。

这两部著作的差异,是与写作者所处的环境相关联的:蔡钧是晚清帝阙之下的小角色,曾拜在荣禄门中;后来得以成为驻日公使,自然与他以通晓夷务的著述成绩不无关系。而袁祖志处身在市民社会的氛围里面,并且长年从事于报馆工作,熟悉大众阅读口味。正所谓是"在官言官,在商言商",这也代表了上海近代文人与出洋使臣们旅行书写的不同笔调。

关于在报刊杂志上发表海外记游的诗文,其滥觞已见述于前文。自上海开埠至 1900 年之间,占近代期刊绝大比例的西人报刊创办了 70 多种,能够形成一种影响广大的传媒文化,并渐渐吸附了为数众多的江南文人。始于 1861 年末的《上海新报》,是上海第一家中文报纸,

---

① 此后不久有传教士傅兰雅著作的《西礼须知》一书(1886 年初版,转见于 1899 年邹凌沅辑《通学斋丛书》本)问世,王韬在其序言中说,《海国图志》、《瀛环志略》未道及西国礼俗,直到袁祖志《出洋须知》、蔡钧《出使须知》之后才"渐讲夫仪文礼貌",并且说,"中西虽殊,其礼之合乎人情则一也","西礼虽有不同,而所以同者,无不在乎人情之中"。
② 《四库全书总目》,卷一三一。
③ 唐廷枢:《谈瀛录》序。

刊载过一点诗文,更多的是配合西洋物质文明侵入而出现的各类新闻和广告。而值得注意的是,1868年改版后的该报中出现了一种"图说"栏目,以图画配文字,介绍西洋器物和科技、地理、风俗的知识,其"新式"第97号(1868年9月12日)就曾介绍东西餐桌礼仪的不同,勉强拼贴了一幅似乎是古罗马人"斜倚而食"的图画凑数。① 自1878年,《申报》的英国老板美查购买手动石版印刷机,成立以"点石斋"为名的出版机构,并且延请了吴友如、张志瀛、周慕桥等中国画师,于1884年创办《点石斋画报》,这成为真正意义上的近代中国第一种画报。在当时传像快捷的摄影图片已经充斥上海报刊新闻业的局面下,《点石斋画报》采取了一种更加贴近中国传统文化口味的方式来取悦市井群伦,获得了极大的成功。② 而王韬在《漫游随录》初刊之时,就采用了这种一文配一图的方式,随附在《点石斋画报》上,连载了大约一年半的时间(1887年9月底至1889年1月)。

为《漫游随录》作图的画工是张志瀛,此人曾是吴友如的老师,他并没有出国的经历,因此对于王韬笔下的异域风貌本来是无甚体会的。

---

① 《上海新报》合订影印本,第1482页,近代中国史料丛刊,三编第581—590号。并参阅赵楠:《十九世纪中叶上海城市生活——以〈上海新报〉为视点》的第三节,从"图说"专栏看中西观的变化和近代市民文化的形成,此文刊于《史林》,2004年第1期。此后如《小孩月报》、《格致汇编》、《瀛寰画报》、《画图新报》等也都使用图文并茂的方式来宣传新知、启发民智,但因为没有专门的画师绘图,故多是类如《上海新报》一样转载西方书刊中的现成图片,偶有创作则其质量不高。参阅陈平原:《晚清人眼中的西学东渐》,是文为《点石斋画报选》一书的导言,贵阳:贵州教育出版社,2000年。
② 德国学者鲁道夫·G.瓦格纳在《进入全球想象图景:上海的〈点石斋画报〉》(中译文刊于《中国学术》,2001年第4期)一文中就美查在经营《点石斋画报》过程中对于"文化兼容性之重要性"问题作了很细致入微的分析:"从纸张质量、印刷和装订,以及绘画、布局和文化取向所体现的精工细作上,可以看出《点石斋画报》的设计是在每一处可能的形式上都与传统的中国市场贴近,同时又坚持所表现的一切绝对是现代的、及时的事务,以形成一种冲击力。"

在他的笔下,埃及开罗一样是青山绿水、葱葱郁郁的景致,苏格兰爱丁堡居然也有重檐宝塔点缀其间,近处的民居建筑,统统画作上海租界的二三层洋楼,细看其人物着装,更是长袍马褂的打扮。最为离奇的是"博物大院"一节的插图,配合王韬"有一鲸鱼,其巨几蔽屋数十椽,长约二百余丈"的夸诞描述,画者在图中绘了一尾硕大的鲤鱼,困于巨廊之下,旁边安置一名正在参观的小人,以显示此鱼的庞大无比。固如同鲁迅对《漫游随录》插图的评价:"图中异域风景,皆出画人臆造,与实际相去远甚,不可信也"①,然而比较于晚清人物在海外留下的照片来看,那些梳长辫、穿马褂站立于西洋景中的写实形象,恐怕更会显得古怪,难令当时的读者所接受。因此,这番臆造有其合乎情理的成分,中国画工的细致笔趣,为阅读者带来不少视觉享受,从文字休歇处一起想象着海外的奇妙世界。在"制度述略"、"制造精奇"二节的插图里出现了电线和铁轨,这是 50 幅图像中最接近现代文明的形象,"制造精奇"一图中,远处似乎有几个黑色的物体,根据王韬文中的内容猜想,应当是气球之类的飞行物,可能属于画者的藏拙之笔,但也许是顾及全局的写意手法。② 似乎可以说,未到过海外的画者,实际上也参与到旅行书写所呈现的图景中来了。

另外一种反映着此时国人建构有关"全球想象图景"(借用瓦格纳文章题目)的书写,乃是同西方世界流行于 19 世纪中期至二战前的"万国博览会"(World's Fair)风潮密切相关。自从 1851 年英国人首先打破工商壁垒,举办邀请各国一起展现实业成就的"水晶宫赛会"以

---

① 鲁迅:《题〈漫游随录图记〉残本》,《鲁迅全集》第八卷,第 371 页,北京:人民文学出版社,1981 年。
② 张志瀛后来在《点石斋画报》中有两幅作品("天上行舟"、"气球妙用")专以气球、飞艇为描述对象的,当是临摹西人图书,刻画入微准确,不似《漫游随录》中的缥缈模糊。参阅陈平原:《从科普读物到科学小说——以"飞车"为中心的考察》,《中国文化》第 13 期,1996 年;陈平原、夏晓虹编注:《图像晚清》,第 169 页,天津:百花文艺出版社,2001 年。

来,不到一百年的时间里,英美法等国家大约设立了 300 个此类的博览会。在此时期中竞争激烈的国际局势里面,成为各民族国家总体表现的竞技场,其中反映出西方世界的普世精神和"帝国欲望"。① 西方研究者以知识社会学中的"意义的共同体(symbolic universe)"②一名,来表述万国博览会在 19 世纪中叶以来的现代文化中所具有的意涵。③ 以外表庄严华贵、眩人眼目的巨型建筑围就内部拼贴繁复、浮光掠影的展览景观,"举凡资本主义的发展、国际贸易与新型外交场域、商品经济与消费、展演文化的萌发、各国自我定位与呈现、帝国主义的权力展示、现代化城市的蓝图等,均为探究现代世界政经、社会、文化等面向的重要切入点,自此可体现'现代'此一巨大聚合体难以名状的若干枢纽"。④

从 1866 年总理衙门首度受邀参加法国巴黎的"万国聚珍会",直到 1911 年为止,中国共收到各国 80 次以上的博览会邀请,其中朝廷组团参加 13 次,寄物参展 6 次,派员与会 11 次,可谓是晚清中国重要的一项外交活动。⑤ 其中 1876 年的"美国定鼎百年纪念万国赛奇会",经

---

① 王正华:《呈现"中国":晚清参加 1904 年美国圣路易万国博览会之研究》一文,载黄克武主编:《画中有话:近代中国的视觉表述与文化构图》,第 433—436 页,台北:"中央研究院"近代史研究所,2003 年。
② 此术语由 Peter L. Berger 与 Thomas Luckmann 提出,指涉一种联结现世人生的零碎经验和历史价值与未来理想的结构,其可将万事聚拢于贯通古今的核心价值上,欲营造出普适于所有个体行为的规划,欲建立起为人类日常生活所延续一贯的生死价值观。见二氏所著 *The Social Construction of Reality*: *A Treatise in the Sociology of Knowledge*, New York: Anchor, 1967, pp.92-108。
③ Robert W. Rydell, *All the World's a Fair*: *Visions of Empire at American International Expositions*, *1876-1916*, Chicago: University of Chicago Press, 1984, p.3.
④ 王正华:《呈现"中国":晚清参与 1904 年美国圣路易万国博览会之研究》,第 433 页。
⑤ 赵佑志:《跃上国际舞台:清季中国参加万国博览会之研究(1866—1911)》,《台湾师范大学历史学报》,第 25 期,1997 年。

由上海工商业代表李圭的《环游地球新录》①,得以广为国人所知,影响很大。他这部旅行记的体例看起来近乎袁祖志的《谈瀛录》,也是以专题各自写出,分为"美会纪略"、"游览随笔"和"东行日记"。首卷"美会纪略"便是记录他在美国费城参观万国博览会的经历,之后两卷"游览随笔"分别记述他在美国和欧洲的见闻,"东行日记"则是行程日记,并将前面三卷以专题介绍的各地消息也简要排入其中。光绪四年八月(1878年9月),已经出版过的李圭此书又开始连载于上海《万国公报》的"政事"栏目,虽然事隔两年,但"美会纪略"这一系列的专题文章仍带有时事报道的性质。李圭的文才不及王韬,但他的游览记闻有详实明晰的好处,先总说缘起,介绍各国展览主要内容,再分门别类地逐一介绍,如机器院、绘画石刻院、耕种院、花果草木院、女工院等。在此浓缩了37个国家经济物产与文明风俗等内容的"内部景观"之中,正好提供了东西方的参观者对于整个世界的一种认知或者说是想象的空间。

李圭此书所经历的不过是英、法、美几国而已,却十分豪迈地题名为"环游地球新录"。因为他将"美会纪略"冠为首卷,所以或许是将费城博览会视作一个微缩了的"地球"吧。1874年的《万国公报》曾刊载过一幅"地球全图"②,1876年申报馆首度以手工着色铜版印刷了《亚

---

① 李圭(1842—1903),字筱池,江苏江宁人。曾被俘于太平军中,1862年逃至上海,1865年任宁波海关税务司文书。1876年,被选派前往美国参加博览会,归而作《环游地球新录》。此书有光绪四年刻本,四卷。另外,上海《万国公报》也曾连载《环游地球新录》各篇,时间自光绪四年(1878)第504卷开始,到光绪五年第536卷终止,作者不具名,并且标题不甚统一(或以书名,或以卷名,或以篇名),故近来有研究者辑录《万国公报》华人作者主要文章,未能详尽此书见于刊载的篇目。

② 《万国公报》,第301卷。

细亚洲东部舆地全图》①,通过近代传媒与出版业(不同于明末耶稣会士手绘、藏于深宫内廷的地球舆图)进入国人知识视野中的世界图景,正好可以借由李圭的游记得到意义上的填充。

在此"意义共同体"中,游走观者(作者)的自我定位往往各不相同,而"呈现中国"与"认知世界"其实是可以相互呼应的。李圭注意到,中国馆场地不大,甚至比日本还要小,但却布置得像一个官府衙门,"形极严肃",而参展之物"悉遵华式,专为手工制造,无一借力机器",紧接着他说,经过明治维新不到十年的日本"迩来于泰西制度、器艺造作,悉能用心窥其深奥",看起来他们的学习西方是很有成效的②,显示出有超越中国的势头。这些报道文字,表述十分明晰,而且耐人回味,与当时美国新闻界的报道比较来看,也有口径相合之处。③ 于是李圭著作能够引起当时中西人士的共同关注,不仅李鸿章为之作序,而且李圭的洋上司赫德当年便将此书带到英国,并送了一部给驻使伦敦的郭嵩焘。④ 1879 年,22 岁的康有为第一次薄游香港,购读到《环游地球新录》等书,"乃知西人治国有法度,不得以古旧之夷狄视之"。此后像黎

---

① 见于前揭瓦格纳文章中,作者说,"由《申报》来出版这样一幅地图是颇为合适的,因为它为读者提供了条件来定位报纸上提到的地名,以便获得关于中国在世界的一个区域中的位置的视觉印象,这个区域被奇怪地称为'亚细亚东部',而非'天下';以便在西方理解的有固定疆域的民族国家的基础上审视世界;以便用眼睛与手指在东亚旅游;最后同样重要的是,读者手边有了一件全部用中文标注的符合中国文化旨趣的参考。"
② 李圭:《环游地球新录》,长沙:湖南人民出版社,第11页。李圭的叙述话语合乎甲午战争以后渐次形成的"落后挨打"论调,即认为日本发展近代工业比中国早而且成功。
③ Rydell 在其书中(p.30)引述当时各家报刊的新闻,提到甚至在开展之前,就有美国记者先期汇报了各展厅的观感,其中说"日本必定越来越进步,而中国无疑是越来越保守了(Japan is bound to be more and more progressive, and China must be more and more conservative)"。
④ 郭嵩焘:《伦敦与巴黎日记》,"光绪四年五月廿二日",第 628 页,长沙:岳麓书社,1984 年。

庶昌《西洋杂志》中记录1878年巴黎博览会,曾纪泽《出使英法俄国日记》中记录出席英国大小赛珍会,以及胡玉缙《甲辰东游日记》、钱单士釐《癸卯旅行记》和凌文渊《籥盦东游日记》中记录1903年大阪博览会,还有1904年《时报》刊载美国圣路易万国博览会专题采访和外交参赞孙正叔的观感文章,就都不如李圭的报道影响大了。

王韬、李圭等人的长篇游记刊载于大报馆的定期出版物上,有的甚至连载数年不休,这在当时毕竟属于少见的例子;自1872年《申报》等一系列由华人主持笔政的报刊问世以后,大部分的文学作品当属于"天下各名区竹枝词及长歌纪事之类"①,就以文人操笔而作的各种竹枝词来说,以浅白生动语言描述各地风土人情,正好代表着士大夫的风流雅趣与市井俚俗文化的融合。值得注意的是,处身于华洋混杂、群声喧阗的时代中,有"采风"之特点的竹枝词作者会敏感于社会流行语言的变化。乾嘉时期广东十三洋行总商潘有度曾作二十首《西洋杂咏》,其中就有不少外来语,比如"头缠白布是摩卢,黑肉文身唤鬼奴。供役驶船无别事,倾囊都为买三苏","摩卢"即 Mouro 音译,指信奉袄教的印度巴斯商人,而"三苏"是西洋水手称呼烈酒的叫法(sauce)。② 不过潘有度所涉及的外来语属于"澳译",自从上海成为近代中西文化交流的中心城市之后,在英法租界之间的洋泾浜,便有一批专以蹩脚英语牵合中外商人的掮客,他们的语言被称作是"别琴派",也就是所谓的洋泾浜英语。③ 1873年,上海广方言馆毕业的杨少坪,自号"阳湖洗耳狂

---

① 陈伯海、袁进:《上海近代文学史》,第121页。
② 章文钦:《澳门诗词笺注》,"明清卷",第260页。
③ 李伯元:《南亭四话》,卷四,"别琴竹枝词"条:"洋货掮客好作英语,雪唐排哀之声不绝于口。皆别琴派也。别琴者,英语无是字,第取为杜撰之名,即华言洋泾浜语。当日海通未久,外人之求互市者,皆聚族洋泾浜南岸,华人略谙英语,便充买办。其语鄙俚傲诡,效者便之。后亦盛行,今且成一家言矣。"按,"别琴"即 pidgin 音译。

人",作《别琴竹枝词》百首,刊载于《申报》①,本意在于揭露蹩脚英语的弊端,劝世人改正,然而却形制独特,笔调幽默,别具一番趣味。例如"清晨相见谷猫迎(good morning),好度由途(how do you do)叙阔情。若不从中肆鬼计(squeeze),如何密四(miss)叫先生"(第6首);"滑推姆(what time)问是何时,定内(dinner)为因(wine)用酒卮。一夜才当温内脱(one night),自鸣钟谓克劳基(clock)"(第27首),等等。② 他人以英语入诗者,不至于像杨少坪这么夸张,偶尔点缀一二而已,比如前文所引高锡恩、斌椿等俱是。

竹枝词这一体裁的兴盛也直接影响到文士海外漫游中的写作风气,前如袁祖志的《巴黎四咏》、《洋餐八咏》等便是典型的竹枝词写法(而《伦敦行》、《西人妇》等接近长歌纪事,也属于当时报章媒体的常见文学形式),《申报》光绪九年(1883)九、十月间曾陆续刊载过《海外吟》中的一些唱和与吟咏之作,并且引起申江文人们的诸多回应。③ 实际上,从《东西洋考每月统记传》中的《兰敦十咏》到梁启超在《新民丛报》④发表的《饮冰室诗话》中抄录忏广《湾城竹枝词》,报刊传媒一直在促成这类旅行诗的广为流传。受此风气影响,出现了两部比较著名的竹枝词集,一是潘飞声的《柏林竹枝词》,一是张祖翼的《伦敦

---

① 同治十二年二月初五(1873年3月3日)、初七、十五及十九日。
② 参阅周振鹤:《别琴竹枝词百首笺释——洋泾浜英语研究》,氏著《随无涯之旅》,第296—323页,北京:三联书店,1996年。
③ 九月十五日刊载袁祖志在巴黎与钱德培等友人的唱和以及寄怀上海杨伯润的诗作。十月十七日刊载巴黎《七夕有感》、《西妇叹》(即《海外吟》中的《西人妇》),以及前引所谓自喜海外艳遇的那首七律。台湾学者吕文翠列举了当时《申报》、《字林沪报》上刊载许多上海文人对于袁祖志《海外吟》诸篇的评价,从文化氛围和出版环境中分析其诗作的影响,认为这些文本使得上海与"泰西名城"展开了"隔洋信息连线",从而使得个人旅行书写变成了一种文化群体性质的事件。见吕文翠:《晚清上海的跨文化行旅:谈王韬与袁祖志的泰西游记》,《中外文学》第34卷第9期,2006年2月。
④ 《新民丛报》,1906年8月20日,第85号。

竹枝词》。

潘飞声①是广东十三洋行同文行创始人潘启的重孙,潘有度也是其同宗长辈,不过自他曾祖正衡到祖父恕、父亲光瀛都以文词在岭南负有雅望,属于诗书传家的一个支脉。光绪十三年(1887),他和满族人桂林(字竹君)受聘往德国柏林教授汉语,在他《西海纪行卷》中自称是前去"讲经",而张德彝在其旅行日记中提到,潘飞声等人每月所领三百马克的束修其实并不敷用。② 然而用度的窘迫看来并没妨碍潘飞声的文酒风流,他有《海山词》③一卷,是少见的以词体记海外游历的作品集,主要写他在德国游览观光以及与西洋女子来往。他的《柏林竹枝词》共24首,也主要以柏林女子和游乐为主题,描绘女子溜冰、温室莲花、少妇新婚、园林消夏,乃至酒店女郎和妓女,甚至连描写教堂祷告,都要羡称"博得玉人齐礼拜,欧洲艳福是耶稣"(其五),难怪民初有人编艳情诗集④时将《柏林竹枝词》也列入其中了。竹枝词与词一样,都属于传统士人"为文且须放荡"的文体,《海山词》毕竟还古雅含蓄一些,《柏林竹枝词》则浅白轻浮,然而会博得普通市井读者的喜爱。潘飞声交游很广,他在柏林期间曾结识了一些日本友人,如井上哲次郎、

---

① 潘飞声(1858—1934),字兰史,号剑士,广东番禺人。曾就读于广州越华书院。1887年,受聘赴德任柏林大学东方学院汉语教师,1890年回国。主持香港《华报》《实报》笔政。后居上海,为南社成员。有关他海外旅行的著述,有《西海纪行卷》、《天外归槎录》各一卷(收入《小方壶斋舆地丛钞》再补编,第11帙),以及《游萨克逊日记》一卷,《海山词》一卷,《柏林竹枝词》一卷24首,俱载于《说剑堂集》,有光绪二十三年至二十九年(1897—1903),香港仙城药洲刻本。
② 张德彝:《五述奇》,"光绪十三年十月二十三日",《稿本航海述奇汇编》,第5册,第66—67页,北京图书馆出版社,1997年。
③ 其中有一首《满江红》,自注说"博子墩,译言橡树林也,有布王富得利第二离宫"云云,《小方壶斋舆地丛钞》再补编第11帙中有一篇《博子墩游记》,原署作者阙名,开篇说:"光绪己丑于役柏林,约桂竹君秋曹为博子墩之游",故可知此篇作者当是潘飞声。按,博子墩,即 Potsdam,今译波茨坦。
④ 汪石庵主编:《香艳集》,民国二年(1913),上海广益书局。

第二章　海外记游中的文人雅趣与市井俗调

金井雄、森鸥外等①,加上又钟情于德国女人,显得他好像扬名四海、享誉五洲一样。后来汪辟疆撰《光宣诗坛点将录》,以"地耗星白日鼠白胜"点潘飞声,按语说"艳说英伦迹已陈",似乎微微带有讽刺之意。②

真正"艳说英伦"的倒是张祖翼。③ 他素以书法、篆刻名世,也曾有出洋旅行的经验,盖缘于光绪十二年(1886)随刘瑞芬使英。他的《伦敦竹枝词》④近百首,描写英伦社会风俗很有特色,尤其是城市夜间生活:

> 圆灯小小照檐楣,门口标书曷忒而(hotel)。
> 角枕锦衾为谁设,无非云雨借台基。
>
> 氤氲煤气达纵横,灯火光开不夜城。
> 最是宵深人静后,照他幽会最分明。
>
> 少女扶机竟日忙,霎时传语遍城乡。
> 为他人约黄昏后,未免痴情窃问郎。

---

① 井上哲次郎是近代日本著名的哲学家,金井雄是著名教育家和诗人,他们两人都在《海山词》中有多首题词,参阅神田喜一郎:《日本填词史话》,第418—433页,程郁缀、高野雪译,北京大学出版社,2000年;至于文学家森鸥外,则见于日本学者古田岛洋介的《森鸥外与潘飞声——在柏林遇到的中日两个文人》,2006年6月复旦大学日本研究中心的"东亚文化的继承与扬弃——东亚共同体文化基盘形成之探讨"会议论文。此外,潘飞声曾在诗集中列举采录他诗作的各家著述,其中有"日本森氏《春涛诗话》",当是日本诗人森春涛的著作。

② 王培军:《光宣诗坛点将录笺证》,第652—655页,北京:中华书局,2008年。按,汪辟疆原文将潘名隐去,言"熟于光宣诗坛掌故者,自能知之,不必人人尽喻也"。汪对潘的评价复见于《光宣以来诗坛旁记》,《汪辟疆说近代诗》,第261页,上海古籍出版社,2001年。

③ 张祖翼(1849—1917),字逖先,号磊盦,安徽桐城人,但长年居于无锡,故又号梁溪坐观老人。曾著《清代野记》、《汉碑范》等。

④ 有光绪十四年(1888)观自得斋丛书(徐士恺编)本,署"局中门外汉戏草",篇末自称是"竹枝词百首",实际是99首。

> 一尺圆球百尺竿,电光闪烁月光寒。
> 歌场舞榭浑如昼,世事昏沉普照难。

全然是以现代物质文明象征物来烘托营造出一片浮华淫靡的世俗景象。① 此外张祖翼多用"别琴派英语",《伦敦竹枝词》初刊时有"橿甫"作跋,便称赏其"有时杂以英语,雅鲁、嫩隅,诙谐入妙",上引第一首中的"曷忒而"便可作为一例。此外又如"结伴来游大巴克(park),见人低唤克门郎(come on)","金钱笑把春葱接,赢得声声坦克尤(thank you)","相约今宵踏月行,抬头克洛克(clock)分明,一杯浊酒黄昏后,哈甫怕司到乃恩(half past nine)"等②,这些音译多为英伦女子的语声,直接合韵入诗,再于自注中加以解释,能够达到置身其境的效果。不过他间或在音译文字上做些功夫,使之兼具表意功能,比如写英国女王"五十年前一美人,居然在位号魁阴(queen)"即是。另有一首记述英国小儿的童声:

> 一队儿童拍手嬉,高呼请请莱尼斯。
> 童谣自古皆天意,要请天兵靖岛夷。

从其后自注来看,张祖翼知道"莱尼斯"是称 Chinese,但不明白何谓"请请莱尼斯",遂荒唐地解释说天意要使中国人来治理英国了,殊不

---

① 至民国初年,鸳蝴派小说家李定夷写《美人福》,第三十七回中令远渡英伦的瑶仙写了 10 首《伦敦竹枝词》,从内容上看,还是在模仿四十年前张祖翼的旧作。
② 英语释文以及分析,可参阅程瑛:《清代〈伦敦竹枝词〉的形象文本分析》,载孟华主编:《中国文学中的西方人形象》,第 93—95 页,合肥:安徽教育出版社,2006 年。

知"请请"①是当时英美俚语里面对汉语发音的蔑称,即所谓 sing-sing 者,这正如同中国人称西方人的语言是"鸟语"或"钩辀格磔"一样。②

张祖翼诗后的注文很详赡,王锡祺辑《小方壶斋舆地丛钞》,有录文不录诗的习惯,何如璋《使东杂记》、黄遵宪《日本杂事》都是将原本诗集的注文连缀成篇而不见原诗,《伦敦竹枝词》也未能幸免,注文集为一篇《伦敦风土记》③,稍有"买椟还珠"之嫌。黄遵宪《日本杂事诗》另有特点,对异域历史与时事都有触及,但并不单纯描述世俗生活场景,故置于后文讨论。

第三节　上海报人的"虚拟旅行":《三洲游记》考实

就 1860 年代以后上海报刊杂志的定位而言,往往要求其内容或者能够录新学、言时务以开社会民智,或者能够录趣闻、言怪异以广市井谈资,而当时参与报刊笔务的中国文人一面对于西学怀有兴趣,一面却又保持着吟风弄月、谈狐说鬼的传统文学写作爱好。比如王韬,他在发表海外旅行见闻以及新学知见的文章之外,也会写作一些《花国剧谈》之流的青楼掌故和《淞滨琐话》之属的玄怪小说。这类情形在当时十分普遍,也使得此时期的报刊文章呈现出文学性与新闻性两个维度,并且不仅是栏目间的混杂交替,甚至在同一部作品里面也会虚虚实实、纠缠不清。研究者指出,近代报刊系统(比如早期申报馆)已经具备种种现代新闻观念的潜质,但他们同时也在与传统文体进行对话,由此产生

---

① 或如朱自清说:"这一首实在太可笑了。'请'是'菜尼斯'的破音,是英国人骂中国人的话。"见朱自清:《〈伦敦竹枝词〉》,载《朱自清全集》,第四卷,第 307 页,南京:江苏教育出版社,1990 年。
② 黄遵宪《海行杂感》:"欲凭鸟语时通讯,又恐华言汝未知";吴仰贤《洋泾竹枝词》第十四:"生男要学鲜卑语,识得钩辀格磔声"。见钱锺书:《汉译第一首英语诗〈人生颂〉及有关二三事》,《七缀集》,第 142—144 页。
③ 《小方壶斋舆地丛钞》,再补编第 11 帙。

了一批与新闻生产密切关联的近代小说作品。① 本节所讨论的《三洲游记》，也可以归于这一系列中去，此文本的对话双方，一面是中国传统小说，一面则是近代报刊中的海外旅行写作。

今人之所以知道有《三洲游记》，多是见于《小方壶斋舆地丛钞》初编第12帙。王锡祺抄书不录出处，常常从其他书刊中辑出，另外析为子目，甚或加以删削。② 艾周昌曾断其作者为丁廉，言其人"以丹麦驻非洲亚德拉领事文案的身份，于1877年随游东非内陆"③，并认为该书对英德占领前的坦桑尼亚、乌干达等国有生动真实的描写，提供了政治、经济、文化、风俗习惯方面的第一手资料。④ 但是这部著作中有几处疑点：其一，《三洲游记》采用日记体，作者等离开中国的时间在光绪二年二月，四月初抵达散西巴尔（即桑给巴尔），以后排日记述行程道里，先后次序连接紧密，如何转年即作光绪四年正月。⑤ 其二，《三洲游记》记述沿途地名与地貌特征、人物风俗非常详尽，并合于后世之了解，但是与当时西人探索东非腹地之路线相同，莫非这的确是进入非洲内陆的唯一路线。其三，书中交代，主人公是通过友人巴仲和结识丹国领事麦西登，并接受邀请同游非洲，既然有西人参与主持此项地理探险活动，何以专家们都找不到相关的资料佐证。其四，其他有几处情节过

---

① 李彦东：《新闻生产中的小说传统——以早期申报文人对〈聊斋志异〉的接受和转化为例》，《现代中国》第7辑，第82—102页，北京大学出版社，2006年6月；方迎九：《文学性与新闻性的消长——早期申报文人研究》，北京大学中文系博士论文。
② 王锡祺：《小方壶斋舆地丛钞》，《凡例》。顾颉刚曾希望有关专家学者对之进行全面考辨，此事业至今未竟，见吴丰培：《王锡祺与〈小方壶斋舆地丛钞〉及其他》，《中国边疆史地研究》，1995年第1期。
③ 艾周昌编注：《中非关系史文选（1500—1918）》，第50页注1，上海：华东师范大学出版社，1989年。
④ 艾周昌：《非洲通史》近代卷，第32章，上海：华东师范大学出版社，1995年。
⑤ 《小方壶斋》本《三洲游记》，第29页。艾周昌以光绪四年的时间为确，即1877年。

于离奇,如海上船只失事,沉在暗礁上,主人公与友人竟然可以坐在烟囱上捱过一夜而获救,更甚者如在非洲腹地迦古罗山上遇见盗匪,其过程浑似"智取生辰纲"。有此种种不可理解之处,故须对于此篇行记的真伪作一考证。

线索来自于一部译著。《续修四库全书提要》史部地理类,著录《斐洲游记》四卷:

> 上海中西书室本,英人施登莱 Stanley 撰,虚白斋主口译,邹翰飞笔述。……是书节译《寻见李文司敦记》之文,惟杜撰人物事实,改施登莱为麦领事,假定游记出华人手笔。原书面目全失,自有译本以来窜改原书之甚,莫有逾于是本者。

1870 年代,西人津津乐道于一项非洲腹地探险活动,即亨利·斯坦利(Henry Morton Stanley,1841—1904)前往中非寻找失踪的大卫·列文斯敦(David Livingstone,1813—1873)的传奇故事。① 此一"不可能完成的任务"成就了斯坦利的功业名声。西方报刊杂志纷纷刊登载誉归来的斯坦利行状、照片和事迹,各个地理学会和大学也延请他去演讲。当然这些现象也被当时在欧洲游历的中国使臣看在眼里。郭嵩焘光绪三年九月二十一日的日记中说:

> 伦敦《特力格讷萧》新报局与美国纽约之《赫拉尔得》新报局遣人探阿非利加中土,起自阿非利加之东曰桑希巴尔,经西出钢戈江,计程约万余里,周历至三年之久。英人屡次游探不能入,至是

---

① 苏格兰人列文斯敦长期在非洲中部南部布道行医,他在 1871 年失踪后,美国《先驱报》(Herald)记者斯坦利率领一支队伍前往该地进行找寻,于当年年底在乌季季(Ujiji,《三洲游记》中,主人公的好友巴元爵即病故于此地)的湖畔找到奄奄待毙的列文斯敦。

始一览其全。……往探者五人,募土人二百为卫,挟枪戟以行,遇土番即与搏战。或不得食,饿数日,驰报海口领事官乃得食。……闻近始渡海至纽约。在阿非利加病毙者一人。大约十余日内,必详其所阅历入之新报,亦一创闻也。①

至十一月十一日,复于前驻华英使阿里克处知道探险者名为"斯丹雷",且得睹其照像和所循历的河源图。② 光绪四年正月初七日,郭嵩焘又记述了副使李凤苞赴慎藏斯地理会听斯坦利演讲的详细内容③,并议论说:"英人好奇务实,不避艰苦,亦其风俗人心奖藉以成之也。"

王韬比郭嵩焘更早些时候闻知列文斯敦与斯坦利的事迹,他有《李文通探地记》、《续记李文通事》二文,记述列文斯敦于"同治辛未,在南土之渥吉集,得遇美国人斯坦利,把臂欢然,恨相见晚"。④

《斐洲游记》实际与《三洲游记》内容基本相同。虽然初版是光绪庚子年(1900)上海中西书室铅印本⑤,然其篇首有"徐汇虚白斋主"序云:

> 《斐洲游记》,施登莱作也。……某尝阅其记,见怪怪奇奇,良堪悦目,因逐渐口译,浼邹君翰飞,笔录而润色之,列入《益闻录》,阅一年始竟。编中有麦领事巴仲和等,俱假借之词,盖恐直陈无饰,读者易于生厌,故为此演说之文,以新眼界。若夫所述事迹,则

---

① 郭嵩焘:《巴黎与伦敦日记》,第339页,长沙:岳麓书社,1984年。
② 郭嵩焘:《巴黎与伦敦日记》,第396—399页。
③ 郭嵩焘:《巴黎与伦敦日记》,第456—459页。斯坦利的演讲当在前一天,参见张德彝:《随使英俄记》光绪四年正月初六日,第529页,长沙:岳麓书社,1986年。
④ 王韬:《瓮牖余谈》卷四,近代中国史料丛刊三编,第606号。《小方壶斋舆地丛钞》将二文合为一篇,名《探地记》,列入初编第12帙。
⑤ 扉页有"光绪庚子孟秋订"字样,页首有"英人施登莱像",为木刻版画。

言言从实,未失庐山真面,世之作卧游计者,此亦一助也夫。

邹翰飞,即邹弢(1850—1931)①,字翰飞,号瘦鹤词人、酒丐。无锡人。25岁中秀才。光绪六年(1880),旅居上海,先后任《申报》《益闻录》《瀛寰琐记》等报馆编辑。《益闻录》为一上海教会刊物,多刊载中外时事要闻,也发表一点诗词。邹弢1881年参与编务②,这时《益闻录》为半周刊。今查上海图书馆所藏《益闻录》一刊,确知自1883年起是刊开始连载《三洲游记》。1883年八月初,《益闻录》第278号刊载《三洲游记小引》,云:

> 本馆近得西文《三洲笔记》一书,芸窗拨冗,披阅一周。觉书中所载人物风土之奇,莫名一状,因不揣固陋,译著是编,名曰《三洲游记》,三洲者,亚非利加、亚美利加、及欧罗巴洲也。其中除人名时日举皆借托外,余俱实事求是,不尚子虚。虽叙事属辞未尽惬当,而茶余酒畔,览一过亦堪长聪明、资学问。

既言是"本馆"的"著译",已能证明邹弢参与其事为可信。此后在

---

① 邹弢:《三借庐集》卷三,《五十放言》的"卜筑蒲西永息机"句下自注"丙申冬新置小筑于徐家汇堂西","天教三九作重阳"句下自注"生于九月二十七日",《六十放言》又谓"余在上海徐家汇置寓庐,今十三年";卷二《答钱南铁》,后附钱育仁(南铁)识语:"此函发于辛未正月十四日,未及一周即得讣音。"

② 1881年底的《益闻录》发表过《瘦鹤词人三借庐赘谭序》(第129号),以及江南文人寄到该刊的与瘦鹤词人诗文唱和的作品(最早有1880年第32号饭颗山樵《小诗一律和翰飞寄怀原韵录奉赋秋生词坛法政》),1881年第133号有饭颗山樵《映雪生来知瘦鹤词人为益闻馆延主笔政赋赠一律即次柬沉酒龢茂才原韵并花月吟庐主人杨沈二君同政和》,故可证邹弢莫晚于1881年即参与《益闻录》的编辑中了。陈镐汶在为范约翰《中文报刊目录》上海部分作的《辨正》亦持此说,见宋原放主编:《中国出版史料》"近代部分"第一卷,第113页,武汉:湖北教育出版社,2004年。

第279号开始连载正文,首期以《三洲游记》为题,嗣后俱标《续录三洲游记》,至1888年第736号方毕。

通过对照《益闻录》、《斐洲游记》和《小方壶斋舆地丛钞》三种文本,其异同大致在于:(1)《益闻录》本中出现的诗词书信,都不见于小方壶斋本,而《斐洲游记》则有之,文字偶有不同;(2)小方壶斋本行文更简洁,《益闻录》文字与《斐洲游记》几近完全相同,《斐洲游记》处处讲求修辞润饰,实多陈辞滥调,如小方壶斋本记述麦西登在斐洲染疾病,仅以"销瘦剩骨"四字形容,而他本则作:"尪瘠殊恒,销瘦剩骨,真比来一病轻于燕,扶上雕鞍马不知也";(3)《益闻录》本、《斐洲游记》有一两处日记排日错误,而小方壶斋本则无,如光绪二年四月十二日,《益》、《斐》皆作"晚间风息,乘月而行。十三日,午后"云云,遂与下文十三日日记重。小方壶斋本则作"午后风息",接叙他事。

由此我们可以推论出三种版本的关系:即《益闻录》所刊载者为最早(1883—1888),王锡祺由此钞录并作修改,收入他的《小方壶斋舆地丛钞》初编第十二帙,列在最后一篇①(1891),《斐洲游记》最晚出(1900),一方面恢复它的真实身份,通过"虚白斋主"的序言讲明是改译自斯坦利的旅行记,另一方面又完全保持《益闻录》连载时候的面目,只是对个别错字作了修订。因为最早是在杂志上连载,所以辗转下来造成两个误会:

第一,《益闻录》发表文章往往不署作者(诗词除外),因此王锡祺也就说作者"阙名",后来艾周昌编选《中非关系史文选》,参考了另外一种"上海书局石印本"②,据此断言作者为丁廉,论者未见此本,但估计是保留了书信,因为第二次刊载正文的《益闻录》第280号,在文末

---

① 《小方壶斋舆地丛钞》初编末有王锡祺光绪辛卯年(1891)跋语,云"起丁丑迄辛卯,辑丛钞成"。可知其工作始于1877年,1891年完成初编。
② 据《北京师范大学中文古籍书目》(北京师范大学图书馆,1961—62年),知有一种《新译三洲游记》四卷,署丁廉撰,光绪二十三年(1897)上海书局石印本。

落款处署名"番禺丁雪田记",而第 313 号(1883 年 12 月 5 日)载有一封主人公写给家乡朋友的信,落款具名"丁廉"(《斐洲游记》本与之相同,而在小方壶斋本中则不见)。艾周昌所说的"上海书局石印本",想必便是把主人公混淆为作者了。

第二,因为是连载,断续维持了五年之久,向壁虚构起来难免有时间错误,王锡祺钞录时,改正了日期的矛盾,但是没注意年份变更的错误,即前文所说由光绪二年直接跨入四年,《斐洲游记》也没改正,可是下文丁廉为巴仲和所撰碑文却作"殁于光绪三年"云云,小方壶斋本删掉了碑文,若只留心非洲旅行部分的日记,自然会把光绪四年作为时间坐标点,而忽略与前文的矛盾。《斐洲游记》出版不久,顾燮光为徐维则补辑《东西学书录》时,曾著录此书,即云"坊间删改其书,名《三洲游记》,殊嫌割裂"①,可以说判断大体无误,但是未明其中的曲折。

斯坦利曾经把如何发现列文斯敦的探险过程写成一书,名为 *How I Found Livingstone*②,一共 16 章,附有多幅地图。将地图所标示的路线、地名与《三洲游记》对照,可以发现其行程大致相同,如黄米河(Wami River)、迦古罗山(Nguru Peak)、乌康达(Ugunda)、高高(Ugogo,艾周昌云 Gogo)、乌苏古玛(Usukuma)、基高马(Kigoma)、基武盉(Kiwyeh)、打伽尼(Tongoni)等等,起始地点都是从桑给巴尔(Zanzibar)至罢迦毛(Bagamoyo)向西行进,并到达乌季季(Ujiji)地方,不久后折回桑给巴尔。还有书中人名也有相似者,斯坦利所雇佣的翻译名叫 Selim,而《三洲游记》中所请的"通事"名曰色勒。

然而若要仔细核对内容情节,则有很多地方不能统一,因为中文游记所叙过于泛泛,难以同斯坦利充斥了七百多页的非洲部落语言音译和专业地理知识的作品联系在一起。考虑到晚清翻译者实际水平的不

---

① 顾燮光:《增版东西学书录》,卷四,光绪二十八年(1902)石印本,见《近代译书目》,第 267 页,北京图书馆出版社,2003 年。
② Scribner, Armstrong & Co.,1872.

足,我们还是有理由相信《三洲游记》的"作者"是通过多种间接资料组合嫁接,把西人的旅行文章移植在华人身上。否则,在斯坦利这一享誉世界的地理探险活动之后不久,即重复其人的道路,没理由一点风闻都不见记述的。

综上所言,过去学界所据信凿凿的小方壶斋本《三洲游记》,实为斯坦利著作的改写,其中保留了大略真实的地理风俗特征,使之一度成为中国人最早到达非洲腹地的证据。今可知其为伪作,或者更为翻译作品,其价值也不及《黑蛮风土记》《李文司敦斐洲游记》之属。然而,尽管史料价值降低,这部作品在文学研究视野中的意义却可能会变得非常特殊和重要。樽本照雄先生就把《斐洲游记》作为小说作品来收录,说它"改成游记小说体裁,书中人名也都改成中国风人名"。① 既然名为《三洲游记》,其本意即应如《益闻录》上刊载的《小引》所言,是在写完"斐洲游记"后还会再作出"墨洲游记"、"欧洲游记"云云来的。《益闻录》第736号所刊全文末尾,说"此卷特未赴任以前之日记也,赴任以后,又有笔记两卷,另订一册"(《三洲游记》无是文,《斐洲游记》末句作"另译订册"),或只可视为虚言。

邹弢在这一改译与作伪中的作用显然比口译者②重要得多,其人一向热衷于西学,尤其是地理风俗等知识。他壮年时候对浮槎万里周游世界事颇为憧憬,在与友人的书信中说起有故人出洋,赞叹道:"十余年需次无聊,一旦破浪乘风,竟酬远志,从此异邦人物,眼界一空,平

---

① 樽本照雄:《新编增补清末民初小说目录》,第158页,济南:齐鲁书社,2002年。
② 虚白斋主为何人尚不可考,观其《斐洲游记》序言的口气,似乎也是与《益闻录》杂志有直接关系的人。《益闻录》1882年第156号尝刊一诗,题为《杨君步云叠赐和章揄扬溢分再次前韵奉答博瘦鹤词人一粲请虚白斋主正刊》,作者署名"饭颗山樵",这是目前所见唯一一处证据,说明当时确有此人,并与邹弢交游。杨步云即杨嘉焕,饭颗山樵即杜求烺。

生可以无憾。"①1890年初,他无锡同乡薛福成出使英法义比诸国,途经上海,邹弢与之会面,示以《万国近政考略》稿,薛福成劝令随使出洋,"以亲老不能远游为虑",遂未能成行。②他晚年遭遇腿伤,贫病交加中回乡"待死"。③关于四十余年前虚构的那部非洲腹地旅行记,他似乎再也没有同别人提起过。

《小方壶斋舆地丛钞》再补编收入过邹弢的四篇文章④,则可证明他曾经具有的兴趣与视野。邹弢后来写长篇小说《海上尘天影》⑤,书前有王韬作序,赞扬这部小说不仅手法高超、情节动人,而且"于时务一门议论确切",各种西学知识同诗词歌赋、诙谐杂技齐备,"直是入世通才";又向读者"泄漏天机",说邹弢近来编译了一些"有用之书",如《万国近政考略》等。《海上尘天影》是带有自传色彩的风月小说,然而书中内容却很丰富,作者借主人公韩秋鹤之口谈论了弹道学、采矿、天文、气球、军事、地理、宗教等话题,使他到泰西各国游历一番,其中还详细记述过西洋戏剧和马戏杂耍的演出。早在晚明时候,李渔《十二楼》之《夏宜楼》即令小说人物使用望远镜,此后多有将西洋奇器带入中国小说者,如《年大将军平金川》、《荡寇志》等。然而把各种西学知识都融入小说对话的话题里面,且带有启蒙者的笔调,邹弢的这部小说算是开风气之先者,因此韩南先生把它列入晚清时候小说创新的第一次浪潮中。⑥

---

① 邹弢:《与乔定侯》,《三借庐集》卷二。
② 薛福成:《万国近政考略》序。
③ 郑逸梅:《天主教学校的教科书与邹翰飞之死》,《书报话旧》,第114—115页,北京:中华书局,2005年。
④ 都见于邹弢著《万国近政考略》,光绪二十一年(1895)铅印本。《舆地总说》、《地球方域考略》出自第二卷,《塞尔维罗马尼蒲加利三国合考》出自第三卷,《万国风俗考略》,即第十卷《风俗考》。
⑤ 《古本小说集成》影印光绪三十年石印本,上海古籍出版社,1991年。
⑥ 韩南:《"小说界革命"前的叙事者声口》,收入《中国近代小说的兴起》,徐侠译,上海教育出版社,2004年。

引游记入小说,通过旅行者眼光见证种种新奇事物,是晚清小说的一个重要文学现象。[①] 如《五使瀛寰略》、《孽海花》、《捉拿康梁二逆演义》、《宦海潮》、《瑶瑟夫人》、《闽都别记两峰梦》等小说的创作,更是或多或少掺入了当时游历泰西人物的真实事迹。而我们通过对于《三洲游记》真实身份的考察,可以看到此时尚有引小说入游记的特殊现象。不仅无中生有地创造了一出晚清中国人参与其间的非洲冒险,而且前前后后衍生出许多枝节,比如开篇所提及的模拟"智取生辰纲"一段,主人公所在的探险队伍进入迦古罗山中,天气炎热,众人挥汗如雨,喘不能行,遂觅一处松林纳凉,见到那里原本已有四五行客休憩:

见余等人众入林,彼等遽持杖奔逃。大呼:"我行客五人,为小负贩,行走此途,并无可献。"余等始甚惊惶,及闻此言,色勒、克尔等不禁抚掌大笑,因婉告之,并为麦君述其故。盖彼等以余众为绿林盗也。麦领事劝令相安,彼等始返。余等亦弛担林中,袒裼裸裎,随意坐憩。时赤日行天,炎威如火,口中渴吻,觅水无从。忽闻山下有歌唱声,余等凝望良久,须臾见一黑面人肩负二巨木桶,作歌而来。高下抑扬,居然可听。但闻声音之婉转,不知所唱何歌。其人甫抵林口,见前歌五人俱与语言,俄见其人负担入林,揭去桶盖,出瓦缶一具,授与众人。众人向桶内舀之,就口便饮。麦领事令通事特往眴之。还报黑面之人系贩卖凉水者,故林中之客向购解渴耳。时众人正思饮不得,闻而大喜,亟怂通事招黑面者至,将桶中水尽购之。人数众多,如渴马奔槽,仅各饮一杯,而凉水尽矣。渴消热退,遍体清凉。讵该党半系匪人,见余等百余人,不敢行劫,乃别设诡谋,令一人乘炎热之际,肩负凉水来山叫卖,其五人先饮,使余等不疑。比余等亦欲购饮,然后暗投腹痛之药。余等饮后,不

[①] 参看陈平原:《二十世纪中国小说史》第一卷第8章,"旅行者的叙事功能",北京大学出版社,1989年。

盈片刻,腹中皆绞痛异常,倒地乱滚,不能起立。林中五人并卖水者一人共六人,一笑来前,将余等行李银两食物衣服肆行抢劫。

幸好这时赶来桑给巴尔的救兵,杀死匪徒,并用解毒药酒治救众人,才算化险为夷。将此段故事放入非洲腹地行记,今天看来颇有些不伦不类,但在当时,这样以中国古典小说手法虚构一段读者耳熟能详的小插曲,应当能达到调节整个文本可读性的作用,这也就是虚白斋主《斐洲游记》序言中所说"恐直陈无饰,读者易于生厌,故为此演说之文,以新眼界"的道理吧。①

作者设置印度洋上的船只失事一节,其意义就不止于吸引读者了,更有推动前后情节急剧发展的功能。因为船只失事,主人公们被救到另一艘去往桑给巴尔的船上,所以才能从"领事赴任"转为内地绕行游历,于是与斯坦利的行程纪略衔接起来。

杜撰人物、虚设故事之外,《三洲游记》于晚清国人海外游历之心态的揣摩颇下功夫,设想这段异域探地行程,历时二年,奔波数万里,且多次身陷绝境,而书中居然穿插家信十余封,诗词数十首,可谓是忙中偷闲了。然而细审其意,大略在于二者,一是传达思乡之情绪,二是宣扬四海一家之襟怀。比如,主人公作家书,会先叙天涯漂泊之辛苦,继言对于家中妻儿亲友的想念,又会以海外得识知己为宽解之辞。而随处可见的诗词歌赋,或为佳节怀人而作,或是燕游唱和,大唱"东西好友结同心"的赞歌。更难得的是,初游海外的中国人多不适应西餐的口味,鲜有如丁廉在新加坡欢呼"西人之口福大矣哉"者。假如考虑到洋务运动以后上海的思想文化气氛,尤其是王韬、袁祖志等(他们与邹弢都有师友关系)轰动申江报界文坛的海外旅行写作示范,出现这种

---

① 黄人曾议论说:"《水浒》记智取生辰纲一事,自是施耐庵虚构,而阅《三洲游记》,阿非利加野人竟有真用此智而行劫者,岂黔种中亦有智多星欤?"见氏著《小说小话》,初刊于《小说林》第 9 期,1908 年。

笔调也就不足为奇了。只不过,身在非洲的主人公居然收到了家中寄来的《上海日报》,上面刊登有传闻主人公们均已被土人所食的消息,并附朋友们的挽诗,这与数月后巴仲和客死乌季季的情节以及丁廉的悼亡诗作遥相呼应,虚虚实实,又暗中隐约指向了列文斯敦的本事。这代表了笔述者处于真实与虚构之间的一种微妙难以具述的写作意趣。

虽说《三洲游记》模拟了当时流行的海外旅行书写,但是地点选在非洲腹地,这与为数众多的欧美游记又不同。假如是模拟后者,还可算作是假想"现代"境界,而记述王韬所谓的"穷荒未辟之区,沙漠无人之域",除了增广见闻之外,又该如何加以评说呢?19世纪后期,西人亦有撰述非洲探险小说者,后来在20世纪初期才被译介到中国。为国人所熟知的,当属凡尔纳的《气球上的五星期》①与林纾译的哈葛德《斐洲烟水愁城录》、《雾中人》等小说。《气球上的五星期》(写于1863年)主人公们也是从桑给巴尔开始行程的,时间是1862年,那时列文斯顿还在非洲腹地行医传教,西方世界对于翔实的行走路线以及地理知识了解得远远不够。凡尔纳在小说中表达了他具有时代局限性的种族主义观念,用颇带有嘲讽和厌恶的口气描写非洲土著。而主人公们乘坐气球从天而降,往往引起部族的惊慌,或者膜拜或者攻击,1904年的晚清小说《月球殖民地小说》便不禁要模仿这一情节。而哈葛德小说更是直接描写白人与非洲土著的斗争,使得林纾在译叙中不免要向读者解释说明:小说"于白人蚕食斐洲,累累见之译笔,非好野蛮语也",目的在于,"欲吾中国严防行劫及灭种者之盗也"。② 相比之下,中国文人改造的《三洲游记》,则多次描写土著部落的质朴民风,完全洗脱掉斯坦利原书里面那种嘲谑口气,这或许是因为译者水平不高,但是同时

---

① 在20世纪初期出现过三个译本,即1903年《江苏》第1、2期的《空中旅行记》(未刊完)、1903年文明书局的包天笑译《铁世界》和1907年小说林社的谢炘译《飞行记》(或作《非洲内地飞行记》)。
② 《〈雾中人〉叙》,陈平原、夏晓虹编:《二十世纪中国小说理论资料》,第一卷,第185页,北京大学出版社,1997年。

也可以代表着彼时中国人对于未开化文明世界的一种想象。①

如王韬等人一样,邹弢也写过短篇文言小说,结为《浇愁集》,被誉为仿《聊斋》作品的佼佼者。② 在《斐洲游记》行近结尾处,丁廉和外国人闲坐一起,竟有"余述长髯一事"(小方壶斋本无此节),全文长约1300字,俨然一篇文言短制,可视作是《浇愁集》的遗珠之作。《海上尘天影》在游历之人言行间记述西学知识的习惯,在《三洲游记》中早已形成。如光绪二年二十一日这天的记载,就是一篇关于蒸汽轮船的小史,邹弢的笔记《三借庐笔谭》卷一末篇有"轮船考"③,即与此节日记基本相同。上述二例,可算是小小的补证,有助于我们考察笔述者如何参与到这部西人旅行记的改写中来。

---

① 1897年,唐才常在《湘学报》创刊号上发表论中外交涉的文章,其中在强调中国人应了解公法律则时说到:"尝览《三洲游记》等书,凡红人、黑人之属,一见黄白种类,涩嚞聚獠,狐疑狼顾。彼原教化所不到之区,无怪其然。"见《觉颠冥斋内言》,卷一,《交涉甄微》,近代中国史料丛刊,初编第327号。
② 萧相恺:《邹弢和他的〈浇愁集〉——兼与〈聊斋志异〉比较》,《明清小说研究》,2004年第3期。《浇愁集》八卷,有光绪初年申报馆丛书本。
③ 邹弢:《轮船考》,见《三借庐笔谭》卷一,丛书集成三编,第7册。又见于《三借庐赘谭》卷一,续修四库全书,子部第1263册。这篇文章复见于1884年《益闻录》第415号。

第三章 学术考察记与人文日知录
——"江南学术共同体"的海外视野

王韬曾在巴黎拜访过著名的法国汉学家儒莲(Stanislas Julien, 1796—1873),后来他又致书彼人,希望能得其襄助,来翻译元代欧人的中国行记以及编写中文本的法国史,但是没有得到儒莲的应许和回应。① 就王韬对法国学人提出的这两条愿望而言,翻译《马可波罗行纪》等书,目的在于补足元史之阙疑和考证西北边疆史地;编写中文本的法国史,则为了解欧人历史沿革以及近世制度变迁和强国之道。可以说,在中西文化交流日益频繁之后的时代背景下,这二者代表了晚清学术突破传统经史研究范围所接触到的最为重要的知识视域。王韬本人也曾留心过这些学问,并与张宗良辑译《普法战纪》14卷,但他主要还是文人而非学者,所以《漫游随录》可提供与中国读者的是一般的见闻信息,并不存在多少专业考察的价值。这正是晚清浙江学人朱一新

---

① 王韬:《与法国儒莲学士书》,载于《弢园尺牍》卷七。根据信的内容大致可知是写于王韬旅英期间,儒莲在几年之后便亡故了,因此二人没有合作成功。参看靳剑:《王韬与法国汉学大师儒莲》,《国际汉学》第7辑,2002年。

论及晚清海外纪游著作时的看法:

> 问:近人至外洋者,所记述浅率居多,何欤?答:洋人游历者,半为传教之人,用财既有来源,自无所吝;又以为专门之学,毕生之业,故不惮艰阻而为之。中国之至外洋,不过历其都会而止,所取材者,皆习闻习见之事,欲觇其国之强弱,民之情伪,彼固善匿,我亦未必善问,不可骤得也。①

说西人游历考察有其专门目的、专门学问,晚清中国人出洋旅行都属于泛泛之游,是故读此类书并不能使得读者获取什么有价值的知识。显然,朱一新针对的是当时常见于坊间的一些海外游记,例如斌椿《乘槎笔记》、张德彝《航海述奇》等书,这些作者原本学问不高,自然会被淹博经史的传统学者所轻视。

但是朱一新此说有其一定的片面性。事实上,也有不少怀着专门学问、专门目的的晚清学者曾旅行海外,并以文字载记其考察成绩,范围大致是在西方的科学技术、近世制度和与中国西北史地、中西交通历史相关的文献与实物,此外也涉及海外(主要是日本)流传汉籍的搜寻,并且有人突破了洋务运动时代国人对西学认知停留在器物制度层面的局限,开始留意于西方的人文艺术传统,并且致力于中外文学的交流和传播。

本章即专门讨论这一部分学者群体。他们绝大多数来自江、浙、皖地区。作为晚期中华帝国商业、交通以及经济与文化的中心地域,这里形成了艾尔曼所谓的"江南学术共同体"②,其特点包括:学问的专门化、学术本身变成谋生手段、家族传承和师友问学风气极盛、区域间繁

---

① 朱一新:《无邪堂答问》,卷四,第144页,中华书局,2000年。
② 艾尔曼:《从理学到朴学——中华帝国晚期思想与社会变化面面观》,第2—3页,赵刚译,南京:江苏人民出版社,1995年。

密的学术会晤或书札往还,等等。这些特点显示出江南士人在(自愿或被迫)脱离了科举束缚和功名羁绊之后,使得自己的社会角色发生转变,许多学者终身都在从事教师、幕僚的工作,他们还可以通过修志、著书等事业解决生计,而社会内部的稳定富庶使得他们得到了足够的礼遇和尊敬,其学术成果可为之带来声誉、地位。

清代江南学术的专门化和职业化,也使得在洋务运动以后的出使官员们乐于聘用江浙籍的文人学者充当随使。至于正使之职,则需要善谋能断且忍辱负重的人来主事,因而早期的外交使臣大多出于中兴名臣曾国藩门中能决策大事者,而不是那些精于制器或擅长经籍校勘的专门人士所能为之的。于是,作为随使的这批学者,也因此得以有更多精力对于所感兴趣的问题进行考察。其事业前有王韬导夫先路,此后则如余思诒的豪言壮语所标示的那样,"嚼碎十三经,按圣学中格致诚正修齐治平这般这般认真做去;放倒二十四史,把地球上强弱兴衰因革损益一国一国子细勘来"[1],虽有些夸饰,但可以代表这一知识群体的立场与理想。

第一节 出国考察者的科技视野

嘉庆年间的学界护法阮元,延揽幕宾李锐、钱大昕、焦循等朴学名家编写《畴人传》,开创了中国历代科学家(以算学家为主)列传的体例,此后经过罗士琳、诸可宝、黄钟骏的几次续补,"中国古代科学家的事迹基本囊括其中"。[2] 这不同于历代正史的《艺术传》、《术艺传》、《方伎传》之类,因后者常掺杂占卜阴阳之术,记录之目的唯在于"博

---

[1] 余思诒:《楼船日记》,光绪十三年十二月二十五日。
[2] 韩文宁:《我国科学家传记的开山之作——阮元与〈畴人传〉》,《图书与情报》2000 年第 1 期。

闻"、"广闻见"而已。①《畴人》诸传反映出清代学术在总结与复兴古学的时候,受西学冲击与影响,有意识打破旧的知识结构,开始重视清理周秦以降的科技遗产。②

"畴人"是指父子世代相传的古代天文历算家,《史记·历书》里"幽厉之后,周室微,陪臣执政,史不记时,君不告朔,故畴人子弟分散。或在诸夏,或在夷狄。是以其禨祥,废而不统",便是说天文历法之学原本属于官方垄断,西周末年才散落民间的。这里的"夷狄"本义包括了当时的江南地区③,但在清初算学名家梅文鼎的阐述下,"夷狄"延伸至于泰西,于是《史记》的这条记载变成了"西学中源"的证据。④ 此说虽谬,但也正因为建立了如此的历史叙事话语,有清一代的江浙学人,历经朝野舆论对于西学态度的反覆变化,而能够维持对西方算学的私家研习传统。研究者曾统计:《畴人传》清代部分以及罗士琳、诸可宝、黄钟骏所辑的补编中,共收入清代"畴人"224人,其中江苏籍62人、浙江籍55人、安徽籍35人,江南地区共占去了67.8%。支伟成《清代朴

---

① 《晋书》卷九五,《艺术传》;《魏书》卷九一,《术艺传》。
② 阮元颇有"西学中源"的意识,《揅经室三集》卷五有"自鸣钟说"一则,即认为宋以前中国就有、后来失传的"辊弹",乃是西洋钟表的原型,"非西洋所能创也"。见《揅经室集》,第700—701页,北京:中华书局,1993年。参看阮亨《瀛洲笔谈》中钞录的阮元《同人分咏远物得红毛时辰表》一诗(未收入《揅经室》诸集),末二句云:"我曰此辊弹,于书见于宋",见陈永正编注:《中国古代海上丝绸之路诗选》,第341—342页,广州:广东旅游出版社,2001年。
③ 《史记集解》如淳注:"《吕氏春秋》:荆人鬼而越人禨,今之巫祝祷祠滛祀之比也。"
④ 梅文鼎:《论中土历法得传入西国之由》,收入《历算全书》(文渊阁四库全书本)卷四,"历学疑问补上"。这一说法在晚清得到普遍的赞同,比如《申报》(光绪十三年九月十二日,1887年10月28日)曾刊登海外游历使的选拔考试第一名试卷,即傅云龙的《记中国自明代以来与西洋交涉大略》,开篇也是说:"史记记幽厉时,畴人子弟分散,或在戎翟,此未来先往之证。"

学大师列传》中著录了 27 位算学家,其中江浙人物就有 22 名。①

时至晚清,虽然江南学术生态遭到西方势力侵入和太平天国运动的破坏,但很多江南学人逃亡到上海租界内,有些人日后又成为曾国藩幕府中的知识主干力量。曾国藩学术涵养深厚,本是以文人儒生身份临危受命,不仅好养士,还懂得识人。薛福成曾说,"曾国藩知人之誉,超轶古今。或邂逅于风尘之中,一见以为伟器;或物色于行迹之表,确然许为异材"②,如此故能招致天下英才俱来效劳。1863 年,容闳描述曾幕景象说:

> 当时各处军官,聚于曾文正之大营者不下二百人,大半皆怀其目的而来。总督幕府中亦百人左右。幕府之外,更有候补之官员,怀才之士子,凡法律、算学、天文、机器等专门家,无不毕集,几于全国之人才精华,汇集于此,皆曾文正一人之声望道德及其所成就之功业足以吸引之罗致之也。③

来自江浙地区的幕友多为曾国藩整理经史典籍(张文虎、戴望)、校刊格致新书(李善兰),甚至制造新式的蒸汽机船(华蘅芳、徐寿),他们为同治中兴时期的洋务运动做出了巨大的贡献。不仅如此,这些学者不断通过密切的人事交际网络,发挥江南学术的群体优势,薪火相传地带动起更多的后辈学者,其示范意义正如同研究者所说,"江浙学人特别是精于实用技术之人相互谐应的结果,为自强运动的崛起提供了区域性的人才渊薮"。④

---

① 杨念群:《儒学地域化的近代形态——三大知识群体互动的比较研究》,第 313—315 页,北京:三联书店,1997 年。
② 薛福成:《代李相拟陈督臣忠勋事实疏》,收入《庸庵文编》卷一。
③ 容闳:《西学东渐记》,徐凤石、恽铁樵译,"走向世界丛书",第 110 页,长沙:岳麓书社,1985 年。
④ 杨念群:《儒学地域化的近代形态》,第 288 页。

以李凤苞使德参赞身份在欧洲进行科技考察的徐建寅①,即来自江南著名的算学之乡无锡。他与其父徐寿、弟徐华封,同乡世交华蘅芳、华世芳兄弟,都以精通算学、格致之学闻名于时人。② 同治初年,曾国藩在安庆招募制器人才时,避难上海的李善兰、华蘅芳以及徐寿父子"谈天近方厌,投笔起从戎"③,成为曾幕中最重要的科技人才。在此期间,徐建寅协助其父及华蘅芳设计研制了第一艘中国自造的蒸汽轮船"黄鹄号",这成为启示曾国藩创办江南制造局、发展民族工业的标志性事件。④ 在出国之前,徐建寅还曾在江南制造局任职七年,之后又在李鸿章创办的天津机器局工作,并协助丁宝桢筹办山东机器局。在此期间,他还与傅兰雅合作翻译了很多军工技术的书籍,例如《运规约指》(1870年出版)、《器象显真》(1871)、《化学分原》、《汽机新制》(1872)、《汽机必以》(1873)、《声学》、《水师操练》、《轮船布阵》(1874)、《格林炮操法》(1875)、《艺器记珠》(1879)等等。⑤

光绪五年(1879),李鸿章为筹建北洋海军,上奏疏推荐徐建寅往

---

① 徐建寅(1845—1901),字仲虎,江苏无锡人。
② 杨模:《锡金四哲事实汇存》,收入《洋务运动文献汇编》第8册,台北:世界书局,1963年。
③ 张文虎:《怀人十五首》,记"李善兰,时从军",《舒艺室诗存》(近代中国史料丛刊,初编第966号)卷五。
④ 对有关"洋务运动"的历史叙述和现代性反思方面的研究,参看孟悦:《什么不算现代——甲午战争前的技术与文化:以江南制造局为例》,此文分上下两篇刊于《视界》第11、12辑(2003年)。文章认为,徐寿、华蘅芳等"制器之人",在同治初年所显示出的潜力(指标不高,但参照日本发展来看却又不低)大大深化了曾国藩、李鸿章对于未来中国的技术前景的认识和想象力,这已经远远超出魏源《海国图志》中所构想的海洋与国家防御系统。由此而质疑甲午战争之后,"技术落后而挨打"逐渐成为不争之"事实"的"现代"兴起的历史叙述。
⑤ 参考徐振亚辑:《徐建寅译著、专论目录表》,载汪广仁主编:《中国近代科学先驱徐寿父子研究》,第406—415页,北京:清华大学出版社,1998年。其中提到徐建寅有一种《西輶记略》(1卷,译书公会报本),涉及英、法、德、印度、土耳其的风土人情。

德国订购两艘装甲军舰①,并在西欧考察各国工业。徐建寅写了一部《欧游杂录》②,是他旅欧两年多期间里的日记。据统计,《欧游杂录》中记载了参观 80 余处科技单位,涉及近 200 项工艺、设备和管理方法。其中多数是制造枪炮火药的部门,徐建寅在晚清以讲求兵学而著名,他曾言称,"盖战胜于外,义强于内,始得国泰民安,民生乐利,受惠无穷也";"讲求兵学,教民战阵,以卫道教民,亦孔子所深许也"③,即以军工为立国之本。此外,他也注意考察民用工业,1880、1881 年的《格致汇编》曾刊载数篇徐建寅的署名报道,就兼有"水雷外壳造法"、"阅克鹿卜厂造炮记"和"论造玻璃瓶及灯罩法"、"论造火砖水泥风管法"、"造石灰法"、"阅博物会内纺纱机器记略"这两种类型,记述较于他旅行考察的相关内容更详,想必是又参考了有关书籍之后所作。

需要强调的是,徐建寅这时期向《格致汇编》所投稿件中也有"论血内铁质之功用"、"论吸鸦片成瘾之理及危害"、"辩论三则"这样的文章,结合《欧游杂录》中对人事管理的记述,可知他对于人身体质和精神面貌也有留意,并用所知的科学理论加以发挥。"辩论三则"分别论的是苦乐、勤惰、奢俭,带有法家的立身风度和近代科学的精神,"勤惰辩"④一则中说:

> 人身百体皆系淡、轻、炭、养四原质所成,时时运用,其旧质必渐自化分,变为败质,必速运而去之。(中略)其所以能运去者,专赖血脉之流通。

其后他分述勤勉之人和懒惰之人身体的生理状况,得出"勤则既可致

---

① 关于此事件的曲折(包括北洋、南洋的矛盾,英国人赫德的阴谋等等),详见于钟叔河《走向世界》一书,第 313—315 页。
② 有光绪间无锡徐氏家刻本,二卷,复载于《小方壶斋舆地丛钞》初编第 11 帙。
③ 徐建寅:《兵学新书·后序》。
④ 《格致汇编》,光绪七年八月(1881 年 9 月),署"徐仲虎来稿"。

富而身强壮,年高无病;惰则必然贫乏而身虚弱,疾病夭札"的结论,由此来劝勉国人培养崇俭酬勤的民族精神。

可以说,徐建寅有资本主义上升时期的技术"崇拜者"的乐观自信。他熟悉机器制造的井然有序,乐于歌颂工业社会的规范和秩序,遂不禁为法国殖民者治下"安居乐业"的越南而感到庆幸。① 虽然偶有与他畅想的机械化美景不甚和谐的一幕情景进入他的日记中来,如记录"机器舱内烫伤一人",目睹火药试验的石破天惊,耳闻"(俄君)被乱党掷礔弹于身前,轰去下半体,流血极多"②,但是他对技术文明的负面问题并不再深入思考。多年以后,徐建寅在张之洞所办的汉阳钢药厂研制无烟火药时(1901),因机器炸裂而罹难,成为近代中国第一位殉身于科学事业之人。

徐建寅旅德期间还译著一部《德国议院章程》③,被文廷式称赞为"穷究政体张纲维"④之作,乃是变法前夕湖南新政运动"唯一的重要参考书";不仅如此,徐建寅发明的声光化电的名词术语,更是构成谭嗣同《仁学》一书的思想基础。⑤ 晚清读书人对于新学的态度实际上往往是另有怀抱的,梁启超就曾说,他们"不知凡学问之为物,实应离'致用'之意味而独立生存"。⑥ 起源于传统江南学术传承中的"畴人"之术,历经曾国藩、李鸿章表彰借重的"制器"之学,继而综合西方科技、政艺与中国儒学而发生的这套话语系统,在"科学"一词尚未输

---

① 徐建寅:《欧游杂录》,第652—653页,"走向世界丛书",长沙:岳麓书社,1985年。
② 同上书,第656、699、781页。
③ 1882年家刻本,1895年湖南学政江标将此书编入《灵鹣阁丛书》,1896、1897年间又出现了四种版本,详见《徐建寅译著、专论目录表》。
④ 文廷式:《赠徐仲虎观察建寅壬辰冬日作》,汪叔子编:《文廷式集》,1283页,北京:中华书局,1993年。
⑤ 徐振亚:《徐寿父子译著对谭嗣同影响浅析》,《中国近代科学先驱徐寿父子研究》,第434—445页。
⑥ 梁启超:《清代学术概论》,第98页,上海古籍出版社,1998年。

入中国之时,曾被冠以"格致"之名,成为流通于晚清社会的知识网络。① 明清之际曾出现过重视实践考察与现世关怀的格致学风②,而《欧游杂录》不啻为一部近代版的海外《天工开物》。在其书最后,徐建寅记录他在柏林蜡像馆见到的"异事":一位能写字、能读中文、甚至可以预言未来的机器蜡人,这令自命通晓西方技术之妙的作者仍感到百思不得其解。于是他在篇末感叹说:"丁韪良言:机器之妙能夺天工,此事曾见古书,不谓今日乃目睹之尔。"③一部严谨考究制造技术的旅行记,如此曲终奏雅地搬演了一出当代"偃师造人"的传奇,塑造一个辽远的泰西科技文明"神话",并又隐隐与同样辽远的上古传说相互呼应。揣摩其用意,或可谓希望中国读者获得造物机巧的方便法门之后,对于尚未能究其根底的异域学问仍保持一点谨慎和谦虚。

徐建寅为李鸿章购回的"镇远"、"定远"二舰成为北洋水师的主力,后来清廷又向英、德两国购买过数艘军舰。光绪十三年(1887),由前驻英大使曾纪泽和驻德大使许景澄所购买的"致远"、"靖远"、"经远"、"来远"四艘巡洋舰制造完工,负责护送工作的,是随刘瑞英出使

---

① 明末的中西文士都不约而同的将自然科学与"格致"一名联系起来,比如徐光启"格物穷理之学"(《泰西水法序》),高一志"空际格致"等等,清康熙时有《康熙几暇格物编》以及陈元龙的《格致镜原》,俱沿袭此名。前揭孟悦《什么不算现代》一文,提及西欧知识体系有意剥离科学、技术与日常生活、人文研究、个人兴趣的关联,而中国近代出现的"格致"则汇聚了古籍市场和流行书市场上的各种理科、技术性、应用性信息,并且能为各种背景的读者所用,培养的是具备区域和民间特征的不同实践者。
② 谢国桢《明末清初的学风》一文曾论述过晚明学者对"格物致知"的阐释,并言当时人也好谈兵学及舆地、实测之学。见《明末清初的学风》,第33—36页,上海书店出版社,2004年。
③ 徐建寅:《欧游杂录》,第778页。同行者曾纪泽,在《出使英法俄国日记》中也记载此事,只是说"见机器人能作字者"(第469页)。

英国的余思诒①,他写了一部《楼船日记》②,便是专门记述乘坐英德新造军舰回国的经历。

余思诒生于江南常州的一个官宦家庭③,他在《楼船日记》前面的自序中曾经描述过早年独自钻研西学的历程:

> 初究心于天算,苦其奥远无凭,旋弃之而究心化学,乃一器伤而诸器若废,药水断而考验无方。又复弃之。锐意求尊攘怀柔之道,为简练揣摩之功,于是博采群书,究其缘始,访购译刻图籍,遍览华字新闻,而涉历西书既师承之无,自学西语又口语之多讹,累日积月,垂二十年所学,迄无实际。

一位汲汲向学的士子形象跃然纸上,因此当他得知有出洋机会时,便"毅然请从",意图亲历其境,印证平时所学。关于他在英国的活动,可能在他写的《驻英日记》中有详细记载,但未能寻见此书,我们只能从刘瑞芬为《楼船日记》所作的序言里得知,余思诒在此期间"入境问俗,凡其山川要隘,政治得失,民生利病,工肆良楛,靡不周览详究,握絜默识"。估计这番赞语不是虚言,《楼船日记》里记载了作者向各舰管驾、

---

① 余思诒(1835—1907),原名斯沛,字雨亭,又字翼斋,号易斋,晚号草庐一翁,江苏武进人。除随使英国外,后来还担任过驻美参赞、古巴总领事(1896—1899)以及驻美国旧金山总领事(1898—1899)等职。据今人所编《常州市志》(第3册,第918页,北京:中国社会科学出版社,1995年),余思诒其他著作还有《罗经卷》(当作《罗经差》)、《风性说》、《驻英日记》、《海战要略》、《古巴政治风俗考》、《英国地理学》、《归航陈迹》、《一贯录庐笔记》等。《小方壶斋舆地丛钞》补编第12帙《古巴节略》,疑即《古巴政治风俗考》。
② 《楼船日记》分上下两卷,初版未见,有光绪三十年(1904)上海商务印书馆重印本,以及光绪三十二年(1906)山东印书局铅印本。此书或题作《航海琐记》,实为一书。
③ 其父余光倬官至刑部提调。伯父余保纯在鸦片战争时期是广州知府,见于《楼船日记》十月二十二日记。

大副(有邓世昌、林永升、叶祖珪等人)虚心请教的航海技术信息,后来余思诒利用这些资料写成《罗经差》、《风性说》、《海战要略》三书。曾任福建马尾船政学堂留学监督(1886年)的周懋琦,评议《楼船日记》,认为其价值高于斌椿、郭嵩焘、曾纪泽诸位大臣的出使日记。他说,"西洋兵邮各船,罗经设于望台柁旁,管驾及管轮驾驶各副外皆不准到,故不能逐日见而记之也",而余思诒能因虚心求教而获得每日的罗经准差,并且对于其原理进行的考察,可谓是好学深思之士。待余思诒回国后将四舰送至天津,谒见李鸿章,得其赏识,加以"才识宏通,讲求西学"的评语,并在日后推荐他担任出洋正使。

1887年,清廷选拔了12名海外游历使①,派遣他们前往各洲21国游历考察,要求他们详细记录风俗、政治、水师、炮台、制造厂局、火轮舟车、水雷炮弹等内容,并且鼓励他们根据个人兴趣努力学习"各国语言文字、天文、算学、化学、重学、光学及一切测量之学、格致之学"。值得注意的是,这批海外游历使中,有7位来自江浙,而实际有相关考察著述传世的,则全部属于江浙籍人士。② 除了傅云龙、顾厚焜年逾四十之外,其他人都是三十几岁,他们少年时代,江南地区遭受战乱影响,原本的学术传统,特别是自然科学研究不像此前那么兴盛了。因此这些人虽然在考察中表现出旺盛精力和求知热情,但见识大多不够高明。像孔昭乾《英政备考》,专门考察矿务问题,记述很详细,但不能切中关键;刘启彤考察铁路建设的《星轺考辙》,也不能涉及技术详情,只好以"专务浅近,便于通行"来作为编纂原则了。

洪勋的系列"游历闻见录"③,对南、北欧各国的实业进行了综合的

---

① 王晓秋:《晚清中国人走向世界的一次盛举》,第24—42页,大连:辽宁师范大学出版社,2004年。
② 同上书,第327—334页。
③ 洪勋有《游历闻见录》十八卷,为光绪十六年(1890)上海仁记石印本。其中的《意大利闻见录》、《瑞典那威闻见录》、《西班牙闻见录》、《葡萄牙闻见录》、《游历闻见总略》、《游历闻见拾遗》,收入于《小方壶斋舆地丛钞》再补编第11帙。

考察，内容也大多属于走马看花，不能深入。不过他思想比较开通，因此能作出一些比较客观准确的判断来。他注意到南欧土地多贫瘠，并不适合发展粮棉农业，但意大利则发展出葡萄、"哇利佛"（即橄榄）以及蚕桑之利，以致后者对中国的江南地区造成很大威胁，"自来上海湖丝上市，必听意国蚕茧收成荒稔之电报，以定值之贵贱"；而瑞典虽然国家开化很晚，民人性情淳朴，并且铁路是欧洲最晚开始修筑的，但是国中"乡野之夫莫不好读书"，尤其精于技术发明。他在斯德哥尔摩参观了当时刚刚研制出新型无烟炸药①的诺贝尔制造工场，并详述了试验效果。洪勋说，此前有日本人来参观瑞典的工厂，偷学了不少技术回去，成为瑞典相关产业的竞争对手，瑞典人对于前来考察的东方人有些警惕，于是他也就没有得到什么特别有价值的信息。

虽则如此，1887 年的海外游历遣使仍不失为一次清帝国有意于认知和了解世界的盛事。1890 年，清廷曾打算仿照前例，继续派遣第二批海外游历人员，但最后却是不了了之。想必是前面游历的成绩比较突出，当时人都看出可在这其中获得名利，《申报》（1890 年 8 月 24 日）曾报道说，人选俱出自于"海部、神机营行走人员"，这两个部门以满蒙汉军旗人和八旗子弟居多，恐怕难得会有什么通晓西学、洞察时务的人才。② 此后，甲午海战、马关条约、戊戌政变、庚子国难等一系列事件的发生，致使晚清政府一直无暇再次遣使游历。直到 1902 年以后，在张之洞等人的提倡下，各地开始兴起大批派遣官员前往日本考察新政的风潮。一时间，有为数极多的东游考察日记得以问世，内容涉及政治、商务、教育、司法、科技等各个领域。③ 此道盛行中国之时，甚至也有江

---

① 洪勋称之为"倍耳里脱炸药"，即 Ballistite 的对音，并且说此物远胜过诺贝尔前几年发明的"地奈米脱炸药"（即 Dynamite，黄色安全炸药）。
② 王晓秋：《晚清中国人走向世界的一次盛举》，第 345—346 页。
③ 实际在 1898 年前后，已经出现了姚锡光、朱绶、张大镛、丁鸿臣等人往日本考察教育、军事的游历记录，只不过在 1902 年才正式形成风气。

南地区的近代民族资本家身体力行的海外实业考察记。①

本节之论述以钱文选②作为结束人物。钱文选代表了江南学者继"畴人子弟"、"制器之人"、"格致名家"、"游历使臣"之外的又一种身份。戊戌变法失败之时,"海内痛诋新学",而钱文选就读于安徽巡抚邓华熙刚刚创办的求是学堂,独自"潜心研究英文,为出洋之预备"③,由此可见他与晚清社会中高谈"时务"、"新学"以耸公卿、谋名利之人是不同的。光绪三十四年(1908),他毕业于京师大学堂译学馆,担任晚清学部出洋留学生学监。宣统二年(1910),随清代最后一位驻英公使刘玉麟前往英国考察学务商情。他写了一部《环球日记》,其中记述了他在清末民初几年的旅途见闻。④ 钱文选虽并不作专业的科学考察,但他的知识背景与外语能力,已使他可以洞悉前辈们费尽唇舌、绞尽脑汁也讲述不清的自然物理,比如船过太平洋时的一段记述:

> 每夜见浪花中放出磷火无数,此磷火为 phosphorescence,此物据舟子云,系下等动物,不易见,必用发光镜照之,然后始见,此磷火须聚千百 phos 始成。此物在大西洋无之。⑤

---

① 比如江苏无锡人蒋煦(字可赞),欲与友人合开玻璃厂,故于光绪二十九年(1903)随同湖北武备学堂德国教习何福满及留洋学生丁晓树等,往俄、德等国进行考察。所著《西游日记》,有光绪三十一年(1905)汉口维新中西印书馆铅印本。
② 钱文选(1874—1953),字士青,号诵芬堂主人,安徽广德人。武肃王钱镠第32世孙。其著作俱收入于《士青全集》,上海:商务印书馆,1937年。
③ 甘泽沛、王永清:《钱士青先生编年事略》,《士青全集》卷二,第104页。
④ 《环球日记》有民国九年(1920)上海商务印书馆铅印本,复收入于《士青全集》卷五。包括《游英日记》、《游美日记》、《游日本日记》、《重游美国日记》以及《附列办学文件》五种,辛亥革命之后,中华民国教育部撤除了驻欧各国游学生监督,钱文选奉命回国。绕道美国、日本作旅行考察。此后1913年又被调入外交部任驻美旧金山领事。
⑤ 钱文选:《环球日记》,第66—67页。

若拿这段话去比较王芝的《海客日谭》,后者中竟然出现海洋为"浊气之所生",所以咸涩,西方多鬼蜮,因而其大海也变得暗浊的妄诞之言,则可以明显看出中国旅人的知识背景、思想方式都发生了根本的改变。钱文选的寥寥数言中包涵了地理学、生物学、化学、物理学的知识,并且有专业的英文术语,这时已经彻底淘洗掉了同光年间的江南格致学者们土洋结合、人言言殊的书写方式。在《环球日记》书前的两篇序言,作者分别是钱的译学馆同学由云龙和昔日"经济特科状元"(1903年)袁嘉谷,这两位都是云南人。19世纪末年兴起的维新运动风潮,显然已经造成全国范围的影响,畴人之学、制器之术,早已不是江南学人内部沿传交流的知识系统了。1896至1998年,康有为、严复从日本兰学家那里引入近代意义的"科学"一词①,这个名称在新的世纪里散发着振奋国民精神的"神圣之光"。② 从此之后,再无须那些未曾接受过系统科学教育的人远渡重洋地去寻访"赛先生"了。

第二节 学术"预流":海外游记里的域外考史和访书

晚清时论对于外族威胁,大多强调在于海上,起初的出洋人员又多以西人轮舶为交通工具,西北陆路因险阻重重,很少有人愿意吃苦走此道。此前祁韵士、徐松所创立的亲历边疆的考察传统,一时竟无人承续。抱持有世界眼光而对西北边塞表示忧虑的,当以黎庶昌为代表,他

---

① 日本学界1880年把"科学"一词意义固定为"分科之学",是关于自然、社会、思维等的客观规律的分科知识体系。康有为使用这个词汇主要是侧重于表示分科之学或自然科学,而严复则将社会科学也划入其表征的范畴之内了。参阅汪晖:《科学的观念与中国的现代认同》,《汪晖自选集》,第221—225页,桂林:广西师范大学出版社,1997年;冯天瑜:《新语探源——中西日文化互动与近代汉字术语生成》,第373—378页,北京:中华书局,2004年。
② 鲁迅:《科学史教篇》,发表于《河南》第5号,1908年6月。

在 1880 年作驻英参赞时,就几次上书给使俄改约的曾纪泽①,指出西人于中国边地考察日盛,而中国持节使臣所知西方"仅在西洋繁盛之区","从未有遣一介之使,涉历欧亚两洲腹地以相窥觇者",因此他毛遂自荐,表示愿意前去考察俄国形势以及新疆地区。曾纪泽当时是出使英法俄的大臣,对于这项建议起初并不支持,还开列了一个书单,包括道咸间的学者徐松、张穆、何秋涛、祁韵士、龚自珍等的西北史地著作。从黎庶昌后来的反应来看,他显然觉得这些资料是远远不够的,在苦口婆心地获得了上峰许可之后,黎庶昌利用空暇时间做准备,写信给英法地理学会,购买了许多西方人的中国西北地区游记,并令使馆的洋翻译摘选译出,收入他的《西洋杂志》之中。②

虽然后来黎庶昌被遣使西班牙和日本,未能成就其"舍欧土之繁华而趋沙漠之荒邈"的志业,但是他的兴趣和想法在当时就有同志者,或同他一样辑录海外保存的文献,或能亲身赴边疆考察地理形势。

洪钧③是同治七年(1868)的殿试状元,光绪十三年(1887)出使俄、德、奥、荷之时已经是内阁学士。当时随使张德彝有《五述奇》为之侧记④,身后如夫人傅彩云又有口述自传⑤,此外更是经过诗人樊增祥的《彩云曲》、薛绍徽的《老妓行》⑥、小说家曾朴的《孽海花》大肆渲染

---

① 《上曾侯书》、《答曾侯书》、《再上曾侯书》,收入《西洋杂志》,走向世界丛书,第 543—549 页。
② 即《由北京出蒙古中路至俄都路程考略》和《由亚西亚俄境西路至伊犁等处路程考略》两篇,同上书,第 549—575 页。
③ 洪钧(1839—1893),字陶士,号文卿,江苏吴县人。
④ 钟叔河:《赛金花在柏林》,载《书前书后》,第 203—204 页。
⑤ 即刘半农、商鸿逵整理:《赛金花本事》,北平:星云堂书店,1934 年。此后出现了很多以"赛金花"为题材的小说、外传、戏剧。主要内容即围绕随洪钧出使德国以及与八国联军总司令瓦德西的关系。
⑥ 钱仲联引单士鳌《国朝闺秀正始再续集》一下,谓薛诗"仍是未谙外事者之语",盖"误于小说《孽海花》之讹言耳",见《梦苕盦诗话》,第 3—5 页,济南:齐鲁书社,1986 年。

铺陈,人们的目光焦点都放在了傅彩云身上,有关洪钧的真实形象变得有些模糊不清。① 谴责小说家借交际花之口讥笑好古文士的迂阔不实,也是因为历史上的洪钧确实从俄人那里高价购买中俄边界地图,后造成外交冲突,以致他最后抱恨而终。

洪钧出国前曾是朝中积极的主战派,而且平素就留心于边疆史地问题。② 因此当他到达欧洲之后,西方学术中有关欧亚腹地的研究很快就受到他的注意了。欧洲学者研究元史以及西北史地问题,始于明清之际的传教士汉学,他们先后从汉文、满文、蒙古文、波斯文的史籍中翻译出很多的珍贵资料来。1888 年,英人郝华(Howorth)的《蒙古史》(History of the Mongols)三卷全部出版,俄人这时也出版了据波斯文译出的拉施特(Rashid al-Din)《史集》。洪钧调动使馆的金楷理、李家鳌等中西译员,为之翻译这些史料,助其写作《元史译文证补》,此书中的《太祖本纪》即据贝勒津俄译《史集·成吉思汗传》重译为中文者,另外还引述了居住在巴黎的亚美尼亚学者多桑(D'ohsson)《蒙古史》中的一些波斯、阿拉伯和蒙古的史料。后世学者评说:"迨洪钧《元史译文证补》出,乃为元史开辟一新大陆焉。四十年来,国内治元史者,犹多不能出洪氏矩镬。考其成就,所以能如是之大者,除洪氏个人努力外,其

---

① 洪钧有日记若干卷(清同治九年九月十六日至同治十年九月二十九日、光绪二年十一月初四日至光绪四年九月二十二日、光绪七年正月初一至光绪九年正月二十九日、光绪十年七月十五日至光绪十三年九月十二日、光绪十八年四月初一日至光绪十九年七月初三),今藏苏州市文物管理委员会及苏州博物馆。另有《使欧奏稿》数件(为吴琴据苏州博物馆原件整理,载《近代史资料》,总 68 号,第 1—18 页,中国社会科学出版社,1988 年)也有助于了解他在出使欧洲时的行止言论等。
② 许景澄《七夕奉怀洪文卿阁学》其二,有"日南烽火忧时泪"的句子,作者自注云:"癸酉冬,君屡上疏论越事"。见《许文肃公遗稿》,"外集",卷一,外交部铅印本,1918 年。

所遭遇之时机亦实一重要因素也"①,就将此书学术价值归因于洪钧恰逢其时的出使。实际上《元史译文证补》所涉及的议论并不止于元史或西北史地问题,而算是最早有意识地借用西学书籍探讨中西交通史问题的汉文著作,不断以西方人的记述来校阅历代汉籍史书中有关域外的史料。洪钧自己的亲身经历,这时也会发生作用,比如《元史译文证补》卷二十七,就提出《汉书·西域传》颜师古注所言的乌孙人种"青眼赤须,状类猕猴",好比近之德意志人,从而断言乌孙族可能是雅利安种。再如留存于其随使人员日记中的一篇有关古书"麒麟"即北非长颈鹿的考证,最初也是来源于他在"万牲园"中的见闻。②

从洪钧使欧奏稿的内容来看,他是一位十分关心边事时局的人。他所遭遇的悲惨结局,惟在于以书生学者之意气而干涉外交大事:盖能识见西方史料价值的高下,却不能察觉现实外交场合中的险恶。后来李鸿章说:"出使东西洋各国,关系綦重,情形迥异,所有主客强弱之形势,刚柔操纵之机宜,必须历练稍深,权衡得当,庶足以维国体而固邦交,不必专于文学科目中求之,致有偏而不举之患"③,如此铨选人才的思路对洪钧的学术成绩与外交能力的反差算是做出了一个准确的总结。

1887 年前往俄国考察的游历使臣缪祐孙④,倒真正实现了黎庶昌考察中俄边疆的愿望。他出身于江阴学术望族,其堂兄便是晚清著名学者缪荃孙。缪祐孙自己也淹通经史,尝著作《汉书引经异文录考证》

---

① 韩儒林:《元史研究之回顾与前瞻》(初刊于《责善》半月刊 1940 年 2 卷 7 期),收入《穹庐集——元史及西北民族史研究》,第 62—63 页,上海人民出版社,1982 年。
② 《奇拉甫考》,见张德彝《五述奇》,《稿本航海述奇》,第 6 册,第 485—486 页,北京图书馆出版社,1997 年。详见后文(页 123 注②)。
③ 杜保祺:《健庐随笔》,第 3 页,"李合肥注意使材"条,近代中国史料丛刊,初编第 980 号。
④ 缪祐孙(1850 前后—1894,字柚岑),江苏江阴人,生于四川,1886 年进士。

六卷。他平素将出洋游历作为志向,因而才投考游历使的选拔,获得第二名。缪祐孙撰有《俄游汇编》十二卷①,其中最后四卷是他的游历日记。从日记内容来看,缪祐孙此番游历极其艰苦,受到经费、人事、天气和自身健康等等问题的困扰,他出国时是按照当时惯例从上海出发,经过香港、印度、意大利、德国,最后进入俄国的,但等到他回国的时候,因为身患严重的关节炎,不得不羁留于途中养病数月。在俄国时,缪祐孙对洪钧所购得并翻译的俄国地图有些批评,由此得罪这位翰林出身的驻俄公使。后者便以节省经费为由,饬令他不要再返回欧洲,而是径直由西伯利亚回国。

　　个人之遭遇使得缪祐孙成为当时难得的一位横穿俄国全境的中国旅行者,他的著作也因为资料丰富、考证精细而"书陈御览,名满京曹"。② 出身于江南考据学术世家,缪祐孙运用史籍文献研究俄罗斯国族之源流,纠正了清代学者的不少知识谬误。但他说"俄罗斯"之名是译自西欧人对之的称呼,则又蒙蔽了一部分真相。③ 虽然有失察之处,但缪祐孙积极引入域外文献和西方学术成果的努力,还是值得称道的。他组织人员翻译了俄人所著的《取中亚细亚始末记》、《取悉毕尔始末记》,在后面的按语中认为当今的边防形势之严峻远甚于宋、明两代,故有必要了解俄国是如何经略中亚和西伯利亚这两块边土的。在该书其后各卷里,还详细介绍了俄国的疆域、城市和山水形势。缪祐孙采用

---

① 光绪十五年(1889)上海秀文书局石印本。《小方壶斋舆地丛钞》摘录其中的内容包括:初编第 3 帙收入第一卷的《俄罗斯源流考》和《取中亚细亚始末记》、《取悉毕尔始末记》两篇译文,以及《俄罗斯疆域编》(第 2—4 卷)、《俄罗斯户口略》(第 8 卷)、《通俄道里表》(第 6 卷)、《俄游日记》(第 9—12 卷);初编第 4 帙收入第 7 卷的《俄罗斯山形志》、《俄罗斯水道记》。北京大学图书馆存有《俄游日记》稿本,已经天津古籍出版社于 1991 年影印出版。

② 此是李鸿章的褒扬之辞,出自《李文忠公尺牍》,转见于王晓秋《晚清中国人走向世界的一次盛举》,第 332 页。虽然功成名就,但是不久缪佑孙即患中风而卒,年方 44 岁。

③ 见韩儒林:《清初中俄交涉史札记》,《穹庐集》,第 435 页。

中国史籍和域外学术互证的方法,比如以《后汉书》有关鲜卑的记载去印证俄国东方学者"悉毕尔实鲜卑尔三字之音转"的说法,又参照以身历目验,更澄清了二千年来自班固、范晔至魏源、何秋涛都没有弄清楚的中亚历史地理问题。在俄期间,缪祐孙还拜访了彼得堡大学东方系教授、著名的俄国汉学家格倭尔几耶甫司克(Сергей Михайлович Георгиевский,1851—1893),他在日记中记述了此人的研究范围和主要思想。格倭尔几耶甫司克在俄国汉学界是以主张综合多学科地研究中国历史,并强烈反对欧洲文化中心论而著名的,他给缪祐孙的印象是"颇知考证古事,笃信孔孟",此后不久格倭尔几耶甫司克出版了他的《中国人的生活原则》和《汉语的根本结构和中国人的起源问题》,这与《俄游汇编》中对于俄罗斯民族起源问题的关注恰好相映成趣。①

对于西南邻国的考察自古不乏先例,晚清时期,则有王芝《海客日谭》前半部描述过腾越至仰光的地理胜迹、人文风俗等,同治年间还有马先登两度护送越南贡使的日记②,就其学术含量而言都不足道;之后算得上是有新学眼光和知识储备的南亚内陆旅行者当属黄懋材③,他是江西人,但多年在上海工作生活,熟悉时务,后来又进入京师同文馆学习测绘,因而得以被四川总督丁宝桢派往印、缅等国,察看地形,绘制舆图,著有《西輶日记》、《印度杂记》、《游历刍言》、《西徼水道考》等④,记载沿途地名沿革、水文源流、气候变化和人文古迹,并运用西方地理

---

① 阎国栋:《俄国汉学若干问题刍议》,《南开学报》(哲学社科科学版),2006年第4期。
② 马先登(1807—?),陕西大荔人。《护送越南贡使日记》,同治八年(1869)刻本;《再送越南贡使日记》,同治十年(1871)刻本。
③ 黄懋材(1843—1890),字豪伯,江西上高人。
④ 即《得一斋杂著》四种,有光绪十二年(1886)新阳赵氏梦花轩刻本。《西輶日记》、《印度杂记》、《游历刍言》收入于《小方壶斋舆地丛钞》初编第10帙,《西徼水道考》收入于初编第4帙。

测绘之学描摹地形地势。洪钧使欧期间,曾奏调一位多年随使日本的上海学者赴俄德当差,这人便是长于舆地之学的姚文栋①,到1891年,姚在德国的工作任职期满,请求回国,并希望可以沿途考察印度、缅甸等国商务以及中缅边界的地理情况,得到洪钧与当时出使英法意比大臣薛福成的支持。他从海路由欧洲至印度,游历孟加拉、加尔各答等地后进入缅甸,越过野人山抵达腾越,进入云南。他此时写有《云南勘界筹边记》②二卷,专门叙述他所见闻的西南地理边防问题。研究者或有引述薛福成日记中姚文栋的密函,其实就出自此书的下卷;薛福成原本对于西南形势全然不知,姚文栋的报告成为他与英国政府谈判中缅边界问题时候的主要参考。③

　　江南学者之外,还有两位湖南人的出洋考察记也是侧重于史地考察的,即王之春与邹代钧。王之春④是王夫之的后人,咸丰年间即以童生身份加入湘军幕府,后又任李鸿章和彭玉麟部属,被彭称作是能"以文人兼武事",并"于中外交涉事见闻周洽"的人才⑤,因而得以先后出使日俄。但他的《谈瀛录》第三卷"东洋琐记"多抄袭黄遵宪的《日本杂事诗广注》,《使俄草》则缘起于奉使往俄罗斯"吊贺"易主,也未能充分

---

① 洪钧:《使欧奏稿》,《近代史资料》总68号,第8页。姚文栋(1853—1929),上海县人,字子梁,号景宪。毕业于上海龙门书院。
② 有光绪年间刻本。上卷叙中缅边境地区地理形势(又有单行本题名为《云南初勘缅界记》一卷),下卷为姚文栋写给几位关心西南边务的官员的书信。此书刊刻时与其他三种(《侦探记》两卷、《集思广益编》两卷、《天南同人集》三卷)合为"姚氏四种",据许云樵《南洋文献叙录长编》,此丛书又名"南槎四种"。其中《侦探记》是云南政府派遣密探混入英人考察滇缅边境的团队后的行记,原以缅文写成,刊行时译为中文。《云南勘界筹边记》两卷另有光绪十八年(1892)刻和光绪二十三年(1897)湖南新学书局刻本。
③ 见郭双林:《西潮激荡下的晚清地理学》,第177—181页。
④ 王之春(1842—1906),字爵棠,号椒生,湖南清泉(今衡阳)人。
⑤ 彭玉麟:"叙",《国朝柔远记》,第1页,北京:中华书局,1989年。

考察①,因此不必多谈。

而邹代钧②的学术背景乃受江南区域影响较深,宜附议于此节中。历史地理学在清代原本兴盛于江南,比如无锡顾祖禹《读史方舆纪要》、武进李兆洛《历代沿革图》。新化邹氏,作为晚清湖南学术史上著名的地理沿革研究世家③,受以上学者的沾溉很多。当湖湘士林多还沉于义理之学的时候,邹代钧的祖父邹汉勋就与同郡友人魏源开始以地理研究作为经世之学了,由此江南的朴学,尤其是地理学研究传入湖南。邹代钧得字"沅帆",就是因为出生前他伯父梦到前朝的江苏大学者毕沅(字秋帆)来访的缘故。④ 他在1886年通过曾国荃推荐,得以作为刘瑞芬的随使人员旅行英国,著《西征纪程》⑤,专门记录去往英国途中的见闻,正与他同事余思诒的《楼船日记》一往一返互相呼应。《西征纪略》记述沿途所经国家的地理沿革甚为详尽,不仅抄录各地现在的西文译名和经纬坐标,而且还尽可能地去考释其中为古代汉籍中所记载的名称,并且参考了西方殖民者有关的文献,其中涉及中国汉代与西亚的交通、唐宋时期与波斯阿拉伯西突厥诸族的来往、元代的杨廷璧与明代的郑和的航海路线等等,假如比较同时代沈曾植、文廷式对于中西交通史的研究,可知邹代钧对音、互证的方法正是这一代不谙外语的

---

① 《谈瀛录》三卷,有光绪六年(1880)上海文艺斋刻本。《小方壶斋舆地丛钞》将之分成《东游日记》、《东游琐记》各一卷,收入于初编第10帙。《使俄草》八卷,有光绪二十一年(1895)上海文艺斋刻本,以及光绪二十二年改题为《使俄日记》的八卷本,收入于《小方壶斋舆地丛钞》再补编第3帙。
② 邹代钧(1854—1908),字甄伯,又字沅帆,湖南新化人。
③ 邹家上下八代研究舆地与地理沿革,邹代钧成为承上启下,接通中西的关键人物。详见张舜徽:《清儒学记》,第334—338页,济南:齐鲁书社,1991年;钟叔河:《地理学者的观察——邹代钧〈西征纪程〉》,载于《书前书后》,第340页。
④ 钱基博:《近百年湖南学风》,第66页,长沙:岳麓书社,1985年。
⑤ 有光绪十七年(1891)铅印本,四卷。复收入《小方壶斋舆地丛钞》初编第11帙。他的译著另外还有《中俄界记》、《中西舆地全图》等。

学者所普遍采用的。① 此外，邹代钧在日记里还描述了沿途所见的奇异物产，他说长颈鹿西文名称是"吉拉夫"（Giraffe），这便是《汉书》中的"桃拔"，《后汉书》中的"符拔"，《明史》中像麒麟的"哈剌虎"②；他还引西人有关珊瑚岛成因的解释，也有助于澄清自古以来把珊瑚当作是一种植物的误会。③

除了用外人研究资料或实地考察来印证旧学传统里认知不清的问题，晚清学人在海外还倾心于搜求国内已经遗失了的书籍文献。光绪初年以还，中国士子来到日本，最念念不忘的是宋人欧阳修《日本刀

---

① 《海日楼札丛》和《纯常子枝语》中有不少论题与邹代钧此考察行程中的记述有重迭，但尤其是沈曾植没有亲历考察，他只是借助书籍和地图进行研究，虽然见识很高，但也因为不能目验而有不及邹代钧之处。文廷式的相关知识多得自于日本学者，见其戊戌政变后所写的《东游日记》。
② 志刚《初使泰西记》便详细地描述过"支列胡"；洪钧也作过一篇《奇拉甫考》，见于张德彝《五述奇》，《稿本航海述奇》，第 6 册，第 485—486 页，北京图书馆出版社，1997 年。洪、邹二人都提到了《明史·外国传》中的文献资料，并且将长颈鹿与传说中的麒麟联系起来。考有明一代南海诸国进贡"麒麟"，始于永乐十二年(1414)，见《明史》卷三二六。是年，成祖诏翰林院修撰沈度作《瑞应麒麟颂》，并由宫廷画师来描绘"麒麟"的形态，作《瑞应麒麟图》。此后形成风气，各国屡屡进贡这种"瑞兽"，文人作赋，画工写影。伯希和《郑和下西洋考》已言此"麒麟"即非洲东岸之索马里人对长颈鹿的称呼，冯承钧云："麒麟，Somali 语 giri 之对音，即 giraffe 也。"(《瀛涯胜览校注》"阿丹国"条，第 55 页，商务印书馆，1935 年）。古籍中对长颈鹿的称呼，可以确定的，还有"徂蜡"（宋赵汝适《诸番志》弼琶罗国条，即索马里北岸的 Berbera）、"祖剌法"（费信《星槎胜览》天方国条）等名，这可能与阿拉伯语 zarafa 有关。
③ 《史记·司马相如传》正义引郭璞注："珊瑚生水底石边，大者树高三尺余，枝格交错，无有叶"；至艾儒略《职方外纪》和南怀仁《坤舆图说》，言及珊瑚岛，仍未解其成因。直到邹代钧在此录西人近说："珊瑚乃水中小虫所造之窠，虫小不能辨识。其体柔软，石之久沉水底销化为灰者，虫藉之作窠。中留小孔自容，从孔伸出吸取食物，生长繁甚，新窠从旧窠加长。新虫生旧虫死，生生不已，成珊瑚如树形，愈长愈大，久之为泥沙填溃，则为岛。出水即不加高，以虫离水则死也。"

歌》中的诗句:"徐福行时书未焚,逸书百篇今尚存"①,以及宋初日僧奝然携来郑玄注《孝经》②的前朝掌故。此时距明治维新开始不到十年,新都东京的政治改革、工商兴业以及教育普及都刚刚起步,多少有些洋务背景的中国旅人,虽然对于日本社会广泛引进的西方科技表示欣赏,但是他们更为关心的,往往却是历代由中土流入东瀛的古佚汉籍。1882—1887年的随使人员姚文栋在回复故乡友人询问日本古书调查情况的时候,列举了德川时期以来日本的著名藏书楼十几处,"皆海外铮铮有声者",随后惋惜说因为西学兴起,日本汉籍开始散落,不再得到妥善的保存。③ 因此,晚清中日交流过程中出现了一股旅日官绅士人纷纷访书、购书的风潮。伴随此潮流而出现的,是几种以域外访书为主题的旅行著作。

在日本搜访中国逸书的举动发轫于首任驻日公使何如璋,但是收获不大。④ 他此前在国内认识一位蹭蹬科场久不得志的读书人,即杨守敬。⑤ 因为杨长于文献和目录之学,所以受到何力邀,希望聘他作驻日随使。杨至日本时何已经离任(光绪六年,1880),因为故人张裕钊的说项,得到继任黎庶昌挽留。是年农历岁末,杨守敬致书李慈铭,说"日本古籍甚多,所见有唐人写本《玉篇》,又有释慧琳《一切经音义》,

---

① 据王水照研究,此诗实为司马光所作,详见氏著《半肖居笔记》,第47—50页,上海:东方出版中心,1998年。日人对于此诗所说历来多有深信不疑者,他们以"宫下文书"等文献为依据,认为中国先秦典籍曾全部被徐福带至日本。19世纪中期出版于日本的《佚存丛书》,也取意于上面所引的两句诗,专门收录惟见于日本的汉籍。实际有中国书籍流入日本,形成规模的时间应该不会早于隋代(参阅严绍璗:《中国典籍在日本》,见蔡毅编译:《中国传统文化在日本》,第105—119页,北京:中华书局,2002年)。
② 《崇文总目》卷二,《直斋书录解题》卷三。
③ 《答东洋近出古书问》,收入《读海外奇书室杂著》,光绪十一年(1885)家刻本。此书又题作《东槎杂著》,收入《小方壶斋舆地丛钞》初编第10帙。
④ 见姚文栋《答东洋近出古书问》。
⑤ 杨守敬(1839—1915),字鹏云,号惺吾,晚号邻苏老人,湖北宜都人。

隋杜台卿《玉烛宝典》，皆抄本，其余秘籍尚夥"，令这位江南名士大为神往，颇生"怀铅浮海之思"。① 平素购书成癖的杨守敬，即开始按照日本友人森立之与涩江道纯撰写的《经籍访古录》遍搜各家书坊，1881年，他写了一篇《日本访书缘起条例》，指出日人的目录著作以为罕见的刻本在中国却甚通行，因此须根据实际学术需要来加以选择，并且要了解日本以及朝鲜汉籍的流传情况，以免被伪书所欺骗。此外，还要广泛结交日本藏书家，和他们交流有关信息。杨守敬也说到日本维新之际废除汉学时的情形，有所谓"故家归藏，几乎论斤估值"的景象，自言因为他一人购求的热情能够使得"彼国已弃之肉，复登于俎"，甚至居为奇货，虽然不能据为己有，但也可算是心所甘愿的了。

黎庶昌读到此文，深为感动，于是请杨守敬、姚文栋帮助他搜求和校勘中国古书②，后来汇编成《古逸丛书》。姚文栋曾提及自己所购得的汉籍为数不多。因为他的主要兴趣在于经世之学，他比黄遵宪更早根据日人史志译著完成了一部《日本国志》③，这也是为黎庶昌所赞许的事业④，他还起草了一篇《东海征文启》，向日本全国征集自上古至今的相关文献，但因为不久后被奏调德俄，这个计划没有来得及付诸实

---

① 李慈铭：《越缦堂日记》，光绪六年十二月二十日，扬州：广陵书社，2004年。李慈铭后来读到日本《玉篇》，评论说"国家通广互市，海舶如织，耗财屈体，为辱已多，而得此数种异书，亦差强人意矣"，见光绪九年十一月十一日记，及《越缦堂读书记》，第538页，北京：中华书局，2006年第2版。
② 黎庶昌在与日本友人的笔话残稿说："本馆随员现有六人，其间有杨守敬者博通金石，姚文栋熟于地理，二君亦可常见"，可知黎对他们的推重之意，见伊原泽周：《从"笔谈外交"到"以史为鉴"——中日近代关系史探研》，第66页，北京：中华书局，2003年。
③ 王宝平：《黄遵宪与姚文栋——〈日本国志〉中雷同现象考》，收入胡令远、徐静波编《近代以来中日文化关系的回顾与展望》，第223页，上海财经大学出版社，2000年。此文考察得知姚、黄二人分别完成于1884和1885年的《日本国志》，俱曾以日人所编的《日本地志提要》为资料来源，其中十卷本的"姚志"全译自此书，而四十卷本"黄志"则还参考了其他日本书籍。
④ 姚文栋：《上黎星使笺》，《读海外奇书室杂著》。

行。当时盛宣怀在国内想续辑贺长龄、魏源的《皇朝经世文编》,姚文栋还写信推荐当时的一些新书给他。①

而杨守敬为真正主持黎庶昌海外访书事者,1882—1884年间,在日本刻印的《古逸丛书》26种200余卷,除了影宋蜀大字本《尚书释音》11卷和日人藤原左世《日本国见在书目》抄本1卷之外,其他24种都是中土未见的古本或逸书。但这些还只是其中一小部分而已,杨守敬的收获远远不止于此,就《日本访书志》提及的书籍而言,便有240种3万多卷。他每获一书,都有题跋和札记,回国后在湖北黄州筑"邻苏园"藏书,并把昔日一部分访书旧稿汇集成《日本访书志》出版。②虽然《日本访书志》中多有涉及购书之原委以及其书在日本的流传情况,但主要还是一部书目序跋类的著作,有些访书活动的记述,倒是保存于杨守敬与日本友人森立之的笔谈记录《清客笔话》③里面,可再现两位嗜书如命的藏书家形象,真正是生动如面谈的。

1887年的游历使中被公认为著述最勤奋的当属傅云龙④,他在两年时间里游历日本和南北美洲十国,撰写了110卷的游历图经、日记和海外纪游诗。⑤ 钟叔河先生说,傅云龙的兴趣"主要在舆地之学和金石

---

① 姚文栋:《与盛杏荪观察书三首》,《读海外奇书室杂著》。
② 《日本访书志》十六卷,光绪二十三年(1897)家刻本。之后有王重民辑《日本访书志补》一卷,民国十九年(1930)刊印。
③ 原本藏于庆应义塾大学附属研究所斯道文库,经陈捷整理,收入《杨守敬集》第13册(武汉:湖北人民出版社、湖北教育出版社,1997年)中。
④ 傅云龙(1840—1901),初名云鹮,字懋元,号醒夫,浙江德清人。
⑤ 《游历日本图经》30卷,《游历美利加图经》32卷,《游历英属地加纳大图经》8卷,《游历古巴图经》2卷,《游历秘鲁图经》4卷,《游历巴西图经》10卷;其游历日记被题为《游历图经余记》,凡15卷;海外纪游诗编为《不易斋集》,6种9卷。版本存佚见王晓秋《晚清中国人走向世界的一次盛举》,第48和331页。补充说明的是,《不易斋集》当时有石印本:《游日本诗变》前编2卷、后编2卷,《游美利加诗权》1卷,《游加纳大诗隅》1卷,《游古巴诗董》1卷,《游秘鲁诗鉴》1卷,《游巴西诗志》1卷,见徐维则、顾燮光《增版东西学书录》附录下之下,《近代译书目》(外五种),第395页,北京图书馆出版社,2003年。

古籍方面,对政治并不特别关心,更没有提倡维新的见识和勇气"。①以最为学界所重视的《游历日本图经》来说,他采用了以铜版绘图和统计表格为主体,佐助以文字说明的方式②,企望全面展示日本的历史与现状,尤其是记载了刚发布未久的 1889 年日本新宪法中"君主立宪"的内容。但傅云龙并不赞赏日本的新政,他对日人现在尽弃汉学专尚西学的功利态度多有批评之词,他也相信"西学中源"说,因此"尧舜禹汤文武周公孔子之道",乃"菽粟也,布帛也,不可须臾离也,而岂有穷乎"。③《游历日本图经余记》中有不少傅云龙在日本访购古本汉籍的经历,金泽文库的古抄本《春秋左传集解》、唐卷子本的《论语义疏》之外,他还在日记中提到他发现唐卷子本《新修本草》的过程,傅云龙得意地说:"是书修后三百余年而佚。佚后一千余年,而云龙乃以日本之不绝如线者刊之,藉彼守残,聊增辎采,未始不与重九译致殊俗相表里也,亦游历责也。"④可见他对于寻访海外汉籍逸书与译介新学是同样重视的。《游历日本图经》中有两卷《日本艺文志》,其中有《中国逸艺文志》,介绍了他所经眼或获得的 40 种中国逸书;此外还有中国人的日本研究著述和日人著作图书,最后这部分早于康有为的《日本书目志》,是傅云龙首创的,但他将日人著作按经史子集四部分类法进行著录,共计 2080 种,搜罗之功很伟大,但是未能体现出时代之信息。稍后不几年,便有袁昶著《经籍纂要》(中江书院本)首先以中外新旧学术综合条理而立新分类法,"一扫往古专治制艺帖括之积弊,而畅开新目录

---

① 钟叔河:《走向世界——近代中国知识分子考察西方的历史》,第 381 页。
② 傅云龙曾在给人家的书信中说自己的《游历图经》系列是追摹宋人徐兢的《奉使高丽图经》,且称"游历而不记载与不游等,记载而无图表又与不记等",见《傅云龙日记》,第 371 页。
③ 傅云龙:《游历日本图经》,卷二十,"晚清东游日记汇编"丛书,上海古籍出版社,2003 年。
④ 《傅云龙日记》,第 253 页,杭州:浙江古籍出版社,2005 年。

学之机运"①,傅云龙离此仅有一步之遥。另外,日本《图经》中还有《文征》二卷,这可算是姚文栋《东海征文启》工作的延续。

1893年,时任驻日公使的汪凤藻,聘约前上海梅溪书院教习黄庆澄②赴日游历。黄庆澄曾从瑞安名宿孙诒让读书,素喜研习算学与墨经,后于1897年创办《算学报》,为中国首创的数学刊物。在他记述此次行程的《东游日记》③中,却并不描述日本新学气象,而多记他坊间购古书以及与日本汉学家交往的事,他甚称羡黎庶昌、杨守敬收获古书的规模,个人却因为财力单薄每每望而却步,除了受孙诒让的嘱托而买了一些经籍善本,还得数十册佛氏密部佚经。黄庆澄也是一位抱持"中学西源"说的学者,他向日本汉学家宣传墨经四篇宏旨多可通于泰西新学,应该著书发明之。并记述当时在日本的伍光建的议论:"西儒论学喜孟子,论治近墨子,所著书似公孙龙子,亦有似大清例中律文者。"④黄庆澄的海外购书正也反映出他个人的文化观:一切的大经大法都不能变动,需要马上变化的,只是对泰西格致之学、兵家之学、天文地理之学和理财之学加以引进而已。

光绪二十七年(1901),刘坤一、张之洞在南京设立江楚编译局⑤,以使英大臣刘瑞芬之子刘世珩(1875—1926)为总办,缪荃孙为总纂。随后又设武昌分局,因为此前罗振玉⑥在上海开农学会、办《农学报》很有成绩,所以已被张之洞邀至湖北办农务,现在又请他主持湖北江楚编

---

① 姚名达:《中国目录学史》,第118—119页,上海古籍出版社,2002年。
② 黄庆澄(1863—1904),原名炳达,字钦教,号愚初(又作源初),浙江平阳人。
③ 有光绪二十年(1894)东甄咏古斋刻本,复收入《小方壶斋舆地丛钞》再补编第10帙,以及钟叔河主编"走向世界丛书"《甲午以前日本游记五种》。
④ 岳麓书社版《甲午以前日本游记五种》,第359页,1985年。
⑤ 初名江鄂编译局,又名江楚编译官书局。以出版学堂教材为主,共出书70余种。后来因上海商务印书馆和文明书局信誉更好的缘故,此局出版物发行不畅,于1910年改为江苏通志局。
⑥ 罗振玉(1866—1940),字叔蕴,一字叔言,号雪堂,又号贞松老人。祖籍浙江上虞,客籍江苏淮安。

译局。是年，罗振玉以编译局襄办身份赴日考察。他的《扶桑两月记》①即叙此行旅之事。其考察内容以学校教育为主，尤其围绕日本新学堂的课程与教材为中心话题。他在日记中说到他购买了不少日文教科书，这便是此后两年编译局译书的主要来源了。②但作为学者，罗振玉本人的购书情况也反映在日记里面了，他多次去东京下谷区池之端仲町的琳琅阁购买中土所无的汉籍，他对于金石拓片很有兴趣，结识的日本汉学家日下部东作曾出示以其收藏，并告知日本内府以及足利文库的收藏情况。辛亥革命之后，罗氏全家避难日本，罗振玉得以潜心研究敦煌、甲骨文献，同时也和家人一起四处访求、影刻汉文古籍。其次子罗福苌，天赋很高，通梵文，曾专门研究日本保存的中土梵学书籍，备受王国维推许。③其中像唐僧义净的《梵唐千字文》，就是得于罗振玉1901年的这次东瀛访书之旅中。④

　　光绪二十九年（1903），缪荃孙⑤以江南高等学堂⑥总教习的身份赴日本考察教育，著有《日游汇编》。⑦他在前言中称引张之洞的话，谓

---

① 光绪二十八年（1902年），上海教育世界社石印本。罗振玉在宣统元年（1909）再度以京师大学堂农科学堂监督的身份被派赴日本考察教育，滞留两月之久，著有《扶桑再游记》，稿本藏于长孙罗继祖处，近来杭州西泠印社出版的《罗雪堂合集》（2005年）初次收入此篇，论者未能寓目。
② 柳诒徵在《国学书局本末》中回忆江楚编译局时说："翻译日本书之事，则罗振玉居沪与刘大猷、王国维等任之"，见陈学洵主编：《中国近代教育史教学参考资料》上册，第655页，北京：人民教育出版社，1986年。这可能把19世纪末期罗振玉办东文学社的工作也算入其中了。在1902—1903年间，江楚编译局出版的译自日文的教材有《伦理教科书》（井上哲次郎著，樊炳清译）、《普通新代数》（徐虎臣译）、《化学导源》（孙筠信译）、《万国史略》（陈寿彭译）等。后来周馥总督两江（1904年），编译局则开始直接翻译西书，改由陈季同主持。
③ 王国维：《罗君楚传》，《观堂集林》第23卷。
④ 罗振玉：《扶桑两月记》，十一月十七日。
⑤ 缪荃孙（1844—1919），字炎之，一字筱珊，晚号艺风，江苏江阴人。
⑥ 前身为南京的钟山书院，1902年改。
⑦ 光绪二十九年（1903），江南高等学堂刻本。包括"讲"、"表"、"记"三类，其中"记"有《日本考察学务游记》和《日本访书记》两篇。

"考学校者,固当考其规制之所存,尤当观其精神之所寄。精神有不贯,规制亦徒存耳"。就缪荃孙所写的《日本考察学务游记》来看,他显然是将图书作为日本学务的"精神之所寄"了。他记述说,当时的东京帝国图书馆,藏书有 8 万余册,宋元本的汉籍古书有 10 余种;而一般高等学校的图书馆藏中国图书也可以各类皆备,"中国藏东西各国之书未能如是多也"。可能正是基于这一认知,缪荃孙回国后在两江总督端方的帮助下,苦心筹备起江南图书馆,尤其以从日人手中追赎钱塘丁氏"八千卷楼"善本藏书的事迹最为天下学人所称道。后来张之洞负责学部(1908 年),又请缪到北京助其建设京师图书馆。在他旅日期间,也不忘时时搜求古书,他的《日本访书记》特别之处,在于逐一介绍了日本东西两京可以买到汉籍旧书的店铺地址以及营业情况,他听说大阪的斋心桥也多有古籍,但因为行程紧迫没能去成。①

光绪三十四年(1908),盛宣怀②赴日考察日本厂矿,并医治肺病,也作有一部《愚斋东游日记》。③ 他在日记中说:"向闻日本颇有旧书,因赴神田各书肆购求,惜维新以后讲求新学者多,旧书寥如晨星。"之后没几天,在留日学生的帮助下,他联系了文求堂这家书店,嘱其将所售的善本送到寓所,盛宣怀一次购买了几百种,"因是东京各书肆颇有闻余嗜书者,络绎送观",以其雄厚的经济实力,盛在三个月中,购得各类书籍凡二千余种。需要注意的是盛宣怀所购求的范围并不止于汉籍古本,是有其明确用心的,"余意本备将来开办图书馆,公诸同好,与收

---

① 随行人员柳诒徵的日记中说,其实是缪荃孙自己"不耐居日,在东京月余辄思归,匆匆至大阪观博览会及西京一行,遂道海归"(《劬堂日记抄》,见柳曾符、柳佳编:《劬堂学记》,第 41 页,上海书店出版社,2001 年)。按,日记中还说张之洞询问缪荃孙等人日记,众人均无以应命,只有柳氏自己有日记且详,因而为《日游汇编》。这似与现存《日游汇编》的内容不能符合,因此柳说只可备作参考。
② 盛宣怀(1844—1916),字杏荪,号愚斋,江苏武进人。
③ 《愚斋东游日记》一卷,民国五年(1916)武进盛氏思补楼刻本。

藏家不同,故和汉新旧,不拘一格"。早在数年之前盛宣怀就在上海建设一家公共图书馆的愿望,他利用这次旅行也参观了东京的帝国图书馆,对于其经营方法加以留心。回国后不久即建设愚斋图书馆,1910年建成并迁入其藏书,其中日本购得书籍是最有特色的一个部分。①

晚清中国士人赴日访书的尚大有人在,盛宣怀曾听日本书贾说②,在他之前中国人赴日购古书最多的是杨守敬、李盛铎和黄绍箕。黄绍箕③归国后即亡故,藏书归于瑞安乡里,故影响较小;而李盛铎的近万种藏书日后成为北京大学图书馆古籍部分的主干,其中包含不少他得自于日本的古籍。曾任北大图书馆馆长的向达先生说:"(李)因光绪间出使日本,得识彼邦目录学家岛田翰,因岛田翰之助,得尽收国内不常见或久佚之古书以归。其中日本古活字本、古刻本和古抄本,以及朝鲜古刻本尤多。"④

无论是对东西洋汉学最新成果的点滴译述,还是对流落异乡的中文古籍的苦心搜罗,也无论是出于对边疆问题的现实忧患,还是出于"西学中源"的保守自矜,晚清旅行于海外的中国学者无疑为后世学术开拓了新的视野和潮流。比如杨文会购于日本的《因明入正理论疏》等书,使得唐代以后一直隐晦不传的"三藏之书"回归汉地,对于晚清中国知识界因明学的复苏和逻辑学的兴起起到了至关重要的作用。正

---

① 愚斋图书馆结束于1932年,其藏书中的普通本赠与盛宣怀创办的交通大学,以及圣约翰大学和山西铭贤学校。现在多为华东师范大学图书馆的"愚斋藏书"。详见郑麦:《盛宣怀与愚斋图书馆》,《华东师范大学学报》(哲学社会科学版)第34卷第4期,2002年7月。
② 盛宣怀:《愚斋东游日记》,九月十五日。
③ 黄绍箕(1854—1907),字仲弢,号鲜庵,浙江瑞安人。张之洞女婿,1906年率领各省提学使赴日参观考察教育,为时三月。
④ 向达:《北京大学图书馆藏李氏书目引言》,《木樨轩藏书题记及书录》附录,第422页,北京大学出版社,1985年。张玉范在《李盛铎及其藏书》中说,这批藏书中日本古刻、活字、旧抄本和一部分朝鲜本约有一千余种,占其总数的九分之一,同上书,第428页。

如陈寅恪在《陈垣〈敦煌劫余录〉序》中所说:"一时代之学术,必有其新材料与新问题。取用此材料,以研求问题,则为此时代学术之潮流。"①后来延续此道路得以"预流"的域外访书之学人,络绎不绝,至今未有衰退之势。

第三节　游记新学中的人文艺术交流

关于早期的西学输入,历来都被定位在宗教和科学两个方面,鲜见有心人对其中的文学传播做系统的梳理和分析。近年有台湾学者李奭学明确提出此前一直认知不清的一个问题:"在西学东渐的过程中,所谓'西学'的内容,是否包括'文学'?"②他注意到,与近代西士在非、美二洲的传教方式不同,明末清初的在华耶稣会士写作并出版的中文书籍至少有 450 种,这些"证道之书"继承了欧洲古典教父对异教徒以例证和譬喻进行"劝化"的著述风格,其中有流行于中古欧洲的拉丁文修辞术和寓言、世说、神话与传说,都可上溯到西方古典文学与学术的源头中去。当年利玛窦来华传教,是以记忆术的表演获得中国文士们的关注和友谊的。他写了一部《西国记法》,教授"以本物之象,及本事之象,次第安顿于各处所"的形象记忆法③,这实出自中世纪欧洲教会学校的修辞学课程。高一志《童幼教育·西学》、艾儒略《西学凡》已经先后向中土士人介绍了西方中世纪教育体系的学科分目,作为基础教育

---

① 《陈寅恪集·金明馆丛稿二编》,第 226 页,北京:三联书店,2001 年。
② 李奭学:《中国晚明与欧洲文学》自序,第 I 页,台北:联经出版公司,2005 年。此前虽然已有类如戈宝权对明季中译本《伊索寓言》的专门论述(《中外文学因缘——戈宝权比较文学论文集》,第 375—436 页,北京出版社,1992 年),但总体认知上仍将明清之际的中西交流视作是在科学和宗教层次上面展开的。
③ 利玛窦:《西国记法·明用篇》。对利玛窦表演的记忆术,中土文人甚感惊奇,如郁永河描述说:"有利玛窦者能过目成诵,终身不忘。"(《裨海纪游》,"海上纪略·西洋国"篇)

必修的修辞学,就包含记忆(memoria)这项训练,被艾儒略称作为"议论五端"之一。原本属于口语演说辞令的学问,而在翻译时改称为指涉书目文言之学的"文"。值得注意的是,西方教士认为中国文人非常重视书面文字而轻视口语辞令,于是将"修辞学"一科译作"文科"。根据李奭学的意见,"高、艾二氏于'文'之命名也,其实都泄露了两人有意涵容或怀柔中国'文学'之心,使之与欧洲古来修辞学的实践并行不悖"。①

所谓"不求甚解海外书"②,语言未通之时,交流的胜场正是主要在于间接透过书面文字理解译著义理的层次,这便是寓言和语录首先被译介并得到关注的缘故。③ 如约翰逊博士曾赞赏《论语》章句深邃隽永④一样,中国文人也曾对于西方语言文学中的心智与才思表示叹服。晚明文人董其昌在《画禅室随笔》中就注意到西人对自己年龄表述方式的特别之处:

> 曹孝廉视余以所演西国天主教,首言利马窦年五十余,曰已无五十余年矣。此佛家所谓是日已过,命亦随减,无常义耳。须知更有不迁义在,又须知李长者所云一念三世无去来,今吾教中亦云六

---

① 李奭学:《中国晚明与欧洲文学》,第 30 页。
② 黄之隽:《连日雨》:"不求甚解海外书(借阅《空际格致》、《人身说概》二书,系泰西人著),无可与言室中仆",见《唐堂续集》(四库全书存目丛书,集部,第 271 册),卷六。
③ 伊索寓言的早期汉译,可见于利玛窦《畸人十篇》、庞迪我《况义》、艾儒略《五十言余》(以上明末),以及《察世俗每月统记传》、罗伯聃《意拾喻言》、《东西洋考每月统记传》、《遐迩贯珍》等(以上是 19 世纪前 50 年);明清之际耶稣会士常常引述的西方古典,除了亚里士多德和西塞罗之外,还有爱比克泰德(Epictetus,约 55—约 135)的哲学语录、小塞涅卡(Licius Annaeus Seneca,前 4—65)的道德训诫、贺拉斯(Horace,前 65—前 8)和马提阿尔(Martial,40—104)的诗歌,等等。
④ 范存忠:《中国文化在启蒙时期的英国》,第 65 页,上海外语教育出版社,1991 年。按,约翰逊的理解由于英译者的失误而有很大的偏差。

时不齐生死根断,延促相离,彭殇等伦,实有此事,不得作寓言解也。①

将之与东方思想相印证,言语间极为严肃,绝不是以趋新尚奇的赏玩心态。李世熊也有相似的说法,他在与友人的书信中说:"大西人问年寿,每以见在者为无有,如贱辰七十,则云已无七十矣,此语凄痛,足发深省。"②同为明遗民的魏禧,欣赏庞迪我《七克》等书中的"切己之学",但对天主教义抱彻底拒绝态度,同样也是从辞章义理角度出发的。③ 明清之际的学者们还有不少人曾学习拉丁语,将之作为研究中文音韵学所借助的工具。④

　　晚清中国学人对于西方历史文化与文学艺术有一番重新认知的过程。借助于新教教士的西方艺文之传播,不再是被笼罩在中古修辞学科之下了,而是逐渐接近近代西方学术的新式分科。《东西洋考每月统记传》延续卫匡国(Martino Martini,1607—1661)《中国历史》里合用东西纪年的思路,以中文连载麦都思(Walter Henry Medhurst,1796—1857)的《东西史记和合》,还介绍了数位古希腊罗马时期的文学名家,将其著作一概统称为泰西古典之"经书"。⑤《遐迩贯珍》刊载过古罗

---

① 董其昌:《画禅室随笔》卷四,"禅说"部。
② 李世熊:"答王振子",见《寒支二集》卷五(禁毁四库丛书,集部第 89 册);《寒支初集》卷七的"答彭躬庵"复言:"乃知岩墙之下不无正命,圣贤亦有论说未到处。惟西教无生,天学念死,刻刻惺惺,差是受用处耳"。
③ 魏禧:《历法通考叙》,转见于徐海松:《清初士人与西学》,第 171—172 页,北京:东方出版社,2000 年。
④ 方豪在《拉丁文传入中国考》中提及以下学者及其著述:方以智《通雅》卷五十"切韵声原",杨选杞《声韵同然集》,刘献庭《广阳杂记》卷三。见《中外文化交通史论丛》,第 138—140 页,重庆:独立出版社,1944 年。按,此处讨论的是士大夫阶层对拉丁文的认知,若涉及民间信教人士则另当别论。
⑤ 《经书》,《东西洋考每月统记传》,丁酉年(1837)二月号。

马文豪西塞罗的传记①,还发表过近古英国诗人弥尔顿《自咏目盲》(*On His Blindness*)的译诗,这是目前所见最早的汉译西诗。②《六合丛谈》连续刊载过艾约瑟多篇介绍古希腊文学的论文,包括《希腊为西国文学之祖》③、《希腊诗人略说》④、《和马传》⑤等。此后《万国公报》、《中西闻见录》、《益闻录》、《中西教会报》、《教会新报》、《教育世界》等刊物也都多次出现译介西方古典文化与文学的篇章。以上都属于外来直接的传输,而从当时国人的反应来看,似乎更偏重于文化历史和思想哲学层面追叙西学之源头,这一现象出现于19、20世纪之交,吴汝纶的弟子王树枏,在1898年以后陆续编写了《欧洲族类源流略》五卷、《希腊春秋》八卷、《希腊学案》四卷;而20世纪初期,中国学人借助日本翻译西学书籍,进一步对西方文化与学术的源头有所了解,如梁启超在光绪二十八年(1902)曾著有《论希腊古代学术》⑥,留日中国学生的刊物上也开始出现有介绍古希腊哲学的作品。⑦

晚清旅行海外的中国文人也曾经对西方古典文化源头和传统进行主动的认知⑧,他们每每在海外见到异族文明的遗迹和纪念物,虽偶有考订、猜测,但多无结论。因为多数人都无相关的知识背景和语言能力可助其深入研究,所以与其称作"考古",不若视为怀古,其学理上的客

---

① 《马可顿流西西罗纪略》,《遐迩贯珍》,1855年11月号。
② 此篇发表于《遐迩贯珍》,1854年9月号,有关研究可见日本学者石田八洲雄附于《遐迩贯珍》合订本(上海辞书出版社,2005年)前面的《解题》。
③ 《六合丛谈》,1857年1月26日,第1号。
④ 《六合丛谈》,1857年3月26日,第3号。
⑤ 《六合丛谈》,1857年12月16日,第12号。
⑥ 《饮冰室合集》,"文集"第五,61—68页。
⑦ 例如出现在《游学译编》(1903年)未能续完的《希腊哲学》,和同年刊于《浙江潮》的《希腊古代哲学史概论》(署名"公猛",即陈威,1880—1951,原名绍唐,更名威,字竞青,后改名公猛,绍兴东浦人。其弟陈仪,即"公侠")。
⑧ 郭嵩焘归国前夕,有一英国女学者赠所著书,郭从中得知荷马史诗与维吉尔史诗的大概。见《伦敦与巴黎日记》,第869页。归途中又记载古代希腊学问家数人,见第946—947页。

观性远远不及文学情感层面上的发抒。这虽是一个"世界图景"在中国思想、知识界开始渐渐成形的时代,但并无对他国古史特多了解的准备。并且,此期的海外行旅往往注重现实目的性,似也不可提供更多的时间与精力去流连古迹。

然而,即使如此,我们仍可在晚清海外旅行记中读到很多思古幽情的抒发,此一是与已经开拓了的文化视野有关,故对于异族历史有同情理解,二则是中国旅行文学传统常追索人文延续踪迹的情怀使然,"自古名山大泽,秩祀所先,但以表望封圻,未闻品题名胜。逮典午而后,游迹始盛。六朝文士,无不托兴登临"①,这已包含追寻人文遗迹的怀古兴味。到宋人开启的日记体游记,就更容易对所至地方的人文环境、历史陈迹加以考索、咏怀,陆游《入蜀记》受到后人推重,就因为此作"于山川风土叙次颇为雅洁,而于考订古迹尤所留意","其他搜寻金石、引据诗文,以参证地理者,尤不可殚数"。②

苏伊士运河凿通之前,中国旅人途次埃及,必至古法老王陵一游。斌椿来此,不仅观其外状,还深入其穴,睹石棺与壁上文字,作五言古风,云"翁仲卧千年,苍然土花碧"③,用李贺诗中的意象状写异域古迹,感喟人世兴废。后来苏伊士运河凿通,由红海至地中海一程走水路,遂少见再有来此游览兴叹的中国使臣。④ 然而此时距商博良破译罗赛塔石碑文字已逾半个世纪,东方学方兴未艾。在博物馆,常可见到种种古埃及文物与图片、仿制品。如邹代钧在法国海滨某博物院所见的埃及古棺椁,其盖上有文字,"非篆非籀,亦非西文,象虫鱼鸟兽之形,类乎

---

① 《四库全书总目》卷七一。
② 文渊阁四库全书本《入蜀记》提要。
③ 斌椿:《古王陵(在改罗西三十里)》,《海国胜游草》,第20首。此言翁仲,为哈夫拉金字塔旁的狮身人面像。
④ 潘飞声于光绪十六年(1890)从德国聘任期满回国经此,有逼罗友人约乘火车游埃及,"以天气炎热辞之"。见《天外归槎录》。

吾华之古钟鼎款识"①；薛福成在梵蒂冈埃及博物院，看到了 27 幅埃及古文字横条，注意到同汉文一样是自右至左的，但横书耳，且"形模已与中国篆书相近，大抵会意象形者为多"。② 郭嵩焘 1877 年过埃及时，得睹属下所购埃及古迹图，中有绘克娄巴特拉方尖碑（Cleopatra's Needle）四面的文字原样，郭嵩焘将其摹写在日记中，断定埃及文字与中国相同，不越象形、会意，而"西洋二十六字母立，知有谐声，而象形、会意之学亡矣"。③ 后来至英法两国，郭嵩焘日记中多次记载有埃及文碑有关的事情，还详录了英国东方学者向他介绍的克娄巴特拉方尖碑、罗赛塔石碑之研究历史，所记法国学者"山波里安"，即商博良。④ 张荫桓在巴黎博物院观埃及古文字室，也仅是重复"类鸟篆大篆"的说法⑤，后来在美国博物院观同治五年（1866）出土埃及古碑，他好其碑制甚古，又索取题识，又钞录译文，种种记载，散见日记各处。并致书询问陈季同有关埃及石幢文字的情况，抄其回信颇长⑥，其中对西方学者单以谐音求上古文字构成多有批评。

关注古埃及文化的实际用意，在于探求中国与埃及古文字的联系。⑦ 郭嵩焘曾记埃及学者戈谛生之事，彼人时供职上海，也觉中国古篆多与埃及同，因以考求中国文字源流。⑧ 其实早在清初时候，有耶稣会士根据两种文字都有象形之法而主张中国人系埃及人后裔⑨，晚清

---

① 邹代钧：《西行纪程》。
② 薛福成：《出使英法义比四国日记》，第 314 页。
③ 郭嵩焘：《伦敦与巴黎日记》，第 74—75 页。
④ 同上书，第 451—453 页。
⑤ 《张荫桓日记》，第 159 页，上海书店，2004 年。
⑥ 同上书，第 397—399 页。
⑦ 汪荣宝有《埃及残碑》二首，其一即云："象形同诘诎，画革有胚胎。"见《思玄堂诗》，《近代中国史料丛刊》，初编第 598 号。
⑧ 郭嵩焘：《伦敦与巴黎日记》，第 453 页。
⑨ 方豪：《中西交通史》，第 30—31 页。

学者们想必对此也有耳闻并表示抗议。① 他们大致都赞同郭嵩焘同法兰西学院院士们所言，以为中国三代以前即历有圣人出，而埃及则无之，故"疑埃及二千年以前必与中国相通，文字制度尤可推见"②，即认为并非中国人是埃及的后裔，而是埃及文化源于中国。

令出洋诸公纷纷发思古幽情的另一文明遗迹，则为被火山灰掩盖了千五百年的罗马帝国古城庞贝，兹处常令远道而来的中国士人们"履井垣而追思，抚梧桧而感慕"。③ 1870 年志刚游历意大利时，火车在罗马未曾停车，因彼城尚为教皇国首都，而中国未与建交④，惟记途中所见古罗马饮水渠——遂直奔"崩背旧邑"，目睹"悬炉尚有如墨之烙馍，空舍犹卧久槁之僵尸"，感慨的是"化繁华为灰尘"的冥冥不可究诘之命运。⑤ 1879 年，郭嵩焘在返程中游意大利，盘桓四日，其中在罗马居停不足一昼夜，观古迹十五处，可谓一日看尽长安花矣。次日至那不勒斯，与随使人员黎庶昌⑥、马建忠同游"旁皮依古城"，则不似前般行色匆匆了。遂留心细览古城中的建筑、器具，以及灾难降临之时定格至今的生活场景。⑦ 似乎是为了弥补郭嵩焘游历之不足，1891 年薛福成奉使意大利递交国书，在罗马停留近一月，所记数纸，尽为古罗马遗迹，如斗兽场、古排水阴沟、图拉真广场及记功柱、名将西比阿·阿飞里加(Scipio Africanus, the Elder)墓、尼禄王宫以及诸多教堂神祠等，而庞贝古城反无暇往览。薛福成所特留意者，为艾儒略《职方外纪》所言的

---

① 关于此问题的系统研究与其他若干资料，参看黄尊生：《埃及象形文之组织及其与中国六书之比较》，《浙江大学文学院集刊》第 2 集抽印本，1942 年；李长林、杨俊明：《国人对古埃及象形文字的早期研究》，《世界历史》，1995 年第 2 期。
② 郭嵩焘：《伦敦与巴黎日记》，第 662 页。
③ 袁祖志：《涉洋管见》，《小方壶斋舆地丛钞》初编第 11 帙。
④ 白佐良、马西尼：《意大利与中国》，商务印书馆，2002 年，第 241 页。
⑤ 志刚：《初使泰西记》，第 359—360 页。
⑥ 黎庶昌对此次观览亦有载记，见《西洋杂志》，第 516 页。
⑦ 郭嵩焘：《伦敦与巴黎日记》，第 897—900 页。

各处古迹，如他游邦堆滃古庙（即万神殿，Pantheon）、引水高梁，即皆证以艾书，赞叹古罗马建筑的千年完固。

郭、薛诸人已知希腊、罗马文明为泰西诸国之宗，而希腊文教又当溯源于埃及①，是故极欲寻求中华文明与此几者的联系。东汉时，班超遣甘英往通之大秦，即古罗马帝国也，然而甘英抵安息即被当地船人以海水广大止之。此后千余年，汉人抵泰西者竟无一例。然而虽无直接来往，却有文教间接影响，晚清士人们在人文遗迹中孜孜以求的，或者就是郭嵩焘所追问的"有得于中土文物之遗欤"？②

然而累于公务在身，好学深思的出使人员多不能专心于这些话题，并且因为不通外语，不能深察其中的隐奥。反倒是一位出身于江南书香门第的使臣夫人，在20世纪初期造访意大利，在她的旅行记里详细介绍了希腊、罗马神话及早期基督教史事，联系以所览罗马城之文物、艺术品，利用她所修习的外语能力，进行辨析名物、考证源流的工作。

这位女性即单士釐③，她在1899年时开始随夫君钱恂出使日本，后又到俄国旅行。1908年，钱恂任出使意大利大臣，单士釐也得以来到罗马。在被归于她名下的《归潜记》④一书里，她撰写了几篇介绍西方古典文化的观览记。《彼得寺》一篇，记述圣彼得大教堂的建筑、雕塑、绘画和相关的史迹，单士釐形容进入教堂内景给人心理上的感受与

---

① 薛福成：《出使英法义比四国日记》，第325页。

② 郭嵩焘：《伦敦与巴黎日记》，第70页。

③ 单士釐（1858—1945），浙江萧山人。近代外交官钱恂妻。钱恂（1853—1927），字念劬，号积跬步主人，浙江湖州人。1890年曾随薛福成出使欧洲，1899年赴日监督留学生事务，1903年又转赴俄国。1907年任出使荷兰大臣，1908年转派出使意大利。

④ 有归安钱氏家刻本，收入钟叔河主编走向世界丛书。此外，单士釐还有一部《癸卯旅行记》，有日本同文印刷舍1904年本，钟叔河主编"走向世界丛书"时，校以北京图书馆藏稿本，是书写1899—1903年的日俄之行。单士釐的诗作结为《受兹室诗稿》，现存近300首（有湖南人民出版社1986年校点本），海外旅行部分占四分之一（多为旅日期间所作，其中有《日本竹枝词》16首）。

欧洲通常所见的歌特式建筑之区别:"入郭脱派之景寺者,自有垂首视地、叉手加胸景象;入彼得寺者不然,毫无拘束被迫,伪作忏悔之苦",作为文艺复兴时期建筑艺术的杰作,重建后的圣彼得教堂正体现了当时社会思想中对"人性"的发现和赞美。单士釐来此,并无宗徒朝觐的虔恪惶惑之心,也不似以往中国文士徒效走马看花之劳,她对西洋艺术的理解,足以既把握其中的精神,又能详尽种种细节问题。《彼得寺》分成"门及廊"、"枘桴及中亭与正座"、"右侧"、"左侧"、"上瓴下窨"、"神奥"数节,以整个教堂的建筑布局结构其文,使读者不至于迷其方位,亦能领会建筑整体的宏伟气魄与局部艺术装饰的精雕细琢。单士釐对寺中古物做了很多的考察工作,译说拉丁铭文、叙述风俗掌故,谈及教堂"左侧"栏壁的 St. Sebastian 殉难图,作者称说"即绥乏斯丁被缚箭射而死,予所见亦不下百余本",可见她见闻之广。

《章华宫四室》一篇则写其观览梵蒂冈 Belvedere Palace 的四间小室,每间小室收藏一样雕塑作品,分别是拉奥孔父子像、阿波罗立像(Apollo of Belvedere)、墨丘利像(俗称 Antinous of Belvedere)和珀修斯立像(Perseus by Canova),这里面除却最后一种是 19 世纪初意大利雕刻家卡诺瓦(Canova)的作品之外,其他俱是著名的古代艺术珍品。尤其是拉奥孔群像,引发德国美学家莱辛(Gottholol Ephraim Lessing, 1729—1781)对诗歌与造型艺术不同领域的分别论述。单士釐在介绍了雕像表现的故事及其被发掘的历史之后说:

> 或又曰:诗中劳贡大呼而亡,今像无呼唤状,果孰是?曰:皆是也。夫诗与文,所以纵写时间,而为叙述之美术;雕与画所以横描瞬秒,而为造形之美术。诗与文直而长,雕与画广而促,二者目的虽同,而方向各异,不必相符合也。……又劳贡赴祭,必被长袍,今像且裸体,不合于事实,是又何说?曰:劳贡之强,诗中以语述之,不必有形。今雕像必借形以显,则舍筋骨莫著。果衣服翩跹,则不独不能示强,且转示弱,乌乎可!予昔年初出国境,见裸体雕画,心

窃怪之,既观劳贡之像,读辨论劳贡之书,于是知学者著作,非可妄非也。①

可知她对于西方美学理论也是熟悉的。之后论墨丘利像,列述了希腊罗马神话中有关赫尔墨斯/墨丘利的事迹多达十余条,有些即使在今天看来也算是生僻的典故了。作者在文中叙述有关此像的一桩学术公案,即言起初人们都认为这座塑像表现的是古罗马皇帝哈德良(Hadrian)的幸臣 Antinous,自从美术家尼古拉·普桑(Nicolas Poussin)之后才渐渐认可其为墨丘利,然而争论并不息止,"此像遂为美术上一大研究之中心"。单士厘同意普桑之说,她举出当时最有力的证据:为何墨丘利目注于地,面带忧郁?并非他是将死于非命的凡间少年,而是因为此神有引人入地狱的职务,"入地谷而有忧郁色,谁曰不宜,眉沟亦何必竟欢乐"?虽然只是祖述西人学说,但作者文笔细腻蕴藉,非常适合此类谈艺录的风格。

《归潜记》中还有一篇《育斯》,以宙斯为中心来介绍整个古希腊神话谱系的主要神祇,最后描述荷马时代的宙斯形象,因为内容今天多为人所熟知,所以不再赘述。由此观之,以上三篇文章形成逆溯西方文化根源的一组序列,即由文艺复兴时期至于古罗马,再到古希腊;由建筑至于雕塑,再到史诗文学。而单士厘还两次引述了歌德对圣彼得教堂的赞颂之词②,其中"美术可胜自然,而不必模仿自然"的话极为有名;并且多次提到但丁和《神曲》中的内容③,十几年之后,单氏长子钱稻孙④,首

---

① 单士厘:《归潜记》,第825页,岳麓书社,1985年。
② 同上书,第773页,第802页。
③ 同上书,第782、803、835页。晚清国人对但丁已多有了解,梁启超作于1902年的《新罗马传奇》,就以这位欧洲文豪作为开场人物;还有马君武诗《祝高剑公与何亚希之结婚》(1907年):"罗马诗豪说但丁,世间童孺皆知名。自言一卷欢神曲,吾妇烟时披里纯。"
④ 钱稻孙(1887—1966),字介眉,号泉寿。他在1899年时就随父至日本留学,在庆应、东京读完中学,后又就读于意大利罗马大学,专攻在医学,业余自修美术。通日、意、法、德等语言。

度将《神曲》翻译为中文①,其中很多译名(檀德、佛棱次、圣金曜、景官)都与《归潜记》相同。

《归潜记》中保留着钱稻孙早年写作的《新释宫·景寺之属》和《摩西教流行中国记》两篇文章。《新释宫》盖模仿宋人李如圭《仪礼释宫》体例而作,考论欧洲教堂建筑结构布局,多有花费心思创设出来的新名词,力图兼顾音义两个方面,不免为求声韵古雅而削减音节以迁就汉语,为求意义贴切而不顾原本词汇的多义性,因此这些释名与译法不能得到广布,只有其母《彼得寺》多参考此文而已。②《摩西教流行中国记》与其父钱恂所作《景教流行中国碑跋》、《景教流行中国表》(也收入《归潜记》中)分别谈古代进入中国的犹太教和景教,所擅长的是对西方宗教史视野的引入。关于大秦景教流行中国碑的研究,始于晚明天主教支柱人物李之藻和徐光启,此后中国学者中,顾炎武、王昶、叶奕苞、林侗、毕沅、钱大昕、钱谦益、杭世骏、李文田、董立方、俞正燮、梁廷枏、洪钧、刘师培、杨荣鋕,都对此进行过研究。晚清以前的学者多局限在传统金石学上,并且不能利用西方史料,至洪、刘、杨三人,始突破原来学术的局限,并将景教定位在聂斯脱利教派之上。而"国人能从学术之角度,用现代科学的方法考出景教的源流者,钱念劬先生被誉为第一位"。③

---

① 钱稻孙只翻了前三曲,以骚体译成,题为《神曲一脔》,发表于《小说月报》12卷6号(1921年),之后作为"小说月报丛刊"第10种出版单行本(上海:商务印书馆,1924年)。译序(1921年)中说:"十四年前,予随侍父母游意大利,每出必猎涉其故事神话,纵谈承欢。其时即读《神曲》原文。"
② 比如"枘桴"一词,即为钱稻孙所造"音义兼用"的译名,指的是教堂内廷列柱两侧部分,因为列柱林立如船的龙骨,欧人称为 nef(即船),钱稻孙误读"枘"若"内"音,故得此名。又比如译 chorus(在此指教堂合唱颂歌的所在)作"歌路",译 chapelle(教堂中的礼拜室)作"刹埠",译 mosaique(马赛克镶嵌画法)作"聚珍",译 sacristie(圣器所)作"神奥",译 dome(外部球形屋顶)为"瓨屋",译 coupole(内部拱顶)作"艮覆",等等。
③ 林悟殊:《西安景教碑研究述评》,《中国学术》2000年第4辑。

可以说,《归潜记》是钱氏一家三口旅行于罗马城中所著有关艺术、文化和历史考古的随笔集。得故国儒家精神习染的他们,此刻徜徉在无处不是古迹和艺术杰作的"永恒之城"里,却并非即忘情地躺卧在缪斯的宫殿中做什么甜蜜的梦,而是仍有关乎人心世道的深切思考。他们注意到人文艺术如此发达的罗马城市里,犹太人依然遭受着严重的歧视和虐待,"虽学问之士、操赢之夫,未尝不为白种人所仰借,而终不能起怜爱之心"。① 钱稻孙在《摩西教流行中国记》中回溯犹太人在中国的历史,因见西人游记中提及开封犹太人"享自有于宗教不同之国"以为异事,故而愤愤不平地说:"盖习见彼中之虐待,以为非如此不足以别犹太人,不以中国为存心宽大,而以中国为处事疏忽。夫岂知中国固无所恶于异教之人,并无所鄙于亡国之氓也。"② 发轫于意大利的欧洲文艺复兴运动,正是近代欧洲文明的根源,对于个人主义与人性等问题的道德思考,更是成为18世纪法国大革命的精神武器。欧洲人士从来自信他们是最文明的国族,直到20世纪二次世界大战中出现的人类灾难与浩劫,才看出现代社会隐含着的种种已被合理接受的成分中,其实包含着一再会酿造成灾难惨剧的根本原因。昔日瑞士文化史家布克哈特(Jacob Burchhardt,1818—1897)曾在他的传世名作《意大利文艺复兴时期的文化》中询问世人:"什么样的眼光能够看穿决定民族性格和命运的奥秘呢?"③ 此时就有单士釐请大家仔细阅读她的《格笃》游记,"数百年后,吾人当共知之"——其实未及单氏身灭,一切便都已在她的著述里应验了。

除单士釐外,晚清中国的文士学者真能悉心游览欧洲文艺之长廊

---

① 单士釐:《罗马之犹太区——格笃》,《归潜记》,第 876 页。"格笃"即 Ghetto。"操赢之夫"指主持国家财政者。
② 《归潜记》,第 872 页。
③ 布克哈特:《意大利文艺复兴时期的文化》,第 422 页,何新译,商务印书馆,1979 年。

的并不多见。当时有一位懂西方艺术的金绍城①,在光绪二十八年(1902)曾留学英国,学习法律同时研习西方画学。不过他写的《十八国游历日记》②全是考察各国监狱和法院,并不涉及文化艺术方面。康有为曾历览希腊、罗马、埃及、印度、突厥、耶路撒冷等古文明遗迹,其游记别有特点,详见于他章,兹不复赘述。

对于文化交流而言,语言沟通确为关键。利玛窦说:"广哉,文字之功于宇内耶","百步之远,声不相闻,而寓书以通,即两人暌居几万里之外,且相问答谈论如对坐焉"。③ 他把中国文人比作是接近于古希腊演说大师伊索克拉底(Isocrates),善于书面文字上的雄辩,而非以口语取胜。④ 这一特点在甲午以前晚清中日文人以汉文进行书面语言交流上尤为突出,其主要表现为"笔谈"和诗文雅集两类形式。⑤ 此两类前在罗森《日本日记》中已尝见之,至于光绪初年,除却民间交流之外⑥,由于清廷正式派遣驻日使臣,使得更多有文学修养的中国人来到日本。当时日人虽然多有倾慕西学而废弃汉学的,但也有不少热爱汉诗的文士仍前

---

① 金绍城(1878—1926),字巩伯,一字拱北,号北楼,浙江吴兴人。
② 存抄本,收入"近代中国史料丛刊"续编第 205 号;或题作《十八国游记》,有民国间太原石印本。另外在他的诗集《藕庐诗草》(民国十五年铅印本)中收录有几首海外纪游诗。
③ 利玛窦:《述文赠幼博程子》,朱维铮主编《利玛窦中文著译集》,第 168 页,上海:复旦大学出版社,2001 年。
④ 李奭学:《中国晚明与欧洲文学》,第 30 页。
⑤ 有关中日文人笔话的研究,可见日本学者伊原泽周《从"笔谈外交"到"以史为鉴"——中日近代关系史探研》,第 3—109 页;而中日诗文酬唱集的研究,目前有王宝平为《晚清东游日记汇编》第一种《中日诗文交流集》(上海古籍出版社,2004 年)所作的前言最可留意,是集收书 19 种,俱由当时日本或中国文人所编。
⑥ 同光年间以私人身份来到日本求谋生之计的中国文人多出于江浙地区,包括:秀水的叶炜、陈鸿浩,慈溪的王治本、王藩清,常熟的卫寿金等人。叶炜编《扶桑骊唱集》、王治本撰《舟江杂诗》、陈鸿浩编《日本同人诗选》,均已收入《中日诗文交流集》中。

往中国使馆主动与清国士子交流书墨诗文、经史学问等。明治十一年(1878)源辉声为石川英(鸿斋)所编的《芝山一笑》作"后序"时说:

> 庆应年间,余结交于西洋人,讲习其艺术,窥其所为。无事不穷其精妙者。大喜其学之穷物理,以能开人智。……(言近来)结交清人,相识日深,情谊月厚,而后其交游之妙,胜于西洋人远矣。盖西洋人神气颖敏,行事活泼,孜孜汲汲,覃思于百工器用制造也。至清国人则不然,百官有司,……皆以诗赋文章,行乐雅会,善养精神,故性不急也。……京畿之商贾,天下之人士,其求名趋利辈,宜交西洋人;高卧幽栖,诗酒自娱之人,宜交清国人也。①

这可代表当时日人的看法,而中国使日文人之所以热衷于以诗文会友,与他们对文化传统一体化的想象是直接关联的。而从《日本刀歌》生发出来的东瀛访书风潮,以及亲眼目睹日本的近代文明气氛,"日本"成为连接亚洲与欧洲、过去与未来之间的一个所在,即王韬所谓"日本之在东洋譬诸中国之门户也"②,他们从充满温情的文化记忆和共同的历史命运两个方面出发,将日本视作中国的一个部分。何如璋出使期间,《芝山一笑》里面的作品还多出于偶然的交流酬答,由张斯桂与石川英二人的《观轻气球诗》这样的诗咏主题便可见一斑。此后,黎庶昌两度驻日(1881—1884,1887—1890),他要以同文修睦的手段来团结、联络东瀛人士,实现中日联手抵御西方列强的外交目的,在他主持下出现了声势浩大、交往频仍的文人雅集活动,在主持重阳节登高赋诗活动

---

① 见于《中日诗文交流集》所收入的《芝山一笑》(影印1878年东京文升堂刻本),《中日诗文交流集》,第61—62页。是集为石川等人与首届驻日使团人员何如璋、张斯桂等人的酬唱诗集,当时中国使团初至日本(1877年末),寓居东京芝山月界僧院。石川等人前来拜访,被何、张等人误以为是"沙门中人",后得澄清,双方俱以为笑谈,彼此赠诗以遣兴,故题此名。
② 王韬:《跋日本冈鹿门文集后》,见《弢园文录外编》,卷十。

时,黎庶昌勉励到场的日本文士说:"诸君子服膺圣学,经书润其腹,韦素被其躬",正可谓"国殊而道同,群离而情萃"。① 当时热心襄助上峰董理其务的是使馆随员孙点②,他编辑历年重九登临、上巳修禊③的诗集,包括癸未(1883)、戊子(1888)《重九讌集编》二种以及《己丑讌集续编》(1889,包括《修禊编》和《登高集》)、《庚寅讌集三编》(1890,包括《修禊编》、《登高集》);日本文人也设立答谢宴会来作回应,诗作结集为《枕流馆集》(附于《己丑讌集续编》)和《樱云台讌集诗文》,而在黎庶昌卸任归国之际,还有一部以祖饯、话别为主题的《题禊集》(附于《庚寅讌集三编》)。④ 此外,孙点还以个人名义设立诸家叠韵酬唱的活动,他别出心裁地邀请在国内的文人一同参与,结成《嘤鸣馆春风叠唱集》(1889)、《嘤鸣馆叠唱余声集》(1889),其中收有袁祖志寄自上海、缪祐孙寄自北京的来稿,有意营造海内外诗人同襄盛举的景象,傅云龙为《春风叠唱集》作序言时,对比自己游历巴西时常常"孤吟"的情形,东瀛叠唱的风流雅集则为更可称羡的了。⑤

晚清游记新学里涉及到的人文艺术交流,于西洋还只能侧重于直观的形相(古象形文字、绘画、雕塑、建筑),而在日本则不仅能够出现传统雅文学的感通酬答,也借由对日本新语的认知体会到近代西方文

---

① 黎庶昌:《重九讌集诗序》,收入《拙尊园丛稿》卷六。
② 孙点(1855—1891),字顽石,一字圣与,号君异,安徽滁州人,毕业于上海龙门书院。有关此人的专门研究,可参阅李庆:《晚清的旅人词人孙点》,收于《庆祝王元化教授八十岁论文集》,第 262—268 页,上海:华东师范大学出版社,2001 年;以及神田喜一郎:《日本填词史话》,第 343—380 页、396—405 页、449—460 页、494—500 页,程郁缀、高野雪译,北京大学出版社,2000 年。
③ 有意思的是,当时日人已经用西历纪年,所以修禊节日的时间是西历 3 月 3 日而非农历。《庚寅讌集三编》中收录钱德培诗,就有"西历新看月巳三"句,他提到当时按农历算还在二月。
④ 以上各集均由孙点编辑,收入《中日诗文交流集》,此外有部分诗文集经黄万机校点,收入于《黎星使宴集合编》(贵阳:贵州人民出版社,1992 年)、《黎星使宴集合编补遗》(贵阳:贵州人民出版社,2001 年)二书。
⑤ 《中日诗文交流集》,第 387 页。

明的诸多"关键词"。在日常用语里,日本人有着很多独立发展出来的词汇,晚清旅日文人也多将之视为一种方言而不是外语,并以"同文殊解"方式进行理解。① 如张斯桂②的《使东诗录》③,有径引日文词汇作为诗题加以吟咏的作品,如"八百屋"(蔬菜店)、"御料理"、"古帐买"(收废纸铺)、"仕立处"(裁缝店)等,其中"御入齿"(镶牙所)乃是西方牙科诊所,可认为是带有维新时代气息的新词汇。但中国文人习惯用古典训诂方法解释这些词汇,如叶庆颐④所著旅日见闻录《策鳌杂摭》⑤,第8卷题为"事物异名",共收入130个日文单词,并一一作出详细解说,就多引述汉籍古时字义来作附会。值得注意的是,旅行写作中触及到的日语新词汇,自何如璋、张斯桂、黄遵宪、叶庆颐、傅云龙的著作中都可见到不少,其中包括像元老院、议员、警视厅、幼稚园(出自何如璋)、瓦斯灯、国立银行(出自叶庆颐)、国债、协会、主任(出自傅云龙)、社会、国体、立宪政体、国旗、政党、主义、解放、进步、学科(出自黄遵宪)等词语俱得沿用至今。⑥ 叶庆颐解说这些"同文而殊解"的词汇,目的不过在于"俾问禁问俗者作权舆"罢了,但是不过几年之后,这些词语就随着梁启超"好以日本语句入文"的大力提倡,而在中国社会中流行起来。

---

① 参阅王小兰:《从中国史籍记载看中国人的日语知识》,《东北亚学刊》,2001年第3期。并参考夏丏尊:《中国古籍中的日本语》,原刊于《新语》第4期,1945年11月,收入《夏丏尊文集》,第589—594页,杭州:浙江文艺出版社,1983年。
② 张斯桂(1816—1888),字鲁生,浙江宁波人。曾是丁韪良的中文老师,后入曾国藩幕,并代曾邀请容闳入幕。
③ 收入光绪十九年(1893)《小方壶斋丛书四集》,复收入"走向世界丛书"《甲午以前日本游记五种》。
④ 叶庆颐,生卒年不详,字新侬,号策鳌游客,上海人。
⑤ 八卷,袁祖志校,光绪十五年(1889)上海刻本。复有上海古籍书店1980年影印本。
⑥ 冯天瑜:《新语探源——中西日文化互动与近代汉字术语生成》,第505—508页,北京:中华书局,2004年。

第四章 星轺笔录中的人格与文章
——外交使臣对西方文明的反应

本章专门论述晚清外交官员的海外旅行写作,就内容上的知识含量和专业程度而言,可能往往不及随使人员或游历考察使所记;然而须知随使人员们的大量调查和著述工作往往服务于星使的外交意图、知识兴趣,因而在驻外使臣正式职业化之前,"星轺笔录"里面所存在的这种由传统士大夫眼光所看视或谓所"想象"的西方世界形象,可能比以引介西学为主的其他海外旅行写作文本影响更大,更适于代表晚清时局中士大夫阶层的主体意识。

第二次鸦片战争失败后,随着各国使领官员驻扎北京、总理各国事务衙门和南北洋大臣的设立,清廷外交政策也从边防夷务进展到洋务外交阶段。晚清驻外使臣,大多出于曾国藩、李鸿章的官僚体系。咸丰年间时期国内战乱造成的人口流动是曾、李得以汇聚人才的直接原因。1852年,太平军入湖南,沿途所及,排斥一切偶像崇拜,捣毁孔庙、祖祠的牌位塑像。曾国藩正丁忧在家,他在年底接受清廷的指派,在家乡办团练,之后编队为湘军,在长江中下游地区与太平天国军队形成长时间的相持局面。1854年,曾国藩在湘军建成

之际写就的《讨粤匪檄》,其中说:

> 粤匪窃外夷之绪,崇天主之教,……别有所谓耶稣之说、《新约》之书,举中国数千年礼义人伦、诗书典则,一旦扫地荡尽。此岂独我大清之变,乃开辟以来名教之奇变,我孔子孟子之所痛哭于九原,凡读书识字者,又乌可袖手安坐,不思一为之所也。

抛开历史人物阶级立场等问题不谈,曾国藩此篇檄文有意将来自广东沿海地域的"粤匪"描述成依附于西洋力量、毁灭中国传统伦理与文化的洪水猛兽,这对当时耳闻目睹西方文明之威胁的中国士人而言,确实起到了激奋人心的作用,王韬日记多处记载当时在上海的江南学者文人,多有闻说湘军招募人才的消息而产生投笔从戎之意,遂能够造成日后曾国藩幕中会聚"全国人才之精华"(前引容闳语)的景象。

薛福成将他所共事或闻名的83位曾幕宾僚划分为四类①,第一类是"从文正公治军书、涉危难,遇事赞画者",显然属于核心幕友,包括李鸿章、郭嵩焘等;第二类属于"以他事从公,邂逅之幕,或骤致大用,或甫入旋出、散之四方者",包括左宗棠、彭玉麟等,当然也会涉及到核心问题的决策;至于第三、四类,则分别属于以专门学问或者专门技能而进入幕府的人士,不会参与军事要务的商讨。美国学者曾将这四类简化为"内幕(Inner Mu-Fu)"和"外幕(Outer Mu-Fu)"两部分,认为内幕由密友和同事组成,外幕则由下层人员和随从人员组成的。② 从日后的出使人员选拔上看,以策士而著名的内幕宾僚郭嵩焘、黎庶昌、吴汝纶、薛福成、陈兰彬等都担任了正使,而像学有专门的张斯桂、容闳、

---

① 薛福成:《叙曾文正公幕府宾僚》(1884年),《庸庵文编》卷四,《近代中国史料丛刊》初编,第943号。
② 尚小明:《学人游幕与清代学术》,第146—147页,北京:社会科学文献出版社,1999年。

刘瀚清、徐建寅等人多只作为副使、参赞或随员而已。① 对于后者而言，江南职业化学者以及留学归国人士没有功名、缺少仕途资历，自然是他们不得升迁的主要原因，不过将"外幕"中的学者和科技人才视作无关重要的，这显然是忽略了曾国藩及其幕府在同治中兴时代文化建设上的意义。上引《讨粤匪檄》之文，其实已表露出湖湘士人"为文化而战争，为宗教而战争"②的雄心宏图。1865 年，在攻克南京后重刻完工的《船山遗书》322 卷和全译《几何原本》，均得益于幕友张文虎、李善兰等人之助力，前者总结宋明理学成绩，并启发清末民族思想抬头，后者则接通西方文化中的科学精神。1871 年，曾国藩去世之前一年，又采纳广东人容闳、陈兰彬的建议，与李鸿章积极推动派遣幼童赴美学习之事，开启了近代中国留学的先河。曾国藩去世虽早，但他对于晚清中国思想学术的大势走向影响最巨；他身上所反映的湖湘文化品格，也成为近代中国一份极具生命力的因素。③

曾国藩生时即有功成之后解散湘军的举动，惟独有意保留李鸿章的淮军集团，去世后旧部复多转入李鸿章幕中。李鸿章多承续曾国藩"师夷长技"的洋务意图，故而两人关系被辜鸿铭说成是"萧规曹随"。④ 而李在 1870 年处理天津教案事件后就已经开始取代其师的政治地位，继而长期任直隶总督和北洋通商事务大臣之职，出洋公使多经

---

① 薛福成没有谈到他自己属于哪一类，但根据黎庶昌、吴汝纶俱在第一类中可推知他也是属于"遇事赞画"的策士，作为"曾门四弟子"的张裕钊被置于第三类擅长"古文"之人，可见在薛福成心目中，张与他们三人还是有分别的。
② 萧一山：《曾国藩》，第 4 页，上海：胜利出版公司，1946 年。
③ 晚清学者多认为乾嘉汉学导致当世之乱局，如孙鼎臣（《畚塘刍论》）、左宗棠（《吾学录》序）、魏元旷（《坚冰志》）均持此说。而湖湘学风的兴起，正好是一种矫正。参看李细珠《倭仁与道咸同时期的理学》一文，收入郑大华、邹小站主编：《思想家与近代中国思想》（中国近代思想史研究集刊第一辑），北京：社会科学文献出版社，2005 年。
④ 辜鸿铭：《张文襄幕府纪闻·清流党》，《辜鸿铭文集》上册，第 418—419 页，海口：海南出版社，1996 年。

他推荐才得任命。在1901年李鸿章去世之前,晚清的驻外公使中有20余人系出自曾国藩幕府以及淮系/北洋集团,其中比较著名的包括:郭嵩焘、曾纪泽、黎庶昌、陈兰彬、何如璋、李凤苞、郑藻如、许景澄、许钤身、刘瑞芬、张荫桓、薛福成、崔国因、李经方、龚照瑗、罗丰禄、伍廷芳、徐寿朋、吕海寰等。① 这些使臣长于策对著述,遵从总理衙门"出使各国大臣应随时咨送日记"的规定(光绪四年,1878)②,撰写出使日记并得以刊行。本章前二节分别就这些出使日记的思想特点和文学成绩进行研究,并着力凸现其中所受曾国藩的影响。

曾、李二人又有作风不一致之处。曾国藩晚年曾出任直隶总督,在《劝学篇示直隶士子》(1869)中说起了"前史称燕赵慷慨悲歌,敢于急人之难,盖有豪侠之风"。这反映曾国藩有意振奋北人的强健士风传统,与他阳刚雄直的湖湘文化相互呼应。不过,同光间北人"清流"派之舆论风气,虽说是坚决主张抵抗外来影响,但流于盲目拒斥中西交流者居多,中法战争期间,慈禧派遣一贯主战的清流党人张佩纶、吴大澂等主持南北海防,俱一败涂地。所谓"清流"也就仅只剩下一副不肯任事、以不懂西学为高明的姿态,成为中国社会图强进步的阻碍势力。李鸿章虽承续曾国藩之功业,但他的外交策略与湖湘派士人的刚硬态度大有不同,他采纳了官场流行的迂回应付之术,在处理与外国之关系、与清廷之关系上比曾国藩更为圆滑,因而得以长期居于高位不倒。这

---

① 主要参考《出使各国大臣年表》(钱实甫编:《清代职官年表》,第四册,第3028—3049页,北京:中华书局,1980年)、《清代士人游幕表》(尚小明编著,北京:中华书局,2005年)、《淮系人物列传》(马昌华主编,合肥:黄山书社,1995年)以及戴东阳:《晚清驻外使臣与政治派系》,刊于《史林》,2004年第6期。李鸿章亲属出任外交使臣的(1901年之后),除了李经方、龚照瑗外,还有李经述、李经迈、李经叙、李国杰、李国栋、李国源等;曾纪泽二子,曾广钧为记名出使大臣,曾广铨则出使朝鲜,他也是李鸿章的幕僚。
② "凡有关系交涉事件,及各国风土人情,该使臣皆当详细记载,随时咨报","日记并无一定体裁,办理此等事件,自当尽心竭力,以期有益于国"。见于薛福成:《出使英法义比四国日记》,"咨呈",第59页。

种外交思路,实际起源于鸦片战争时期耆英等人抛出的"羁縻"论①,其中包含有敷衍、拖延、不即不离、权宜之计等意味,实际上就是以妥协让步换取和平,成为总理衙门 40 年间最基本的外交方针。② 众所周知,晚清政府在处理对外关系问题上具有妥协性、对抗性之两面,这正是羁縻和清流这两种态度在不同情形、场合下的表现。在本章第三节中,以当时北京的舆论风气为背景,考察出洋的旗人大臣们的言论和心态,最后还讨论了同文馆毕业的张德彝从最早随斌椿游历出使到庚子之后出任驻英公使的八次"航海述奇",他属于出洋旗人的正面代表,以自己卷帙繁多的旅行写作见证了晚清出使海外历史的各个阶段。

第一节　使臣抗节的人格陶铸:出身曾、李集团的驻外公使

中国传统士林言论中对于使臣的评价,往往会聚焦在其人格操守之上,就此而言,晚清出使东洋、西洋的衮衮诸公,除却要熟悉洋务夷情之外,更为重要的是能否忍辱负重,能否抗节致忠。虽则"严夷夏之大防"逐渐成为陋识、偏见,但"师夷长技"的目的,终在"制夷";值此边患四起的时代,如何审时度变,据理而争,乃是每个出使大臣都会深思熟虑的中心问题。

综合时论与后世史家评议,甲午前的驻外公使以郭嵩焘、曾纪泽这两位湖南人物最为杰出。关于湖南地域与文化人格之关系,即如钱基博所说:

---

① 《筹办夷务始末》,道光朝,卷四十八,"战则士气不振,守则兵数不敷","舍羁縻之外,别无他策"。考"羁縻"之由来,早见于《史记·司马相如列传》,称"天子之于夷狄也,其义羁縻勿绝而已",即谓处理外族关系以恩威并施的笼络之道,此法屡被历代中国统治者所采用。
② 参阅吴福环:《清季总理衙门研究》,第 128—132 页,乌鲁木齐:新疆大学出版社,1995 年。

> 湖南之为省,北阻大江,南薄五岭,西接黔蜀,群苗所萃,盖四塞之国。其地水少而山多。重山迭岭,滩河峻激,而舟车不易为交通。顽石赭土,地质刚坚,民性多流于倔强。以故风气锢塞,常不为中原人文所沾被。抑亦风气自创,能别于中原人物以独立。人杰地灵,大德迭起,前不见古人,后不见来者,宏识孤怀,涵今茹古,罔不有独立自由之思想,有坚强不磨之志节。湛深古学而能自辟蹊径,不为古学所囿。义以淑群,行必厉己,以开一代之风气,盖地理使之然也。①

正由于这所谓思想独立、志节孤拔的品格,造成近代湖湘学人群体应对千古未有之变局时的功过得失之两面。从正面意义上来说,湖南学者有意识地与长江下游的江南考据学派一较高下,破除自四库馆臣以后朴学独尊的局面,延续宋明理学传统,以义理之学为中心要务,近代湖湘士人,多以"士之致远,先器识而后文艺"为古训,并极具务实精神:道光年间由贺长龄(1775—1848)发起、魏源毕其事的《皇朝经世文编》,由此揭橥晚清"经世之学"的风气,而唐鉴撰写的《国朝学案小识》,对于乾嘉江南考据诸家多置微词,曾国藩、郭嵩焘等先后就读于斯的岳麓书院,以天下学问归为义理之学,认为辞章、考据都是小道,这有助于调整士人的学风文风,接通时代变化之信息,产生重要影响。而从反面来说,湖南守旧势力困于眼界不开,而极端反对向西方学习。郭嵩焘未曾出使之时,有洋人前往湖南开办天主堂,当地士人便以为是郭嵩焘所主使,几乎要焚其家宅。② 后来在维新运动时期,湖南巡抚陈宝箴延请梁启超、韩文举、欧榘甲、叶觉迈等岭南学人执掌时务学堂教席,

---

① 钱基博:《近百年湖南学风》,第 1 页,长沙:岳麓书社,1985 年。
② 李慈铭:《越缦堂读书记》,第 483 页,北京:中华书局,2006 年第 2 版;汪荣祖:《走向世界的挫折——郭嵩焘与道咸同光时代》,第 172 页,长沙:岳麓书社,2000 年。

又遭到王先谦、叶德辉等守旧派人物的驱逐。① 可以说,从晚清的第一位驻外公使郭嵩焘身上,恰能看到湖湘文化这正反两面的影响。

郭嵩焘②昔日在岳麓书院读书之时(1836年),通过刘蓉结识曾国藩,三人有着终生的厚谊,不过志趣略有不同,命运遭际也不一样。曾国藩1838年中进士,此后宦途顺达;而在鸦片战争前一年,刘蓉放弃科举功名而在家专心治学,以"善读书者,静其心以察天下之变,静其心以穷天下之理,息其心以验消长之机"自勉。③ 郭嵩焘依旧往京师参加会试,1840年他依然落第不中,因生计问题游幕浙江,亲睹中英鸦片战争在浙东地区造成的浩劫,也见识了"西夷"坚船利炮的威慑,此后遂开始关注夷情洋务。1847年郭嵩焘五度进京会试,终于得进士身份,同科人物还有沈桂芬、李鸿章、沈葆桢、朱次琦等。之后他的仕途依然不顺,1850年父母先后过世,郭嵩焘回家乡居丧,平日独与幼时伙伴左宗棠来往。1852年太平军入湘,郭嵩焘力劝左宗棠、曾国藩两人出山从戎,他自己随后也以词科书生的身份奔赴沙场,与刘蓉同入湘军大营佐助机要,受到曾国藩非比寻常的礼遇。他为湘军去江南筹饷,得以有上海之行,这使他眼界大开,在墨海书馆他见到了王韬和李善兰,更觉有必要对西学加以考察和引入。1856年郭嵩焘丁忧期满,赴京出任翰林院编修,不久以精通军务夷情等才能,受到咸丰帝的赏识而入值南书房,但未能真正得到重用。怀才不遇的郭嵩焘于1860年乞病告归,回乡后渐渐听闻英法联军攻入北京、辛酉政变等事,愤慨于朝中无人懂得外交,才会在李鸿章的诚邀之下再度出山,在上海办盐务、在广东任巡抚,不断发挥他在军务夷情上的才能,并因李鸿章、文祥、奕䜣等人的嘉

---

① 值得注意的是,湖南人士攻击挟西学侵入其乡的岭南维新文化时,复又借助于江南地区的学术力量,比如《翼教丛编》就主要引述朱一新致康有为的信函作为对维新党的驳论。
② 郭嵩焘(1818—1891),字伯琛,号筠仙,晚号玉池老人,湖南湘阴人。
③ 刘蓉:《与曾伯涵郭伯琛书》,《养晦堂文集》卷三,光绪四年(1877)湖南思贤讲舍刻本,收入《近代中国史料丛刊》初编,第382号。

许而声名远播。光绪元年(1875)春,参与滇缅探路绘图的英人马嘉理(A. R. Margary)在云南边界被杀,清廷命郭嵩焘出使英国通好谢罪,1876年底从上海出发,1877年1月到伦敦,由此首开中国正式派遣公使赴欧洲的先例。1878年他奉谕兼使法国,此后便往来于伦敦、巴黎之间。

郭嵩焘在日记①中详细记述了他这次出使经历,其中他从上海到伦敦的51天日记,当时由他从欧洲钞寄总理衙门,以《使西纪程》为题得以刊行,并同时连载于《万国公报》。由于其中对西洋文明多有赞颂之词,引起当朝清流人士一片哗然,在李鸿藻的指使下,何金寿弹劾郭嵩焘"有贰心于英国,欲中国臣事之",导致该书遭受毁板之灾。② 考《使西纪程》招致群情愤愤的原因,大概是郭嵩焘引述宋儒"至诚待夷狄"的话,说"以夷狄为大忌,以和为大辱,实自南宋始。然而宋明两朝之季,其效亦可睹矣"③,并且说西洋开国二千年,与辽金(以及言外未明说的满清)崛起一时是不同的,因而应该与之倾诚相接。

这种外交论调难为当朝清议所容,未及出行,朝野即对之一片谩骂(王闿运赠郭对联下幅:"未能事人,焉能事鬼,何必去父母之邦"),而副使刘锡鸿则是朝中对立派(董恂、李鸿藻等)安排的一根钉子④,也很令郭嵩焘头痛。此种情形之下,漫长的海程就更加令人不适,一路上他

---

① 《郭嵩焘日记》存世有200万字,从咸丰五年(1855)到光绪十七年(1891),有湖南人民出版社1981—1983年整理校点本;钟叔河主编"走向世界丛书",将其出使期间以及前后相关部分摘出,约占全部日记的三分之一,另外编为《伦敦与巴黎日记》一册,长沙:岳麓书社,1984年。
② 光绪三年(1877)总理衙门刊本,是年连载于《万国公报》(1877年6—8月)。收入《小方壶斋舆地丛钞》初编,第11帙;以及光绪二十三年(1897)《铁香室丛刻》续集。《伦敦与巴黎日记》将全文附于卷二《出国途中》,以作为参对。
③ 郭嵩焘:《使西纪程》,光绪二年十一月十八日。
④ 黄濬:《花随人圣庵摭忆》(第162页,上海书店,1998年)中有郭嵩焘致沈葆桢书,提到刘锡鸿出京时一切皆未携备,只带摺件,即受命于李鸿藻,准备随时参劾郭嵩焘。

即眼痛、鼻端痛、牙龈痛、耳痛、心痛,"尽五官之用而皆受患"。尽管如此,抵达英国之后,郭嵩焘依然积极地参与当时伦敦的各种社交场合,还模仿西方上层社会的风俗,鼓励其夫人梁氏出门拜访洋妇,以及参与一些公益活动。郭嵩焘显然觉得英国文明有远胜中华之处,谓"此邦人士辐辏,车马殷阗,而从不闻喧哄之声、嚣陵之语"①,他要求随从切戒"口角喧嚷"②,似乎也正出于这样的认知。③

由于语言不通,郭嵩焘真正能够亲身参与的社交场合更多属于观览欣赏类型的,包括博览会、美术馆、音乐厅之类,他日记中多有记录听音乐的感触,如在英国皇家音乐厅听管风琴演奏,形容说:"其声如鼍鼓鲸钟相杂,殷殷然洋溢充塞庭院之中,亦乐歌之一观也"④,又闻西人奏弦乐,"若中国胡琴,凡数阕,音调新奇可听"。⑤ 而要对于西方文明进行深入了解则须倚赖张德彝、凤仪、张斯栒几位翻译人员,但郭嵩焘对他们的学识和文辞能力颇为不满。⑥ 接替刘锡鸿出任使德大臣的李凤苞携陈季同、马建忠、罗丰禄及12名海军留学生来见他,其中郭嵩焘尤其欣赏罗丰禄、严复、马建忠几人,常常请他们来为他讲解西学各科。郭在日记中还摘录了几位留学生呈交的日记,包括:严复《沤舸纪经》、李寿田《笔记》、梁炳年《西游日录》、吴德章《欧西日史》、罗臻禄《西行课记》、杨廉臣《日记》。⑦ 他赞赏"闽人诚悫务学,讲求西法,为各省之冠"⑧,其中又对严复的学问见识最为激赏,严复曾对郭嵩焘好友张自牧的《瀛海论》加以驳斥,指出其中四谬:即言中国不宜造铁路、机器不

---

① 郭嵩焘:《伦敦与巴黎日记》,第624页。
② 此为郭氏对使馆随侍人员的"五戒"之一,见《伦敦与巴黎日记》,第100页。
③ 欧人对于郭氏印象极佳,许景澄《致郭筠仙侍郎》曾说在伦敦、巴黎,"彼都人士,绸缪道故,争问我公安否"。见《许文肃公遗稿》,"书札",卷一。
④ 郭嵩焘:《伦敦与巴黎日记》,第146页。
⑤ 同上书,第192页。
⑥ 同上书,第277页,324页,821页。
⑦ 同上书,第594—607页,612—615页。
⑧ 同上书,第345页。

宜代替人力、舟车机器将来会作废、中国不必急于海防,继而又引述左宗棠的名言,"泰西有,中国不必傲以无;泰西巧,中国不必傲以拙"云云,更是深获郭嵩焘的心意。① 他根据自己平素对这位年青学生的观察,料定其志趣并不在于枪炮技艺,遂致书李鸿章,建议放宽这些留学生的学业范围,不必令他们全学兵法这类"屠龙"之技,此后严复遂不去军舰实习,继续在学校中读了两年书,如此方有日后译介西方近代思想名著入中国的严复。②

然郭嵩焘又不是全然倾心于西方文明之人,他在方到英国的时候,苦于日常繁琐的公务,夜晚会梦见与宋儒并坐一处清谈学问③,由此似可推测说,他虽于理智上拜服西人,而于情感上对故里旧学的传统仍念念在心。后来他返国还乡,在湖南重兴思贤讲舍,书院名称取追思屈原、周敦颐、王夫之、曾国藩四位湘楚先贤之意,用后人的话说,"岂与彼徇外媚时者悉弃吾所固有而惟夷之师哉"。④《使西纪程》中还提到何秋涛对他说谈洋务之人所真正应该具有的学识,是"六经周秦古书,下逮儒先论著,准以历代之史,参考互证,显然明白"。⑤ 何郭两人昔日被陈孚恩推荐给咸丰,一同入值南书房,当时号称"二凤双飞"。⑥ 何的学术兴趣在于俄罗斯研究,其本意或许是在于强调对西北边疆历史的认知;而郭嵩焘断章取义地阐发何说,则是为他从班固《匈奴传》中抽绎出"未闻处夷狄必务以气凌之,使曲在我而已者也"的义理来张本。

---

① 郭嵩焘:《伦敦与巴黎日记》,第446—447页。
② 郭嵩焘:《伦敦致李伯相》,《养知书屋文集》,卷十一。参见王栻:《严复传》,第7—9页,上海人民出版社,1976年;汪荣祖:《走向世界的挫折》,第217—218页。汪著(第221—222页)还提到严复、郭嵩焘二人心志、性格上的相似之处,也使得两人能够在当时的环境中惺惺相惜。
③ 郭嵩焘:《伦敦与巴黎日记》,第121—122页。
④ 李肖聃:《湘学略》,第198页,岳麓书社,1985年。
⑤ 郭嵩焘:《使西纪程》,光绪二年十二月初六日。
⑥ 康有为:《法兰西游记》,岳麓书社版《欧洲十一国游记二种》,第219页。

郭嵩焘在日记里两次提到了古希腊犬儒派哲人第欧根尼(Diogenes),记下此人在亚历山大大帝面前说出"无当吾前隔断太阳光"的名言,以及在白日里掌灯行走,自言不见一人云云。西洋古人也能有如此的风骨,令这位素来恃才傲物、目空一切的中国使臣感到惊讶。① 他与"曾左彭胡"诸公大致同时登上历史舞台,但却屡屡因为行为极端而得罪人,总是遭到排挤和陷害。② 1860年郭嵩焘归乡闭门之时,曾国藩对于李鸿章力邀其出山的举动不以为然,他在信中说:"筠公芬芳悱恻,然著述之才,非繁剧之才也"③,言下之意是说郭嵩焘逞才使气,言语激烈,可以作屈原、贾谊这样的文学家,而不是真能担当重任的材料。曾国藩素有知人之誉,他的话自然有其道理。从他家书中告诫子弟要谨言慎行的那些修身原则来看,郭嵩焘这样冲动、直率甚至于冒失的思想、行为与言论都是不合适的。④

曾纪泽⑤正是在这样的训诫中成长起来的。读曾国藩《全集》中的家书,可知曾纪泽年青时走路说话很快,其父致信给他的时候,便每每提醒他留心这些事情,并希望他通过读书治学来改变性格。⑥ 曾纪泽很用心地接受了这些教导,加之他长年自修英语和西学,使得他成长为

---

① 郭嵩焘:《伦敦与巴黎日记》,第373—374页,及第947页。
② 郭嵩焘在滇案事发后,先上疏弹劾支持李珍国杀马嘉理的云南巡抚岑毓英,便引起清流党人士的极度不齿,从此结怨。
③ 曾国藩:《覆李少荃》,《曾文正公全集》,第18册,书札(中),第31页,上海:大达图书供应社,1936年。
④ 郭嵩焘记幕友闲谈,言曾国藩"于用人处事,大含元气,细入无间,外貌似疏而思虑却极缜密,说话似广大不落边际而处事却极精细,可为苦心孤诣",这大体应该也可代表郭本人的看法。《郭嵩焘日记》,第二册"同治时期",第60页,长沙:湖南人民出版社,1981年。
⑤ 曾纪泽(1839—1890),字劼刚,曾国藩次子。
⑥ 参见曾国藩家书,谕诸儿,咸丰十年十月十六日;谕纪泽,咸丰十年十二月二十四日;谕纪泽,咸丰十一年正月十四日;谕纪泽,同治元年四月二十四日,等等。

外交使臣的最佳人选。① 1878年,曾纪泽接替郭嵩焘出使英法,1880年又兼任驻俄使臣,出色地收拾了前任崇厚留下的烂摊子,挽回了《里瓦几亚条约》中的部分损失;此后就越南问题与法国交涉中又据理力争,其鲜明的主战态度颇令清廷为之不安,于1884年被撤免了驻法使务。② 曾纪泽这时期作有《海外杂感》五首,其四云:"朝骖黄鹤上瀛洲,无数仙灵相酢酬。九转成丹无火气,三缄在口是清修。朝从叶县飞双舄,睡倒华山合两眸。笑我未谙兜率例,绿章犹抱杞人忧"③,盖讽喻朝臣的昏瞆无知,然而能够含蓄蕴藉,不动声色,是他注重涵养性情的表现。④

正因为太强调心志感情的内敛,曾纪泽虽然外交成绩优秀,但出使日记⑤却十分平淡板正,多数仅道及日常行止起居,少有议论,也不记录和别人的谈话内容,这与郭嵩焘的日记风格差别很大。起初在上海

---

① 薛福成品第光绪初年以来的外交使臣,推曾纪泽居首位,"以其资性聪明,颇多材艺,而又得文正之庭训,在任八年,练习洋务,并谙言语,至今为洋人所钦慕",见《出使英法义比四国日记》,第825页,岳麓书社,"走向世界丛书",1985年。
② 参见钟叔河:《曾纪泽在外交上的贡献》,《出使英法俄国日记》,第22—27页,岳麓书社,1985年。
③ 曾纪泽:《归朴斋诗钞》己集上(《续修四库全书》集部第1562册),"华山"二字或作"莲峰",见夏敬观:《学山诗话》,《民国诗话丛编》,第3册,上海书店出版社,2002年。
④ 曾纪泽诗作多以托讽之言写感时忧国之情,钱仲联说他"不以诗名,然其《归朴斋诗钞》,出入玉溪、双井间。"见《梦苕盦诗话》,第178页,济南:齐鲁书社,1986年。
⑤ 曾纪泽日记版本众多,各有优劣,具体参见刘志惠、王澧华的《曾纪泽日记》(岳麓书社,1998年)前言。据研究,为应付当时对使臣按期呈交日记的规定,曾纪泽在写好日记后由文案人员进行"钞"、"缮",之后再亲自"校阅"、"删削"、"改正",因此就出现了早期的日记刻本比他手写日记内容还多的情形,见《曾纪泽日记》前言,第3—5页。按,早在光绪五年(1879)郭嵩焘就见到了友人从上海带到长沙的曾纪泽出使日记,见《伦敦与巴黎日记》,第1009—1011页,因此有关早期版本源流尚待研究。

刊刻的《曾侯日记》，并未经过曾纪泽的同意，光绪七年他在巴黎见到此书后，曾寄赠浙江巡抚陈士杰一册，附信说，"初出洋时，写日记寄译署，不知沪人何由得稿，公然印刷，奉一册以供一笑"①，可见这并非出于作者本意而打算发表的。在这本日记里，反倒保留了一些议说生动详实的情节，比如记叙李经方偷偷自学英文的经历（光绪四年九月十七日），挖苦诋毁洋务运动的清流党末流（同年十月初五日），以及同英人交涉对话的具体内容（十月二十七日）等，还有一段批评，涉及郭嵩焘和严复二人：

> 辰正二刻起，茶食后核改答肄业学生严宗光一函甚长，宗光才质甚美，颖悟好学，论事有识，然以郭筠丈褒奖太过，颇长其狂傲矜张之气，近呈其所作文三篇曰钮顿传、曰论法、曰与人书，于中华文字未甚通顺，而自负颇甚，余故抉其疵弊而戒厉之，爱其禀赋之美，欲玉之于成也。②

郭嵩焘是曾纪泽的父辈，自然不会因为后生小子出言不逊而生出事端。严复后来也多次向郭嵩焘议论曾纪泽的使才，言其天分不高、意气太重，做事模棱两可，深得郭的赞同。③ 严复固然不能算是懂外交手段、驭人之术的人物，但他确实揭出曾纪泽的真实面目：其谨慎含蓄的外表之下实有极骄傲自满的心态，这包括他对自己出身以及对东、西学问造诣的自负。《海外杂感》第一首中的"为考谐声隔类术，兼通画革旁行书"，就是在夸耀自己西文水平。丁韪良在回忆录中提到，在他执教京师同文馆时，曾纪泽请他私下指导英语。丁韪良说：

---

① 刘志惠、王澧华：《曾纪泽日记》前言，第3页。
② 曾纪泽：《出使英法日记》，光绪五年三月十三日。参见《伦敦与巴黎日记》，第1009—1011页。
③ 汪荣祖：《走向世界的挫折》，第219—220页。

"曾纪泽远居于内陆,几乎从未见过白种人,主要靠语法和词典学习英语。不知是因为隔绝(它使曾缺乏比较的机会)还是因为奉承(贵族总是少不了有人奉承,所以自我膨胀),曾纪泽对自己的英语水平非常自负,常常向朋友们赠送双语题诗团扇,诗是他自己创作的",并称其英语译诗是典型的"巴布英语"(Baboo English),即印度人流行的洋泾浜英语。①

1887年,曾纪泽在伦敦的《亚洲季刊》(*The Asiatic Quarterly Review*)上发表了一篇英文文章,题作《中国:睡与醒》("China:The Sleep and the Awakening"),后来由上海同文馆的颜咏经、袁竹一译成中文,题作《中国先睡后醒论》。② 文章告语西人:"中国不过似人酣睡,固非垂毙也",鸦片战争和英法入侵北京的事件已经令之醒悟,并且很快就会崛起。他甚至还安慰众国,言中国现在在发展海军,只求自强,全无争霸的目的,因此不必担忧其将来会危及他国。此文原本目的无非是出使大臣的外交宣传而已,但以不同语言在国内外传播甚广③之后,便开始遭到岭南思想启蒙家们的批评。当时身在香港的何启以英文著《曾论书后》④,就指出洋务运动者惟知富国强兵是颠倒了本末,中国当务之急在于开启民智和实行新政。至于曾纪泽"先睡后醒"的说

---

① 丁韪良:《花甲忆记——美国传教士眼中的晚清帝国》,第245—246页,沈弘等译,桂林:广西师范大学出版社,2004年。
② 此文未收入曾纪泽的文集中,转见朱维铮、龙应台编:《维新旧梦录——戊戌前百年中国的"自改革"运动》,第162—169页,北京:三联书店,2000年。
③ 高拜石提及此文在还没出现中译时已经有法、德语译文,香港、上海、天津多家报纸竞相转载,并当时多数西方人的批评意见在于曾纪泽的自信毫无事实根据,见《新编古春风楼琐记》,第12集,第15—21页,北京:作家出版社,2005年。并参看 Lloyd E. Eastman, "Political Reformism in China Before the Sino-Japanese War", *The Journal of Asian Studies*, Vol. 27, No. 4, 1968年8月。
④ 原刊于香港《孖刺报》(*The China Mali*),1887年2月12日,作者署名 Sinensio,其中译文见于何启、胡礼垣合著《新政真诠》,"初编:曾论书后",第69—102,沈阳:辽宁人民出版社,1994年。

法,日后则启发梁启超创造"睡狮"形象,用庄谐之寓言来鼓动天下志士。①

薛福成在日记中曾有一个品第光绪初年以来(1875—1890)17位出洋使臣的"排行榜"②,以曾纪泽为第一,郭嵩焘为第二。其后依次是郑藻如、黎庶昌、陈兰彬、许景澄、洪钧、刘瑞芬、汪凤藻、李经方、张荫桓、何如璋、崔国因、李凤苞、刘锡鸿、崇厚、徐承祖。徐承祖因为贪污赃款而被弹劾,崇厚以中俄伊犁条约丧权辱国而为士人不齿,故居最末。刘锡鸿③早年曾受郭嵩焘知遇之恩,但是他一贯反对洋务运动,曾上奏折言仿造西洋火车无利多害④,因而得到京城守旧派大臣的笼络,李鸿藻等便令他来牵制郭嵩焘工作,直到李鸿章出面将其撤职。他写了一

---

① 梁启超的《自由书》(1899年,收入《饮冰室合集》,专集之二)有"动物谈"一节,言某人昔游伦敦博物院,见"人制之怪物焉,状若狮子,然偃卧无生动气","询其名,其人曰:英语谓之佛兰金仙,昔支那公使曾侯纪泽,译其名谓之睡狮,又谓先睡后醒之巨物"。按,此"佛兰金仙"实出自严复学生王学廉译《如后患何》,刊于《国闻报》光绪二十四年(1898)三月初一日号,主编严复在其后的"按语"中说:"佛兰金仙怪物者,傀儡也,见于英闺秀谐理之小说,傅胶鞔革,挺筋骨以为人,机关枨触,则跳跃杀人,莫之敢当,惟纵其酣卧乃无事。论者以此方中国,盖亦谓吾内力甚大;欧之人所以能称雄宇内者,特以吾之尚睡未醒故耳。"(见《严复集》第1册,第78页,北京:中华书局,1986年)由此可知"佛兰金仙"即英国小说家玛丽·雪莱(Mary Wollstonecraft Shelley,1797—1851)科学小说《弗兰肯斯坦》(*Frankenstein*)中的主人公,其人以科学试验而制造人形怪物。梁启超误将科学家本人当作怪物,并附会以曾纪泽"先睡后醒"之说,遂成"睡狮"之象。
② 曾纪泽:《出使日记续刻》,光绪十九年八月初三日,原刻本(包括走向世界丛书本)自汪凤藻以下将人名都删去了,而南京图书馆所藏稿本日记中则留之,见蔡少卿据稿本点校整理的《薛福成日记》,下册,第826页,吉林文史出版社,2004年。
③ 刘锡鸿(?—1881),字云生,广东番禺人。他后来又奏劾李鸿章十可杀大罪,以"信口诬蔑"获罪革职,不久悒郁而卒。
④ 刘锡鸿:《刘光禄遗集》,卷一,《近代中国史料丛刊》三编,第446号。

部《英轺私记》①,其中有"英人无事不与中国相反"的荒唐之论。而李凤苞②的西学能力是被薛福成所认可的,他早年以精通测绘舆地之学而被丁日昌推荐给曾国藩,之后又得李鸿章的器重,光绪四年(1878)他出任驻德使臣,光绪七年后又兼任意大利、荷兰、奥地利三国公使。回国后不断有人奏劾他订购军舰时贪污巨款,从而最终遭到革职。李凤苞著有《使德日记》③,多谈德国汉学事情和工厂制器工艺,这与他作为江南职业化学人的志趣有关,作为使臣则也无成绩可言。

郑藻如至崔国因这11人,属于在出使过程中无过错也无建树的。薛福成认为郑藻如和黎庶昌是刚直君子,不过"所值非可以见功之地",所以屈居郭嵩焘之后。郑藻如④没有相关著述,而黎庶昌素来更强调的是以立言为不朽,其出使期间,除却著述不绝之外,还多次组织人员兴办学术与文化事业,包括翻译俄人亚洲腹地考察记、出版《古逸丛书》、举行中日文人诗文交流集会等。这其中又以《古逸丛书》有益后世最多,虽说是直接受杨守敬《日本访书缘起》的感召,但他对搜求逸书的兴趣,应该渊源于昔日曾国藩在江南寻访兵燹劫余下的古籍善本,其妻兄莫友芝便是主持此事之人。

接下来有六位翰林:陈兰彬、许景澄、洪钧、汪凤藻、何如璋和崔国因。陈兰彬⑤从前在曾国藩幕中时,与容闳一起力主遣送幼童赴美留学,获得曾国藩、李鸿章的支持,1872年两人同携广东少年子弟出国,

---

① 《英轺私记》一卷,光绪二十一年(1895)元和江氏湖南使院刻本,《灵鹣阁丛书》;收入《小方壶斋舆地丛钞》初编第11帙,改题为《英轺日记》;湖南人民出版社"走向世界丛书"本,1981年,岳麓书社"走向世界丛书"本,1985年。书后附有《日耳曼纪事》数篇,是他使德期间所作,可能是拟作《德轺私记》的资料(见李慈铭《越缦堂读书记》,第477页,北京:中华书局,2006年第2版)。
② 李凤苞(1834—1887),字丹崖,原籍江苏句容,生于江苏崇明(今上海)。
③ 光绪年间元和江氏湖南使院《灵鹣阁丛书》本;《小方壶斋舆地丛钞》初编第11帙;湖南人民出版社"走向世界丛书"本,1981年。
④ 郑藻如(1824—1894),字志翔,号玉轩,广东香山人。
⑤ 陈兰彬(1816—1895),字荔秋,广东吴川人。

并在美国负责"选带幼童出洋肄业局",1878年清廷正式向美国派驻公使,以陈为正使、容为副使,同时又兼使西班牙和秘鲁二国。陈著有《使美纪略》①,言及留美学生和在美华工问题,当时美洲(美国、古巴、秘鲁、巴西等国)华工多为广东人,日记中对于乡人在海外所受之遭遇颇多愤懑之词。他在旅美途中还写了纪行诗60余首,得到广泛的流传。② 崔国因③以李鸿章家中塾师之经历而发迹,1889年接替张荫桓任驻美、西、秘三国公使,居美四年期间,最为关注美国人"以富为强"的经验④,他以故里徽商传统之热情,著述《出使美日秘国日记》⑤十六卷,综合考察了美国人的经济社会,归国之后发现诸事不可为,遂弃官从商,积累业资甚巨;薛福成说崔国因"才品本在下中,颇为京都士大夫所鄙弃",可能就是言其重利之作风所致。

　　许景澄、洪钧二人都是典型的江南文人,薛福成评语是:"二君皆聪明有余,而稍不肯任事。然出洋三年,皆有著述可传于事。"有关洪钧已见论述于上章中。李鸿章后来不认可博学鸿词的翰林们具有使材,这对于曾两度出使欧洲的许景澄⑥来说应另当别论。许通晓外文,其《遗稿》收录他出使期间写给陆征祥的法文书信和数篇译作,其中有英、俄人士的游记各两部;他的出使日记⑦生前也没有发表,其中记行

---

① 《使美纪略》一卷,收入《小方壶斋舆地丛钞》初编,第12帙。
② 汪瑔《松烟小录》(《随山馆全集》,光绪年间自刻本)卷四,钞录了其中的22首,其中不少是写乘坐火车横贯美国内陆时的见闻。李文泰《海山诗屋诗话》卷七中也钞录了这些诗,光绪四年(1878)广州森宝阁排印本。
③ 崔国因(1831—1909),字惠人,号宣叟,安徽黄山人。
④ 赵可:《崔国因的美国富强观》,刊于《西南交通大学学报》(社会科学版)第2卷第4期,2001年12月。
⑤ 光绪二十年(1894)刻本;《小方壶斋舆地丛钞》再补编第12帙;《近代中国史料丛刊》初编,275号;黄山书社,1988年。
⑥ 许景澄(1845—1900),字竹筼,浙江嘉兴人。
⑦ 《许文肃公日记》一卷,民国七年(1918)北京外交部铅印本。记1881—1900年间事。

程与游历之事,不及其奏稿书函详要。许景澄日后成为京师大学堂的首任总教习,在庚子国变时,他与总理衙门大臣袁昶上书劝谏借重拳民来"扶清灭洋"的举措,遂遭清廷捕杀,可谓是因洞悉外情时局而牺牲于这场中西文明冲突之中。故而薛福成所谓的"不肯任事",是不能概括其一生作为的。

何如璋①为首位驻日公使,以通晓外务著名,郭嵩焘对其表示过佩服②,他之所以名次不高是因为1884年马尾海战的失利。他著有《使东述略》和《使东杂咏》③,后者与黄遵宪《日本杂事诗》、张斯桂《使东诗录》被王锡祺并称为"三绝"。④ 汪凤藻⑤是同文馆英文班毕业的,曾作有《英文举隅》,为中国第一种英语语法书,曾纪泽出使时邀请他作翻译,他"方欲以词章博科第,则固辞不行",后选入翰林院。1892年他代李经方出使日本,甲午前曾提醒清政府日人增兵朝鲜未被重视,他对随员黄庆澄说:"今日之谈洋务者,仅可著书而已,坐言起行,戛戛其难"⑥,但他出使期间似乎也没有什么著述,只辑录中日诗人交流诗文的《海东酬唱集》一种。薛福成说他和刘瑞芬一样"有得于黄老之学",似乎也是暗讽他尸位素餐、无为而治。

其他三人中,因贪图贿赂而有误国事的李经方为李鸿章嗣子,无著

---

① 何如璋(1838—1891),字子峨,号淑斋,广东大埔人。
② 郭嵩焘:《伦敦与巴黎日记》,第19页。
③ 1879年1月,《使东述略》曾节略刊载于《万国公报》第521卷;《使东杂咏》刊于《万国公报》第521、522两卷。《使东述略》收入《小方壶斋舆地丛钞》初编,第10帙;光绪二十三年(1897)《铁香室丛刻》续集本;光绪二十四年(1898)上海书局《各国日记汇编》本。又与《使东杂咏》合刊,有民国二十四年(1935)何如璋子寿田自印本。后收入1983年湖南人民出版社走向世界丛书本《早期日本游记五种》;1985年岳麓书社走向世界丛书本《甲午以前日本游记五种》。按,《小方壶斋》本和《铁香室》本又附有一种《使东杂记》,根据内容可知是摘录自《使东杂咏》中各篇的自注。
④ 王锡祺《使东诗录跋》,《小方壶斋丛书》第4辑。
⑤ 汪凤藻(1851—1918),字云章,号芝房,江苏元和人。
⑥ 黄庆澄:《东游日记》,岳麓书社版《甲午以前日本游记五种》,第354页。

述传世。刘瑞芬①昔作"时务策"进呈曾国藩,得到赏识,留于幕中,后又推荐给李鸿章,以帮助淮军办西洋军火而成名。他著有《西轺纪略》②,多记述他在欧洲各国看马戏、逛花园等私人活动,于公务则绝口不谈。同刘瑞芬一样,张荫桓③也不是科举正途出身,而以擅办交涉屡次得到李鸿章的推举,因此能在1885年出任驻美、西、秘三国公使。张荫桓的《三洲日记》④内容比较丰富,尤其对于西方文化渊源特别关注,屠寄在序中盛称其书有"五益",为考工、辨物、释地、通俗、征文,可以概括大体。日记中长篇累牍地记述有关古埃及文字石碑的事,前面已有论述;此外张荫桓还命随员许珏辑略史传中的历代使事,加以论断。许珏不肯为之,谓此"类于钞胥,心思误用",反请述中美交涉之事,于是触怒张荫桓,作长书以责之,谓"固知著述一事,甚非空谈高视所能济也",且例举明张洪永乐四年奉使缅甸,采古人奉使事迹分类列述,著成《使规》,因而斥责许珏"但观美之近境而忘其缔构始基"。⑤ 后来他为谭乾初所作《古巴杂记》作序,旧话重提,云:"考殊域之土风,写征人之雨雪,安石碎金,景纯剩锦,固非文采自矜夫?岂心思误用也哉"。⑥ 薛福成对张荫桓虽肯定其才识,但说此人和李经方一样,"累于声色之好,牟利之工",也是以道德立身为分判使臣高下的尺度。日后张荫桓思想超越出洋务派的局限,他向光绪帝介绍西方变革经验,并秘密推荐同乡康有为,乃是戊戌变法的幕后人物之一,但也因此而在政变之后遭革职抄家,发配新疆,最终在1900年被慈禧处死。

---

① 刘瑞芬(1827—1892),字芝田,号青山、召我,室名养云山庄,安徽贵池人。
② 收入《养云山庄遗稿》,光绪十九年(1893)刻本。
③ 张荫桓(1837—1900),字皓峦,号樵野,广东南海人。
④ 光绪十六年(1890)进呈本为十六卷,题作《奉使日记》,藏于上海图书馆;南京图书馆藏有一种铁画楼抄本,不分卷。之后张荫桓自己修订为《三洲日记》,改作八卷,有光绪二十二年(1896)北京刻本和光绪三十二年(1906)上海刻本。近年复收入上海书店出版社排印本《张荫桓日记》(2004年)中。
⑤ 《张荫桓日记》,第135页。
⑥ 同上书,第192页。《古巴杂记》收于《小方壶斋舆地丛钞》初编,第12帙。

第二节 桐城余响:重释游记中的文章之道

曾国藩以封疆大臣之身份,推重桐城古文。《圣哲画像记》(1859)中说:"国藩初解文章,由姚先生启之也";又选《经史百家杂钞》(1860)以扩大姚鼐《古文辞类纂》的格局,引入经、史、子部的佳篇①以及汉赋,以力矫桐城文学的"窾弱之病"和"懦缓之失"。② 在国家民族危机重重的时代,曾国藩以其非同寻常的地位和影响力,表彰具有阳刚之美和"雄直之气,宏通之识"③的文章之学,确实起到了针砭时弊、改变士风的作用。而他又借鉴老师唐鉴的治学四要,从而提出文章义法也应当在姚鼐所标举的义理、考据、文章之外,再加上"经济"一项(《劝学篇示直隶士子》),这突破了桐城文章欲融合汉宋的既开之局面,进一步与时代风气接通,使得文章之学能有切实的内容。此前的桐城文家,如方东树已经重视文章要"通于世务"(《与罗月川太守书》),姚莹④也曾

---

① 张文江:《曾国藩的学术与人生》,《渔人之路与问津者之路》,第14—20页,上海:复旦大学出版社,2006年。文中说,"《杂钞》于论著类始于《尚书·洪范》,词赋类始于《诗·七月》,序跋类始于《易·乾坤文言》,均有以反映曾国藩当时所能见到的最高的文化史上限",而《杂钞》问世后未久,英法联军入侵北京,使得曾国藩思想能突破此上限,而促成《船山遗书》、《几何原本》全译本的刊行。
② 薛福成:《寄龛文存序》,《庸庵文外编》卷三,《近代中国史料丛刊》,初编第943号;钱基博:《近百年湖南学风》,第34页,长沙:岳麓书社,1985年。
③ 王先谦:《续古文辞类纂·例略》。
④ 姚莹在1843年时于台湾登赴英人舰船参观,见到了很多西方书籍,《康輶纪行》中说:"吾儒读书自负,问以中国记载,或且茫然;至于天文算数,几成绝学。对彼夷人,能无泚然愧乎。"方东树曾称赞他:"义理多创获,其议论多豪宕,其辨体多浩博,而铺陈治术,晓畅民俗,洞极人情。"又,桐城文人在清代写作边疆地志者大有人在,如方拱乾《宁古塔志》、方孝标《滇黔纪闻》、方式济《龙沙纪略》、方观承《卜魁风土记》、《卜魁杂诗》、姚棻之《绥瑶厅志》,先后对东北、西南边情都有所考察。

并举义理、多闻、文章、经济四端(《与吴岳卿书》),但是影响不大。曾国藩对姚莹十分推重,《欧阳生文集序》中把通行说法中姚鼐门下四大弟子里的刘开换掉,代之以这位《康輶纪行》、《东槎纪略》的作者;姚莹子姚濬昌(永概、永朴之父),太平军克桐城时方二十岁,曾国藩遇之,以"名家子"留其在大营读书及见习公事。由此可见曾国藩于桐城姚氏世代的关联与感情。不过,此时提出文章义法有"经世济民"一端,其意义之特别更在于曾国藩学术与文化眼光的突破,从《船山遗书》和《几何原本》,到新兴的格致、制器之学,都已经他的提倡、幕友的推助而得到传播,如此看视其文章主张,实际也不再拘束于传统中国学术领域或所谓"汉宋之争"的问题里面,而是为西学涌入文章著述之中打开了一小扇方便之门。

后人追述同光之际的文学风气,言称"一时为文者,几无不出曾氏之门"。① 因此有"湘乡派"②之说法,其中以张裕钊、吴汝纶、薛福成、黎庶昌四人最为著名,此外像江浙的俞樾、湖南的王闿运、河北的王树枏等,于古文写作上也均受其沾溉。而就"曾门四弟子"来说,除却张裕钊恪守桐城家法外,其他三人入曾幕中时年纪尚轻,有继续读书求学的过程,因而都受洋务运动之影响。本节即专门讨论他们的出洋活动及其海外旅行写作。

黎庶昌③作为参赞,先后在郭嵩焘、曾纪泽的使馆工作,光绪六年(1882),又由驻美、西、秘三国使臣陈兰彬荐举任西班牙参赞,次年回国后旋即出使日本。黎庶昌出身书香世家,青年时又与贵州以金石校勘之学而著名天下的莫友芝和同乡大诗人郑珍交游密切④,因此虽生

---

① 姜书阁:《桐城文派评述》,第 72 页,上海:商务印书馆,1933 年新一版。
② 此名始于李详《论桐城派》一文,原刊《国粹学报》,总第 49 期,1909 年,见郭绍虞主编:《中国历代文论选》,第 61—62 页,上海:上海古籍出版社,1980 年。
③ 黎庶昌(1837—1896),字莼斋,贵州遵义人。
④ 莫友芝为黎庶昌妻兄,郑珍与黎是堂表兄弟,见丁慰慈:《黎庶昌传》,《遵义文史资料》,第 30 辑,第 24 页,《遵义文史资料》编辑部,1996 年。

于僻壤,而不失陶铸培育。同治元年(1862),朝廷下诏求言,黎庶昌两度上书,得到重视,其条陈多被采纳,并遣他往曾国藩大营佐幕。曾、黎主宾甚为相得,薛福成后入幕,曾国藩特告薛以黎庶昌为可交之友,此后两位年轻人常常一起切磋学问,黎庶昌常以文章为"道德之鑐,经济之舆",应当下力去经营。① 曾国藩去世后,黎庶昌编选了《续古文辞类纂》三编二十八卷,"品藻次第,一以昔闻诸曾氏者述而录之","将尽取儒者之多识、格物、博辩、训诂,一内诸雄奇万变之中,以矫桐城末流虚车之饰"。② 取法范围较《经史百家杂钞》更广,另外标举多识等四端,也是有意与桐城末流保持距离。③ 由此看他的《西洋杂志》和《拙尊园丛稿》④,其文体多变、内容驳杂,也正类似他所崇尚的文章面貌,如罗文彬在《拙尊园丛稿跋》中说:"执事人奇遇奇故文特有奇气,虽大恉远祖桐城,近宗湘乡,而不规规一格,其言多经世意,主实用则近南宋永嘉诸贤;其合考订、义理、词章为一手,则似国朝李穆堂先生;其意在表章人物,尤留心梓桑文献,又似全谢山先生《鲒琦亭集》。"连吴汝纶也对《拙尊园丛稿》专收海外文章的余编表示佩服,言"尊著极盛之诣,非他

---

① 薛福成:《拙尊园丛稿序》。
② 黎庶昌:《续古文辞类纂·叙》(1889年),其中提到薛福成也曾参与编选。
③ 当时有意与桐城文章义法之说背道而驰的冯桂芬,曾重释文章之"道",以为"道非必天命、率性之谓,举凡典章制度、名物象数,无一非道之所寄,即无不可著之于文",又言"故长于经济者,论事之文必佳,宣公奏议未必不胜韩柳;长于考据者,论古之文必佳,贵与《考》序,未必不胜欧苏"(《复庄卫生书》,《显志堂稿》卷五,《续修四库全书》,集部 1535 册),宣公即陆贽,贵与即马端临。冯桂芬对学术与文章所持有的态度,同晚清各路经世文学风气都是基本相通的。
④ 《西洋杂志》,光绪二十六年(1900)遵义黎氏刻本;1981年湖南人民出版社走向世界丛书本,1985年岳麓书社走向世界丛书本。《拙尊园丛稿》,六卷,光绪十九年(1893)上海醉六堂石印本;光绪二十一年(1895),金陵状元阁刻本;《小方壶斋舆地丛钞》收入《游日光山记》(初编第 10 帙)、《游盐原记》、《访徐福墓记》(再补编第 10 帙)、《奉使伦敦记》、《卜来敦记》、《巴黎赛会纪略》(再补编第 11 帙)6 篇文章。

家所有"(《答黎莼斋》)。

《西洋杂志》中有专门《西洋游记》7篇,属于逐日叙述其欧陆胜游者,其他则是有意按主题排列的单篇文章,这是有意要简化纪行之笔,而发挥他纪事、纪游的特长;再加上《拙尊园丛稿》余编中的几篇游记,足以代表黎庶昌个人认知欧洲和日本文明的观览成果。

黎庶昌《日本新政考序》(《拙尊园丛稿》卷四)中说:"君子观人国者,第取其长而已",可视为其游记文章的中心主题。张裕钊在黎庶昌临行欧洲前就赠言与他,说"觇国之道,柔远之方,必得其要,必得其情,得其要得其情,而吾之所以应之者,乃知所设施"①,言下之意,就是希望黎庶昌能深入体察欧洲各国的民情风貌,能洞悉其立国的根本,而不要像此前出洋的士人那样,或出于成见、隔阂而专门留意他人之短处,或怀功利的用心而只考察船坚炮利的表象,才算是不虚此行。即以流传最广的《卜来敦记》(1880年,《拙尊园丛稿》卷五)来说,这是中国士大夫留于欧洲的第一篇碑文②,描述英国海滨城市 Brighton 的浮华胜景:

> 方其风日晴和,天水相际,邦人士女联袂嬉游,衣裙杂袭,都丽如云。时或一二小艇掉漾于空碧之中,而豪华巨家则又鲜车怒马,并辔争驰以相遨放。迨夫暮色苍然,灯火灿列,音乐作于水上,与风潮相吞吐,夷犹要眇,飘飘乎有遗世之意矣。

用舒缓古雅的文字,描述中国传统文学中不曾有过的西洋海滨旅游场所,寥寥数语,就将不同阶层、性别游人的昼夜生活描述得有声有色。而表现了景观风光之后,笔端落在了作者之心意上,如何解说自己的观感和体会,黎庶昌言:

---

① 张裕钊:《送黎莼斋使英吉利序》,《濂亭文集》,卷二。
② 张荫桓:《三洲日记》,光绪十四年八月二十日,《张荫桓日记》,第327页。

>　　英之为国号为盛强杰大,议者徒知其船坚炮巨,逐利若驰,故尝得志海内,而不知其国中之优游暇豫,乃有如是之一境也。荀卿有言树国惟坚凝之难,若卜来敦者,可以觇人国已。

如此可看出《卜来敦记》深受桐城文章义法的影响,既不追摹性灵上的兴会,也不考究历史地理上的遗踪,而是要统一道与文两者,实现"道与艺合,天与人一"①的文章境界。所谓"国惟坚凝之难",见于《荀子·议兵篇》,说的是国家有凝聚力才算是王道浩荡,这比能以武力兼并他国更为可贵。后来黎庶昌在离开欧洲前曾致书莫庭芝(《与莫芷升书》,《拙尊园丛稿》卷六),此信是他旅欧六年的认知总结,其中说:"欧洲一土富强者,首推英俄二霸,而俄人谲鸷,志在并吞;英则广土众民,稍知持盈保泰";英国"每礼拜日,上下休息,举国嬉游,浩浩荡荡,实有一种王者气象。决狱无死刑而人怀自励,几于道不拾遗。用兵服而后止,不残虐其百姓。蒙尝以为直是一部老、墨二子境界。老、墨知而言之,西人践而行之"。《卜来敦记》实与此意大体相通,当然这并非就是西方社会的真实面目,而是黎庶昌怀传统礼乐理想所虚构出来的一种异域文明境界,借卜来敦的"江山之助"而描绘出来罢了。

又如《西洋杂志》中的《斗牛之戏》一篇,写西班牙斗牛风俗,可与记法国人《赛马之戏》相互比对,虽然后来又有蔡钧等复作同题文章,然而俱不及黎庶昌这篇,能以蕴藉的文辞、细腻的描述来表现蔼然仁者对于动物的恻隐之心;《轻气球》一篇言气球夜晚出了故障,不忘交待一句"幸其破时在夜深,未曾伤人",这既不显得矫揉造作,又可实现文章体物载道的功能。其他如记西班牙诗人 Calderon de la Barca 逝世200年纪念活动的《加尔得陇大会》,以及《巴黎油画院》、《马得利油画院》等,也都是可以传诵的佳作,不再一一分析了。

《拙尊园丛稿》还收有不少黎庶昌为日本友人诗文集所写的序跋,

---

① 姚鼐:《敦拙堂诗集序》,《惜抱轩文集》卷四,四部丛刊初编集部。

多以感召其共同文化传统之记忆来行"修睦"之务。他的《访徐福墓记》,也可视同此意,而言"福之子孙或言多姓秦,今皆分散各处,维新后悉易他姓",乃出于想象,于事实未合,于抒发情感上则有深意。

观其文,想象其为人。黎庶昌心性中有淳厚仁人的儒家精神在,此受其恩师影响最深,他昔日盛赞曾国藩能在功勋最辉煌时自解兵权(《湘乡师相曾公六十寿序》,《拙尊园丛稿卷四》),即在于此。然而甲午之后,诸事显得都不可为,他生前名其居所为"拙尊园",并解释说"天下惟拙可以已内营,可以却外扰"(《拙尊园记》,《拙尊园丛稿》卷四),后来因忧愤罹病而罢官还乡,于狂乱中病逝,实在是时代命运造成的悲剧。

与黎庶昌的君子风度不同,以务实尚用为行事作风的薛福成似更合乎当时外交使材的标准。1865年,任两江总督的曾国藩正在黄、淮一带镇压捻军起义,薛福成[①]上书给他,自言"往在十二三岁时,强寇窃发岭外,慨然欲为经世实学,以备国家一日之用",遂研习兵法、史事、天文、阴阳、奇门、卜筮、舆地诸学,书后开列条陈数例,以"筹海防"一条最得曾国藩嘉赏[②],遂得以被延入曾国藩幕府之中。而后在光绪元年(1875),朝廷下诏求言,薛福成又上《治平六策》、《海防密议十条》(丁宝桢代奏),为朝廷所重视,其中如遣使驻外国、裁汰绿营等建议后来都得到采纳。这时李鸿章邀请他加入北洋幕府,襄助洋务,长达十年之久。在此期间他写有《筹洋刍议》十四篇(1879),其思想认识已经超越之前以发展军事为当务之急的水平,而开始重视工商实业,其中有《变法》一篇,言称今日之世变,在于"华夷隔绝之天下,一变为中外联属之天下",应变之计,则是"取西人器数之学,以卫吾尧舜禹汤、文武

[①] 薛福成(1838—1894),字叔耘,号庸庵,江苏无锡人。
[②] 见曾国藩日记,乙丑五月初六日。曾国藩与人说,"吾此行得一学人,他日当有造就",见钱基博《薛福成传》,《碑传集补》,卷十三,"使臣"。

周孔之道"①,虽仍有其认识局限性,但在当时提倡"变古以就今",已有振聋发聩之意义了。

薛福成早有出洋游历之意图,而郭嵩焘早在1872年即密荐他"可胜公使之任",然而由于种种机缘巧合,一直未能成行。② 1889年初,出使英法意比大臣刘瑞芬任满将返,本来拟由陈钦铭接替,但不久因病免职,清廷令薛福成继任,才有其生命里这最后四年多的异域生涯。因为有出使日记的规定,早在1891年薛福成就将其自出国以来的日记整理出来,以西洋糖印法印刷六份,分别呈交总理衙门,并在国内刻板印行。他去世后,其三子莹中,又将已出版部分之后的日记遗稿刊刻印行。③

薛福成对于如何经营这部出使日记是非常重视的,他在日记前提交给总理衙门的"咨呈"中提出出使日记有"三难":其一,"惟日记虽体例不一,而出使情事无甚歧异",如果大家都仿照成式,别无发挥,恐怕不能免于雷同;其二,出使大臣须要有审度时势见其远大的能力,日记中若只是"掇拾琐事",而不能会通,也不足取;其三,外交使臣不宜在日记中对于西洋文明论说太过、抑扬失度,这样容易授他人以把柄。④ 可以说,这三个问题的提出是借鉴了别人的经验,因而具

---

① 光绪十一年(1885)刻本,收入《庸盦全集》。序言中说1881年黎庶昌在伦敦见到曾纪泽案头就有此书抄本一卷,可知在当时影响之广。
② 详见钟叔河:《从洋务到变法的薛福成》,《出使英法义比四国日记》前言,第25—26页。
③ 前者题为《出使英法义比四国日记》,六卷,有光绪十七年(1891)刻本,光绪十八年无锡薛氏传经楼《庸盦全集》本及上海醉六堂本,光绪二十二年上海图书集成印书局本,光绪二十三年湖南新学书局本等,并收入《小方壶斋舆地丛钞》初编第11帙;后者题为《出使日记续刻》,10卷,光绪二十四年(1898)无锡薛氏传经楼《庸盦全集》本。1985年岳麓书社版走向世界丛书将二者合编为一册,仍题作《出使英法义比四国日记》。近有蔡少卿根据南京图书馆收藏的稿本点校整理的《薛福成日记》(吉林文史出版社,2004年),其中出使日记补足原有版本中的一些被删略的内容,也有参考价值。
④ 薛福成:《出使英法义比四国日记》,第60页。

有明确的针对性。根据这些问题,薛福成制订了出使日记的"凡例",其中又指出:

> 日记及纪程诸书,权舆于李习之《来南录》、欧阳永叔《于役志》,厥体本极简要。后世纂日记者,或繁或简,尚无一定体例。窃谓排日纂事,可详书所见所闻;如别有心得,则亭林顾氏《日知录》之例,亦可参用。……顾氏《日知录》之例,凡诂经评史,以及论时务、考掌故,偶获一义,皆可纂录。此编既为出使日记,自不能不稍示限断,必于洋务关涉者,始笔之于书。即有偶读邸抄、阅新报而记之者,亦因其事关系时局,不能不录。①

薛福成的日记一贯是追求内容丰富的,"凡舟车之程途,中外之交涉,大而富强立国之要,细而器械利用之原,莫不笔之于书",而并非是在出使外国之后才如此。由此而观他的"咨呈"与"凡例",实际是在标榜一种以传统学术文体来研究西学、时务的著述方法。此前郭嵩焘等未尝没有在出使日记里备述要闻、抄录资料,但并无刻意经营体例安排的打算,并且郭嵩焘、曾纪泽二人囿于行记之体,最初呈交公署并付诸印行的日记,止于行程见闻,不收录抵达英法之后的部分。其他的人,如张德彝叙其各部"航海述奇"虽有凡例,但只说地理名称以《瀛寰志略》为本;张荫桓将出使日记追溯到唐贞观时韦宏机《西征记》②,虽能征古,却与现实应用关系不大;上章所述江南学人的海外旅行记,其实

---

① 薛福成:《出使英法义比四国日记》,第63—64页。
② 张荫桓:《三洲日记》,光绪十三年七月十七日,《张荫桓日记》,上海书店,2004年,第50页。韦宏机事见《旧唐书》卷一八五上,名作韦机,"贞观中为左千牛胄曹,充使往西突厥,册立同俄设为可汗,会石国反叛,路绝三年不得归。机裂裳录所经诸国风俗物产,名为《西征记》。及还,太宗问蕃中事,机因奏所撰书,太宗大悦。"《新唐书·艺文志》著录韦机《西征记》,言"卷亡",而列传(卷一百)则作"韦弘机"。

多能贯彻传统文体和新学眼光相互结合,但也没有明确谈及这个问题。薛福成以文章家名世,当然会有此考镜源流的自觉。如何生发"经济"作为文章义法的价值,其先师曾文正公推重的是王夫之,而薛福成此篇"凡例"则标举邻郡先贤顾炎武的《日知录》,两者皆可代表明末清初实学风气的最高水准,因此有异曲同工之妙。

薛福成在欧洲时也曾拟用《瀛环志略》体例续编世界各国国志,他分饬随员翻译英法书籍中的相关内容,参与翻译和润色的人员包括江南制造局翻译馆的赵元益、同文馆毕业的翻译官瞿昂来、庆常、吴宗濂、郭家骥、同文馆学生世增,以及陈星庚、张美翊、顾锡爵等,最后再经由薛福成本人审定(他本人也有两种翻译)。译稿初拟统称为《续瀛环志略》,然而因为薛福成回国后不久即去世而没有完成全帙,经由他后人整理刊行的部分①,也因为当时已有大量由日本转译进来的西学著作而没有得到足够的重视。

薛福成出使期间的主要外交成绩有两宗:一是保护侨民,为驻外领事争取相关权责,奏请朝廷整饬海禁废除之后残留的不利于归国侨胞的政策;二是代表中国政府与英人就滇缅边疆问题进行谈判,据理力争,索回孟连和车里(即西双版纳)两土司全境。这两项工作的相关始末,都在他日记里面有详细的记录,前者与他平素关注海外华侨问题有关,也包括采自黄遵宪等人的言论,而后者则主要得益于姚文栋的考察报告以及续《瀛环志略》中编译的《缅甸国志》。《中英滇缅分界续约》是近代史上继曾纪泽中俄改约之后另一对中国有利的外交条约,李鸿章于其身后有"薛福成奉使绩效,亚于曾纪泽,过于洪钧、刘瑞芬"之赞语,其他人也多有并推曾、薛的说法②,而从今天来看,薛福成兼有著述

---

① 相关文献版本详见邹振环:《薛福成与〈瀛环志略〉续编》,《学术集林》,第 14 卷,第 271—290 页,上海远东出版社,1998 年。
② 参阅钟叔河:《从洋务到变法的薛福成》,《出使英法义比四国日记》前言,第 54 页;钱基博:《薛福成传》;沈林一:《出使日记续刻》"跋",岳麓书社版《出使英法义比四国日记》,第 963 页。

和功事,可能竟比曾纪泽、郭嵩焘还可胜出一筹。

不过,薛福成因策对之文得到曾国藩赏识,之后其文章一直不脱案牍公文的影子,出使日记虽不乏《观巴黎油画记》这样的名篇①,但更多的是逐条列述的条陈论说。他也因此受到讥讽,如吴汝纶在1894年写给黎庶昌的书信中就说:

> 郭、薛长于议论,经涉殊域矣,而颇杂公牍笔记体裁,无笃雅可诵之作。②

吴汝纶③素来以文章负重名,他曾说文章面貌包括才、气、学三个方面,学问若浅,则其文常"闳肆",才、气掩盖了学问;学问深邃,则其文常"醇厚",气静才敛。④ 这固与曾国藩强调"雄直之气"的意见相左,而曾能够成为一代大家,在于积学有成,不至于徒以气胜。在吴汝纶看来,郭嵩焘、薛福成学识薄弱,又好以案牍策对的文体发纵横议论,因此既无益于文章,也无益于学问。

吴汝纶在1864年考进士时,因"其策不用当时体",而被主司有意压低名次。而曾国藩欣赏他的文笔,延请入幕佐治。其后又在李鸿章幕府效力多年。1902年,清廷决意重开因八国联军入侵而停办了的京师大学堂,管学大臣张百熙奏荐吴汝纶出任总教习,在推辞不获之下,

---

① 薛福成:《出使英法义比四国日记》光绪十六年闰二月二十四日,第111—112页。
② 吴汝纶:《答黎莼斋》,《桐城吴先生尺牍》卷一,《近代中国史料丛刊》,初编第366号。
③ 吴汝纶(1840—1903),字挚甫,安徽桐城人。
④ 吴汝纶:《与杨伯衡论方刘二集书》,《桐城吴先生文集》卷四,《近代中国史料丛刊》,初编第365号;《与姚仲实》,《尺牍》卷一。

吴请求先赴日考察教育。① 关于这次行程的见闻收获,编作《东游丛录》②一册,在东京出版。在此之前,如黄遵宪、姚文栋、傅云龙、陈家麟、顾厚焜、黄庆澄等人都曾在他们的旅日旅行著述里介绍过日本教育状况的内容,自1898年张之洞提倡赴日考察游历以及兴办学堂教育等事之后,各地派员前往东瀛专门考察教育的人急遽增多。③ 而这位年逾花甲的老先生对日本"现行学校系统"的考察,虽自己谦称是"未得要领"④,但他通过著述和书信,所提出的几条重点内容,包括减少读经课时而兼顾西学、发展基础教育和师范及实业教育、废除科举,都与此后学制变革的发展方向相同。

吴汝纶以文章宗师而东渡扶桑,引起日本汉学家们以至新闻媒体的广泛关注。此前他在保定莲峰书院讲学时,就有梅原融、本田幸之助、上野岩太郎、金子弥平等人"航海负笈来游,请列门墙",此时他来到日本,每日闲暇中乐与日本学人接款,其中又以与梅原融交往为最洽,吴汝纶曾赠其七律,前四句说:"昔闻晁监挂帆东,摩诘新篇入褚中。遂使国人能汉语,到今诗句有唐风"⑤,用王维赠日人晁监诗本事来寄托他的殷殷之情,希望汉学唐风能在日本继续发扬下去。不过从

---

① 相关研究参看翁飞:《吴汝纶与京师大学堂》,《安徽大学学报》(哲学社会科学版),第24卷第2期,2000年3月。
② 明治三十五年(1902),东京三省堂书店铅印本。其中日记部分复见于《桐城吴先生日记》(十六卷,保定莲池书社本,1928年;石家庄:河北教育出版社,1999年)中的"教育"、"游览"二卷。
③ 参考吕顺长主编的《晚清中国人日本考察记集成·教育考察记》,杭州大学出版社,1999年。是书收入1899—1907年间中国人赴日考察教育的旅行记26种。
④ 吴闿生编:《桐城吴先生尺牍》卷四,第55页。
⑤ 吴汝纶:"日本梅原融为其国文学寮教授英文寄近作诗十许首却寄",《桐城吴先生诗集》,《近代中国史料丛刊》,初编第365号。又见集中赠前田九华诗:"已惊绝域传新学,更喜高材擅古风";赠日本诗人本田幸之助诗:"人才近颇包新旧,大雅何当更讨论";和北村泽诗:"只今学术当全变,安得东西并一堂"。

日记中看来,吴汝纶对维新后日本的汉学教育很失望。参观森有礼创办的高等师范学校时,看到汉文教习讲《左传》,内容十分粗浅,他感叹"此国汉文不能复振矣"①;之后又听说维新前的日本学堂课本有《史记》、《汉书》,连科举盛行的中国也不能比,吴汝纶忍不住记道:

> 鄙论尝谓六经四史不可废,近日议兴学者亦绝不议及四史,盖所谓史学者,记事迹而已,仆私心病之,今闻(中略)此论,吾又爽然自失,恐吾所勤勤谋改革者,适得日本德川幕府时之旧迹也。②

吴汝纶虽为古文名宿,但他的视野和思想并不狭隘,他曾说"后日西学盛行,六经不必尽读"③,自言"此后必应改习西学,中学浩如烟海之书行当废去"。④ 日记中多有读《古教汇参》、《天演论》、《国富论》、《实学指针》等书的札记,且有详细评语。⑤ 不过他虽欣赏西方学术,但同时坚持对"中国文理"的讲求。⑥ 这并非是固守"中体西用"的成见,反而是正因为看到了西学的精深隐奥之处,所以如何将之敷演作中文的著述,需要借助精于说理述学的文章传统。他在写给薛福成长子薛南溟的信中议论到梁启超等人的新文体,称"如梁启超欲改经史为白话,是谓化雅为俗,中文何由通哉"⑦,加上前面所薄郭嵩焘、薛福成之文章类如公牍,便都是吴所谓"吾文学靡敝之时,士大夫相矜尚以为学者"。⑧

---

① 吴汝纶:《桐城吴先生日记》卷十,"教育",第573页,石家庄:河北教育出版社,1999年。
② 吴汝纶:《桐城吴先生日记》,第576页。
③ 吴汝纶:《答姚慕庭书》,《尺牍》卷二。
④ 吴汝纶:《答严几道》(己亥正月卅日),《尺牍》卷二。
⑤ 吴汝纶:《桐城吴先生日记》,卷九"西学下"。
⑥ 吴汝纶:《与李赞臣》:"窃谓救时要策,自以讲习西文为务,然中国文理,必不可不讲。往时出洋学生归而悉弃不用,徒以不解中学"。
⑦ 吴汝纶:《与薛南溟》,《尺牍》卷二。
⑧ 吴汝纶:《天演论序》,《桐城吴先生文集》卷三。

不过他又欣赏王闿运弟子杨度在日本办《游学译编》时的例叙,称其为"新报家一高手"①,可见他并不完全排斥报章文体。而若以"醇厚"、"雅洁"的桐城"义法"作为标准,吴汝纶更为推崇的则是严复的译笔,他说严译《天演论》"名理络绎,笔势足穿九曲,而妙有抽刀断水之致"②,赫胥黎之书于是能"駸駸与晚周诸子相上下"③。严复追求"信达雅"的文风也得自吴汝纶的指点,包括他所说的"与其伤洁,毋宁失真",以及"化俗为雅"的办法。④

1898年百日维新运动后几乎算是硕果仅存的京师大学堂,在其诞生之初,就受到吴汝纶的关注,他与友人说起"大学堂总教习,若求中西兼通之才,则无以易严幼陵,今奏用许公,未满人意。近日添请丁韪良,则得之矣"。⑤ 在吴汝纶这次东渡期间,东京发生中国留学生风潮,当时的驻日公使即荣禄党羽蔡钧,不满于吴对留学生的同情,因而密告清廷说吴支持民权自由云云,幸得张百熙多方回护,才没有被继续追究。吴汝纶于是也就终没有得以担任京师大学堂的总教习。原本与他一同进退的严复,不满于张之洞提倡的"从东文求西学"的风气,在一年多后也辞去了大学堂译书处总办的职务。由吴汝纶日记摘录整理出版的《吴京卿节本天演论》、《天演论序》、《原富序》,使得严复名声广

---

① 吴汝纶:《桐城吴先生日记》,卷十三"品藻",第657页。吴汝纶没看出杨度的《游学译编叙》开篇即学梁启超《少年中国说》。见《中华民国史料丛编·游学译编》,第1册,第5—23页,台北:中国国民党中央委员会党史史料编纂委员会,1983年。
② 吴汝纶:《与严幼陵书》,见《桐城吴先生日记》,第512页。
③ 吴汝纶:《天演论序》。
④ 吴汝纶:《答严几道》(己亥二月三日),《尺牍》卷二。然而严复的文笔是否真如吴氏所公开褒扬的那样驯雅,还是有待讨论的。上文引曾纪泽语即指出严复文章用语并不讲究。黄曾樾在《陈石遗先生谈艺录》中记载陈衍的话:"几道学无师承,少壮时文字尚多俗笔,厥后研究子部,且得力于外国名家文法,尽变其往时滑易之病",算得上是比较实在的评论。见钱仲联编:《陈衍诗论合集》,上册,第1023页,福州:福建人民出版社,1999年。
⑤ 吴汝纶:《答傅润沅》,《尺牍》卷二,此"许公"指许景澄。

播。严复对之感佩万分,其子记述说:"府君常言吾国人中旧学淹贯而不鄙夷新知者,湘阴郭侍郎后,吴京卿一人而已。"①

研究者称,湘乡派师弟的文学主张俱强调"因时适变"②,这其中的变数自时代、社会而进入文章风貌、学术视野、知识趣味,若能主动因势以救变,可有人生功业上的作为。从曾国藩重提文章要结合经济之道,至黎庶昌将文章、政治、哲学合而为一,薛福成贯彻文与学的结合,吴汝纶强调贯通中西学术且更关注在思想精神如何传于文章,并由严复以翻译文体实践其理论,实已于传统文学中显露出新的生机。本节虽仅着眼于旅行写作,然而晚清经世文学的发展脉络,由此可见一斑。晚清时,作为桐城后学而有海外旅行著述的,尚有文章受吴汝纶影响很深的唐文治③(《英轺日记》④),张裕钊弟子查燕绪⑤(《袖东集》)等;而薛

---

① 严璩:《侯官严先生年谱》,见《严复集》,第5册,第1550页,北京:中华书局,1986年。
② 黄霖:《近代文学批评史》,第210页,上海古籍出版社,1993年。
③ 唐文治(1865—1954),字颖侯,号蔚芝,别号茹经,江苏太仓人。1902年,清廷遣贝子载振赴英贺英王爱德华七世加冕,并兼游比、法、美、日本诸国,时唐文治为参赞。
④ 《英轺日记》,十二卷,光绪二十九年(1903)上海文明书局刻本,题"载振撰",实为唐文治代作。此书前也有"凡例",标榜模仿《黄氏日钞》、《日知录》体,"纪事之余,稍参论议",又说:"舆地之学由来尚矣,是书释地稍从简略者,以有新化邹代钧《西征纪程》考证极审,是以不复详著。至于山水之游,则略仿柳子厚文体,不尚丽藻,惟运神思。庶俾使读者有情满于山,意溢于海之致。"作者后来编选文章作法类书,多收其中篇章。此外,唐文治还有《英轺杂咏》若干首,刊于1936年《无锡国专月刊》,后收入《唐文治文选》,第58—61页,上海交通大学出版社,2005年;《奉使日本记》,1901年代那桐作,收入《茹经堂文集》一编,卷六。据陈衍《茹经堂文集》三编序(《近代中国史料丛刊》,续编第33号),唐文治文章风格极类似湘乡派刘蓉、郭嵩焘、曾国藩三人,或许言外之意在说他重视事功,而不够文学(参见钱锺书:《石语》,第43页,北京:中国社会科学出版社,1996年)。
⑤ 查燕绪(1843—1917),字翼甫,号櫼亭,浙江海宁人。有关《袖东集》见于黄庆澄《东游日记》中(岳麓书社版,第360页)。

福成的后人薛学潜,继承了无锡格致算学传统,日后赴欧洲不求学位而游学数年,著述有贯通古代象数易与近代物理学之努力,算是另辟蹊径。倒有一位私淑桐城先贤的福建文人林纾①,借助几位出过洋懂得外语的友人②口述,以典雅古文翻译西洋小说,也往往被算作是晚清桐城文章对西方文化传入中国的成绩了。

第三节　晚清北京政局与出洋旗人们的言论与心态

相对于曾国藩以湖南强健士风引导晚清中国数十年间的洋务运动,同光时期的北京政界则显得颇为沉闷。辛酉政变(1861)之后的军机处改组,使李鸿藻(字兰生)得以入枢,他是直隶人,党羽亦多北人,他们对于南部的西方势力了解不多,仅凭书生之意气,一味主战,号称"清流",实则多对当时的外交事务起到阻碍作用。外使稍有疏忽,就可能遭到御史台大小人物的奏劾,前文所提及的李凤苞、徐祖正,都因被捉住了贪污的把柄,而被清流党人所参倒。前文提及,郭嵩焘出使期间就受到清流派人物的掣肘,这个以言官为主干成员的政治派系,因两次鸦片战争以来国家屡生外患边衅而极端仇视西方人和西方文明。郭嵩焘尝感叹:"李兰生主张清流,贻害国家,大祸在眉睫间而不知悟,则亦真无如之何矣。"③不过清流人物如张之洞、陈宝琛等,并不完全排斥向西方学习,而且日后甚至成为推动革新的重要人物。由此而观,"清流"派在晚清政局中的整体表现,与其说是同洋务派立场上的对立,不如说是党派间的倾轧,包括李鸿藻的清流集团与李鸿章的北洋集团以

---

① 林纾(1852—1924),字琴南,号畏庐,别署冷红生,福建闽县人。严格来说,林纾不算桐城派中人,他自己也说"得其精髓","遵其轨辙而趋"而已,否认以派为限(《与姚叔节书》,《畏庐续集》)。
② 如魏瀚、王寿昌、王景歧、曾宗巩、陈家麟等。
③ 《郭嵩焘日记》,第414—415页。

及军机处南北派系之间的矛盾。①

"清流"派或"清流党"虽然不见得就等同于顽固保守派,但是"清流"这一称谓,在晚清北京复杂多变的政局之中,毕竟始终代表着以道德优越感为标榜的一种姿态。② 当时京城流传的谚语,有"帝师王佐,鬼使神差"之说,即四种官场最易于晋身者,"鬼使"即指总署官员以及驻外使臣,士大夫依旧不屑为之。总理衙门的章京,例由王公大臣委派,常被人讥为"钻狗洞"。直到甲午之后,郑观应还说:"今之命为清流自居正人者,动以不谈洋务为高,见有讲求西学者,则斥之曰名教罪人,士林败类;"③是年,吴汝纶也在书信中提到,"近来世议,以骂洋务为清流,以办洋务为浊流";④曾在北京同文馆学习继而又考入翰林院的驻日公使汪凤藻,对于帝阙的士议风向十分了然,但也无奈地说:"我辈身任外事,均世俗所谓'浊流'者。"⑤李鸿藻去世以后,清流继任南派领袖翁同龢虽并不完全保守,但也曾和倭仁阻挠天文算学馆的开设⑥,他曾推荐光绪帝阅读冯桂芬《校邠庐抗议》,但又不满光绪在

---

① 与李鸿藻同时期任军机大臣的沈桂芬,为江苏吴兴人(寄籍顺天),便以"谙究外情"著称,当时同为清流,却与李鸿藻矛盾很大。清流与洋务派的矛盾以及当时北京政界中的南北之争,均有益于清廷调节制衡各种政治势力,参看林文仁:《南北之争与晚清政局》,第 102—145 页,北京:中国社会科学出版社,2005 年。
② 直到 1910 年,还有辜鸿铭在上海以英文著《清流传:中国的牛津运动》(*The Story of a Chinese Oxford Movement*,语桥译本,北京:东方出版社,1997 年)一书,将反对李鸿章引西方物质文明人中国的"清流党"比作英国近代史上反对自由主义的"牛津运动"人士,赞美张之洞为复兴孔教、净化民族性的典型人物。
③ 见十四卷本《盛世危言》(1895),"西学",见《郑观应集》上册,第 272 页。
④ 吴汝纶:《与陈右铭方伯》(乙未闰月十一日),《桐城吴先生尺牍》卷 1 中。
⑤ 黄庆澄:《东游日记》,岳麓书社版,第 354 页。
⑥ 翁同龢:《太息》:"太息频占鬼一车,无根白舌故于于。微闻弱水三千界,亦效单于尺二书。象译又开新市舶,贾胡占尽好田庐。韩公老去雄心戢,只有文章告鳄鱼",见《瓶庐诗稿》卷一。时恭亲王奏开天文算学馆,聘洋人教习,欲招满汉科甲出身人员投考,大学士倭仁、翁同龢写奏折表示极力反对。

召见曾纪泽后开始读西学书籍和学习英文。① 为了避免参与总理衙门的外务之职,甚至有倭仁故为坠马、伤足以免的说法;这想必不是虚言,因为张荫桓就曾记其随使人员端沅(字仲兰)的事,此人听说秘鲁山高,前中国使臣郑藻如登山未半、氧气不足而病,遂致瘫痪,副使容闳亦往攀登,口鼻出血而返,"仲兰日虑不永年,求归甚切,猥欲往游两山"②,可见守旧派之态度,竟至于要自戕身体来保全名节的地步。

倭仁以下,北京城的旗人们多受周围舆论环境的影响,而愈发助长其昏聩麻木、不谙时务之习气③,这一点早在鸦片战争中奕山、奕经、耆英等人抗击外侮时即已显露出端倪。而早期与西人谈判的中方代表,一般都是旗人(包括满族和汉军、蒙古八旗),清廷历来对汉人不太信任,不到万不得已是不会起用汉族官员来处理外交要务的。作为第二次鸦片战争之后成立于北京的两个新机构——总理各国事务衙门与京师同文馆,其大臣、学生起初也几乎全由旗人所组成。④ 郭嵩焘出使欧洲之前,清廷有三次非常规的遣使活动,一为斌椿等的游历,一为蒲安臣率领志刚等人的出使,一为崇厚的赴法谢罪,其中中国代表都是旗人。除却崇厚无著述外,斌椿、志刚都有相关的旅行诗文流传。

---

① 《翁同龢日记》,光绪十五年十二月初四日,同年二月,及十七年十一月初一日。
② 《张荫桓日记》,第326页。
③ 民国时期还有遗老去追认镇压维新分子的荣禄为"清流"(崇彝:《道咸以来朝野杂记》,第40页,北京古籍出版社,1982年),纯粹属于一厢情愿的想象了。
④ 参阅钱实甫:《清代的外交机关》,第164及198页,北京:三联书店,1959年。吴福环的《清季总理衙门研究》对此有进一步的说明,指出1877—1898年间虽然汉大臣的数量增多了,但大多还是从事比较具体的事务性工作,而主持总局、制定方针、决策要事的还是满族亲贵(第50—51页);同文馆早期明文规定要"挑选八旗少年"入读,同时提出由粤沪两地的广方言馆各选派二名学生(《筹办夷务始末》,咸丰朝,卷七十一)。

1864年,61岁的前任山西某知县斌椿①被推荐到总理衙门为赫德办理文案,成为西人掌握的总税务司与总署中的满大臣们之间进行非正式沟通的中介。② 两年后,清廷决定派人随同请假回国的赫德一同前往欧洲游历,斌椿即成为最佳人选。实际上,遣使之初"顾华人入海舶,总苦眩晕,无敢应者",只有斌椿"慨然愿往"。③ 此次欧洲之行,先后访问了意、法、英、荷、德、瑞典、芬兰、俄等国,所谓游历使,本来只是类似于外交侦察员这样的职务,不过在当时的欧洲,斌椿均被看作大使来礼遇,许多皇室亲贵都乐于和他会晤。加之他本人长髯飘飘,相貌尊贵,遂使他在西方人眼中获得很好的印象。④

斌椿行前,恭亲王曾要求"沿途留心,将该国一切山川形势、风土人情,随时记载,带回中国,以资印证"。⑤ 他写作了一部《乘槎笔记》和两部纪游诗集⑥,对于沿途的风俗人情多有描述。斌椿原本小有诗名,《国朝正雅集》(卷八五)和《晚晴簃诗汇》(卷一五八)都收录过他的几首诗作,他写阿姆斯特丹河漕风车排水的七律还发表在了报纸上,

---

① 斌椿(1804—1871),字友松,内务府正白旗汉军,辽宁襄平人。关于斌椿逝世的时间,可从1871年2月2日赫德的私人信件中得知,见马士:《中华帝国对外关系史》,第2卷,204页,注释4,张汇文等译,上海书店出版社,2000年。
② 《赫德日记》,1864年6月19日、8月14日、10月18日、1865年8月24日,见布鲁纳、费正清、司马富编:《赫德与中国早期现代化:赫德日记,1863—1866》,第177、238、254、401页,陈绛译,北京:中国海关出版社,2005年。据此书编者所引当时在华英人资料,斌椿得以进入总署以及奉旨出使,是因为他与恭亲王有私人交谊,并且是某位总署大臣(可能是恒祺)的姻亲。
③ 徐继畬:《乘槎笔记序》。
④ 丁韪良:《花甲忆记》,第253页。
⑤ 《筹办夷务始末》,同治朝,卷39。
⑥ 《乘槎笔记》或题作《乘查笔记》,同治七年(1868)家刻本,分上、下卷;1870—1871年间连载于《教会新报》;复收入《小方壶斋舆地丛钞》初编第11帙,以及光绪二十三年(1897)《铁香室丛刻》续集。《海国胜游草》、《天外归帆草》也有同治七年家刻本。1981年湖南人民出版社走向世界丛书本,1985年岳麓书社走向世界丛书本均将三者合刊。

自言是"遍传海国"①,他还曾赠诗给瑞典皇太后,将之比作西王母。②《海国胜游草》、《天外归帆草》中还有题赠西洋少女的诗,见前文引述。这次游历出使并无棘手的外交事件要处理,也不存在什么考察项目,大多数行程都类如普通旅行游览而已。据西人资料,1866年5月斌椿一行到达巴黎后,曾受邀去看戏,他们的席位被安排在法皇拿破仑三世的对面。③ 不过《乘槎笔记》中没有提到这些,而只是描述了演出的布景、效果和庞大的演员阵容。④ 西人注意到斌椿、广英父子以及三位同文馆学生(凤仪、张德彝、彦慧)对于看戏很有兴趣,他们最喜欢巴黎,包括这个城市的娱乐消遣、饮食以及女人。到达伦敦之后,斌椿以身体欠安来躲避繁多的应酬,"但是到了晚上,一到戏剧演出,便奇迹般复元"。⑤

赫德对斌椿着迷于西方都市文明的态度倒是很满意,他以为如果可以让中国使者带着愉快的记忆回国,一定有益于中国与西方各国建立切实的外交关系。他甚至还计划在斌椿回国后将之扶植为中国的"外务部长",这自然没能达到目的。⑥

1868年初,清廷派出了第一个外交使团,先后在欧美各国签订外交条约,建立关系。这次虽设有三名"办理中外交涉大臣",但实际是由美国人蒲安臣(Anson Burlingame,1820—1870)所率领,另外两位中国官员是总理衙门章京志刚和孙家穀。至俄国时,蒲安臣患肺炎而去世,此后便由志刚作为领导。丁韪良在回忆录中提及这个使团,说"其

---

① 斌椿:《乘槎笔记》,第123页,岳麓书社,1985年。诗即《海国胜游草》第36则,前书第170页。
② 斌椿:《乘槎笔记》,第128页。
③ 《赫德与中国早期现代化》,第458页。
④ 斌椿:《乘槎笔记》,第109页,谓"山水楼阁,顷刻变幻","女优登台,多者五六十人,美丽居其半,率裸半身跳舞","剧中能作山水瀑布,日月光辉,倏而见佛像,或神女数十人自中降,祥光射人,奇妙不可思议"。
⑤ 《赫德与中国早期现代化》,第459页。
⑥ 赫德:《日记》1866年7月15日,《赫德与中国早期现代化》,第513页。

中之一是我熟知的鞑靼人，这样安排是为了确保中方的机密性，符合中国派遣本国人的政策，同时提升了特使的尊贵"①。他所说的鞑靼人就是志刚②，此人出身于满清望族，曾为礼部员外郎，后考入总理衙门，出使前为海关道总办章京。相对于孙家毂短短的一篇《使西书略》③，志刚写了四卷《初使泰西记》④，记录沿途观览见闻，如称西人万兽园虽然博收万物，但"所得而可见者皆凡物也"，不见麒麟、凤凰，感叹"世无圣人，虽罗尽世间之鸟兽"，也不足为奇；又评论说巴黎的交际舞会"不可行之中国者，中国之循理胜于情，泰西之适情重于理，故不可同日而语也"；中西天文学的区别，在于中国"自古皆仰观于天"，"今西法则候星用俯察焉"；在他环游地球归来之后，反而觉得邹衍的"九州"之说并不全错。⑤

这些"妙解"实际源于长期"严夷夏之大防"的礼教陋见。自中西礼仪之争以来，清朝的君臣对于同外国人建立外交就往往抱有排斥的态度，从嘉庆帝写与英主的"敕谕"中明言"俟后毋庸遣使远来"，到咸丰帝宁可割地赔款也不见外国使节，从今天看来也无非便是在"叩头"仪式上坚持所谓的"国体"与"君威"。而局势至于不可敷衍搪塞的时候，遣使交涉之初，最为难办的问题也依然还在于"礼节一层"，因此才聘任蒲安臣来代行使臣之职。

志刚识见虽然平庸，但经此出国旅行，也有思想进步的地方，比如说"初入耶稣教国，意其必多与中国之人有碍。及相处渐久，亦未见其

---

① 丁韪良：《花甲忆记》，第 255 页。
② 志刚，生卒年不详，瓜尔佳氏，字克庵，满族镶蓝旗人。
③ 收入《小方壶斋舆地丛钞》初编第 11 帙，钟叔河主编"走向世界丛书"时将之附于《初使泰西记》之后。
④ 光绪三年（1877）北京避热窝刻本，四卷；光绪十四年（1888）刻本，四卷，改题为《初使泰西纪要》；《小方壶斋舆地丛钞》初编第 11 帙，误题其作者为宜垕；1981 年湖南人民出版社"走向世界丛书"本，1985 年岳麓书社"走向世界丛书"本。
⑤ 志刚：《初使泰西记》，第 296、314、315、380 页，岳麓书社，1985 年。

有所抵牾,而反觉其有和美之意,是其性不必与人殊也"①,固然还坚持夷夏有别的观念,但已经放弃盲目自大的态度。《初使泰西记》在临近尾声时曾解说"中国"一名,认为并非"形势居处之谓",而是"由历代相传中道之国"②,这毕竟从地理认知上放弃了天下中心说,仅止于历史文化传统中保持尊严。

　　自清廷正式派遣常驻公使以后,出使各国大臣便多为汉人,他们所受身心之辛苦,从其回国后不久的高死亡率即可证之。直到1892年才有首位汉军正红旗人杨儒接替崔国因担任美西秘三国公使,至1900年之前,旗人公使还有二人。一位是人称"八旗才子"的裕庚,即著名的"德龄公主"之父,其实他出身于汉军正白旗,根本不是宗室,而属于"小五处包衣旗",即满洲汉人奴仆的后裔。另一位是庆常,他是满族人,同文馆早期毕业生,曾与同学联芳在丁韪良主持下合译《星轺指掌》四卷。③ 据张德彝说,庆常在同文馆学生中算是经历比较特殊的,因为他自幼在宣武门内教堂某神甫处学习法文,后经法国公使罗淑亚(Julien de Rochechouart)推荐才进入法文馆学习。④ 显然,这些旗人也都不算满清贵胄;而在当时,汉族官员中颇有请求皇室亲贵出国考察的呼声。黎庶昌在1884年写的《敬陈管见折》⑤中,就说到"西人情伪,大事必用力争,小事可因势利导。然非亲历其境,目验耳闻,难得要领",如果"醇亲王出洋,西人接待之礼文,必异常隆重,胜遣使万万矣"。维

---

① 志刚:《初使泰西记》,第280页。
② 同上书,第376页。
③ 光绪二年(1876)同文馆铅印本;原书系 La Guide Diplomatique, Charles de Martens, Paris: Casimir, 1833。崇彝《道咸以来朝野杂记》:"习英美文出洋最先者,为张在初德彝。习法文出洋最先者为联春卿芳。……后张仕至都统,联仕至外部侍郎,皆诚笃君子人,韬光养晦,从不以通洋务自炫。"(第97—98页)
④ 张德彝:《稿本航海述奇汇编》,第6册,第352页,北京图书馆出版社,1997年。丁韪良《花甲忆记》(第221页)中也说,庆常出身于天主教世家,本人也是位基督徒。
⑤ 黎庶昌:《拙尊园丛稿》,卷五。

新运动期间,湖广总督张之洞倡导出洋游历,说"出洋一年胜于读西书五年","游学之益,幼童不如通人,庶僚不如亲贵"。① 当时的维新党人康有为(代杨深秀)、王照等也都上奏折,主张皇室宗亲甚至光绪本人去海外游历。

到了1901年,迫于局势之危,清室显贵也就不得不走出国门了。起因便是《辛丑和约》要求清政府派重臣往各国"谢罪",其中包括总理衙门大臣那桐的使日和醇亲王载沣的使德。近来出版的《那桐日记》②中保存有那桐③东使日本的旅行记录,因为属于私人日记而更可代表本人的真实心境,从内容上看,这位满大人此行全无任何屈辱愤懑的感受,他在上海的时候就曾连续两天到纺织工厂去看女人,欢喜地说"豳风图无此风味";到达日本之后更是多次狎游访妓,唯一遗憾的是语言不通,"寞寞不得语"罢了。而被黎庶昌所建议出洋考察的那位醇亲王,即光绪的父亲奕譞④,早在1891年就去世了,1901年使德的这位醇亲王是其五子载沣⑤,出任"钦命派赴德国专使大臣"时才19岁。有关载沣使德之事,曾有很多传说,最为著名的是西人小说里说这位醇亲王实由剃头匠冒充代劳,民国时柴萼《梵天庐丛录》以讹传讹地转载此说。1989年,北京首都博物馆将尘封已久的《醇亲王使德日记》⑥公布于世,才攻破这些传言。载沣在日记中提到他在德国所受到的礼遇,行程之中总是所有民众为之脱帽,军舰升起龙旗,他也确实曾为了免除觐

---

① 张之洞:《劝学篇》,外篇《游学》第二,第38页,上海书店出版社,2002年。
② 《那桐日记:1890—1925年》,北京市档案馆编,北京:新华出版社,2006年。其《东使日记》载于上册,第385—401页。另有一篇《奉使日本记》,是唐文治替他作的,见前注。
③ 那桐(1856—1925),叶赫那拉氏,字琴轩,满洲镶黄旗人。
④ 奕譞有《航海吟草》,以诗作记述其巡视北洋水师的经历,提及不少新事物。
⑤ 载沣(1883—1951),爱新觉罗氏,号伯涵,满洲正黄旗人。
⑥ 载沣日记全文由丁山整理,发表于《近代史资料》第73号,第138—168页,北京:中国社会科学出版社,1989年。

见德皇的跪拜礼而装病一个礼拜。① 载沣还游览了德国的书画院、博物馆、动物园以及工厂等,不过都没有详细记述。后来溥仪回忆说②,他父亲是慈禧死后最早变成维新派的亲王,醇亲王府在京城皇室中最早配备汽车、电话,也是民国后率先全体剪辫发、穿西服的,这一切必然与他青年时的德国之行密不可分。

光绪三十一年(1905),清廷下诏"预备立宪",派遣"五大臣"出洋,其中包括载泽、端方、戴鸿慈、李盛铎和尚其亨,此行随员班底很庞大,有伍光建、夏曾佑、钱恂、熊希龄等人,归国之后著述也极为可观,载泽等人的随员所呈交的编译书籍有30部,戴鸿慈还辑录有《列国政要》132卷,以及《欧美政治要义》等书。除了戴鸿慈写出一部《出使九国日记》之外,身为镇国公的内阁大臣载泽③也著有一部《考察政治日记》④,其中有感于到英国时,英王外出避而不见,而日本军舰一到则举国欢迎,遂言"人之重我",还须"我当亟图自重"。他的这部日记写的很认真,对日英法比四国的政治考察各有所得,不过也许是借助于下僚之手⑤,故没有显露出什么八旗显贵常见的习气来。后来"五大臣"归国,得出立宪还要再"预备"九年的结论,而未过九年清朝即已覆亡不存了。载泽之后出国考察的还有载洵、载涛兄弟,多留荒唐掌故于稗官

---

① 英人濮兰德、白克好司在《慈禧外纪》中说,德皇答应豁免跪拜,是"迫于中国向来外交拖延忍耐之手段,而让步焉",卷下,第126页,上海:中华书局,1914年。
② 溥仪:《我的前半生》,上册,第29页,北京:群众出版社,1962年。
③ 载泽(1868—1930),爱新觉罗氏,满洲正白旗人。
④ 《考察政治日记》一卷,宣统元年(1909)商务印书馆铅印本。
⑤ 据说出洋之初,端方的参赞熊希龄曾到东京请杨度代写考察报告,杨又邀请梁启超代笔。梁作《世界各国宪政之比较》,杨作《实施宪政程序》(其中将预备九年改成五年),熊自作《中国宪法大纲应吸收东西各国之所长》,三篇合为"请定国是以安大计折",收入《端忠敏公奏稿》,卷六。由此推想,载泽可能也有类似的代笔之人。

笔记①中，不必多谈。

而晚清出洋次数最多、历时最久的一位八旗子弟，是同文馆第一届毕业生张德彝。② 他早期作为译员随同斌椿、志刚、崇厚、郭嵩焘出使，之后又担任过洪钧的秘书以及罗丰禄、那桐两人的参赞，直到1902年出任驻英公使，40年间亲身见证了晚清外交历史的各个阶段。更为难得的是他每次出洋都著有一部以"述奇"为名的日记。③

张德彝前四次随使欧美各国时都还未满30岁，每每以年青人对周围环境和陌生事物的敏感将之记述，因为粗通英文，也多能主动去和外

---

① 陈瀞一：《睇向斋秘籙》（近代中国史料丛刊续编，第239号），"载洵之笑史"二则。
② 张德彝（1847—1918），初名德明（第一次随斌椿出使时即用此名），字峻峰，后改为德彝，字在初，汉军镶黄旗人。赫德在日记中记述1865年7月底考核同文馆学生事，曾以凤仪为第一，德明为第二，见《赫德与中国早期现代化》，第389页。
③ 《航海述奇》四卷；《再述奇》六卷；《三述奇》八卷；《四述奇》十六卷；《五述奇》十二卷；《六述奇》十二卷；《七述奇》未分卷；《八述奇》二十卷。其中生前刊行的有《航海述奇》，曾连载于《申报》光绪六年（1880）各期，之后又有申报馆丛书铅印本，收入于《小方壶斋舆地丛钞》初编第11帙；《四述奇》，光绪九年（1883）京师同文馆铅印本，同年上海著易堂铅印本，收入《小方壶斋舆地丛钞》时分成5部分：初编第3帙的《使俄日记》，初编第11帙的《航海述奇》、《随使日记》、《使英杂记》、《使法杂记》、《使还日记》；《八述奇》，宣统元年（1909）铁岭张氏石印本。1980年钟叔河先生在北京柏林寺发现了其中七种述奇的誊清稿74本，根据稿本整理出版了前四种，收入走向世界丛书：《航海述奇》（湖南人民出版社版1981年，岳麓书社版1985年）、《欧美环游记》（再述奇，湖南人民版1981年，岳麓书社版1985年）、《随使法国记》（三述奇，湖南人民出版社版1982年，岳麓书社版1985年）、《随使英俄记》（四述奇，岳麓书社版1986年）。1997年，北京图书馆出版社将这七种稿本影印出版，题为《稿本航海述奇汇编》。整理者和研究者多根据张德彝去世后家人所编的《光禄大夫建威将军张公集》（民国七年铅印本）中的线索，来推测《七述奇》已佚；但早在1985年中国历史博物馆就已整理公布了《七述奇》手稿全文，刊载于《近代史研究》1985年第6期，日记扉页有题记，说"《七述奇》未成稿，此次出使日本，因当战后所负使命，深觉有辱国体，故辍而不述"。

人进行沟通,所记的信息也比别人要多些。他随蒲安臣、志刚使团到美国时,就曾与已经闻名中华的诗人"长友",即 Longfellow 会面,称对方"著作高雅,颇著名于泰西"①;他记述美国报纸刊登中国钦差游动物园拾取狮子粪作纪念的事,反驳说"惜西人不知狮子粪可作苏合"②;对于沿途各种语言信息符号,他都有兴趣去学习,在日记里面记下了印度、锡兰、日本等国的常用词汇,甚至还详细记录了西人手语的新旧不同方式。他的日记里多处描述听觉上的触受,尝细致地记录过伦敦街头的一些声音,包括鸟鸣虫唱、儿童的歌谣(以英汉对音方式)和商贩的叫卖声。英伦文士阿狄生(Joseph Addison,1672—1719)作文描述伦敦市井叫卖声的野腔无调、不分时宜,市民是以商贩叫喊的腔调而非内容来判断他们的货色。③ 时间过了将近二百年,在一个寒冷的清早,张德彝也被这样的声音吵醒,但他在日记中说,"闻有卖新闻纸与面包、菜肉等物者,往来不绝,声似京华"④,想必感到十分亲切。

对于这位年甫及冠就已出海远行的旗人子弟而言,思乡愁绪常会以极为强烈而直接的方式表达出来。脉脉乡愁常会借由异域行人的感觉触味所导引抒发,生活方式往往较之于思想观念更为永久、稳固,进入陌生的环境之后,难免因生活方式的不同而产生不适之感。时至晚清,中国人的饮食(尤指满汉)较之于西洋餐饮,其味道、材质差别很大,如薛福成所观察,"西人养生之具,大半恃牛。苟非甚贫苦者,皆啖牛肉"。⑤ 一踏上轮船,就是西方文明的世界,牛羊膻腥与狂风巨浪一

---

① 张德彝:《欧美环游记》(再述奇),第 702 页,岳麓书社,1985 年。有关郎费罗与中国文学的关系,参阅钱锺书:《汉译第一首英语诗〈人生颂〉及有关二三事》,《七缀集》,第 137—142 页。
② 张德彝:《欧美环游记》,第 760 页。
③ 约瑟夫·阿狄生:《伦敦的叫卖声》,刘炳善译,北京三联书店,1997 年,第 24—29 页。
④ 张德彝:《欧美环游记》,第 710 页。
⑤ 薛福成:《出使英法义比四国日记》,第 255 页。

起来冲击这些中国旅人的五脏六腑。张德彝第一次出海,立即开始晕船,呕吐无宁,以至于一听到开饭的铃声就会"大吐不止"。① 待他在国外生活既久,对于西方美食竟能"渐入佳境",由巧克力、咖啡、冰激凌、香槟、红酒、啤酒、法国夹心糖②至松露③、朝鲜蓟④、鹅肝、桃仁奶茶等,都津津乐道,后来在航程中还以法葡萄酒消除旅途烦躁。⑤ 待他六度出海时,遇到大风暴雨,行船颠簸,已经可以得意地记说"众莫能与,余独无恙"⑥,他也终于理解西餐的饮食之道:"肉有须生硬带血者,菜有须熟烂如泥者,盖肉有熟而不易克化,菜有生而致人泻肚者,故皆求其得当而后已"⑦,后来甚至连篇累牍地记录起了英国人的食谱。⑧ 张德彝不像王韬、袁祖志等上海名士那样可以平日出入西餐馆,他从中国北方饮馔五谷的口腹习惯里能够逐渐适应并吸收西餐之营养,从当时来看实为不易。

张德彝于世俗风化问题上也颇敏感,曾记英法人士新发明的避孕工具"英国衣"、"法国信"⑨,批评这有悖于孟子"不孝有三"的圣训⑩;多记欧美青年男女自由恋爱之事,说成是"男私女而不为耻,女通男而

---

① 张德彝:《航海述奇》,第 450 页。
② 张德彝:《欧美环游记》,第 742 页。记作"邦邦",即 bonbon。
③ 同上书,第 698 页。记作"土伏萝",即 truffle。
④ 张德彝:《随使法国记》(三述奇),第 372 页,岳麓书社,1985 年。记作"阿的抽",即 artichoke,artichaut。
⑤ 张德彝:《随使英俄记》(四述奇),第 839 页,岳麓书社,1985 年。
⑥ 张德彝:《六述奇》,《稿本航海述奇》,第 6 册,第 673—674 页。
⑦ 张德彝:《五述奇》,《稿本航海述奇》,第 5 册,197 页。
⑧ 张德彝:《六述奇》,《稿本》,第 7 册,第 560—561,615,686—689,721 页;第 8 册,第 173—174 页;《八述奇》,《稿本》,第 10 册,第 201—204,734—736 页,等等。
⑨ 张德彝:《航海述奇》,第 498 页。又见《五述奇》,《稿本》第 5 册,第 195 页。
⑩ 张德彝:《欧美环游记》,第 744 页。

不为羞"①,"男女私交不为例禁"②,他在随使德国的日记里说"余回寓时,常见有对对鸳鸯或坐铁椅,或骑木栏,或相搂抱,或相接吻,种种丑态,难以尽言也";他平日阅报时间很多,常常留心新闻中的风化案,述其始末,以图昭示西人世风的浇薄,他替外国人担忧,"恐濮上桑中,有甚于芍药相赠者"③;对巴黎美术学校里的裸体模特颇有侧目,不过却赞赏比利时的选美大会,称其"不惟取其身貌,兼以品行语言",乃是"国富民安"的表现。④

张德彝对于西方戏剧演出的关注,近来已有人做过全面的调查。⑤需要补充的是,张德彝对戏剧的爱好不仅同晚清北京旗人的生活习惯是分不开的⑥,而且可能也与他同文馆的生活有关,赫德曾在日记里提到选拔斌椿随行人员之前,曾去看学生们业余演出的事,从剧目上看应该是西洋风的话剧⑦,这也许是当时外语教学的一种方式,张德彝很有可能亲身参与其中。因此他到海外看西洋剧就比较熟悉演出的程序和欣赏的角度,加之后来外语能力有所提高,从记下主人公名字到复述大

① 张德彝:《航海述奇》,第564页。
② 张德彝:《随使法国记》,第473页。
③ 张德彝:《六述奇》,《稿本》,第8册,第170页。
④ 张德彝:《五述奇》,《稿本》,第5册,第487页。
⑤ 尹德翔:《晚清使官张德彝所见西洋名剧考》,刊于《东方文学研究通讯》,2005年第1期。此文根据《稿本航海述奇》各部所记载的观剧日记,考证出比较著名的西洋剧目14种,当然不止这些,因为虽然张德彝对其他戏剧演出记述得也很详细,但可能只是通俗剧,很难进行考索。
⑥ 像王韬、郭嵩焘、黎庶昌、刘瑞芬等人也多在旅行记中提到看戏的事,但记述都过于泛泛,例外者比如王之春《使俄草》提到剧名《鸿池》,当是《天鹅湖》,已广为学界所知。
⑦ 赫德《日记》,1866年2月5日,提到剧名分别是《吾妻》和《5镑去巴黎》,评价效果"极佳",见《赫德与中国早期现代化》一书,第446页。徐珂《清稗类钞》"戏剧类"(第5069页,北京:中华书局,1984年):"西伶之来华演戏也,道光朝已有之,当时呼为洋戏。"并钞录了陈元鼎于观后所作的《洋戏行》一诗。复见于钱仲联主编《清诗纪事》,卷十五,第10359页。

概情节,远远超过同时代人只是"热闹热闹眼睛"的水平。① 不过张德彝对西洋文学的认知也就仅限于此了,他虽然看了那么多由英、法、俄、德文学名著改编的戏剧,但从来没有提到过莎士比亚、大仲马、狄更斯等人的名字,他对西方诗人的认识止于郎费罗,对西方小说的认识止于《格列佛游记》②,对西方古典文化,他则说:"西国于二千年前当罗马希腊两国盛时,亦供有神佛娘娘,人皆尊敬而礼貌奉之,察其数似较《封神演义》者尚多。"③

1891年,张德彝随使归国,得洪钧的奏保选为道员,这年冬天,光绪皇帝招同文馆教习进宫"侍读英文",赐免跪拜,于是张德彝和另一位同文馆出身的沈铎成为了光绪的英文教师,在宫廷中掀起一股学习英语的热潮。④ 此后他随罗丰禄和那桐出国时便升为参赞,1902年终于担任出使英、意、比三国大臣(后来免去意、比两国公使的兼职)。此番出使,轻车熟路,无甚棘手事务烦心,又因为年长位尊,可携带夫人子孙一同旅行,免除不少孤闷之苦。不过《八述奇》多记述英国宫廷典礼的繁文缛节和欧洲政事,而少见街头巷尾的新闻趣事了。在此期间,张德彝还充任"补画瑞士红十字会全权大臣",他的肖像出现在伦敦的明信片上,旁边注明:"张大人,他曾被北京召去负责教'天子'(Son of Heaven)英语"。⑤

晚清同文馆学生中,一共有12位驻外公使,除张德彝外还有:汪凤藻、刘式训、陆征祥、吴宗濂、刘镜人、杨兆鋆、杨晟、庆常(满族)、荫昌

---

① 钱锺书引《儿女英雄传》中的话,见于《汉译第一首英语诗〈人生颂〉及有关二三事》,《七缀集》,第155页。
② 张德彝:《八述奇》,《稿本》,第10册,第461页。
③ 张德彝:《六述奇》,《稿本》,第6册,第767—768页。
④ 丁韪良:《花甲忆记》,第214—215页。
⑤ 《光禄大夫建威将军张公集》卷四,"遗迹",1918年铅印本。

（满族）、杨枢（回族汉军旗）、萨荫图（蒙古族）①，同张德彝一样，他们都是担任了很久的随使译员后才成为正使的。1901年外务部替代总理衙门之后，起用有外语和外交专才的人，不过此时的公使已经没有什么权力在手了，处处要听实为洋人掌控的外务部的指令。据张德彝亲友追思录所载，"光宣之际，驻外使臣仅负全权之名，大端实操诸外部，君使外时，尝叹为无异舌人，自惭旷厥职任"。② 张德彝回国之时，业已花甲之年，这些年游目四海，应该对中国于世界中的地位和形势十分了解，不过他在日记里只述见闻，不论时政，也就无从知道他胸中有何经国方略了。

总体而言，1900年前后是晚清外交使臣队伍发生变化的时间分界线。这不仅是自张荫桓、许景澄到李鸿章的相继去世所造成，更主要的是庚子国变导致国内外政治格局发生了根本变化。1901年《辛丑条约》之后，清政府废除总理衙门而改设外务部，外交工作开始走向专业化。③ 1906年底出台的《变通出使设立员缺及薪俸章程》④，对出使大臣的外语、资历以及任期等方面都有了严格要求。将大小人员选用权都集中在此部，并要求外交官员职业化，"俾终身于外交一途，以尽其才"，取消了很多使臣权责，其中还特别明确规定了参赞、随员不再可

---

① 据孙子和《清代同文馆之研究》（第206页，台北：嘉新水泥公司文化基金会，1977年），汪凤藻、杨兆鋆、刘式训、陆征祥、吴宗濂、刘镜人6人是上海广方言馆选送（孙书提到的胡惟德毕业于沪馆，并非京师馆的学生），杨晟是广东同文馆选送。余者5人全部在旗，属于真正由京师同文馆培养的晚清外交使臣，此外充任领事、以及一直在驻外使馆担任书记、翻译、参赞、随员的同文馆学生还有40多人，名录见孙子和书，第501页。
② 潘士魁："行述"，《光禄大夫建威将军张公集》卷二。
③ 参阅秦国经：《清代的外务部及其文书档案制度》，《历史档案》，1981年第2期；以及前揭戴东阳文章。
④ 王克敏编：《光绪丙午（三十二）年交涉要览》，中篇"章程"，交际门遣使类，见《近代中国史料丛刊》，续编第295号，第1054—1062页。

以随意由使臣自己选拔举荐。这些改变纠正了以前一些弊端,起用曾参随出使的资深人员,重用了同文馆毕业生和留学生,使得驻外公使群体的知识结构发生根本变化①;但从另一方面来说,出使大臣的权责减小,处处受制于外务部,士大夫的个人人格就难再显现得出来,昔日常被士林期许为"乘长风破万里浪"的交聘会盟之功业,终究风流云散了。②

---

① 冒鹤亭记伍廷芳不甚读中国书,曾与之言:于《论语》只知"己所不欲,勿施于人"二句,且亦译自外国书,见《〈孽海花〉闲话》,收入魏绍昌编:《孽海花资料》第4辑,上海:上海古籍出版社,1982年。此说未尽可信,但可从侧面得以了解一部分"新派"公使的学问根柢究竟如何。

② 陈灨一在《新语林·品藻》中记载袁世凯向驻华英使评说清末民初的外交人才:"邹紫东、李木斋、李柳溪、孙慕韩、汪伯唐、钱念劬,或起家词馆,或出身孝廉,或嗣承爵荫,虽都尝持节海外,然非折冲樽俎之才。唐少川、伍秩庸、李伯行、梁嵩生、陆子欣、胡馨吾、曹润田、高子益辈,学通专门,语擅东西,且娴习列邦政象民情,居内固游刃有余,使外亦迎刃而解",可见知识结构变化后的使臣标准。

第五章　在汗漫之游中构想文明新境
——思想启蒙者的海外阅历和世界蓝图

阮元创办学海堂时,广州富庶丰厚的经济基础成为推动岭南学术兴盛的重要因素。① 而以珠江三角洲为中心的岭南地域之所以经济兴盛,主要依靠的是作为中外交流门户的特殊地理位置。梁启超称广东自古即为"世界交通第一等孔道"②,罗香林在广州演讲《中国学术史上广东的地位》(1937年),说广东学术"不但往往能够转移整个的中国的学术风气,而且能够直接间接的影响欧洲和日本的学术思想"③,就有些夸大了。不过粤省自明清以来,确可算是豪杰挺生之地,岭南士人得处于近世触发外患最前沿之地带,长于对思想文化层面的变革有

---

① 程美宝:《地域文化与国家认同:晚清以来"广东文化"观的形成》,第170—171页,北京:三联书店,2006年。书中提及学海堂学人同广东十三行行商存在着各种交往关系,如鸦片商人伍崇曜对其经费上的赞助支持,是故吴兰修会在鸦片战争前夕抛出他的《弭害篇》,鼓吹鸦片合法化(见上文第一章第二节)。
② 梁启超:《世界史上广东之位置》(1905年),《饮冰室合集》,"文集"之十九,第92页。
③ 罗香林:《中国学术史上广东的地位》,《书林》,第一卷第3期,1937年4月。

敏锐感觉,于学问思想上"往往独张一帜于中原之外"①,这或类如沈曾植言王国维的"善自命题"。② 然而另辟天地、别张旗帜的时候,也不免多有生于想象者,故中国近世有所谓三大空想话语形态,即洪秀全的"太平天国"、康有为的大同学说和孙中山的三民主义理想,这三者俱出于岭南一隅,并非偶然。康有为欲以今文经学治天下,梁启超提倡"新民"之说,在晚清中国都可属于"新型意识形态话语构造的尝试"。③ 其中得益于对外部世界的认知,同时也包含着对自身所居处地域、家国的文化认同或反思。

康有为④幼时失怙,其祖父和大伯代行教育之责,带他周游四方,这培养了他开阔的眼界,亦助于他自由读书议论的胆识。1874年,康有为十七岁,"涉猎群书为多,始见《瀛环志略》地球图,知万国之故,地球之理"⑤,彼时洋务运动已经展开,国内学术风气大变。乾嘉史地考证之学已经无力对西人讲述的外部世界进行置疑。康有为一经接触,即以万国之故地球之理为可信。此后,他就学于昔日学海堂学长、南海大儒朱次琦的礼山草堂,在思想学术上大有精进,决计抛弃科举制艺之学,并自信三十岁前可读尽天下书。⑥ 钱穆谓:乾嘉学人专于经术而不能通以史学,流于细碎无用,之后章学诚、魏源已经洞察其弊,至朱次琦

---

① 陆乃翔等:《南海先生传》(上编),夏晓虹编:《追忆康有为》,第37页,北京:中国广播电视出版社,1997年。
② 王国维:《尔雅草木虫鱼鸟兽释例》自序,《观堂集林》卷四,北京:中华书局,1984年。
③ 杨念群:《儒学地域化的近代形态——三大知识群体互动的比较研究》,85—86页。
④ 康有为(1858—1927),原名祖诒,字广厦,号长素、更生,广东南海人。
⑤ 康有为:《康南海自编年谱》,同治十三年(1874),楼宇烈整理《康南海自编年谱(外二种)》,第6页,北京:中华书局,1992年。地球图,指《瀛环志略》卷首的《地球平圆全图》。
⑥ 康有为:《康南海自编年谱》,光绪二年(1876),第7页。

才讲清楚这个道理。① 康有为回忆说:"九江先生提奖范氏《后汉书》之风俗气节,故尤致力焉。"所谓风俗气节,指的是《后汉书》中所反映的因世变情异而造成的种种社会风貌。范晔博学深思,耻为文士之文,他删削后汉诸史,自成一书,"欲因事就卷内发论,以正一代得失"(《狱中与诸甥侄书》),其用意在于追溯后汉衰亡之原因,比如羌戎之患;而晚清之边难,远甚东汉时,如何在此时代命题下创立不朽功业,渐为有识之士所共虑者。光绪五年(1879),康有为别礼山草堂,孤自入樵山读书思考,诗作里出现"腐儒心事呼天问,大地山河跨海来"②的眼界,与"世界开新逢进化,贤师受道愧传薪"③的心绪,显示他在学术和功业上另有抱负。就在这年,他薄游香港,"乃知西人治国有法度",从此渐收西学之书。但康有为常常感到西学新理的不足,1895年他曾向张之洞建议,多找人翻译像《列国变通兴盛记》、《泰西新史揽要》这样的书。及至他逃亡出国,渐渐感到与其寻求关切中国社会时弊的西学新书,不如用自己的考察记录来得更为便捷,于是写作了为数众多的"列国游记"。康有为后来说当读中国书,游外国地,"以互证而两较之,当不至为人所恐吓,而自退处于野蛮也"。④ 依他的用意,即是要把平生游历见闻,参合中土文化,进而考察历史与现世之得失。

梁启超⑤的故乡广东新会,为南宋覆灭时君臣投海之处,其地有厓门三忠祠,祀文天祥、陆秀夫、张世杰,清陈恭尹有《厓门谒三忠祠》,其中名句"海水有门分上下,关山无界限华夷",是梁启超幼时的户外教

---

① 钱穆:《朱九江学述》,《中国学术思想史论丛》卷8,第315页,合肥:安徽教育出版社,2004年。
② 康有为:《秋登越王台》,《康南海先生诗集》卷1,《延香老屋诗集》,第31页,《康南海先生遗著彙刊》第20集。
③ 康有为:《苏村卧病写怀》其三,《延香老屋诗集》,第40页。
④ 康有为:《意大利游记》,第115页,钟叔河主编走向世界丛书本《欧洲十一国游记二种》(是书包括《意大利游记》、《法兰西游记》两种,下文简称作"岳麓书社版"),长沙:岳麓书社,1985年。
⑤ 梁启超(1873—1929),字卓如,号任公,别号饮冰室主人等,广东新会人。

育中祖父所常为之朗诵者①,对其世界观与历史感的养成或有陶冶熏染的作用。他11岁于坊间购得张之洞《輶轩语》、《书目答问》二书,读而"始知天地间有所谓学问者"②,16岁进入学海堂(1888年),成绩优异,很快考取举人。1890年梁启超入京会试不中,归途于上海购得《瀛环志略》,也是从此"始知有五大洲各国",回乡后结识上书变法的康有为,从此舍弃旧学、退出学海堂而转投南海门下。③ 甲午战争后梁启超22岁,假借进京赴考而"作汗漫游,以略求天下之人才"④,并结识夏曾佑、张謇、谭嗣同、曾广钧等江浙与湖南籍人物。⑤ 此后梁启超在北京随康有为倡导新学,1896年至上海主持《时务报》,著《变法通议》、《西学书目表》、《读西学书法》等,与黄遵宪、徐建寅、盛宣怀、严复等人交往。梁启超闻说黄遵宪有将出使德国事,便恳请偕行,因变故而两人都未能成行;同乡伍廷芳使美邀请随行,也因志趣不投而被他拒绝了。之后他得任湖南盐法道的黄遵宪说项,往长沙时务学堂执教,借《公羊》、《孟子》发挥民权说,引起强烈的反响,最终为守旧派逐出湖南。1898年梁启超再回到北京,与康有为为变法维新而奔波,政变发生之后,得日本公使之护而逃亡日本。

　　黄遵宪⑥资历比康、梁都早很多,他年青时得广东籍的洋务能臣张荫桓、郑藻如、陈兰彬知遇,中举后以参赞身份随何如璋使日,后来又担任旧金山、新加坡领事,期间还作为参赞随薛福成出使英国。1895、1896年间,先后结识康、梁二人,引为同志。与康、梁不同的是,同样来

---

① 丁文江、赵丰田:《梁启超年谱长编》,第6—7页引梁启勋《曼殊室戊辰笔记》,上海人民出版社,1983年。
② 梁启超:《变法通议·论幼学》,《饮冰室合集》,文集之一,第55页。
③ 梁启超:《三十自述》,《饮冰室合集》,文集之十一,第16页。
④ 丁文江、赵丰田:《梁启超年谱长编》,第33页引梁启超《与穗卿兄长书》。
⑤ 1895年的公车上书,以广东士人率先鼓动,而后得湖南士人应和,此即康有为《自编年谱》中所谓的"粤楚同递"。
⑥ 黄遵宪(1848—1905),字公度,号东海公等,广东嘉应人。

自广东的他故乡在粤东嘉应州,属于"岭东"地区,其方言、风俗、文化等特征都和珠江三角洲的岭南地区差别很大。① 嘉应历来属于粤东的偏僻之地,人民多流散海外,1899 年,黄遵宪《己亥杂诗》第三十三首自注中说:"州之为国,土瘠产薄。海道既通,趋南洋谋生者,凡数以万计。"幼年出海经商的谢清高即此地人氏。艰苦的生存环境、距离中原传统文化稍远、以出海通商作为谋生手段,这些因素都易形成坚忍、勤奋、独立的地域文化品格。钱锺书说黄遵宪诗歌特点在于"奇才大句"、"大胆为文",很像其同乡宋湘(芷湾)②,可谓知人通论。黄遵宪的确在早年曾认真学习过这位前辈诗人,被胡适所特别表彰的"我手写我口,古岂能拘牵",便源于宋湘"我诗我自作"的宣言。不仅如此,与黄遵宪同样属于嘉应客家诗人并且彼此交往密切的丘逢甲、胡曦、梁诗五、王晓沧等人,也多有海外旅行的纪游诗作或以新语句入诗的尝试,形成了别有特色的地域文学集团。③ 近来学界多会注意到黄遵宪、丘逢甲等多热衷于改良和地方自治,对于岭南人士所滔滔议论的政治革命兴趣不大。出于强烈的乡土意识,黄遵宪、丘逢甲等除写作"新派诗"外,也极为重视发掘本土的山歌、兴办地方教育等事。然而从客观上来说,对外部世界的认知与对本土民间文化的发现与重建,两者都可以成为近代文学革命的武库,或如康有为说:"公度生于嘉应州之穷壤,游宦于新加坡、纽约、三藩息士高之领事馆,其与中原故国文献,至

---

① 陈平原:《乡土情怀与民间意识——丘逢甲在晚清思想文化史上的意义》,《当年游侠人》,第 52—54 页,北京:三联书店,2006 年。
② 钱锺书:《谈艺录》,第 23 页,中华书局,1984 年。康有为《人境庐诗草序》中也说"嘉应先哲多工词章者,风流所被,故诗尤妙绝"。
③ 张应斌:《嘉应诗人与诗界革命》,《嘉应大学学报》(哲学社会科学),第 19 卷第 4、5 期,2001 年 8 月、10 月;郭真义:《近代粤东客籍诗人群体及其创作》,《广西社会科学》,2004 年第 3 期。此外像清初的罗浮诗人林凤岗、光绪年间连平的叶树蕃,诗集中也体现出这种风格,见《清代稿钞本》第一辑,第 24、26 册。当然,粤东、粤北诗人以西洋器物入诗的风气还是不如岭南作家群中来得普遍。

不接也"①,这种边缘化的因素可以成为改变中心的源动力,求验于历史,也是屡屡可证。

第一节 康、梁海外行程中的政教考察

康有为在1901年前,还抱有求助英人力量推倒那拉氏的打算。首次欧游,自比赴秦请援的楚臣,亟欲在事功上有所作为而无心观览。②羁留海外时日既久,其眼界与心境开始趋于平复。"浮海居夷吾亦乐,花阴徒倚作桃源"③,1901年夏,康有为在槟榔屿安居数月,闻中国局势,感到无力回天。他作诗谓:"人生若飞鸟,太空自飞没。踪迹皆偶留,长久同仓卒。"④假如联系他早年随祖父的行游记忆,以及晚年《诸天讲》里"历劫无恙,日为天游"的浩然之言,即可了解萧公权所说康有为性格中时常追求"对生命的一种欢乐感","好像是他将长期流亡当作快乐的旅游,满足他的游癖,而无因挫败尝得苦果"。⑤ 惟此缘故,康有为才会将如此大的热情投入于旅行观览和著作游记⑥中去。他两年

---

① 康有为《人境庐诗草》序(1908)。
② 康有为:《补英国游记》(1909),道及当年旅程:"此行以事等秦庭之哭,不及记游",见上海市文物保管委员会整理:"康有为遗稿"丛书本《列国游记》,第582页,上海人民出版社,1984年。
③ 康有为:《槟屿月夜倚阑》,《康南海先生诗集》,卷五《大庇阁诗集》,第71页。
④ 康有为辛丑七月十五日诗,《大庇阁诗集》,第68页。
⑤ 萧公权:《康有为思想研究》,第19页,北京:新星出版社,2005年。
⑥ 康有为早年发表的短篇游记:《游域多利温哥华二埠记》,《清议报》,1899年5月20日;《域多利义学记》,《清议报》,1899年5月30日;《游加拿大记》(署名"更生"),《清议报》,1899年8月26日;《美洲祝圣寿记》,《清议报》,1899年9月15日。自1901年岁末写成《印度游记》始,约计三十余种,其中以记述1904年行踪的《欧洲十一国游记》(从目次上看,为意大利、瑞士、澳地利、匈牙利、德意志、法兰西、丹墨、瑞典、比利时、荷兰、英吉利十一国,没有单独成篇的《挪威游记》)最为著名,然当时广智书局仅出版了《海程道经记·意大利游记》(1905)和《法兰西游记》(1907)。1911年,《国风报》欲连载《西(转下页)

居美、墨、加,七游法,九至德,五居瑞士,一游葡,八游英,频游意、比、丹、那,久居瑞典,"十六年于外,无所事事,考政治乃吾专业也"①,自得之意,溢于言表。而这"考政治"其实包含范围极广,所有政教风俗、科学艺术都纳于其中。

这种带有乐感的文化行旅,可激发思想的四海畅游与视野的古今跳跃。康有为对于世界诸文明古国都有所览阅,其议论之文辞,一方面是对历史遗迹的赞叹与对悠悠古风的怀想,另一方面则伤悼于古国今日的文教衰颓。他最敏感的是气候风貌:印度五河水极浅小,丫忌喇

(接上页)班牙游记》(1906),仅有第17期即止。1913年,康有为办《不忍》杂志(共10册,其中九、十两册合),将以前所作的几种游记发表于"瀛谈"一栏中,依次为《突厥游记》(1908)、《欧东阿连五国游记》(1908,包含塞尔维亚游记、布加利亚游记、希腊游记,篇首有1913年序)、《补德国游记》(1907)、《满的加罗游记》(1907)。1915年出版的《最近康南海文集》(《近代中国史料丛刊》,初编,第795号),其卷六"游记"部分包含《巴西记》及已经刊载的《突厥游记》、《布加利亚游记》和《补德国游记》。康有为门人蒋贵麟氏辑录的《康南海先生游记汇编》(台北:文史哲出版社,列于"中国文史哲资料丛刊",1979年),增加了新觅得的《印度游记》,其他各篇则多采用初次发表的版本影印汇集;1984年,上海市文物保管委员会整理康有为手书稿本,辑录旅行记二十六种,汇成《列国游记——康有为遗稿》(上海人民出版社,1995年初版)一书,其中除却已刊游记诸稿与刊行本文字上多有出入外,另外有二十种为初次发表,其中大半是整理自康氏手迹;2004年,北京图书馆出版了新近发现的《康有为牛津、剑桥大学游记手稿》,分影印、释文二册,是1904年7、8月间康有为在英国这二所大学的游览见闻,很可能是《英吉利游记》中单独抽出来的。此外尚有数篇不见留存的,张伯桢《南海康先生传》即附有刻书时所经眼的康有为稿本目录,其中包括《威尼士游记》、《奥国游记》、《美国游记》、《墨西哥国志(游记附)》、《耶路萨冷游记》、《埃及游记》、《续印度游记》等篇。其中《奥国游记》手稿已经找到,收入姜义华、张荣华编订的新版12卷《康有为全集》(北京:中国人民大学出版社,2007年)中。《康南海先生诗集》的第四至十二卷收入其海外纪游诗作,且有的诗题很长,带有叙事功能,也可以补充他旅行的线索痕迹。

① 康有为:《共和平议》,蒋贵麟主编:《康南海先生遗著汇刊》第13集,第1页,台北:宏业书局有限公司,1976年。

(Agra)四围"极目林野,沙尘漠漠"①;希腊群山枯槁,终岁无雨,雅典城"烈日炎燠","沙尘坌卷"②;埃及则是"石山以内,绿野夹江;石山以外,飞沙走黄"③;耶路撒冷更是一派"石山绵磲砢"、"草浅木不生"④之景象。康有为认为文明气运的存亡是和气候与水文地理直接联系的("计雅典盛时,必不若此,盖失气运久矣"⑤),这根本是出于主观臆猜,并无历史根据。然而却颇可反映出旅行者的心情,因为那眼前的故是今非的时间陈迹,强烈地撩发其人的故国之思与人世兴废之忧惧。他的《印度游记》与《希腊游记》最值得注意。不仅是因为此二篇为古国旅行记留存最全和记述最详,更是因为古印度、古希腊是与古中国并驾齐驱的三种文明,代表三种不同的文化价值观念。康有为思想敏锐、读书博杂,自然不会满足于叙述游览之乐,而是企图透过他自己的观察来对此论题作一番研究。

康有为青年时于佛典颇下力研读。梁启超曾经总结其路向,盖"由阳明学以入佛学,故最得力于禅宗,而以华严宗为归宿焉"。⑥ 然而他主观意识极强,喜欢议论是非⑦,又自命教主、圣人,是故行于先贤之故地,必大言古今感通,谓"久读佛典之恒河,今亲渡之,与之习熟,如黄河大江,已恍然如见古德说法时"。⑧ 他并不完全服膺佛教,因此来印度游览之性质异于宗徒朝觐,而是要考察印度各种宗教政俗。他概

---

① 康有为:《印度游记》,《列国游记》,第 18 页。
② 康有为:《希腊游记》,《列国游记》,第 569 页。
③ 康有为:《康南海先生诗集》,卷十一《南兰堂诗集》,第 31 页。按,康有为至埃及的时间在 1908 年,萧公权曾谓某教授示以两本埃及文字初学入门书籍,上有康有为手迹,称购于开罗。由此可证他对外国古文字的兴趣。
④ 康有为:《南兰堂诗集》,第 46 页。
⑤ 康有为:《希腊游记》,第 570 页。
⑥ 梁启超:《南海康先生传》,《追忆康有为》,第 15 页。
⑦ 梁启超说晚清"'今文学家'多兼治佛学",又言康有为"往往以己意进退佛说",见《清代学术概论》,第 99 页,上海古籍出版社,1998 年。
⑧ 康有为:《印度游记》,第 3 页。

括印度人的性格特征及其成因:

> 地为热带,故精气涣散,以致其人神气怠缓;
> 旧俗辨种,上种刹利为王、婆罗门为士,其下种首陀为商,至下种(吠舍)为农工,积数千年未尝养生易种,故其人愚俭苦黩。①

前者言地理因素,后者言历史因素,时空都呈现闭闷阻隔之象,思想无从解放,社会无从进步。及后来他在乜刀喇(Muttra)一处村市见到某王妃孀居之塔楼,门户堵死,楼上女子数十年幽居于此,此极不人道的行为与建筑的雕镂精美形成鲜明对照,康有为感叹"幽闭伤天地之生,郁人道之和,失自由之性,旧俗多如是,皆教不平等所致也"。与之相比,康有为认为中国文化更强调平等,也更重视仁道。他引据公羊学的"三世说",谓"据乱之世亲亲,升平之世仁民,太平之世爱物",印度婆罗门教陈义过高:未至太平世,自身不保,先遽行戒杀之法,反而于人间诸多残酷之礼俗视若无睹,就是失时乱序的害处。

康有为对希腊向往甚久,在《欧洲十一国游记》先期出版的《海道行程记》(与《意大利游记》合作一书)中,他乘坐海船过地中海,临近爱琴海域,即抒发他的钦慕之情:

> 遥想二千年前之文物,今犹焜耀于大地。今亲过其境者,如与索拉底、毕固他拉、柏拉图、亚里士多德接,为之低徊终日。②

其《地中海歌》还有"七贤不可见,民政今未渿"一句,亦可证明他对希腊文化已略有了解。而《海中道行程记》中还提到:

---

① 康有为:《印度游记》,第8页。
② 康有为:《海道行程记》,《意大利游记》,第67页。

> 经一岛名噫饰驾。当西一千二百年前,大将遨厘(尸嘘)士往君士坦丁攻拖来,曾驻此岛。诗人贺梅尔,有诗二十篇咏之云。

噫饰驾即是荷马史诗中奥德修斯之故乡 Ithaka。康有为此段记录想必是透过别人介绍而知,但并不排除他先期对荷马著作早有耳闻的可能。艾约瑟于 1857 年即在《六合丛谈》发表《和马传》①,此后数十年间,又写过多篇介绍古希腊文化的短文。康有为应该读到过他在《万国公报》上发表的那篇《希腊古迹》。② 至 1908 年夏末,康有为得以踏上希腊疆土,登临厄岌坡利士冈(即雅典卫城 Acropolis 所在处),驰目骋怀,感慨颇多。遥望西南海岛,即想起雅典人在希波海战中的奇功伟绩("海水荡西南,波斯舰所截。百万师何雄,竟为小邦折。");顾盼古堂遗庙,摩挲石柱刻像,更对于巍巍武功之外的人文美好产生激赏之心。康有为在旅行记中反复言之:"雅典人以美为大义","雅典之山川至美,故其人之文物、义理以美为尚"③,甚至认为中华与印度亦不能过此;康有为对雅典古剧场的规模尤为赞叹,他先后参观了噫罗爹士厄的哥士戏场(Herod Atticus Odeum)和重新整修的文石大戏场(可能即 Theatre of Dionysos)。久居海外,康有为对剧院于西方社会的公共场域之意义多有认识,然而"彼在远古,合群之大、行乐之盛已若此,诚令后人惊绝"。④ 至此康有为作一结断:

> 盖欲致地方之美盛,非大行地方自治不为功,尊而优之,俨成国体。当其沃土近江海者,其盛不可思议,观于意之喱尼士、佛罗链士,德之汉堡而可推矣。⑤

---

① 《六合丛谈》,第 12 号,1857 年 12 月 16 日。
② 《万国公报》,第 620 卷,1880 年 12 月 25 日。
③ 康有为:《希腊游记》,第 570,571 页。
④ 同上书,第 573 页。
⑤ 同上书,第 573—574 页。

康有为一直坚决反对中国割据独立,竭力维持统一之大局,但又提倡地方自治,认为须早开地方议会。① 他在欧洲旅行的见闻,补充了他对中国社会前途的蓝图设计,希腊古代社会生活的这种人文之美孕育了公民健康智慧的性理之美,以及以城邦为单位的民主政制之美,此为中华帝国所最缺乏者。然康氏又不全然认可希腊之文化模式,不仅是因为海岛浩淼的华妙人文难为大陆国家所效法,亦因为这种种美好易被蛮族入侵所破坏。

1904年的《意大利游记》实大半篇幅悠游在古罗马的建筑遗迹中,故可与《希腊游记》并置而论。康有为平生游踪所至,最关注古物保存,把古物古迹视作文教政俗的物质财富,可以"启发国人之聪明,感动国人之心志"②,他对于罗马精丽的教堂建筑赞不绝口,说即使如伦敦的圣保罗大教堂,若论壮丽,移于罗马亦不免郐下之讥了——这似有分判天主教、新教文化之高下的意思。他在感叹中国的孔教甚少诸圣专庙后话锋一转,说:

> 彼敬教愈甚,而教力之压愈甚,于是有千年之"黑暗世界"。……孔子敷教在宽,不尚迷信,故听人自由,压制最少。……治较智之民,教主自不能太尊矣。③

梁启超曾申明康有为对基督教的态度立场④,谓耶教"言灵魂界之事,其圆满不如佛;言人间世之事,其精备不如孔子"。然复有其可取之处,即在"人类平等"。康有为在旅行过程中渐渐发现,这教义亦有

---

① 梁启超:《南海康先生传》,第八章"康南海之中国政策"的第三、第五条,《追忆康有为》,第31—32页。
② 康有为:《保存中国名迹古器说》,及《中国保存古物不如罗马》,《意大利游记》,第119页。
③ 康有为:《意大利游记》,第125,128页。
④ 梁启超:《南海康先生传》,《追忆康有为》,第70页。

名不副实一面:

> 吾观今欧美之人心风俗,由分争而渐趋于一,由级别而渐趋于平,由好利而渐尚于名,由好礼仪而益底于文明。其中非礼之礼、非义之义甚多。如国战不能弭,而战时国际之条约,则不杀降,医痍伤。半仁半义之事极多,乃极可笑,其自夸以为文明而异于野蛮者即在是。①

是故他在分判中、印、欧三种文化之高下时,认为基督教之欧洲要比儒教之中国和佛教之印度更差。② 审视其决断的标准,虽包括学理上的考察、心性上的估衡,以及他所了解的历史事例,这些却皆不如自信有洞见力的他,拈拾旅行中的琐细见闻更为可靠。③

康有为素以"康圣人"自居,有志于恢复他心目中的儒学传统。1891 年刊行《新学伪经考》,斥一切古文经俱为刘歆一人所伪造,1898 年百日维新前夜复刊《孔子改制考》与《春秋董氏学》二书,立孔子与董仲舒为改革变制的权威,这一破一立之间伸展出他的托古改制主张。其学理观点虽多有牵强和专横之处,但他在儒学改造中体现出的社会变革方针与其宗教思想是一致的,即在反对专制而提倡平等④,反对自守独尊而主张交流与进化。其变法核心在于君主立宪,民国之后还在

---

① 康有为:《意大利游记》,第 128 页。
② 关于此问题的深入讨论,请参阅萧公权《康有为思想研究》的第四章第二节,以及第五章关于康有为早期宗教思想的论说,第 108—113 页。
③ 钱穆在《读康南海〈欧洲十一国游记〉》中,对康有为的旅行记甚为欣赏,谓"南海早年,实为欧洲文明之讴歌崇拜者,其转而为批评鄙薄,则实由其亲游欧土始",终究"不得不折还于自敬国本之论"。此文刊载于《思想与时代》月刊,第 41 期,1947 年 1 月。复见氏著《中国学术思想史论丛》,卷八,第 323—334 页,合肥:安徽教育出版社,2004 年。
④ 康有为认为由世袭君主立宪开议会,作为民主初阶,反而比遽行民主制更能导致社会平等,或可称其观点为追求一种"有节制的民主"。

幻构所谓"虚君共和"之说。他在海外旅行中对英国社会的好感显然强于法国。故称说"英者为宪法之先河,而欧土先创文明之大国也"①;而"法人虽立民主,而极不平等",党争多,"经百年之数变,至今变乱略定,终不得坚美妥帖之治,徒流无数人血"。② 康有为善于从地理、种姓里发见原因:英国乃是"以岛国之故,得从容自保,只有君臣之内争,而无外警之迫切,故贵族得以敌其君,民生得易以自由,其文化虽后,而与大陆近,得徐以取人之长,此其大原因也",而"条顿种人之强毅活泼好自由",又逢科技发达、交通渐开之世,使得宪政得以推行大地万国③;"闻法人质性,轻喜易怒",此"野人之性也"。④

梁启超、章太炎等人都曾深受日本武士道的影响,力图从中国的儒家思想传统里发掘出慷慨血性,重振中华士子们的"读书击剑"的武德风气。⑤ 康有为显然以尚武为蛮性未脱的表现,强调武节兴国皆不长久之弊:"夫以兵为国者,奴隶其民,邱甲其赋,以严酷为政,压抑其下,以戈甲为器无事美艺,其与立宪自由、通商惠工皆最相反者也。"⑥1902年他在印度时,反对孙中山的革命救国方案,认为革命可能导致全国割据,则会蹈印度的覆辙,遂著《最近政见书》,谓中国只可行立宪不可行革命。康有为对法国大革命之血腥严酷极为反感,他在巴黎登上艾菲尔铁塔,四顾全城,发登高怀古的感叹。诗成,以"却怜八十年,革命频血薄"二句格外触目。

同为君主立宪政体之诸国,又有君权强弱之分别。康有为对拥帝共和之俾斯麦十分崇敬,将之与康德、路德并列为日耳曼民族三杰。在

---

① 康有为:《补英国游记》,《列国游记》,第581页。
② 康有为:《法兰西游记》,岳麓书社版,第207页。
③ 康有为:《补英国游记》,第582,584页。
④ 康有为:《法兰西游记》,岳麓书社版,第207页。
⑤ 章太炎:《儒侠》,见《訄书》,第73—82页,上海古籍出版社,2000年;梁启超:《中国之武士道》,《饮冰室合集》,专集之24。
⑥ 康有为:《补英国游记》,第583页。

议院的俾斯麦塑像前,遥想其人功业,并联系到自己的身世遭际:"吾游欧美,各国人士多谓君他日当为东方俾士麦,则吾岂敢。然政略之美,平生所慕"①云云,谦词中难免流露自许之意。

康有为欧游途中曾著《物质救国论》、《治械》诸文,大意是说今世是物质文明竞争的时代,各国的强弱胜负,不在于道德宗教、艺术文化,甚至也不在兵器军事,而在于商业经济和"工艺器械"②,曾谓"国之强弱,视蒸汽力"③。他行踪曾至于布拉格,这个城市有欧洲最古老的大学④,亦有音容秀清的波希米亚人民,然而却不能自主其命运,"波命人变俗甚迟,山间人衣皆未改,一家父子兄弟夫妇同炕而卧,所在甚污,盖斯拉夫种犹未改故俗焉。故若非铁轨,虽万年难变陋俗也。铁轨之功莫大"⑤,可证明他对物质文明之力充满了憧憬。

然而结合康有为对于教育变革的种种考察意见,则他所谓"凡百进化,皆由物质"之说,就该放在一个合适的位置上来看才对。在写作《物质救国论》前,康有为游英国的牛津、剑桥大学,他发现其学科设置偏重在传统人文学科,"始由神学进为人道学,复古文学而增添入新世哲理学,旁及医、律,而于物质应用者稍稀,其学生皆讲希腊拉丁"⑥。这种大学的观念可以延伸概括整个欧洲的高等教育风气,并与美国、日本形成对照:"欧洲各国贱农、工、商,不列于大学,而美列于大学焉,日本从之。欧土各国中小学非贫子校无事金木之工者,而美列为中小学

---

① 康有为:《德国游记》,第 100—101 页。
② 萧公权谓康有为此时(1905 年)撰写物质建设的论文,目的在于扼制革命派的主张,转移注意力由上层建筑到物质基础层次,见《康有为思想研究》,第 349 页。这也就是为何林觉民要发表《驳康有为物质救国论》的原因。
③ 康有为:《法兰西游记》,附《法国形势》,岳麓书社版,第 251 页。
④ 康有为记错布拉格大学的始建时间,当作 1348 年。
⑤ 康有为:《奥国游记》,"波缅记"(1906 年部分),《列国游记》,第 351—352 页。
⑥ 程道德编订:《康有为牛津、剑桥大学游记手稿》,释文部分,第 20 页,北京图书馆出版社,2004 年。

要科"①,如此即分别出大学的传统人文之"学"与现代实用之"术"二端。康有为觉得欧洲大学的学风很像广东的菊坡精舍、学海堂和杭州的诂经精舍,此三者皆是游离在八股制艺之外的传统书院,为"研求朴学,陶铸学人之地"②。康有为借题讽刺了"今举国滔滔谬称变法之人",针对的是改订学堂章程的张之洞。张之洞反对康有为的孔子改制说,并在变法失败后有落井下石之举,造成二人交恶。康有为素以旧制书院宣讲新式学问③,而张之洞等人变书院为学堂学校能够成功,关键在于批评书院传统教育与政府保持距离,很容易"不守规矩,滋生事端"④,这自然触怒一向以讲学推动变法的康有为。

康有为对英国大学的赞许绝非只是出于意气用事。既然中国社会人人都晓得要变革了,那么立志要作"圣人"的他就该提倡有所保存。游遍欧美列国,他最欣赏的是温和的英国绅士教育:"雅韵深情,悠然自远,所以养人士之高怀雅性,悱恻缠绵,故能坚操逸旨,寄托遥深,虽慓悍不如法美,而深稳不败"。⑤ 如此说来,康有为欲将中国传统书院看作是培养"高怀雅性"之士的高等教育机构,而所谓物质之学应当放在具体专门的初等中等学校,二者不应混淆,各有轻重缓急,亦不可偏废。因此新式学堂和西方科技学问自然有在中国迅速普及的必要,但是传统的书院教育却也是不可一概荒废的。

康有为颇重视变法改制中各种力量的均衡,慎重考虑道学、宗教、技术几个层次上的综合文教建设。他曾瞻仰新教教宗路德遗像,感叹

---

① 程道德编订:《康有为牛津、剑桥大学游记手稿》,释文部分,第15页。
② 刘禺生:《世载堂杂忆》,"清代之教学"条,第14页,北京:中华书局,1960年。
③ 谢国桢谓康梁戊戌前在万木草堂、时务学堂兴起的学风是"宗西汉公羊家学,而参西洋哲学宗教家之说,其课程则取颜习斋、李恕谷六府三事之旨,而取昔人六艺,改为礼乐书数图枪",《近代书院学校制度变迁考》,第20页,《近代中国史料丛刊》续辑第66号,台北:文海出版社,1988年。
④ 刘坤一、张之洞:《变通政治折》(1901年),转引自《近代书院学校制度变迁考》,第24页。
⑤ 程道德编订:《康有为牛津、剑桥大学游记手稿》,释文部分,第21页。

说"盖有绝大智慧以审人情,有绝大魄力以破旧法,此所以成教主也",复言宗教思想可吸引人民者,需要能"适人之情、纵人之欲",故"人皆乐从"。① 尊奉儒家为宗教,其指向包括衣食住行、文学艺术等如何可以适合人民的欲望和情感,康有为在他散漫的旅行写作中,不断强调中和的儒家政教审美观念。比如他对西洋各国音乐的评论,带有对其国运祚衰的关照,好似季札观周乐,深谙"乐通伦理"②之旨。故言西班牙乐声"清哀而不壮",南洋印度缅甸各国"诸乐皆哀咽,如泣如诉",而北欧瑞典等国,乐器多用笳角,"声最雄壮"。③ 康有为感慨中国古乐自宋代以降"扫地无余",毫无"蹈厉发扬之气",他总结说,这是中国所以衰弱的原因。康有为对西洋音乐颇多赞赏之词,谓"今西乐之琴,既和且平,可谓得雅乐之意",又言中国今乐多鄙俗,应该用西乐代替之,因为今乐多是隋唐以来所传承的胡乐,而欧人的铙鼓角吹反似汉代的军乐。但是西乐与中国古乐相比尚有不可企及处,康有为"遍观万国乐器,无用石者",乃是因为心怀孔子"尽善尽美"的最高标准,称《韶》乐以石磬为主,为"至清之声",有"太平之盛德",而这是欧人"国争粗厉猛起之音"所不能望及的。④ 因此可以判断康有为推崇西乐也并非毫无保留的,而是着重于当前之世,以其乐鼓舞中国衰靡的民族精神。

综合而观,康有为尊君、尊孔,却又希望中国民权兴盛;他深知中国社会迫切需要科技教育,却时时不忘以书院养士;他惊羡西方物质文明的发达,却一定每每要说中国的饮食、宫室、礼乐俱胜过西方。这种种心态造成康有为的旅行写作不断出现前后矛盾之处,假如抽出某一部分来看,俱不足代表他的复杂情绪。他全然是以中庸的态度,建立中西两端在他文化建设中的均衡地位。然而对西方的物质科学与东方的人

---

① 康有为:《德国游记》,第92页。
② 《礼记·乐记》:"凡音者,生于人心者也;乐者,通伦理者也。"
③ 康有为:《西班牙游记》,第451页;《瑞典游记》,第262页。
④ 康有为:《丹墨游记》,《列国游记》,第237—238页。

生哲学如何联姻,异质文明怎样能够结合成一个宁馨儿,这些都恐怕是康有为未曾深思者。

戊戌政变事发,梁启超"割慈忍泪出国门,掉头不顾吾其东"。① 与康有为"读中国书、游外国地"的汗漫四海不同,梁启超虽有几次短暂海外旅行经历,但有更多时间留在日本,除继续与师友弟子开展政治活动、办《清议报》、开东京"大同学校"之外,也开始学习日文、阅读日人翻译的西学书籍,1899年时已"稍能读东文,思想为之一变"②,辑《和文汉读法》,著《论学日本文之益》,劝中国士子们学"以中国文法颠倒读之,十可通其八九"③的日文,以为新学捷径。1899—1902年间他在《清议报》、《新民丛报》发表大量介绍西学文章,并著有《东籍月旦》,延续了其师康有为《日本书目志》的事业。

1899年时,梁启超曾有渡海赴美洲之行,清廷派伍廷芳阻止于夏威夷,半年后返回日本。从记述此次出行的《汗漫录》④中来看,旅行促使梁启超的思想视野发生新变:第一是地域空间感的扩大,可以自序中的"乡人"、"国人"、"世界人"之辨为证,他将"亚洲创行立宪政体之第一先进国"的日本视为第二故乡,"凡地之于己身有密切之关系,有许多之习惯印于脑中,欲忘而不能忘者,皆可作故乡观也"⑤;第二是时间

---

① 梁启超:《去国行》,《饮冰室合集》,文集之四十五(下),第2页。
② 梁启超:《三十自述》,《饮冰室合集》,文集之十一,第18页。
③ 丁文江、赵丰田:《梁启超年谱长编》,第175页引罗孝高《任公轶事》。
④ 一名《半九十录》,刊于《清议报》第35—38册,1900年2—3月;收入于《饮冰室文集类编》下册,"游记",东京:帝国印刷株式会社,明治三十七年(1905);复改题为《夏威夷游记》,收入于《饮冰室合集》专集之22,附于《节录新大陆游记》之后;以及钟叔河主编走向世界丛书本的《新大陆游记及其他》,岳麓书社,1985年。
⑤ 梁启超:《新大陆游记及其他》,第587—589页,岳麓书社版,1985年。王韬游苏格兰时得家书后所感"今日掷身沧海外,粤东转作故乡看"云云,将乡愁从原来的某省某县扩散投射到整个中华故土,梁启超此时的认知又把文化认同的范围扩大到整个东亚区域中了。

意识上的座标更替,梁启超认为作日记当用西历,改孔子纪年为西元纪年,"孔子大同之学,必汲汲于协时月正日、同律度量衡是也"①;此外更为重要的是正式提出变革文言写作的主张,要使之能够与世界的扩大、时代的发展合节。1900年,梁启超听闻国内唐才常以自立军起事勤王的消息,亟回国,突然得知有汉口之变,转而至新加坡,与康有为会晤后独自往澳洲发展保皇会势力。梁启超自己对于此次澳洲旅行没有留下多少文字②,次年他回到日本蛰居,勤于著述,"专以宣传为业",创《新民丛报》、《新小说》,兴趣从政治转向智育文教。1903年,梁启超到北美洲旅行,先后在加拿大和美国游历考察,"一以调查我黄族在海外者之情状,二以实察新大陆之政俗"③,关于此行他写有《新大陆游记》一书。④ 对于前一目的,梁启超感到非常失望,他说生活于民主共和政体中的美国华人"有族民资格而无市民资格",这显然是与他《新民说》(1902)中对开民智以塑造近代意义之"国民"的思路相关联的。而20世纪初年的美国大都市,正经历着变革市政管理、改变以前"无形政府"黑暗形象的过程⑤,梁启超虽有"更横大陆至美国东方,眼界又一变"的说法,也较为清醒理智地对美国都市社会做出了描述,曾言"天下最繁盛者宜莫如纽约,天下最黑暗者殆亦莫如纽约",但他也注意到市政方针上的逐渐改良之效果。

---

① 梁启超:《新大陆游记及其他》,第590页。
② 岳麓书社版《新大陆游记及其他》中收入的《澳洲游记》,其实是海外报纸对梁行踪报道的汇集。
③ 梁启超:《海外殖民调查报告书》,《饮冰室文集类编》下"游记",第639页,东京:帝国印刷株式会社,明治三十七年(1905)。
④ 《新大陆游记》,有新民丛报社日本印本。其中关于英属加拿大部分的游记曾编为《海外殖民调查报告书》刊于1903年3月的《新民丛报》。此后各版本(《饮冰室合集》、走向世界丛书本等)多常见者,惟删去原有附录,无甚变化,兹不赘述。
⑤ 赵可:《梁启超的城市观念初探——以〈新大陆游记〉为中心》,《社会科学研究》,1998年第5期。

康有为的海外生涯以旅游世界为主,梁启超流亡期间则以读西学书籍为主。康有为以篇幅众多的海外游记来表达自己政教考察的心得,梁启超少有的几次汗漫之旅都使得他思想发生巨变,尽改前说。美洲归来,梁启超完全放弃了"破坏主义"和"革命排满"的主张①,此前构思了五年的政治小说《新中国未来记》,也因为思想的变化而无以为继了。1905 年以后,梁启超曾有游学欧洲之意,但困于《民报》与《新民丛报》的论争而不能成行。② 直到 1918 年底,梁启超以个人身份随外交使团赴欧游历,途中写成数篇《欧游心影录》,对战后欧洲的文化重建有所观察,归国后思想复有一变,进入专心学问著述不论政事的人生阶段。

第二节 "诗界革命"与晚清海外纪游诗

梁启超的《汗漫录》中首次提出他文学革命的口号,"文界革命"主要在提倡通俗流畅、有欧西之文思的政论散文;"诗界革命"的内容则涉及到新意境、新语句和古人之风格的两面(欲为诗界之哥伦布、玛赛郎,不可不备三长:第一要新意境,第二要新语句,而又须以古人之风格入之,然后成其为诗),这同晚清士人的海外纪游诗联系颇为密切,因此值得在这里加以讨论。

---

① 台湾学者张朋园研究梁启超流亡日本后期的言行变化,指出其退出革命派阵营的原因主要在于康有为师门压力,惧怕破坏后建设不易,与革命党不睦,本人无定见(受黄遵宪、加藤弘之的影响)等等,虽则内心转变早在旅美之前即已发生,但旅美经历使他对美国的选举制度大为不满(英国学者 James Bryce 所言美国总统多不是第一流人才,因为民主国家绝不喜此一流人物当政,恐其剥夺国民权利,梁启超赞同此说),"深叹共和政体不如君主立宪之流弊少而运用灵也"(《新大陆游记及其他》,第 494 页)。见张朋园:《梁启超与清季革命》,第 167—175 页,"中央研究院"近代史所专刊(11),台北,1982 年第 3 版。
② 丁文江、赵丰田:《梁启超年谱长编》,第 362 页,引光绪三十二年(1906)春梁启超《与佛苏我兄书》。

梁启超的文学主张有截断众流的识力,《汗漫录》中所记诸家作品尚少,至《饮冰室诗话》和《诗文辞随录》、《诗界潮音集》,才渐渐使得他的诗论站得住脚,并发生大影响。① 他注意到诗歌不能一味求新求变,而要熔铸于旧风格,这已经显露出日后他对于世变革新较为温和持中的看法,《新民说·论进步》中引玛志尼说:"破坏也者,为建设而破坏,非为破坏而破坏";破坏与建设,彼此相引,这才是一切宗教人文、学术思想的"进步之途"。为诗界革命立论之代表的《饮冰室诗话》,曾追述1895—1896年时友人夏曾佑、谭嗣同所作"新诗","颇喜挦扯新名词,以表自异",其中多使用外来音译词和耶、佛、回三教故事,如"纲伦惨以喀私德,法会盛于巴力门"、"三言不识乃鸡鸣"、"莫共龙蛙争寸土",以及"有人雄起琉璃海,兽魄蛙魂龙所徒"、"帝子采云归北渚,元花门石镇欧东"等俱是。其实,这些诗作在当时也并不算特别新鲜,前文已经论及明清人以西语入诗的大有人在,不过大多属于杂咏或游戏之作。② 像曾纪泽在英国咏维多利亚花,在圣彼得堡赏月诗中谈西人对潮汐的科学解释③,袁祖志写庞倍古城的五言古风,登那不勒斯火山时所生发的"端宜附热趋炎辈,筑室移家老是间"④,或含蓄蕴藉或灵动

---

① 除了梁启超主持的《新民丛报》、《时务报》、《新小说》之外,澳门的《知新报》也是实践诗界革命的重要阵营,参阅余杰:《〈知新报〉研究》,北京大学中文系硕士论文,2000年;左鹏军:《澳门〈知新报〉所刊诗词考论》,《岭南文史》,2006年第2期。
② 蔡鸿生曾言:"到了18世纪,甚至可以发现,在岭南诗中已经形成一个咏叹'洋气'的主题",即指以欧西文明入诗者。见其《王文诰荷兰国贡使纪事诗释证》一文,收入氏主编《澳门史与中西交通研究:戴裔煊教授九十诞辰纪念文集》,第217—231页,广州:广东高教出版社,1998年。
③ 曾纪泽:《维多利亚花》、《八月十五夜森比德堡对月》,都见于《归朴斋诗钞》己集上(《续修四库全书》集部第1562册)。1900年,丘逢甲诗中也出现"英雄儿女平生愿,要看维多利亚花"句,见《饮香江酒楼即席作》其四,《岭云海日楼诗钞》,第340页,台北:大通书局有限公司,1997年。
④ 袁祖志:《潘比阿古城》、《登火山作,山在义大利国拿波利省之东南隅》,见《谈瀛阁诗稿》卷七,《海外吟》。

可感,在描述新意境上已多有开拓。至于引西人学说作为诗材的更是大有人在,也并不能算是从夏、谭二人始创。而他们两人的这些"新诗"取材太生僻,新名词也使用得过于刁钻,只有当日一同读书的几个朋友能够看懂,若无梁启超的记录和解说,恐怕很难传世。① 曾经到德国教授汉学、自负见多识广的潘飞声就对谭嗣同的诗作特别不以为然,1905 年前后,他在香港写《在山泉诗话》,以"叫起国魂葛苏士,苦争宪政嘉富弥"自许,却批评说"谭壮飞之满纸硬铜怪铁,不成一器"。② 可见议论者的不满并非在于新名词而在于对新名词的生硬运用。谭嗣同的"新诗"反映出他经历甲午之世变后,尽弃旧学时那种"慓疾廉悍恣睢不可控制"的心境③,也因其变法失败杀身成仁而无法再有后续的发展和变化了。

至梁启超首次横渡太平洋时,自言平素不能作诗、惟喜欢论诗的他,便在短短几日间写作了三十多首④,除了以新学理、佛教语入诗外,他还频频使用当时的日文新词,比如"自由成具体,以太感重洋","自由平等性存存"、"要识民权不自尊"等,甚至"蛮长阁龙洲"句下自注"哥伦布,日本人译之为阁龙",连西人译名也采用日人译法。这显然是同梁启超居日期间读日文西书的习惯有关,但想必也受到 1880 年代

---

① 《饮冰室诗话》中说:"苟非当时同学者,断无从索解",《饮冰室合集》,文集 45(上),第 40 页。后来梁启超也有类似的仿作,自言"尝有乞为写之且注之,注至二百余字,乃能解",见《新大陆游记及其他》,第 594 页。
② 潘飞声:《在山泉诗话》卷三,何藻辑《古今文艺丛书》,下册,第 1626 页,扬州:江苏广陵古籍刻印社,1995 年影印民国四年(1915)铅印本。
③ 谭嗣同:《与唐绂丞书》,《秋雨年华之馆丛脞书》卷一,见蔡尚思编:《谭嗣同全集》增订本,上册,第 259 页,北京:中华书局,1981 年。
④ 据《清议报》所载《汗漫录》,梁启超作于 1899 年 12 月 25—27 日间的诗作凡 31 首,为《壮别二十六首》、《奉酬星洲寓公见怀一首次原韵》、《书感四首寄星洲寓公用前韵》。此外,《太平洋遇雨》、《二十世纪太平洋歌》(其中有"西历一千八百九十九年腊月晦日之夜半"句,不过《饮冰室合集》总目录中标注此诗作于 1901 年)很可能也是作于此途中的。

日本启蒙诗歌运动的影响①,比如曾留学欧洲的几位近代日本学者以《新体诗抄》首先倡导的"以当代日语写作的欧化诗型",与潘飞声有交谊的井上哲次郎即是其中代表人物之一。梁启超在《汗漫录》中表彰郑藻常诗"全首皆用日本译西书之语句"②,七律八句,56个字中就有共和、代表、自由、平权、团体、归纳、无机七个新词,占去四分之一,虽说比"喀私德"、"巴力门"之流通顺易解一些,但仍有琐碎粗疏之感。

梁启超在《汗漫录》中以"时彦中能为诗人之诗,而锐意欲造新国者",首推黄遵宪,"欲造新国"一语与黄遵宪的名句"吟到中华以外天",含义颇有不同。公度此句或是袭用袁祖志之作;但袁祖志与其他海外旅行诗人,包括先后与黄遵宪同行的何如璋、张斯桂、曾纪泽等,固然也算是"吟到中华以外天",但绝无"锐意欲造新国"的气魄和影响力。分析黄遵宪的诗歌特点,可以三个方面因素概括:其一是他透过对异邦文化的研究认识而流露出的历史情怀;其二是他本于乡土意识而注重对民间诗歌的学习借鉴;其三则是他个人所具有的人格和才气。具体联系到他海外纪游诗的写作,这三方面因素都起到很重要的作用。

被周作人珍视为胜过《人境庐诗草》的《日本杂事诗》,是黄遵宪旅日期间写作《日本国志》的副产品,康有为称为"有若臧旻之画,张骞之凿",即以诗词之"小道"有经略之大功。③ 与甲午前旅日的江南文人主要对海外汉籍怀有兴趣不同,黄遵宪对日本本国文化最早表示关注,并将对日本的研究和介绍引入中国。《日本国志》直到光绪十六年

---

① 参阅方长安:《选择·接受·转化:晚清至20世纪30年代初中国文学流变与日本文学关系》,第27—30页,武汉大学出版社,2003年。
② 梁启超:《新大陆游记及其他》,第595页。郑藻常即"大名鼎鼎郑毓秀之叔父"(《梁启超年谱长编》原初稿批注,见该书第209页),广东宝安人,保皇党人士。此诗题为《奉题星洲寓公风月琴尊图》,"星洲寓公"即邱炜菱。
③ 康有为:《日本杂事诗序》。

(1890)才在国内正式刊行①,甲午后袁昶曾感叹此书的命运,言若早日出版,可省却"岁币二万万"。② 如同尤侗撰《明史·外国传》之余另有《外国竹枝词》一样,黄遵宪的《日本杂事诗》③也是从《日本国志》的编写中"取其杂事,衍为小注,弗之以诗"④而成。不过《竹枝词》只根据传言写朝贡各国风俗,多虚妄之辞,且内容比较浮泛;而《杂事诗》则结合个人旅行见闻和日本书籍,上卷侧重于历史地理和政制文教学术,下卷则侧重于礼俗名物,对日本的历史与现状均有细致的观察。黄遵宪对日本明治维新有一番认识过程,在《日本杂事诗》定本之前尚存"新旧同异之见",乐道于"难怪鸡林贾争市,白香山外数随园"⑤,待他欧美之行以后,发现西人政治学术的优长多已被日本人所吸取,遂"颇悔

---

① 据黄遵宪《日本国志》自序,此书动笔于光绪五年(1879),是年岁末,黄遵宪在与日本友人笔谈中提到已经完成五六十卷了,见《黄遵宪全集》,上册,第692页,北京:中华书局,2005年。至光绪十三年(1887)《日本国志》成书后为四十卷,黄遵宪抄稿本四份,自留一份,其他三份分送李鸿章、张之洞和总理衙门,抄本流传颇广,随后曾得许景澄等人的赞誉;至光绪十六年(1890)始有广州富文斋刻本,后经修订,有光绪二十四年(1898)富文斋改刻本。
② 见钱仲联:《黄公度先生年谱》,第48页,《人境庐诗草笺注》,上海:古典文学出版社,1957年。
③ 二卷,初版本是154首,有光绪五年(1879)京师同文馆聚珍板本,光绪六年(1880)香港王韬循环报馆弢园丛书活字本,光绪十一年(1885)自刻本;后来黄遵宪在伦敦期间删改增补作200首,有光绪二十四年(1898)长沙富文堂刻本,此为最后定本;《小方壶斋舆地丛钞》初编第10帙将其纪事辑为《日本杂事》;另有湖南人民出版社1981年走向世界丛书《日本杂事诗广注》和岳麓书社1985年走向世界丛书《日本杂事诗(广注)》,将各本内容异同并录一处,可看出黄遵宪先后思想的变化。
④ 黄遵宪:《日本杂事诗》自序,见岳麓书社版走向世界丛书《日本杂事诗(广注)》,第571页,1985年。徐兆玮《北松庐诗话》:"黄公度《日本杂事诗》,采风纪丽,西堂《竹枝》之遗也"。转见于《清代海外竹枝词》,第168页。
⑤ 黄遵宪:《日本杂事诗》初印本卷上第72首,《日本杂事诗(广注)》,第674页。

少作",对旧稿进行删改和增补,添加了对日本民主政治改革的内容。①当然,黄遵宪对日本新政的认知与评价仍是有所保留的,比如他始终不赞成日本人修改历法,称其改用太阳历纪日是数典忘祖,以中日二国为农业国家,"夏时实便于农,夺其所习而易之,无怪民间之嚣然异论也"。②"杂事诗"体裁的胜长固在于记录掌故名物,而非抒发作者个人见解,黄遵宪却通过并不算是短篇的"小注",烘托出他歌咏的历史社会变迁的背景,因而得"诗史"的美誉。除了同期产生的何如璋《使东杂咏》、张斯桂《使东诗录》外,此后模仿黄遵宪杂事诗来状写日本风俗的作品很多,比如"四明浮槎客"的《东洋神户日本竹枝词》(1885)、江苏留学生刘珏(濯足扶桑客)的《增注东洋诗史》(1903)、姚鹏园的《扶桑百八吟》(1905)、郁华的《东京杂事诗》(1905)、郭则澐的《蛰云簃江户竹枝词》(1906)、陈道华的《日京竹枝词百首》等。但有些作品格调不高,止于猎奇和狎游,类同前文论及的潘飞声《柏林竹枝词》、张祖翼《伦敦竹枝词》的风格。③

  黄遵宪出任新加坡总领事期间(1891—1894)还作有16首《新嘉坡杂诗》④,也兼咏当地的地理("地犹中国海,人唤九边门")、种族("华离不成国,黔首尚遗黎")、语言("吒吒通鸟语,袅袅学虫书")、饮

---

① 《日本杂事诗》定本的产生不仅得益于黄遵宪的欧美之行,同他思想渐为开放后对男女平权的赞成也有关系,此外其他旅日人士的活动、著述也助其补充了一部分内容。
② 黄遵宪:《日本国志·天文志》,见《日本杂事诗(广注)》,卷上第13—14首,第602—603页。
③ 以上各种均见于《清代海外竹枝词》(王慎之、王子今辑,北京大学出版社,1994年),此书搜罗未及者,还有王之春《俄京竹枝词》8首(作于光绪二十一年,见《使俄草》卷四),王之春此前游日本时结识黄遵宪,他著述里多抄袭黄《日本杂事诗》中的内容,《俄京竹枝词》风格上也有所借鉴;王之春随行参赞潘乃光也作《海外竹枝词》若干,见《清代海外竹枝词》,第192—206页。
④ 《人境庐诗草》卷七存12首,后人辑佚得4首,分别见于《人境庐诗草笺注》第210页以下,上海:古典文学出版社,1957年;北京大学中文系近代诗研究小组编:《人境庐集外诗辑》,第70—71页,北京:中华书局,1960年。

食("红熟桃花饭,黄封椰酒浆")、物产("问山名漆树,计斛蓄胡椒")、气候("赤道何相迫,行天日欲烧")、风俗("摊钱争叶子,迭鼓闹花奴")等,不过用传统文学习语较多,而较少像日本杂事诗那样采用其国语词,像"飞蛊民头落,迎猫鬼眼嗔"使用《搜神记》、《酉阳杂俎》、《礼记》中的典故,便总觉有隔一层。《新嘉坡杂诗》不算竹枝词,而更接近黄遵宪的拟古诗,如《流求歌》(1881)、《朝鲜叹》(1883)、《越南篇》(1885)、《锡兰岛卧佛》(1890)等。以上各诗可视作黄遵宪流离奔波于亚太海域各地的见闻感触,此时不仅中国内忧外患交加,整个东方世界(日本除外)俱为覆巢之危卵,黄遵宪以这些中华帝国的昔日附庸、朝贡、拓殖之邦为主题,抚今追昔,将历史与现实融汇入诗篇中,颇易令人产生共鸣。他在名篇《锡兰岛卧佛》中追诉了佛教传播历史中的种种胜景后,即有一段长长的排比问句:

> 我闻舒五指,化作狮子雄,能令众醉象,败窜头笼东。何不敕兽王,俾当敌人冲?我闻牺大力,手张祖王弓,射过七铁猪,入地千万重。何不矢一发,再张力士锋?我闻四海水,悉纳毛孔中,蛟龙与鱼鳖,众生无不容。何不口一吸,令化诸毛虫?我闻大千界,一击成虚空,譬掷陶家轮,极远到无穷。何不气一喷,散为鞞蓝风?我闻三昧火,烧身光熊熊,千眼金刚杵,头出烟焰红。何不呼阿奴,一用天火攻?我闻安息香,力能敕毒龙,尾击须弥山,波涛声汹汹。何不呼小婢,悉遣河神从?我闻阿修罗,横攻善见宫,流尽赤虾血,藕丝遁无踪。何不取天仗,压制群魔凶?我闻毗琉璃,素守南天封,薜荔鸠盘荼,万鬼声喁喁。何不饬鬼兵,力助天王功?①

娴熟地征用内典说法时种种威严法相,以对应悠悠古国在面对强权外侮时的昏沉漠然,从而申张他"惟强乃秉权,强权如金刚"的兴国策略。

---

① 黄遵宪:《锡兰岛卧佛》,见《人境庐诗草笺注》,第173—175页。

此诗深得梁启超赞叹,以为可与希腊诗人荷马相提并论,所谓作长篇诗"为长短句者不难,而五言最难。为奇险语有壮采者不难,为庄严语有风格者最难"①,就可以上面所引这节来作证明。

提及黄遵宪对民间诗歌的重视,通常都会立刻想到他在日本时翻译的京都民谣《都踊歌》,以及在伦敦忆写出的15首《山歌》,52首《新嫁娘诗》,有研究者指出广东的叙事长调歌对黄遵宪创作长篇纪事诗也具有一定影响。② 黄遵宪晚年曾致信梁启超,主张"斟酌于弹词粤讴之间","易乐府之名而曰杂歌谣,弃史籍而取近事"的诗歌创作。③ 时为1902年9月底,后来梁启超听从他的建议,在《新小说》上开辟"杂歌谣"栏目,或题为"新粤讴"。黄遵宪所说的"弹词"即指叙事长调歌,"粤讴"则是19世纪中期由南海文人招子庸吸取多种民间说唱文学而创造出的新民歌,由于特别擅长表现男女离别情恨,语意悲婉、感人至深,在粤港报刊上广为流传,甚至被翻译介绍到欧美国家。④ 自鸦片战争以来,粤讴常被用以传达粤人面对外侮的政治主张,至1905年反美禁约运动而达到创作的全盛期。⑤ 读史可知,19世纪末期的排挤华侨的情绪就已在北美、南洋等地蔓延⑥,旅行海外的中国人士多有耳闻目见,黄遵宪写美国排华运动的《逐客篇》,黄遵宪写新加坡华人社会的《番客篇》,俱合乎他后来的"杂歌谣"标准,也可纳入当时华侨文学中的粤讴主题。

---

① 梁启超:《饮冰室诗话》,《饮冰室合集》文集之四十五(上),第7页。
② 张永芳:《诗界革命与文学转型》,第215—217页,北京:中国社会科学出版社,2004年。
③ 见《黄遵宪全集》,第432页。
④ 许地山:《粤讴在文学上底地位》(1922),收入陈平原编:《许地山散文全编》,第289—292页,杭州:浙江文艺出版社,1992年。许在此文中将粤讴比作希伯来文学的《雅歌》。
⑤ 冼玉清:《粤讴与晚清政治》,《岭南文史》,1983年第1期、第2期,1984年第1期。
⑥ 沈己尧:《海外排华百年史》,第69—72页,香港:万有图书公司,1970年。

第五章　在汗漫之游中构想文明新境

　　此外,对于出海拓殖重镇的嘉应州,男子婚后就下南洋谋生,女子留在家乡。客家山歌就有不少反映"过番"生活的作品,黄遵宪曾在《山歌》小序中说:"土俗好为歌,男女赠答,颇有《子夜》、《读曲》之遗意",而像《星洲杂唱》还夹用了不少外来词。① 可能就是通过这些因素,促发黄遵宪获得灵感,写出了被陈三立推为"千年绝作"②的四首《今别离》,借由情歌的形式,抒写男女相思,而每首各含有一个新学新知的主题,依次为交通(火车、轮船、轻气球)、电报、相片和东西半球的昼夜交替现象。这样以新语句、新意境入诗,虽不见得有多少"诗意",但是后来发生的影响很大,清末直到民国,很多诗人乐于以西洋文明作为他们写艳体诗的小摆设,只能算是"人境庐之流亚",至于黄公度原本所感触时代进步对流离分散者生活的改观,反而被忽略掉了。③

　　黄遵宪在伦敦时所题于自己相片的诗,有"人海茫茫着此身,苍凉独立一伤神"句④;在新加坡也有"南斗在北海西流,春非我春秋非秋"⑤这样无可排遣的莫名愁绪。他虽生于穷乡僻壤之地,然而言时局对策都颇具识见,李鸿章称赞他有"霸才"⑥,他原本并不屑于作诗人,而是胸怀大志要经略各国的,所以早期诗作才会随手散佚。他在新加

---

① 见管林:《岭南晚清文学研究》,第 323 页,广州:广东人民出版社,2003 年。
② 梁启超:《饮冰室诗话》,文集之四十五(上),第 18 页。
③ 钱仲联、夏晓虹提供了许多这类新子夜歌的例子,包括南社诗人王褰桢、五四时期的新诗人刘大白、三十年代的上海旧派文人谭泽闿等,见《梦苕盦诗话》,第 47、174—178 页,济南:齐鲁书社,1986 年;《诗界十记》,第 20—21 页,杭州:浙江文艺出版社,1991 年。此外又见沈其光:《瓶粟斋诗话》初编卷四,《民国诗话丛编》,第 5 册,第 532 页以下;林庚白:《子楼诗词话》,《民国诗话丛编》,第 6 册,第 91 页以下。
④ 黄遵宪:《在伦敦写真志感》,《人境庐诗草笺注》,第 185 页。
⑤ 黄遵宪:《以莲菊桃杂供一瓶作歌》,《人境庐诗草笺注》,第 214 页。
⑥ 黄遵宪:《李肃毅侯挽诗》其四,自注:"光绪丙子,余初谒公,公语郑玉轩星使,许以霸才",见《人境庐诗草笺注》,第 381 页。

坡任总领事时,常为侨胞权益与英方发生争执,遂交恶于英人。① 后来清廷派他任驻英公使时就遭到赫德的恶意阻挠;改派使德,德人伺机欲图胶州,担心黄遵宪会使他们目的不能得逞,便也表示拒绝。黄遵宪"愤时势之不可为,感身世之不遇",才专意于词科,以求慰藉。戊戌后流亡海外的康有为、梁启超,他们在诗中所表露出的壮志未酬、身世飘零之感,与先于他们旅行四海的黄遵宪有不少相似的地方。梁启超的《二十世纪太平洋歌》就可与黄遵宪《八月十五夜太平洋舟中望月作歌》相比较,前者思接千载,历述人类河流、内海、大洋各文明时代;后者视通万里,假想自己登月而观看地球人类如聚蚁,如此壮游,果然可以激发诗人的满怀豪情,梁启超诗有长短句且多"奇险语",功力上显然不及黄遵宪。而标榜"新世瑰奇异境生,更搜欧亚造新声"的康有为,自命诗歌意境超出李白、杜甫②,他和黄遵宪各有一首登当时世界最高建筑、巴黎铁塔的长歌③,都写登高览小,黄遵宪诗中见"海西数点烟,英伦郁相望",随即怀想英法百年战争的历史,直到拿破仑称霸欧洲,在高处观这搬演兴亡的舞台,实可谓触蛮之争;康有为则凭空生出"玄觉",变成遨游太空的仙人,展露出各种不可思议的神通来:"深碧地中海,渴揽同一勺。汤汤太平洋,横海谁挈攫。我手携地球,问天天惊愕",言外似有对于造化弄人的感慨,此为"康圣人"的浩然独语。黄遵宪登铁塔之后还有"何日御气游,乘球恣来往"之想,而康有为另有

---

① 郑子瑜:《谈黄公度的南游诗》,《诗论与诗纪》,第 24 页,北京:友谊出版公司,1983 年。
② 康有为:《与菽园论诗兼寄任公、孺博、曼宣》其二,《南兰堂诗集》,第 88 页;其中又有"意境几于无李杜,目中何处着元明"句,季镇淮先生在《康有为评传》谈到此句,举杜甫"诗尽人间兴,兼须入海求"(《西阁二首》其二);韩愈有"谁能驾飞车,相从观海外"(《感春三首》其二),见氏著《来之文录》,第 364 页,北京大学出版社,1992 年。
③ 黄遵宪:《登巴黎铁塔》,《人境庐诗草笺注》,第 203—205 页;康有为:"游法兰西诗"其一,《巴黎登铁塔顶,与罗文仲、周国贤饮酒于下层酒楼,高三百尺处凭栏四顾巴黎,饮酒放歌》,《逍遥游斋诗集》,第 61—63 页。

一首《巴黎登汽球歌》,"超超乎我今白日上青天,杳杳乎俯视地上山与川",算是替黄遵宪了却了心愿,此番登高远过于巴黎铁塔,虽事隔未久,康有为的心境大有不同,申说他流亡途中每每回看故国时油然而生的不忍之情:"忽视地球众生苦,哀尔多难醉腥膻。诸天亿劫曾历尽,无欣无厌随所便。不忍之心发难灭,再入地狱救斯民。特来世间寻烦恼,不愿天上作神仙。"①相比之下,张斯桂《观轻气球诗》"跳出人寰笑向天,把臂神仙游碧落",高燮《新游仙诗》其二"报道一船来海底,梦中叱起怒流涎",以及《饮冰室诗话》所录的蒋万里《新游仙》二首,境界上要差很多。

纵观清末爱国人士的海外纪游诗作,常有"上天"、"入海"两个题目,上天多是为了"回天"、"补天",入海则可能是"道不行,乘桴浮于海"②,传统士大夫的"救世"与"遁世"情怀,在海天之间具有了更为广阔的抒发场所,或许符合梁启超用以评价康门弟子狄葆贤的"每诗皆含有幽怨与解脱之两异原质"的说法。③ 其他能怀新理想、含旧风格,做到诗中有事、诗外有人的,还有被梁、黄称为"天下健者"的丘逢甲④,他论诗主张"欧风米雨作吟料,岂同隆古事无征"⑤,在诗界革命中颇有雄心,且以"完全主权不曾失,诗世界里先维新"⑥作为自己的使命。他

---

① 康有为:"游法兰西诗"其六,《逍遥游斋诗集》,第71—74页。
② 康有为:《将为汗漫游,去港别所亲三首》其二,"补天同炼石,浮海亦多年",《逍遥游斋诗集》,第12页。
③ 梁启超:《饮冰室诗话》,第65页,引狄诗有"为谁竟著人天界,便出人天也奈何"句,谓本于谭嗣同的诗歌风格。按狄葆贤为近代佛学界的重要人物,力推以宗教复兴来拯世救国,尝推赏夏森游印度诗"本来不作生天想,为拯斯人甘狱囚",似乎比梁启超引谭嗣同诗更恰当。狄又尝谓"大乘之旨今惟吾国独存,天如欲丧斯旨则已,天如不欲丧斯旨也,舍吾国其谁属耶"云云,见《平等阁诗话》卷二,清光绪三十年(1904)初版,1917年上海有正书局第8版铅印本。
④ 丘逢甲(1864—1912),字仙根,又字吉甫,号蛰庵、仓海君等,生于台湾,祖籍广东嘉应。
⑤ 丘逢甲:《论诗次铁庐韵》其七,《岭云海日楼诗钞》,第179页,台北:大通书局有限公司,1997年。
⑥ 丘逢甲:《海中观日出歌由汕头抵香港作》,《岭云海日楼诗钞》,第356页。

的海外旅行诗作多追随同乡黄遵宪的体式与题目:《槟榔屿杂诗》、《西贡杂诗》等学的就是《新嘉坡杂诗》;他自许胜场在七言古体,故又有《七洲洋看月放歌》,佳句如"少陵太白看月不到处,今宵都付渡海寻诗人。月轮天有居人在,中间亦有光明海。不知今宵可有南去乘舟人,遥望地球法光彩","独惜南溟岛国尽隶他人属,坐叹热带之下无雄才"①,大体怀抱也跟黄遵宪同题诗作相似。梁启超眼中的"近世诗界三杰"之一蒋智由②也曾有日本之行③,《居东集》④中多收录他在日本各地观光旅行的诗作。作为"诗界潮音集"的主将,他算是较少使用新词语的,《浩浩太平洋》二首是步汪荣宝同题七律原韵的唱和之作,反映出清末江南士人对东亚海防的隐忧,与广东诗人们的恣肆浩淼之风格相去甚远。

民国初年,陈衍为梁启超所办的《庸言》撰写《石遗室诗话》,梁启超被人们视为从诗界革命退到保守派阵营,如陈声聪就写诗讽刺说:"新词新意乍离披,梁夏亲提革命师。曾几何时看倒退,纷纷望古树降旗。"⑤实际陈衍论诗通达,并不拘束于同光体之内,倒和梁启超诗话多有相通之处,他曾表示要辑录古今诗歌中"详实地理形胜,而诗句又复雅驯者"⑥,通过其中所引赞的近人作品来看,类如康有为、黄遵宪游欧亚诗(卷九),陈桂琛游菲律宾诗(《续编》卷一、二),孙锐《扶桑纪游杂草》、李次贡海外《游草》(《续编》卷三),王揖唐东游诗(《续编》卷五)等,大概就明白选家眼光何在。钱锺书在讨论文学创作好用地名的现

---

① 丘逢甲:《七洲洋看月放歌》,《岭云海日楼诗钞》,第140—141页。
② 蒋智由(1866—1929),字观云,号因明子,浙江诸暨人。
③ 光绪二十八年(1902),山东大学总办方燕年往日本考察教育(著《瀛州观学记》),蒋智由随行。
④ 二卷,宣统二年(1910)上海文明书局铅印本,其中说"以前见之报及题书诸诗概未录入"。
⑤ 陈声聪:《庚桑君近为诗渐不满于旧之作者,毅然有革新之意,此事言者近百年矣,作此示之》,转见黄霖:《近代文学批评史》,第369页。
⑥ 陈衍:《石遗室诗话》,卷十二。

象时,曾爬梳贯通了中西古今诗学相关学理,得出诗歌之"典雅正宗",往往倚赖于"地名"、"声音之谐美"的结论。① 但是晚清海外旅行者的诗文不象明代人那样有地名而无地理,域外史地关涉国家安危,乃是当时普遍关心的学术话题,而不是仅仅具有音调、气象的美感了。因而,晚清宋诗派大家何绍基的门人林昌彝,会特别称赏宝鋆《奉使三音诺彦记程草》,所谓"以蒙古语联缀成句,更觉新奇"者,就是指"昨宿吉斯洪果尔,惊闻石磴郁崔嵬"、"萦红缭白郁长途,贺勒苏兼德勒苏"这样一些掺入地名的诗句②;而任职于总理衙门的方浚师,为斌椿《海国胜游草》题词,赞之为"一卷新诗当《水经》",也是着眼于诗歌中对异域地理的铺陈。有此渊源,与其说梁启超开倒车向陈衍靠拢,不如说是陈衍在一定程度上接受了梁启超诗界革命所推动的新式创作。同光体诗人虽重视学问理趣与诗的联系,不提"境界"的事,而视野开阔、胸襟豁达者看来,这实则与梁启超熔铸新学新知入诗的主张并不相悖。

第三节　康有为的大同幻梦与天游眇言

康有为在海外流亡期间,屡屡听闻国内故交旧雨逝去的消息。回想戊戌前在帝京意气风发的作为,平添甚多"救国无功,徒累知己"③的

---

① 钱锺书:《谈艺录》,第291—297页,第604—606页,尤请参看第294—295页,北京:中华书局,1987年补订本。钱锺书认为以人名、地名入诗乃是后人学唐学宋的分野,王士禛深谙此道,但也造成了有助气象神韵而缺乏内容的流弊。他还引述英人Stevenson的《游美杂记》(*Across the Plains*)里的话:"凡不知人名地名声音之谐美者,不足以言文"(None can care for literature in itself who do not take a special pleasure in the sound of names)。
② 林昌彝:《海天琴思续录》,卷六。
③ 康有为:《瑞典游记》,《列国游记》,第258页,时闻翁同龢故去(1904年),康有为作悼亡诗数首,中有"岂料七年悲党狱,竟成千古痛维新"句。

哀悼和惭愧之情。在国外的种种政治、经济、文教的考察,心得虽多,却无用武之地;回看家国中华,濒临危亡,又难以泯灭不忍之心。这种复杂的心情反映于康有为在旅途中的写作中,包含了他对人类世界永恒理想的设计,也包含他对自己人生意义的关切体认。对于前者,表现为他悬置了具体的变法革新方案时,从对大同世界的向往里寻觅到的一丝慰藉;而后者则是上文已经提及的,在康有为心性中那种乐于求索、乐于旅行在异域荒境中的人生态度。这颇类似于天下既丧、无待而游无穷的道家思想。是故,康有为将1903—1904年的诗集题为《逍遥游斋》,将1905—1907年的诗集题为《寥天室》,都足以佐证其大致的心境。①

早年康有为在京师为变法活动奔走时,似乎就已经萌生远游之意——这远游显然不是为了考察制度,而是"道不行,乘桴浮于海"。1888年,他以布衣身份上书请求变法,遭到朝廷众臣的攻击。遂听从沈曾植、黄绍箕的建议,每日以阅览金石文字遣怀。后来,康有为回忆他当时的打算,"既审中国之亡,救之不得,坐视不忍,大发浮海居夷之叹,欲行教于美,又欲经营殖民地于巴西,以为新中国",但未能付诸行动。② 及流亡海外之后,这种念头更是时常出现在他的思想中。

中国人的海外拓殖新地③,可追溯至于箕子、徐福的传说。但大约

---

① 康有为在《逍遥游斋诗集》自序里言其旧斋名逍遥游,黄绍箕为他篆额"九万抟摇";《寥天室诗集》自序亦解其室名:"鸿飞冥冥,抟摇九万,直入于寥天矣"。参看《庄子·逍遥游》:"鹏之徙于南冥也,水击三千里,抟扶摇而上者九万里";以及《大宗师》篇:"安排而去化,乃入于寥天一"。
② 康有为:《自编年谱》,《康南海自编年谱(外二种)》,第18页。
③ 本段关于中国殖民历史的叙述,略引自李长博著《中国殖民史》(商务印书馆,1998年影印1937年版《中国文化史丛书》),此书划分四个时代,即"中国殖民之初期"、"中国势力时代"、"中西势力接触时代"、"欧人势力时代",初期直追溯到中外交通最早的记述,而"中国势力时代"却是仅从元初到明代后期即止,因此很难证明中国自古即有拓殖海外之传统。

在元代方才兴盛起来,元人汪大渊的《岛夷志略》,尝记述南洋海岛多有中国人居住。明季以降,随着西方殖民者在东南亚地区的扩张,中国势力逐渐衰弱。19世纪中叶以后,华侨在南洋渐渐能和西方殖民者相安无事,各自发展。原因有二,一则中国人的坚忍性格能克服南洋之酷暑的折磨,二则当时中国人于南洋完全为经济殖民,无政治野心。因此,西方人亦鼓励华人向海外拓殖。① 而晚清时候的中国人,也时常关注和向往西人在亚、非、美洲开辟新世界的事迹。②

康有为对于巴西的认识想必主要来自于早年所读的西学诸书。③他并未游历过南美诸国,却每每赞颂欧人殖民之功。他将美洲当作是异域中的乐土,幸亏有哥伦布,才开辟文明新境。他万分期望中国人也加入到这事业中来:

> 世久人多国土窄,资此移植民富加。南美巴西阿根廷,丰源万里蔽榛蛇。长流瀰瀰亚马孙,护溉神皋饶仙葩。架非烟蓝乃土产,可移百谷种桑麻。吾国生繁养不足,殖民寻地吾久查。乐土乐国无如此,廿年伟繡久咨嗟。航海哲开新国土,移吾种族新中华。④

---

① 如早在1830年代,《东西洋考每月统记传》即多次鼓吹华人移民南洋和南美经商,获得暴利的消息。
② 1900年前后《清议报》开设的《殖民杂俎》专栏,对于此类话题讨论很多。当时还有多种中国殖民伟人传,力图建设一个向异域世界开拓的新传统。然实际上,华人至于海外多务体力劳动,并多受虐待甚至惨遭杀戮,这未必是南海先生所了解与关注的。
③ 如1875年第338卷《万国公报》曾转载《中西闻见录》的《大巴西国事:招民垦地》一文,1890年代还多次刊载林乐知等人译的泰西近事,有关巴西的新闻,比如地广民稀、渴慕华工等等,当被康有为所注意。
④ 录自《五渡大西洋歌》,写于1906年,见《年谱续编》,第131页。《寥天室诗集》题作"五渡大西洋放歌","廿年伟繡久咨嗟"一句,原作"纬繡",从楼宇烈先生校文改。

非惟美洲可作乐土,康有为的汗漫行旅中,在在显现他对适合人类栖居之地毫无保留的赞美文辞,以及独到的旅行家式的心得感悟,这自是因其宽阔的世界主义襟怀使然。他的《瑞士游记》是一篇描绘"全地球之绝胜乐土"的佳作,共记述他三次在瑞士的旅行,对其境内的湖光山色称赏不绝。开篇即言"瑞士非国也,欧洲之大公园也",而这公园一样的国度又可借助种种条件保持独立。其国四季宜人,夏则青草绿林,可以避暑;冬则危崖大雪,又能以大湖消寒。康有为以他惯用的夸张语气说:"天下山水之胜美聚丽既瑞士为第一,而瑞士之妙丽胜美以擄顺为第一。""擄顺"即卢塞那(Lucerne),以其皮拉图斯山(即"譬拉叨士山")之风光而著名,康有为用"危峰颠白雪"、"明月常照人"来状写其景观。山道上当时已开通号称世界坡度最陡的齿轨型火车,游者可"凭危崖隐深林自铁轨上",完全改变了中国文士杖履登临的方式和心境。① 康有为甚至还注意到日内瓦(康有为译作"兼父")等地的房价,或许表示他有长住此地的愿望。这反映了游子飘零既久的思乡情愫,却多少也包含康有为四海为家的独特心怀。

1908年夏,为了回香港省母,康有为行至罗马尼亚首都布加勒斯特,等候黑海船期。因为天气酷热的缘故,他昼夜都在某园的水榭旁闲坐消暑。不久之前,他和女儿康同璧还在北欧冰海雪山间午夜观日出,现在则是完全另外一个世界。夏日中午的东欧公园,康有为独自憩于亭上,耳边只有鸟啼之声,数年来的舟车辛劳似乎已经离他远去,他作诗咏其心境,有"绝无人到忘身世,故国园亭梦似归"。② 这首诗或许可代表康有为时而产生"反认他乡是故乡"的虚幻触受。

他多次在不同国度表达过渴望归隐的愿望。不仅槟榔屿可作为

---

① 康有为:《瑞士游记》,《列国游记》,第77页。
② 康有为:《罗马尼亚游记》,《列国游记》,第533页。《罗马尼亚京卜加利士公园水榭午憩》,复收入《康南海先生诗集》卷十,《涟漪诗集》,第35页。

"桃花源",印度大吉岭亦可"异域年阑托隐沦"。① 据康同璧《年谱续编》,康有为 1902 年初在大吉岭得佳屋居住,修筑草亭,名为须弥雪亭,在此处居住了一年多,至 1903 年春末方始离去。在此前,康有为欲借助义和团运动推翻慈禧政权的打算遭到破灭,现实功业变得甚不可为;于是就在这段隐居岁月里,康有为开始描述他的理想社会蓝图,撰写《大同书》。②

康有为阅历甚广,《大同书》的思想渊源也就十分复杂。美国学者马丁·伯纳尔认为《大同书》深受 1890 年代初连载于《万国公报》的《回头看纪略》的影响,遂采用以"大同"世界描述未来图景的办法。③ 苏俄学者齐赫文斯基声称美国传教士傅兰雅的《佐治刍言》对康有为影响极大,经萧公权考察,已证实傅兰雅的很多基本观点实与康有为甚不相符。④ 康有为从《回头看纪略》或《百年一觉》中获得的启发较大,

---

① 康有为:"辛丑除日新迁大吉岭山馆"其三,收入《康南海先生诗集》卷六,《须弥雪亭诗集》,第 18 页。行迹所至,尚有瑞典的稍士巴顿岛令康有为流连咏叹,女儿劝说他就此隐居,他回答说:"吾生穷理眇极人天,亦何所不忘,无如躬遇故国之危,不忍之心,无由自遏。"《瑞典游记》,第 259 页。

② 《大同书》发表时间甚晚,1913 年《不忍》杂志仅刊其甲乙二部,至于 1935 年才出版上海中华书局版的全本。对于其书写作时间,学界众说纷纭,综合而言,可认为开始写作于 1902 年隐居印度时,但后来又不断增补内容,比如"甲部"提到"三藩息士高地震",此事当在 1906 年;朱维铮则云引据事例最晚可达 1909 年。汤志钧:《康有为与戊戌变法》,第 96—171 页,中华书局,1984 年;朱维铮:《康有为大同书二种·导言》,第 13 页及其注释 44—46,北京三联书店,1998 年。

③ 伯纳尔:《一九〇七年以前中国的社会主义思潮》(Martin Bernal, *Chinese Socialism to 1907*),第 11—18 页,丘权政等译,福建人民出版社,1985 年。《回头看纪略》即是美国人贝拉米(E. Bellamy,1850—1898)著于 1888 年的乌托邦小说 *Looking Backward 2000—1887*(今译本作《回顾》),1891—1892 年在《万国公报》连载节译本,署名"析津来稿",1894 年,上海广学会出版单行本,题名《百年一觉》。

④ 萧公权:《康有为思想研究》,第十章附录《〈大同书〉与〈佐治刍言〉》,第 443—447 页。

因为康有为及其维新党的同志谭嗣同、梁启超等,俱尝对这部小说的中译本表示过赞赏,称其书接近原始儒家的"大同"理想。① 但康有为《大同书》与《礼运》"大同篇"无任何直接关系,《大同书》唯一一次引述《礼运》文句,即"女有归",但康有为又更改了传统经学家的解释,发明说"'归'者,岿然独立之象,所以存其自立之权也"。② 因此,可认为康有为有意回避《礼运》中提出的设计方案。虽则他能够赞赏西学里合乎中学义理的部分,但他又不尽然以中国传统经义为旨归。《大同书》中很多地方征引孔子,都是夺胎换骨的手法,即类如他作《孟子微》、《论语注》,将西学之菁华解作儒学真义。

汪荣祖谓,西方科技知识使康有为认识到近代物质文明的进步性,所据乃是康有为早年游香港、日后游欧美的感受,盖惊羡西式物质生活的繁丽华妙,并欲以此为中国社会发展之方向。③ 这的确合乎康有为"主乐哲学"的一贯作风,然而是否真的即从科学社会与物质文明中即可上升达至"大同"世界,恐怕康有为并不这么认为,——尤其在他的海外旅行之后。其人在西方近代文明的发源地意大利,即曾表达过如下的观感:

---

① "若西书中《百年一觉》者,殆仿佛《礼运》大同之象焉"(谭嗣同:《仁学》,《谭嗣同全集》,第367页,北京:中华书局,1981年);"美国人所著《百年一觉》书,是大同影子"(《南海康先生口说》,第31页,吴熙钊、邓中好校点,广州:中山大学出版社,1985年);"广学会近译有《百年一觉》……中颇有与《礼运》大同之义相合者,可谓奇文矣"(梁启超:《读西学书法》,《〈饮冰室合集〉集外文》,第1169页,北京大学出版社,2005年)。
② 《康有为大同书二种·大同书》,第190页。参看朱维铮的《导言》,注释51。
③ 汪荣祖:《从传统中求变——晚清思想史研究》,卷中《康有为研究》,第223页;及卷下《康章合论》,第429页,南昌:百花洲文艺出版社,2002年。谓康有为在民国后的思想趋向,其"根本大计始终要在中国建设一近代物质文明,比富强于西方,建君宪于中国,最后迈入略无中西之殊的大同世界",由西化入手,如何能达到"无中西之殊",这似乎是有些矛盾的。

吾昔者视欧美过高,以为可渐至大同,由今按之,则升平尚未至也。

他甚至认为西方社会的所谓国际公法、战时公约之属也都是看似人道实则野蛮的,惟有女权的兴起合乎《礼运·大同》中的"女有归"之理。① 一方面他确实援借西学以修正儒学,立恢复之名行变法之实,另一方面,则在中西文化的折中处理时仍以儒家传统的道德价值为内核。② 在《礼运》"大同篇"里,孔子在主持了祭奠先王的仪式之后,感叹没有赶上昔日辉煌的盛世。③ 这在公羊派学者看来,孔子见"天下无道",便作《春秋》来代行天子事,虚其君位,以"王春正月"来保存"大一统"思想,于是"大同世界"实际上是指向未来的。综上所述,康有为乃是借助公羊学经术,将《礼运》中昔大同今小康的历史观置换为由乱而治的三世说,又借助西学著作,改造中国社会的理想模式。④

好比是浪迹四方的游子,终于返回家乡,看视旧国旧都⑤,其眼光

---

① 康有为:《意大利游记》,岳麓书社版,第124—125页,第128页;并参看《西班牙游记》,《列国游记》,第481页。康有为言"归者,岿然自立也",这与传统经解说法并不一致(孙希旦《礼记集解》:"女有归者,嫁不失时也")。

② 萧公权:《康有为研究》,第三章《儒学新诂》。

③ "昔者仲尼与于蜡宾,事毕,出游于观之上,喟然而叹"。郑玄注:"蜡者,索也,岁十二月合聚万物而索飨之。亦祭宗庙。时孔子仕鲁,在助祭之中。"

④ 此外,康有为对《春秋繁露》中破除夷夏分别的观点(参看何休《春秋公羊传》隐公元年公子益师卒条解诂)十分赞赏,这或许和《万国公报》中有关"世界主义"的文章也有重要的关系,这些启发势必影响康有为写作他《大同书》中"去国界合大地"部。

⑤ 《庄子·则阳》:"旧国旧都,望之畅然",王先谦《集解》引宣颖说,谓"以故乡喻本性"。小南一郎未屈赋中"旧乡"一词最初可能意味着天界中祖先灵魂的居处,见《远游——时间与空间的旅行》一文,收入李丰楙、刘苑如主编:《空间、地域与文化——中国文化空间的书写与阐释》,上册,台北:"中央研究院"中国文哲研究所,2002年。蒋智由1906—1907年旅日期间有题为《旧国》一诗,言"畅然望旧国,时复梦中过"(《居东集》卷一,上海文明书局,1910年),心境有相似处。

自然不同于因循守成的乡党父老。康有为的海外漫游,见识了西方日新月异的工业文明社会,类如小说《百年一觉》中那位梦旅人,骤然置身在陌生世界。所不同者,康有为对他所见到的陌生新世界并不全然认同,因此才会不断用旅行见闻来改进和补充他的设计方案,依次提出要破除国(国家)、级(等级)、种(肤色)、形(性别)、家(家庭)、产(财产)、乱(政府)、类(生物)、苦(生存)对人类的束缚。这大多数主张,在当时的西方世界,亦无条件实现。如提倡肤色、性别的平等,则在后来一百年才成为时代命题。至于说博爱众生、禁杀断肉,以及去除人生诸苦达到极乐,这都近乎成仙成佛的宗教理想了。因此朱维铮谓《大同书》之意义,"在于康有为对于中国社会弊病的揭露和抨击"①,这包括性别歧视、财富不均和政府专制几个方面。而康有为当时最看重的应该是第一步理想,即乙部"去国界合大地",遂先公布了这部分的内容,用意可视为是向西方列强行径的控诉。② 至梁启超著《清代学术概论》时,言及《大同书》,则认为种种理想若得实现,"其最要关键,在毁灭家族"③,这可能是康有为此著中最惊骇世俗的见解,主张解除婚姻契约、消泯家族制度,其宗旨近乎古波斯的 Mazdak 教义。虽则康有为以今为据乱世,只可言小康不可言大同,从而为他的学说不能为世人接受寻得理由;曾以"尊重公权割私爱,须将身作后人师"④诗句自律的梁启超,在此仍不免要置疑的是,假如以男女同栖一年为限作为未来理想国设计的出发点,这关键之因素本身是否能够合乎人性。⑤ 一时似难

---

① 朱维铮:《导言》,第 20 页。
② 1919 年康有为重刊《不忍》杂志连载的《大同书》甲乙二部。
③ 梁启超:《清代学术概论》,第 81 页。
④ 梁启超:《纪事二十四首》其 13,《饮冰室合集》,文集之四十五(下),第 8 页。按此组七绝写于梁启超夏威夷之行后,初刊于《清议报》1900 年 11 月,其本事据柳亚子、冯自由、刘成禺等人的追述,梁启超在夏威夷时也有一位华侨学校女教师何惠珍与他有暧昧关系,见朱正:《一个单相思的故事——解读梁启超〈纪事二十四首〉》,《鲁迅研究月刊》,2002 年第 9 期。
⑤ 梁启超:《清代学术概论》,第 82 页。

以想象,常在书写自身心境旅程中表达恋慕故土家国之情的康有为,却构架了无家无邦的遥远之人类前景。

贝拉米在小说里令主人公与从前爱人的曾孙女相恋,这可认为是表达出一种心愿,即改变乌托邦"烟涛微茫信难求"的遥不可及①,以纯真的爱情显示彼此人性的接近,从而鼓舞世人上进。1907年,50岁的康有为在美国娶妾何旃理。何氏系广东侨商后裔,年方17岁,她此后成为随侍康有为身边的旅伴。② 何氏本来即敬慕康有为的名声,听了他的演说,继而决意嫁给他,但婚后才知康家元配尚在。理想国固然可由孤独的旅人以一己之心怀建筑,但是同行之人未必都肯认同其心其理。

康有为大同幻梦中的无家无邦,乃是与他津津自况的"天游之民"有关:"吾为天游,想象诸极乐之世界,想象诸极苦之世界,乐者吾乐之,苦者吾苦之。"③这前可追溯到1900年后"人生若飞鸟"的身世感喟,后可延续到他逝世前不久所发表的《诸天书》(1926年天游书院讲学稿),后者成书,乃是因为康有为晚年重拾对天文星象的兴趣。④ 其书序云:

> 庄子曰:"人之生也,与忧俱来"。吾则以为,人之生也,与乐俱来。生而为天人,诸天之物咸备于我,天下之乐,孰大于是?

---

① 西方乌托邦文学,往往要将此理想国度与现实世界完全的隔离开来,自古希腊时期至于19世纪俱是如此,叙述者多为失事幸存的海客,在那里暂住一段时间,访问完毕即返回故国,向世人讲说其见闻。
② 康有为:《亡媵何旃理女士状》,谓何氏"通四国语",且"治装、对客、行旅,唯女士是赖",《康南海先生遗著汇刊》,第十九册《康南海文集》,第241页。
③ 康有为:《大同书》绪言,第50页。康有为在此书结尾说大同之后即是仙学、佛学,"仙佛之后则为天游之学矣"。
④ 1895年办强学会,曾从旅英归来的杨文会处购买天文仪器,"其天文镜大者,能窥见火星之山海矣"。见康有为:《自编年谱》,第31页。

接下来他将天人之下的人生境界分作家人、乡人、邑人、国人、地人,这些境界里的人,知识神思行动都受到特定地域法则的限制,故不能忘其忧苦。即使是"游学诸国,足遍五洲"的"地人",在他看来也还是有狭隘之处的:因为欧美学术更替变换甚速,"当时则荣,没则已焉,奚足乐哉"? 这些话可以代表历尽苦难、饱览兴亡的康有为对时代浪尖上的西学潮流已经渐渐生出陌生之反感。换言之,中国追逐现代脚步的历史演进太迅疾了,至此已将曾为思想先驱的康有为淘汰出局。五四《新青年》诸君,就把他当作是"老古董"①,除却陈独秀,大多早已不屑与之论争了。

康有为像传统士大夫一样喜好登高而赋,足迹至于亚洲喜马拉雅山、美洲落矶山、欧洲阿尔卑斯山和比利牛斯山,所到之处都有长歌题咏之作。因此他自谓比谢康乐、李青莲更幸运:"吾生也晚,而幸当交通之运,名山屐齿,足傲前贤,逌人良用自慰也。"②假如抛开其旅行记中那些关乎现实问题的叙说,则会发现楚臣见放的兴观群怨之外,康有为时而也显现着接通自然物理的阔达胸怀。虽则并非是"解佩出朝,一去忘返"的隐士,然而却因为视野的扩大促成思想的放达。于是无论是在雅典卫城上遥想希腊古贤,还是在鸡足山顶追怀斑斑佛迹,幽幽千古的人文进化,在宇宙中亦不过是渺若尘埃了。③

日本现代文学家鹤见佑辅曾赞美旅行是"解放"、"冒险"和"进步"。他又说旅人有两类,一类是胸怀宽广的,"一面旅行,一面开拓着自己的世界";另一类是内心孤寂的,"一面旅行,一面沉潜于自己内心

---

① 胡适:《新思潮的意义》,《新青年》第 7 卷第 1 期,1919 年 12 月。
② 康有为:《西班牙游记》,第 445 页。
③ 在《诸天讲》中,康有为将地球视作"无量天之一微尘","诸教主生于此微尘地球上,称尊不过比众生蠢蠢稍有智慧耳"。汪荣祖以此说为证据,认为这是康有为晚年回归于信奉有神论的表现。见《从传统中求变》,第 333 页。

里"。① 从思想气质上来看,好言"天游"之思的康有为兼备这两种怀抱,每每居高临下地看视众生,但对于中、西、印文化的评估俱不能全无保留的赞同。这缘于他眼界既开后思考全体人类命运的方式,大体如梁启超、萧公权等人的一个判断:康有为思考改革社会的现实问题时还是儒家,而思考大同世界这样的理想问题则全然超越了儒家。这与梁启超在《汗漫录》里的"乡人"、"国人"、"世界人"之辨有相似处。不过,在如此危急动荡的时代,阔达的独语已成为太奢侈的不切之言。更何况康有为的渐序改良之论调和他凌空高蹈的大同理想二者差距太大,他对时局经常把错风向,站错队伍,民国之后言论渐不被当时的思想界、学术界所看重,也就是很自然的事情了。后来,蔡元培西行归来,倡导带有文化复兴意味的"以美育代宗教";梁启超终于欧游,抒写《心影录》,宣称西方物质文明的破产;蒋梦麟数年后回忆清民之际的留学经历,反思"西潮",重又对中国传统文化投去温情与敬意;——他们多少承继了康有为旅行见闻中的基本思路,独行于流亡之途的"天游之民",于此当谓"德不孤"矣。

---

① 鹤见佑辅:《思想·山水·人物》,鲁迅译,第137—138、269页,上海:北新书局,1929年。

结　语

由以上五章对于晚清海外旅行写作的系统研究,"游记新学"名下所涵盖的各类文本的主题与其作者的心绪,基本得以展现出来。可以说,这一股著述风气的产生仰赖于两个因素:一是近代报刊传媒业的兴起,一是洋务运动所促生的遣使外交和出国考察活动。1860年之前实为萌芽期,其间偶而有朝觐宗徒、谋生海客的载记文本,往往与古代记述域外跋涉经历的著作差别不大,作者本身文化程度不高,就其所见很难谈得上有何"新学"的体认,故须待其周边的有识之士对这些文本作出解释和阐扬。而在1860年之后,作为旅行的条件和作为文本传播的条件都已成熟,具有学识的中国士人得以涉足外国,途中的写作和著述成为其自觉的责任,遂能有此蔚为大观的"游记新学"。

"游记新学"的学术取向大致有三端:分别是学识、事功(谓社会与政治上的影响力)和义理,这可以依次对应于本书的第三、四、五章所涉及的旅行写作。中国的游记传统里素有文学性与学术性这两个方面的表现。就文学性来说,要求作者能够描绘物象、抒发情感;就学术性来说,则需要能够表达出作者的学问修养,从对自然地理或人文陈迹里生发出有价值的学识、义理来。体物抒情需要的是旅行作家的感性,学识义理则代表了旅行作家的理性。前者依赖的是对观览对象的直觉体认,后者则是借助于对地理沿革、文物兴替的了解,以及在旅行之后的总结与思考。或谓明末以来的旅行写作中有一感性趋弱、知性增强的过程,其具体表现为描绘景物的文字修辞越来越平庸,旅行者往往更多地是在学识、事功和义理三者上面下功夫。① 对于晚清的海外写作来说,也的确是这样的,即使在纪游诗方面,长于以古风排律来夸饰渲染海天辽阔、异域珍奇的诗人,也多是取材自所阅读的外国史地和西洋文化简介性书籍,而不可径直看作是透察物理的兴会了。这种知性盛于感性的文学现象自然与晚清经世致用的学术风气是密切相关的。② 似乎可以说,晚清学术视野的开拓与诗文创作的面貌形态有着相辅相成的关系:文学创作在旧有之形式、主题上存有衰落的危机时,新学术、新思想的跟进能够充实其内容、改变其发展方向,晚清海外旅行写作中的知性、感性因素的消长,正反映出了这样一种规律。

不过从另一方面来看,旅行毕竟也还是一种个人性的经验活动,不能等同于外国志,那些经由海外旅行者的记述、描绘以及咏叹、想象所生成的异国情调、异国形象,往往会特别受到关注,这些因素使得"游记新学"多半的文本个案与那些纯粹的考察研究著作有些不同。故而在第三章论学识之外,会提及旅行者的艺术品鉴与诗文交流;第四章论事功,则注意到了外交使臣的立身与作文两方面的主张;第五章涉及改造传统的思想同时,也将诗界革命的话题带入进来。充溢在晚清海外

---

① 参看余光中的两篇论文,《中国山水游记的感性》与《中国山水游记的理性》,《余光中散文选集》,第 4 辑,第 337—347 页,第 348—356 页,长春:时代文艺出版社,1997 年。按,余光中所谓的游记文学的"感性",盖指作家"能使文字突破抽象符号的局限,直探物象的本体"(第 337 页)的一种能力,就此而言,他大致以为游记文学的成绩,清人不如明人、民初又不如清代,又见同书《论民初的游记》一文。

② 马积高:《清代学术思想的变迁与文学》,第 248—360 页,长沙:湖南出版社,1996 年。

旅行写作文本中的知性主体精神,力图通过建立一个全新的知识系统与文学系统,来认知和掌握世界,并改变近代中国的历史命运。①

此前学界"跨文化对话"的题目,较多是借由西传汉籍或东来教士以生发议论。本书则确认晚清海外旅行的中国士人为近世中西文化交流的主体。"游记新学"的最大特殊之处,可能是在于其作家成员们属于传统读书人/士大夫阶层,他们基本不通外语,往往不能对于所游观见闻到的种种讯息有一深入准确的理解,像张德彝、钱文选这样出身于国内的外语学校而有著述能力或意愿的人已属少见,而留学生里肯向国人讲述其海外经历的情况似乎完全不存在。日后梁启超反思晚清西洋思想运动,更发现留学生阶层在此之中彻底缺席,遂谓创立新学术之原动力及其中坚,尽是"不通西洋语言文字之人"②,"坐此为能力所限,而稗贩、破碎、笼统、肤浅、错误诸弊,皆不能免",致使这场新学运动"垂二十年卒不能得一健实之基础,旋起旋落,为社会所轻"。③ 直到1980年代钟叔河先生主编"走向世界丛书",开始系统清理湮没在故纸堆里的晚清海外旅行著作,曾留学欧洲的钱锺书依然对之表示嘲讽,说从小文人王芝到大名流康有为,他们在游记里面都免不了行使"凭空

---

① 孟悦在《中国人与世界人的差异》一文中,认为章太炎、康有为、谭嗣同等思想家"对于文化差异、政治危机和'好社会'的追寻,并不仅仅是以文化制度、科学技术、国力的强弱和政治体制的不同为标准的,而且更是对人、对主体、世界乃至宇宙的理解为优先的","他们在对于人的普遍性的这种特殊认识基础上,建立了一种前所未有的,超越西方中心主义的,关于'现代'的世界性想象"(《人·历史·家园:文化批评三调》,第220页,北京:人民文学出版社,2006年),这种说法也基本可以扩大范围而施用在大多数的晚清海外旅行作者身上。
② 李瑞清在《与江霞公太史书》中谈及留美学生甄选考试的情况:"江南人文最盛,徵选学子,及格者但五人耳,而耶教之徒实居其半,可为痛心。"见《清道人遗集》卷二,1939年刻本。又见同卷《与留美预备学堂诸生书》。
③ 梁启超:《清代学术概论》,第98页,上海古籍出版社,1998年。

编造的特权(the traveller's leave to lie)"。① 不过,倘若不再对前人的历史局限性予以苛求,当明白唯有这些不通西文之人方能成为最初之新学运动的中坚力量,他们正处于中西交流中的积极主动地位,其言论应被视为晚清五十年(1860—1911)里真正代表传统中国认知西方文明、并改造自身的文化主体。西方文明作为被引入的"他者",所激发出晚清中国旅行者对于异域的观察以及由而产生的理想和情绪,可能是一个笼罩整个现代中国乃至今日的文化主题。而在跨入民国之后,游记文学已不足当作获取新学的途径了。

最后,要补充强调一点的是:虽然时人往往批评晚清学术的急功近利,但是晚清人眼中的所谓"新学"之新,并非惟最近产生之西学为至上;反而始终对于西方学术的历史渊源怀有浓厚兴趣。青年时代的王国维曾有名句:"千秋壮观君知否,黑海东头望大秦"②,可与诸多倾倒于埃及、希腊、罗马文明陈迹之前的晚清学人心心相印;精通拉丁语文的马相伯更是企盼有"借拉丁文以沟通泰西学术之源流"之人出现,"炉锤东西两大帝国之文章政治,成一家之言,以金碧辉煌我国土者"。③ 两人说的都是由异域古学汇入来完成中国学术的更新,比起后来但知追求与西方同步、而放弃追问来源的新潮学人,这样的识见似乎还更高明与深刻些。

---

① 钱锺书:《走向世界》序,钟叔河:《走向世界:近代中国知识分子考察西方的历史》,第1页,北京:中华书局,2000年。
② 王国维:《咏史诗二十首》(1898年前后)其十二,《学衡》第66期,1928年11月。
③ 马相伯:《拉丁文通叙言》(1903年),方豪编:《马相伯先生文集》,第13页,北平:上智编译局,1947年。

参考文献

一、近代报刊

《不忍》,上海:广智书局,1913—1917年。
《点石斋画报》,上海:点石斋画馆,1884—1890年。
《东西洋考每月统记传》,北京:中华书局,1997年影印本。
《格致汇编》上海:格致书室,1876—1892年。
《清议报全编》,《近代中国史料丛刊》,三编第141—50号。
《上海新报》,《近代中国史料丛刊》,三编第581—90号。
《申报》,上海:申报馆,1872—1911年。
《万国公报》,上海:万国公报社,1874—1883、1889—1907年。
《遐迩贯珍》,上海辞书出版社,2006年影印本。
《新民丛报》,横滨,1902—1907年。
《益闻录》,上海,1881—1888年。
《游学译编》,《中华民国史料丛编》1983年影印本。
《中国教会新报》,上海,1868—1874年。
《中西闻见录选编》,《近代中国史料丛刊》,三编第311—312号。

二、原始文献

《近代中国史料丛刊》,台北:文海出版社,初编,1966—1973 年;续编,1974—1983 年;三编,1987—1990 年。

《清代传记丛刊》,台北:明文书局,1984 年。

《续修四库全书》,上海古籍出版社,2002 年。

《中国史学丛书》,台北:学生书局,1965 年。

宝鋆:《筹办夷务始末》,"同治朝",光绪六年,故宫博物院影印本,《近代中国史料丛刊》,初编第 611 号。

陈瀛一:《睇向斋秘錄》,无出版信息,《近代中国史料丛刊》续编第 239 号。

陈瀛一:《新语林》,上海:上海书店出版社,1997 年。

崇彝:《道咸以来朝野杂记》,北京古籍出版社,1982 年。

单士鳌:《受兹室诗稿》,长沙:湖南人民出版社,1986 年。

狄葆贤:《平等阁诗话》,清光绪三十年初版,民国六年上海有正书局第 8 版铅印本。

杜保祺:《健庐随笔》,铅印本无出版信息,《近代中国史料丛刊》,初编第 980 号。

樊增祥:《樊山集》、《续集》,光绪年间刻本,《近代中国史料丛刊》,续编第 605—608 号。

冯桂芬:《显志堂稿》,光绪二年校邠庐刻本,《续修四库全书》,集部 1535—1536 册。

傅云龙:《傅云龙日记》,傅训成整理,杭州:浙江古籍出版社,2005 年。

傅云龙:《游历日本图经》,"晚清东游日记汇编"丛书,上海古籍出版社,2003 年。

高锡恩:《友石斋诗集》,同治年间刻本。

辜鸿铭:《辜鸿铭文集》,海口:海南出版社,1996 年。

郭连城:《西游笔略》,同治二年湖北刻本,《近代中国史料丛刊》,初编第 888 号。

郭嵩焘:《郭嵩焘日记》,长沙:湖南人民出版社,1981—1983 年。

郭嵩焘:《养知书屋文集》、《诗集》,光绪十八年刻本,《近代中国史料丛刊》,初编第 152 号。

郭则沄:《十朝诗乘》,福州:福建人民出版社,2000 年。

何启、胡礼垣:《新政真诠:何启、胡礼垣集》,沈阳:辽宁人民出版社,1994 年。

何藻辑《古今文艺丛书》,民国四年铅印本;扬州:江苏广陵古籍刻印社,1995年影印本。

洪勋:《游历闻见录》,光绪十六年上海仁记石印本。

黄濬:《花随人圣庵摭忆》,上海书店,1998年。

黄懋材:《得一斋杂著》,光绪十二年。新阳赵氏梦花轩刻本。

黄遵宪:《黄遵宪全集》,陈铮编,北京:中华书局,2005年。

贾桢等:《筹办夷务始末》,"咸丰朝",同治六年,故宫博物院抄本,《近代中国史料丛刊》,初编第581号。

蒋智由:《居东集》,宣统二年上海文明书局铅印本。

金绍城:《藕庐诗草》,民国十五年铅印本,《近代中国史料丛刊》,续编第205号。

金绍城:《十八国游历日记》,稿本,《近代中国史料丛刊》,续编第205号。

康有为:《康南海先生诗集》,上海:商务印书馆,1941年。

康有为:《康南海先生遗著彙刊》,蒋贵麟主编,台北:宏业书局有限公司,1976年。

康有为:《康有为全集》,姜义华编校,上海古籍出版社,1987—1992年。

康有为:《列国游记》,上海市文物保管委员会整理"康有为遗稿"丛书,上海人民出版社,1984年。

康有为:《欧洲十一国游记二种》,上海广智书局版,光绪三十一至三十三年。

康有为:《万木草堂诗集》,上海市文物保管委员会文献研究部编"康有为遗稿"丛书,上海人民出版社,1996年。

康有为:《万木草堂遗稿》、《万木草堂遗稿外编》,蒋贵麟编,台北:成文出版社,1978年。

黎庶昌:《拙尊园丛稿》,光绪十九年上海醉六堂石印本。

李伯元:《南亭四话》,民国十三年石印本,《近代中国史料丛刊》,三编第459号。

李慈铭:《越缦堂读书记》,北京:中华书局,2006年第2版。

李慈铭:《越缦堂日记》,扬州:广陵书社,2004年。

李盛铎:《木樨轩藏书题记及书录》,北京大学出版社,1985年。

李文泰:《海山诗屋诗话》,光绪四年广州森宝阁排印本。

李兆洛:《养一斋文集》,光绪四年刻本。

梁启超:《〈饮冰室合集〉集外文》,夏晓虹辑,北京大学,2005年。

梁启超:《清代学术概论》,上海古籍出版社,1998年。

梁启超:《饮冰室合集》,上海:中华书局,1936年。

梁启超:《饮冰室文集类编》,东京:帝国印刷株式会社,1905年。

梁启超:《中国近三百年学术史》,北京:东方出版社,1996年。

林昌彝:《海天琴思录·海天琴思续录》,上海古籍出版社,1988年。

林则徐:《林则徐集》,北京:中华书局,1965年。

刘蓉:《养晦堂文集》,光绪三年湖南思贤讲舍刻本,《近代中国史料丛刊》,初编第382号。

刘瑞芬:《养云山庄遗稿》,光绪十九年刻本。

刘师培:《刘申叔遗书》,南京:江苏古籍出版社,1997年。

刘锡鸿:《刘光禄遗集》,无出版信息,《近代中国史料丛刊》三编,第446号。

马德新:《朝觐途记》,马安礼译,纳国昌注释,银川:宁夏人民出版社,"中国回族古籍丛书",1988年。

马德新:《天方诗经》,人民文学出版社,1957年。

毛祥麟:《墨余录》,上海古籍出版社,1985年。

缪艮:《文章游戏》,道光年间刻本。

那桐:《那桐日记:1890—1925年。》,北京市档案馆编,北京:新华出版社,2006年。

潘飞声:《说剑堂集》,光绪二十四年仙城药洲刻本。

平步青:《樵隐昔寱》,光绪八年刻本。

钱文选:《环球日记》,上海:商务印书馆,1920年。

钱文选:《士青全集》,上海:商务印书馆,1939年。

丘逢甲:《岭云海日楼诗钞》,台北:大通书局有限公司,1997年。

丘逢甲:《丘逢甲集》,广东丘逢甲研究会编,长沙:岳麓书社,2001年。

沈纯:《西事类编》,光绪年间上海"申报馆丛书"铅印本。

宋育仁:《采风记》,光绪二十二年成都刻本。

苏舆:《翼教丛编》,上海书店,2002年。

谭嗣同:《谭嗣同全集》增订本,蔡尚思编,北京:中华书局,1981年。

唐才常:《觉颠冥斋内言》,光绪二十四年长沙刊本,《近代中国史料丛刊》,初编第327号。

唐文治:《茹经堂文集》,茹经堂丛书本,《近代中国史料丛刊》,续编第31—34号。

唐文治:《唐文治文选》,上海交通大学出版社,2005年。

唐文治:《英轺日记》,光绪二十九年上海文明书局刻本。
王朝宗:《海外番夷录》,道光二十四年刻本。
万选楼主人辑:《各国日记汇编》,上海书局,光绪二十四年石印本。
汪瑔:《松烟小录》,《随山馆全集》,光绪年间自刻本。
汪荣宝:《思玄堂诗》,《近代中国史料丛刊》,初编第598号。
王国维:《王国维遗书》,上海古籍出版社,1983年。
王韬:《弢园尺牍》,《近代中国史料丛刊》,续编第1000号。
王韬:《弢园文录外编》,上海书店,2002年。
王韬:《王韬日记》,北京:中华书局,1987年。
王韬:《瓮牖余谈》,光绪元年。申报馆排印本,《近代中国史料丛刊》,三编第606号。
王韬:《瀛壖杂志》,光绪年间刻本,《近代中国史料丛刊》,初编第388号。
王韬等:《近代译书目》,北京图书馆出版社,2003年。
王之春:《国朝柔远记》,北京:中华书局,1989年。
王之春:《使俄草》,光绪二十一年上海文艺斋刻本,《近代中国史料丛刊》,初编第67号。
王之春:《谈瀛录》,光绪六年上海文艺斋刻本。
王芝:《海客日谭》,光绪丙子年刻本,《近代中国史料丛刊》,初编第318号。
魏源:《海国图志》,陈华等点校注释,长沙:岳麓书社,1998年。
魏源:《魏源集》,北京:中华书局,1976年。
文庆等:《筹办夷务始末》,"道光朝",咸丰六年,故宫博物院抄本,《近代中国史料丛刊》,初编第551号。
文廷式:《文廷式集》,北京:中华书局,1993年。
翁同龢:《翁同龢日记》,北京:中华书局,1989年。
吴汝纶:《桐城吴先生日记》,石家庄:河北教育出版社,1999年。
吴汝纶:《桐城吴先生文集》、《诗集》、《尺牍》、《尺牍补遗》,桐城吴先生全书本,《近代中国史料丛刊》,初编第365—66号。
吴仰贤:《小匏庵诗存》,光绪四年刻本,《续修四库全书》,集部第1548册。
谢清高:《海录》,《海山仙馆丛书》咸丰元年辑录本,北京:中华书局,《丛书集成初编》第3278册,1985年;"史地小丛书"冯承钧注本,上海:商务印书馆,1938年;

安京校释本,北京:商务印书馆,2002年。

徐继畬:《瀛环志略》,上海书店,2001年。

许景澄:《许文肃公遗稿》,北京:外交部铅印本,1918年。

薛福成:《薛福成日记》,吉林文史出版社,2004年。

薛福成:《庸庵文编》、《续编》、《外编》、《海外文编》,光绪年间无锡薛氏刻本,《近代中国史料丛刊》,初编第943号。

严复:《严复集》,北京:中华书局,1986年。

杨守敬:《杨守敬集》,武汉:湖北人民出版社、湖北教育出版社,1997年。

姚文栋:《读海外奇书室杂著》,光绪十一年家刻本。

姚文栋:《云南勘界筹边记》,光绪年间刻本,《近代中国史料丛刊》,初编第179号。

叶庆颐:《策鳌杂摭》,光绪十五年上海刻本。

永瑢等:《四库全书总目》,北京:中华书局,1965年。

余思诒:《楼船日记》,光绪三十年,上海商务印书馆重印本。

俞樾:《茶香室丛钞》、《续钞》、《三钞》、《四钞》,光绪二十五年春在堂全书本,《续修四库全书》,子部第1198—99册。

俞正燮:《癸巳存稿》,道光二十八年连筠簃丛书本,《续修四库全书》,子部第1159—60册。

郁永河:《裨海纪游》,台北:台湾银行经济研究室,1959年。

袁祖志:《谈瀛阁诗稿》,光绪十三年刻本。

袁祖志:《谈瀛录》,光绪十年上海同文书局石印本。

曾国藩:《曾文正公全集》,上海:大达图书供应社,1936年。

曾纪泽:《曾惠敏公文集》、《归朴斋诗钞》,光绪十九年,江南制造总局铅印本,《续修四库全书》集部第1562册。

曾纪泽:《曾纪泽日记》,岳麓书社,1998年。

张德彝:《稿本航海述奇汇编》,北京图书馆出版社,1997年。

张德彝:《光禄大夫建威将军张公集》,民国七年铅印本。

张文虎:《舒艺室诗存》,光绪年间刻本,《近代中国史料丛刊》,初编第966号。

张荫桓:《张荫桓日记》,上海书店,2004年。

张之洞:《劝学篇》,上海书店出版社,2002年。

张祖翼:《伦敦竹枝词》,光绪十四年观自得斋丛书本。

张祖翼:《清代野记》,成都:巴蜀书社,1988年。

朱一新:《无邪堂答问》,中华书局,2000年。

刘雨珍、孙雪梅编:《日本政法考察记》,"晚清东游日记汇编",上海古籍出版社,2002年。

吕顺长编:《教育考察记》,杭州大学出版社,"晚清中国人日本考察记集成",1999年。

王宝平编:《日本军事考察记》,"晚清东游日记汇编",上海古籍出版社,2004年。

王宝平编:《中日诗文交流集》,"晚清东游日记汇编",上海古籍出版社,2004年。

王锡祺辑:《小方壶斋舆地丛钞》,上海著易堂铅印本(初编,光绪十七年;补编,光绪二十年;再补编,光绪二十五年),杭州古籍出版社,1985年。

王锡祺辑:《小方壶斋舆地丛钞三补编》,沈阳:辽海出版社,2005年。

钟叔河主编:《走向世界丛书》,长沙:湖南人民出版社,1980—1983年。(27种20册);长沙:岳麓书社,1985—1986年。(38种10册)

三、中文研究论著、译著

艾尔曼(Benjamin A. Elman):《从理学到朴学——中华帝国晚期思想与社会变化面面观》,赵刚译,南京:江苏人民出版社,1995年。

艾周昌编注:《中非关系史文选(1500—1918)》,上海:华东师范大学出版社,1989年。

安京:《〈海录〉作者版本内容新论》,《中国边疆史地研究》第3卷第1期,2003年。

白寿彝:《中国回回民族史》,北京:中华书局,2003年。

白佐良(Giuliano Bertuccioli)、马西尼(Federico Masini):《意大利与中国》,萧晓玲等译,北京:商务印书馆,2002年。

北京大学中文系近代诗研究小组编:《人境庐集外诗辑》,第70—71页,北京:中华书局,1960年。

卞孝萱、唐文权编:《民国人物碑传集》,北京:团结出版社,1995年。

伯德莱(Michel Beurdeley):《清宫洋画家》,耿昇译,济南:山东画报出版社,2002年。

布鲁纳(Katherine Frost Bruner)、费正清(John King Fairbank)、司马富(Richard Joseph Smith)编:《赫德与中国早期现代化:赫德日记,1863—1866》,陈绛译,北京:中国海关出版社,2005年。

蔡鸿生:《全祖望〈二西诗〉的历史眼界》,《东方论坛》,2004年第6期

蔡鸿生主编:《澳门史与中西交通研究》,广州:广东高等教育出版社,1998年。

蔡毅编译:《中国传统文化在日本》,北京:中华书局,2002年。

陈伯海、袁进:《上海近代文学史》,上海人民出版社,1993年。

陈国栋:《东亚海域一千年:历史上的海洋中国与对外贸易》,济南:山东画报出版社,2006年。

陈乃乾:《室名索引》,台北:文海出版社,1970年。

陈平原、夏晓虹编:《二十世纪中国小说理论资料》,第一卷,北京大学出版社,1997年。

陈平原、夏晓虹编注:《图像晚清》,天津:百花文艺出版社,2001年。

陈平原:《从科普读物到科学小说——以"飞车"为中心的考察》,《中国文化》第13期,1996年。

陈平原:《当年。游侠人》,北京:三联书店,2006年。

陈平原:《点石斋画报选》,贵阳:贵州教育出版社,2000年。

陈平原:《二十世纪中国小说史》第一卷,北京大学出版社,1989年。

陈平原:《中国现代学术之建立》,北京大学出版社,1998年。

陈声聪:《兼于阁诗话》,上海古籍出版社,1985年。

陈体强:《中国外交行政》上海:商务印书馆,1945年。

陈学洵主编:《中国近代教育史教学参考资料》,北京:人民教育出版社,1986年。

陈寅恪:《寒柳堂集》,北京:三联书店,2001年。

陈玉堂:《中国近现代人物名号大辞典》,全编增订本,杭州:浙江古籍出版社,2005年。

陈垣:《陈垣学术论文集》,北京:中华书局,1980—1982年。

陈忠纯:《鳌峰书院与近代前夜的闽省学风——嘉道间福建鳌峰书院学风转变及其影响初探》,《湖南大学学报》,2006年第1期。

程道德编订:《康有为牛津、剑桥大学游记手稿》,北京图书馆出版社,2004年。

程美宝:《地域文化与国家认同:晚清以来"广东文化"观的形成》,北京:三联书店,2006年。

戴东阳:《晚清驻外使臣与政治派系》,《史林》,2004年第6期。
戴仁(Jean-Pierre Drège)主编:《法国当代中国学》,耿昇译,北京:中国社会科学出版社,1998年。
稻叶君山:《清朝全史》,但焘译订,姚汉章、张相纂校,上海:中华书局,1924年。
德礼贤(Paschal M. D'Elia):《中国天主教传教史》,商务印书馆,1940年。
丁韪良(William A. P. Martin):《花甲忆记——美国传教士眼中的晚清帝国》,沈弘等译,桂林:广西师范大学出版社,2004年。
丁慰慈:《黎庶昌传》,《遵义文史资料》,第30辑,《遵义文史资料》编辑部,1996年。
丁文江、赵丰田:《梁启超年谱长编》,上海人民出版社,1983年。
杜文凯编:《清代西人见闻录》,北京:中国人民大学出版社,1985年。
范存忠:《中国文化在启蒙时期的英国》,上海外语教育出版社,1991年。
方长安:《选择·接受·转化:晚清至20世纪30年代初中国文学流变与日本文学关系》,武汉大学出版社,2003年。
方豪:《中国天主教史人物传》,北京:中华书局,1988年。
方豪:《中外文化交通史论丛》,重庆:独立出版社,1944年。
方豪:《中西交通史》,长沙:岳麓书社,1987年。
方迎九:《文学性与新闻性的消长——早期申报文人研究》,北京大学中文系博士论文,2002年。
费赖之(Louis Pfister):《在华耶稣会士列传及书目》,冯承钧译,中华书局,1995年。
冯承钧:《中国南洋交通史》,上海古籍出版社,2005年。
冯承钧编译:《西域南海史地考证译丛》,中华书局,第1、2卷1962年,第3卷1999年。
冯天瑜:《新语探源——中西日文化互动与近代汉字术语生成》,北京:中华书局,北京,2004年。
龚鹏程:《游的精神文化史论》,石家庄:河北教育出版社,2001年。
古田岛洋介:《森鸥外与潘飞声——在柏林遇到的中日两个文人》,2006年6月复旦大学日本研究中心,"东亚文化的继承与扬弃——东亚共同体文化基盘形成之探讨"会议论文。

故宫博物馆明清档案部、福建师范大学历史系编:《清季中外使领年表》,北京:中华书局,1985年。

顾卫民:《中国与罗马教廷关系史略》,北京:东方出版社,2000年。

管林:《岭南晚清文学研究》,广州:广东人民出版社,2003年。

郭德焱:《清代广州的巴斯商人》,北京:中华书局,2005年。

郭少棠:《旅行:跨文化想象》,北京大学出版社,2005年。

郭双林:《西潮激荡下的晚清地理学》,北京大学出版社,2000年。

郭廷以:《近代中国史事日志》,北京:中华书局,1987年。

郭真义:《近代粤东客籍诗人群体及其创作》,《广西社会科学》,2004年第3期。

韩儒林:《穹庐集——元史及西北民族史研究》,上海人民出版社,1982年。

胡令远、徐静波编:《近代以来中日文化关系的回顾与展望》,上海财经大学出版社,2000年。

黄克武主编:《画中有话:近代中国的视觉表述与文化构图》,台北:中央研究院近代史研究所,2003年。

黄霖:《近代文学批评史》,上海古籍出版社,1993年。

黄万机编:《黎星使宴集合编》,贵阳:贵州人民出版社,1992年。

黄万机编:《黎星使宴集合编补遗》,贵阳:贵州人民出版社,2001年。

黄一农:《两头蛇——明末清初的第一代天主教徒》,上海古籍出版社,2006年。

季镇淮:《来之文录》,北京大学出版社,1992年。

贾鸿雁《中国游记文献研究》,南京:东南大学出版社,2005年。

姜书阁:《桐城文派评述》,上海:商务印书馆,1933年新一版。

柯文(Paul A. Cohen):《在传统与现代性之间——王韬与晚清改革》,雷颐、罗检秋译,南京:江苏人民出版社,1994年。

柯文(Paul A. Cohen):《在中国发现历史——中国中心观在美国的兴起》,林同奇译,北京:中华书局,1989年。

柯愈春:《清人诗文集总目提要》,北京古籍出版社,2002年。

李灵年、杨忠等:《清人别集总目》,合肥:安徽教育出版社,2000年。

雷梦水等主编:《中华竹枝词》,北京古籍出版社,1997年。

李长傅:《中国殖民史》,北京:商务印书馆,1998年。

李德辉:《唐代交通与文学》,长沙:湖南人民出版社,2003年。

李国俊:《梁启超著述系年》,上海:复旦大学出版社,1983年。

李灵年、杨忠等:《清人别集总目》,合肥:安徽教育出版社,2000年。

李庆:《晚清的旅人词人孙点》,收于《庆祝王元化教授八十岁论文集》,上海:华东师范大学出版社,2001年。

李奭学:《中国晚明与欧洲文学》,台北:联经出版公司,2005年。

李肖聃:《湘学略》,岳麓书社,1985年。

李彦东:《新闻生产中的小说传统——以早期申报文人对〈聊斋志异〉的接受和转化为例》,《现代中国》第7辑,北京大学出版社,2006年6月。

利玛窦(Matteo Ricci):《利玛窦中国札记》,何高济等译,北京:中华书局,1983年。

梁元生:《近代城市中的文化张力与"视野交融"——清末上海"双视野人"的分析》,《史林》,1997年第1期。

林文仁:《南北之争与晚清政局》,北京:中国社会科学出版社,2005年。

刘禾:《欧洲路灯光影以外的世界》,《读书》,2000年第5期。

刘人鹏:《"西方美人"欲望中的"中国"与"二万万女子":晚清以迄五四的国族与妇女》,台湾《清华学报》,新30卷第1期,2000年3月。

刘声木:《桐城文学渊源撰述考》,合肥:黄山书社,1989年。

刘再华:《近代经学与文学》,北京:东方出版社,2004年。

柳曾符、柳佳编:《劬堂学记》,上海书店出版社,2001年。

楼宇烈整理:《康南海自编年谱(外二种)》,中华书局,1992年。

吕顺长:《清末浙江与日本》,上海古籍出版社,2001年。

吕文翠:《晚清上海的跨文化行旅:谈王韬与袁祖志的泰西游记》,《中外文学》,第34卷第9期,2006年2月。

马昌华主编:《淮系人物列传》,合肥:黄山书社,1995年。

马国贤(Matteo Ripa):《清廷十三年》,李天纲译,上海古籍出版社,2004年。

马积高:《清代学术思想的变迁与文学》,湖南出版社,1996年。

马士(Hosea Ballou Morse):《中华帝国对外关系史》,张汇文等译,上海书店出版社,2000年。

马祖毅:《中国翻译简史》,北京:中国对外翻译出版公司,1998年。

梅新林、俞樟华主编:《中国游记文学史》,上海:学林出版社,2004年。

孟华主编:《中国文学中的西方人形象》,合肥:安徽教育出版社,2006年。

孟悦:《人·历史·家园:文化批评三调》,北京,人民文学出版社,2006年。
孟悦:《什么不算现代——甲午战争前的技术与文化:以江南制造局为例》,《视界》第11、12辑,2003年。
穆尔(A. C. Moule,):《一五五〇年前的中国基督教史》,第132—141页,郝镇华译,北京:中华书局,1984年。
钱基博:《近百年湖南学风》,长沙:岳麓书社,1985年。
钱基博:《现代中国文学史》,上海书店出版社,2004年。
钱穆:《中国学术思想史论丛》第八卷,合肥:安徽教育出版社,2004年。
钱实甫:《清代的外交机关》,上海:三联书店,1959年。
钱实甫编:《清代职官年表》,北京:中华书局,1980年。
钱锺书:《管锥编》,北京:中华书局,1986年第2版。
钱锺书:《七缀集》,上海古籍出版社,1985年。
钱锺书:《钱锺书手稿集·容安馆札记》,北京:商务印书馆,2003年。
钱锺书:《钱锺书手稿集·中文笔记》,北京:商务印书馆,2011年。
钱锺书:《石语》,北京:中国社会科学出版社,1996年。
钱锺书:《谈艺录》,北京:中华书局,1984年。
钱仲联:《梦苕盦诗话》,济南:齐鲁书社,1986年。
钱仲联:《清诗纪事》,南京:江苏古籍出版社,1989年。
钱仲联:《人境庐诗草笺注》,上海:古典文学出版社,1957年。
钱仲联编:《陈衍诗论合集》,福州:福建人民出版社,1999年。
钱仲联主编:《广清碑传集》,苏州大学出版社,1999年。
秦国经:《清代的外务部及其文书档案制度》,《历史档案》,1981年第2期。
荣振华(Joseph Dehergne)、莱斯利(Daniel Leslie):《中国的犹太人》,耿昇译,郑州:中州古籍出版社,1992年。
荣振华(Joseph Dehergne):《在华耶稣会士列传及书目补编》,耿昇译,北京:中华书局,1995年。
容肇祖:《学海堂考》,《岭南学报》,第3卷第4期,1934年。
上海图书馆编:《中国丛书综录》,新1版,上海古籍出版社,1982—83年。
尚小明:《学人游幕与清代学术》,北京:社会科学文献出版社,1999年。
尚小明编著:《清代士人游幕表》,北京:中华书局,2005年。

邵雪萍等:《林则徐和他的翻译班子》,《上海科技翻译》,2002年第4期
神田喜一郎:《日本填词史话》,程郁缀、高野雪译,北京大学出版社,2000年。
史景迁(Jonathan D. Spence):《胡若望的困惑之旅——18世纪中国天主教徒法国蒙难记》,吕玉新译,上海远东出版社,2006年。
史景迁(Jonathan D. Spence):《中国纵横——一个汉学家的学术探索之旅》,夏俊霞等译,上海远东出版社,2005年。
舒芜等:《中国近代文论选》,北京:人民文学出版社,1981年。
斯当东(George Thomas Staunton):《英使谒见乾隆纪实》,叶笃义译,上海书店,2005年。
宋原放主编:《中国出版史料》"近代部分",武汉:湖北教育出版社,2004年。
孙子和:《清代同文馆之研究》,台北:嘉新水泥公司文化基金会,1977年。
谭其骧:《清人文集地理类汇编》,杭州:浙江人民出版社,1986—1990年。
谭其骧主编:《中国历史地图集》,第八册"清时期",香港:三联书店,1992年。
汤志钧:《康有为与戊戌变法》,北京:中华书局,1984年。
汪辟疆:《汪辟疆说近代诗》,上海古籍出版社,2001年。
汪广仁主编:《中国近代科学先驱徐寿父子研究》,北京:清华大学出版社,1998年。
汪晖:《汪晖自选集》,桂林:广西师范大学出版社,1997年。
汪荣祖:《从传统中求变——晚清思想史研究》,南昌:百花洲文艺出版社,2002年。
汪荣祖:《康章合论》,台北:联经出版事业公司,1988年。
汪荣祖:《走向世界的挫折——郭嵩焘与道咸同光时代》,长沙:岳麓书社,2000年。
王克敏编:《光绪丙午(三十二)年。交涉要览》,北洋官报局排印本,见《近代中国史料丛刊》,续编第295号。
王立群:《王韬与近代东学西渐》,《北京科技大学学报》(社会科学版),2004年3月。
王培军:《光宣诗坛点将录笺证》,北京:中华书局,2008年。
王慎之、王子今辑:《清代海外竹枝词》,北京大学出版社,1994年。
王世理:《试论岭南学派的形成特点和作用》,《岭南文史》,1995年第4期
王栻:《严复传》,上海人民出版社,1976年。
王小兰:《从中国史籍记载看中国人的日语知识》,《东北亚学刊》,2001年第3期。
王晓秋:《近代中日文化交流史》,中华书局,2000年。

王晓秋:《晚清中国人走向世界的一次盛举》,大连:辽宁师范大学出版社,2004年。
王重民:《冷庐文薮》,上海古籍出版社,1992年。
卫斐列(Frederick Wells Williams):《卫三畏生平及书信》,顾钧、江莉译,广西师范大学出版社,2003年。
魏若望(John W. Witek):《耶稣会士傅圣泽神甫传》,吴莉苇译,郑州:大象出版社,2006年。
吴丰培:《王锡祺与〈小方壶斋舆地丛钞〉及其他》,《中国边疆史地研究》,1995年第1期。
吴丰培:《吴丰培边事题跋集》,马大正等整理,乌鲁木齐:新疆人民出版社,1998年。
吴福环:《清季总理衙门研究》,乌鲁木齐:新疆大学出版社,1995年。
夏丏尊:《中国古籍中的日本语》,《新语》第4期,1945年11月。
夏晓虹:《社会百象存真影——说近代竹枝词》,《读书》,1989年第10期。
夏晓虹:《诗界十记》,杭州:浙江文艺出版社,1991年。
夏晓虹编:《追忆康有为》,北京:中国广播电视出版社,1997年。
夏晓虹编:《追忆梁启超》,北京:中国广播电视出版社,1997年。
冼玉清:《粤讴与晚清政治》,《岭南文史》,1983年第1期、第2期,1984年第1期。
萧公权:《康有为思想研究》,汪荣祖译,北京:新星出版社,2005年。
萧若瑟:《天主教传行中国考》,上海书店,1990年。
萧一山:《曾国藩》,上海:胜利出版公司,1946年。
谢国桢:《明末清初的学风》,上海书店出版社,2004年。
熊月之、熊秉真主编:《明清以来江南社会与文化论集》,上海社会科学院出版社,2004年。
熊月之:《西学东渐与晚清社会》,上海人民出版社,1994年。
徐海松:《清初士人与西学》,北京:东方出版社,2000年。
许明龙:《黄嘉略与早期法国汉学》,北京:中华书局,2004年。
许云樵:《南洋文献叙录长编》,《南洋研究》,1959年第1期。
许云樵:《南洋文献叙录续编》,《南洋研究》,1965年第1期。
阎国栋:《第一位在俄国教授满汉语的中国人》,《中华读书报》,2001年4月4日。
阎宗临:《传教士与法国早期汉学》,郑州:大象出版社,2003年。

杨桂萍:《马德新思想研究》,北京:宗教文化出版社,2004年。
杨国桢:《闽在海中:追寻福建海洋发展史》,南昌:江西高校出版社,1998年。
杨家骆主编:《洋务运动文献汇编》,台北:世界书局,1963年。
杨念群:《儒学地域化的近代形态——三大知识群体互动的比较研究》,北京:三联书店,1997年。
杨廷福、杨同甫:《清人室名别称字号索引》,增补本,上海古籍出版社,2001年。
姚名达:《中国目录学史》,上海古籍出版社,2002年。
伊原泽周:《从"笔谈外交"到"以史为鉴"——中日近代关系史探研》,北京:中华书局,2003年。
衣若芬、刘苑如主编:《世变与创化——汉唐、唐宋转换期之文艺现象》,台北:中研院文哲所筹备处,2000年。
尹德翔:《晚清使官张德彝所见西洋名剧考》,《东方文学研究通讯》,2005年第1期。
尤静娴:《越界与游移——晚清旅美游记的域外想象与书写策略》,2005年第三届国际青年学者汉学会议论文,未刊。
于醒民:《上海,1862年》,上海人民出版社,1991年。
余嘉锡:《四库提要辨证》,北京:中华书局,1980年。
岳峰:《架设东西方的桥梁——英国汉学家理雅各研究》,福州:福建人民出版社,2004年。
张宏生:《诗界革命:词体的"缺席"》,《南京大学学报》(哲学人文社科版),2006年第2期。
张朋园:《梁启超与清季革命》,"中央研究院"近代史所专刊(11),台北,1982年第3版。
张舜徽:《清儒学记》,济南:齐鲁书社,1991年。
张文江:《渔人之路与问津者之路》,上海:复旦大学出版社,2006年。
张西平:《欧美汉学研究的历史与现状》,河南:大象出版社,2005年。
张星烺:《中西交通史料汇编》,中华书局,2003年。
张寅彭主编:《民国诗话丛编》,上海书店出版社,2002年。
张应斌:《嘉应诗人与诗界革命》,《嘉应大学学报》(哲学社会科学),第19卷第4、5期,2001年8月、10月。

张永芳:《诗界革命与文学转型》,北京:中国社会科学出版社,2004年。

章文钦:《澳门诗词笺注》,"明清卷"、"晚清卷",珠海出版社,2002年。

章巽:《中国航海科技史》,北京:海洋出版社,1991年。

赵春晨:《澳门记略校注》,澳门文化司署,1992年。

赵可:《崔国因的美国富强观》,《西南交通大学学报》(社会科学版),第2卷第4期,2001年12月。

赵可:《梁启超的城市观念初探——以〈新大陆游记〉为中心》,《社会科学研究》,1998年第5期。

赵所生,薛正兴主编:《中国历代书院志》,第13册《学海堂初集》,南京:江苏教育出版社,1995年。

赵佑志:《跃上国际舞台:清季中国参加万国博览会之研究(1866—1911)》,《台湾师范大学历史学报》,第25期,1997年。

赵园:《明清之际士大夫研究》,北京大学出版社,1999年。

赵园:《制度·言论·心态——明清之际士大夫研究续编》,北京大学出版社,2006年。

郑麦:《盛宣怀与愚斋图书馆》,《华东师范大学学报》(哲学社会科学版),第34卷第4期,2002年7月。

中华文化复兴运动推行委员会主编:《中国近代现代史论集》,台北:台湾商务印书馆,1985年。

钟叔河:《书前书后》,海南出版社,1992年。

钟叔河:《走向世界——近代中国知识分子考察西方的历史》,北京:中华书局,2000年。

周景濂:《中葡外交史》,北京:商务印书馆,1991年。

周毅:《论近代中国最早的洋泾浜语—广东葡语的历史渊源和影响》,《四川师范大学学报》(社会科学版),第32卷第1期,2005年。

周振鹤:《随无涯之旅》,北京:三联书店,1996年。

周中明:《桐城派研究》,沈阳:辽宁大学出版社,1999年。

朱维铮编校:《康有为大同书二种》,北京:三联书店,1998年。

朱维铮主编:《利玛窦中文著译集》,上海:复旦大学出版社,2001年。

卓南生:《中国近代报业发展史》,第47—51页,北京:中国社会科学出版社,

2002年。

邹振环:《日记文献的分类与史料价值》,《复旦史学集刊》,第一辑,上海:复旦大学出版社,2005年。

邹振环:《薛福成与〈瀛环志略〉续编》,《学术集林》第14卷,上海远东出版社,1998年。

樽本照雄:《新编增补清末民初小说目录》,齐鲁书社,2002年。

左鹏军:《澳门〈知新报〉所刊诗词考论》,《岭南文史》,2006年第2期。

四、外文研究论著

Cameron, Nigel, *Barbarians and Mandarins: Thirteen Centuries of Western Travellers in China*, Hong Kong: Oxford University Press, 1970.

Dehergne, Joseph. "Voyageurs chinois venus à Paris au temps de la marine à voiles et l'influence de la Chine sur la littérature française du XVIIIè siècle." *Monumenta Serica* 23 (1964): 372-397.

Heyndrickx, Jerome, ed., *Philippe Couplet, S. J. (1623-1693): The Man Who Brought China to Europe*, Nettetal, 1990.

Hulme, Peter, and Tim Youngs, eds., *The Cambridge Companion to Travel Writing*, Cambridge University Press, 2002.

Hiromasa, Inoue(井上裕正), "Wu Lanxiu and Society in Guangzhou on the Eve of the Opium War," *Modern China* 12.1 (1986): 103-115.

Lydia H. Liu(刘禾) ed., *Legislating the Universal: The Circulation of International Law in the Nineteenth Century*, Durham & London: Duke Univ. Press, 1999.

McLean, Norman, "An Eastern Embassy to Europe in the Years 1287-8," *The English Historical Review* 14.54 (1899): 299-318.

Rossabi, Morris, *Voyager From Xanadu: Rabban Sauma and the First Journey From China to the West*, Kodansha Amer Inc, 1992.

Rydell, Robert W., *All the World's a Fair, Visions of Empire at American International Expositions, 1876-1916*, University of Chicago Press, 1987.

Smith, Carl(施其乐), "A Sense of History(Part I)," *Journal of the Hong Kong Branch of the Royal Asiatic Society* 26(1986):144-264.

Strassberg, Richard E., *Inscribed Landscapes: Travel Writing from Imperial China*, Berkeley,1994.

Yeh, Catherine Vance,"The Life-style of Four Wenren in Late Qing Shanghai,"*Harvard Journal of Asiatic studies* 57.2 (1997): 419-470.

实藤惠秀:《东游日记研究序说》(附东游日记目录),载《日华学报》第82号,东京:日华学会,1940年12月。

后 记

此书乃博士学位论文之旧作。我虽未曾当初将之视作"敲门砖",却也一直知道这只是一张"入场券"。隔了六七年,终于出版,改进之处却并不多。很多在2008年以后出版的新材料(比如《拉班·扫马和马克西行记》),我都没有再下功夫将之补充进去。心里希望是保持当年一个阶段性研究的原貌,另外也是因为后来研究兴趣转移,无暇及此。原计划增补一篇"晚清海外旅行文献目录提要"置于附录,也因为少数闻名而未见的稀罕材料一直与我无缘,灰心之下,暂且作罢。

我写硕士论文时,始读晚清海外游记。2003年来北京读书,发愿收集全帙的《走向世界丛书》,不想在一年多的时间便将湖南人民版和岳麓书社版的两套收齐;沿此兴趣发展,遂又购得一套《小方壶斋舆地丛钞》影印本。导师得知我的这一兴趣后,介绍我去参加第三届国际青年汉学家会议,主题正好是"文学行旅与世界想象";会后,老师又希望我可以把这个题目继续做成博士论文。我思路还很混乱的时候,有一天去旁听老师的课,大教室我坐在最后一排,老师讲到别的什么问题的时候,突然说到一个话题,我的章节结构就出来了。拿给老师看,通过了。这些事情恍如昨日,师语意味之悠长、关怀之细切,常在心田回响。

在这部论文写作过程中,所受师长、学友与亲人的具体恩惠,我在原本的论文后记中已经一一致谢。现今这部书并无更多进步,总是辜负了昔年师友的期许,惭愧再三,也就不好意思再重复道谢了。

此书终于能够出版,全靠厦门大学中文系贺昌盛教授。去年春天,他主动向我提出用他的经费项目予以资助,在此对他的慷慨支援表示由衷感佩!书稿交北大出版社之后,岳秀坤编辑又延请清华大学历史系王宪明教授审阅稿件,提出改进意见,特此致谢。

张 治

2013 年 11 月 5 日厦门